ମୁଁ ବି କର୍ଣ୍ଣ

ଉପନ୍ୟାସ

ମୁଁ ବି କର୍ଣ୍ଣ

ଭାନୁମତୀ ସାହୁ

ବ୍ଲାକ୍ ଈଗଲ୍ ବୁକ୍ସ
ଭୁବନେଶ୍ୱର, ଓଡ଼ିଶା

BLACK EAGLE BOOKS
Dublin, USA

ମୁଁ ବି କର୍ଣ୍ଣ / ଭାନୁମତୀ ସାହୁ

ବ୍ଲାକ୍ ଇଗଲ୍ ବୁକ୍ସ : ଭୁବନେଶ୍ୱର, ଓଡ଼ିଶା • ଡବ୍ଲିନ୍, ଯୁକ୍ତରାଷ୍ଟ୍ର ଆମେରିକା

BLACK EAGLE BOOKS

USA address:
7464 Wisdom Lane
Dublin, OH 43016

India address:
E/312, Trident Galaxy, Kalinga Nagar,
Bhubaneswar-751003, Odisha, India

E-mail: info@blackeaglebooks.org
Website: www.blackeaglebooks.org

First International Edition Published by
BLACK EAGLE BOOKS, 2023

MU BI KARNA
by **Vanumati Sahoo**

Copyright © **Vanumati Sahoo**

Cover & Interior Design: Ezy's Publication

ISBN- 978-1-64560-445-7 (Paperback)

Printed in the United States of America

ଉତ୍ସର୍ଗ

ପିତୃମାତୃହରା ସନ୍ତାନମାନଙ୍କୁ...

... ଭାନୁମତୀ

ନିଜସ୍ୱ କଥନ

"ମୁଁ ବି କର୍ଣ୍ଣ" ଉପନ୍ୟାସଟି 'ବର୍ତ୍ତିକା' ୨୦୨୧ ପୂଜାସଂଖ୍ୟାରେ ପ୍ରକାଶିତ ହୋଇଥିବାରୁ ମୁଁ ଏହାର ମୁଖ୍ୟ ସମ୍ପାଦକ ଡକ୍ଟର ନବକିଶୋର ମିଶ୍ରଙ୍କୁ କୃତଜ୍ଞତା ଅର୍ପଣ କରୁଛି । ୨୦୧୩ ମସିହାରୁ ପ୍ରତ୍ୟେକ ବର୍ଷ 'ବର୍ତ୍ତିକା' ପୂଜା ସଂଖ୍ୟାମାନଙ୍କରେ ମୋର ଗୋଟିଏ ଗୋଟିଏ ସମ୍ପୂର୍ଣ୍ଣ ଉପନ୍ୟାସ ପ୍ରକାଶ ପାଇ ଆସୁଥିବାରୁ ମୁଁ ଏହାର ମୁଖ୍ୟ ସମ୍ପାଦକଙ୍କ ସହ ସମ୍ପାଦନା ମଣ୍ଡଳୀଙ୍କୁ ମଧ୍ୟ ଧନ୍ୟବାଦ ଅର୍ପଣ କରୁଅଛି । ଏତଦ୍ ସଙ୍ଗେ ସଙ୍ଗେ ମୋ ସ୍ୱାମୀ ପ୍ରଫେସର ଅରୁଣ ଚନ୍ଦ୍ର ସାହୁ ଓ ପୁତ୍ର, କନ୍ୟା ଆଦି ପରିବାର ପରିଜନଙ୍କୁ ଏହି ଅବସରରେ ସ୍ମରଣ କରୁଅଛି ସେମାନଙ୍କ ଅକୁଣ୍ଠ ସହଯୋଗ ଓ ଆନ୍ତରିକ ପ୍ରେରଣା ନିମିତ୍ତ । ସୁନ୍ଦର ଅକ୍ଷରସଜ୍ଜା ନିମନ୍ତେ "ଗୁଡୁ ଡିଟିପି ଆର୍ଟ" ମଧ୍ୟ ଧନ୍ୟବାଦାର୍ହ । ଏହି ପୁସ୍ତକଟିକୁ ସୁନ୍ଦର ପରିପାଟୀରେ ପ୍ରକାଶ କରିଥିବାରୁ ମୁଁ ଏହାର ପ୍ରକାଶକ 'ବ୍ଲାକ୍ ଇଗଲ୍ ବୁକ୍ସ'ଙ୍କୁ ଧନ୍ୟବାଦ ଅର୍ପଣ କରୁଅଛି । ଯଦି ଏହା ପାଠକମାନଙ୍କ ହୃଦୟରେ କିଛିଟା ରେଖାପାତ କରିପାରିଲା ତେବେ ମୁଁ ନିଜକୁ ଧନ୍ୟ ମନେ କରିବି ।

ପରିଶେଷରେ ମୁଁ ସର୍ବନିୟନ୍ତା, ସର୍ବବ୍ୟାପୀ ତଥା ସର୍ବଶକ୍ତିମାନ ଈଶ୍ୱରଙ୍କ କୃପାଭିକ୍ଷା କରୁଅଛି ମୋର ଲେଖନୀ ଚଳନା ନିମିତ୍ତ ।

ଭାନୁମତୀ ସାହୁ

॥ ଏକ ॥

ଇପସିତ୍ ଇଚ୍ଛାଟି ବେଳେବେଳେ ମନ ଭିତରେ ରୁନ୍ଧି ପକାଉଛି ବିଭୂତିକୁ । ବୟସର ପାହାଚ୍ ଚଢ଼ିଲାବେଳକୁ ବିଶ୍ୱାସଘାତକତାର ଆବୃତ ଚେହେରାଟି ମନରେ ତ ଉଙ୍କିମାରୁନି । କେମିତି ବା ମନ ରଖିବ ଏହି କଅଁଳ ଶିଶୁଟି । ଯିଏ ପୃଥିବୀର ଆଲୋକ ଦେଖୁଦେଖୁ କାନ୍ଦିକାନ୍ଦି ଅଣାୟତ ହୋଇଗଲା ପରେ ମଧ ଜନ୍ମଦାତ୍ରୀ ମା'ଟିର ମନ ସମ୍ଭାଳିଲା ନାହିଁ କେମିତି ? ନିଜର ସ୍ୱାର୍ଥପାଇଁ ସାଉଁଟିଲା କୁଆଁରୀ ଜୀବନ । ସମାଜର ଲଜ୍ଜା ଭୟରେ ଅନ୍ଧାର ଅଜ୍ଞାନ ଭିତରେ ଜନ୍ମିତ ଶିଶୁପୁତ୍ରକୁ ବୋଝରେ ଭର୍ତ୍ତିକରି ନଦୀ ପାଣିରେ ଭସାଇଦେଇ ଲୁଚିବସିଲା କ'ଣ ଦେଖିବାକୁ ଶିଶୁଟିର ପ୍ରଳାପ ନା ଶିଶୁଟିର ମୃତ୍ୟୁ ନା ଜୀବନ !

ଭାଗ୍ୟ ଭଲ ଶିଶୁଟିର ଆୟୁଷ ତାକୁ ହତାଦର କଲାନି । ଭୋର୍‌ଭୋର୍‌ରୁ ଠିକ୍ ଏତିକିବେଳକୁ ମୁହଁ ଅନ୍ଧାରରେ ଚିତ୍ରା ପଶିଥିଲା ପାଣିରେ । ସାମନାରେ ଗୋଟିଏ ବୋଝରେ ସଦ୍ୟଜନ୍ମିତ ଶିଶୁପୁତ୍ରଟିକୁ ଦେଖି ଅତି ଆଗ୍ରହରେ ତୋଳିଧରିଲା କୋଳରେ । ତେବେ ଏ କ'ଣ ଭଗବାନଙ୍କ ବରଦାନ କି ? ଏଇ ତ କାଲି ତାର ଜନ୍ମିତ ଶିଶୁପୁତ୍ରଟି ରାତ୍ରିରେ ମୃତ୍ୟୁବରଣ କରିସାରିଥିଲା । ତାକୁ ସ୍ୱାମୀ ବିଭୂତି ନେଇ କେଉଁଠି ପୋତି ଆସିଲେଣି । ଏବେ ଗାଧୋଇ ସାରି ଘରକୁ ଯିବେ । କିନ୍ତୁ ଆଚମ୍ବିତ ଘଟଣାଟି ତ ଯେ, ପୁଣି ଶିଶୁପୁତ୍ରଟିଏ ଜନ୍ମିଲା କାହାକୋଳରେ ମାତୃହରା ହୋଇ ? ବିଧାତାର ଏ କି ଖେଳ ? ଆଖିର ଆଞ୍ଜୁଳା ଆଞ୍ଜୁଳା ଲୁହ ତ ନିମିଷକରେ ପାଣିରେ ମିଶିଗଲା । ପୁଣି ସେହି ଶିଶୁଟିର କ୍ରନ୍ଦନଧ୍ୱନିରେ ହରେଇଥିବା ଶିଶୁପୁତ୍ରଟିକୁ ଭୁଲିବାକୁ ସମୟ ଲାଗିଲାନି । ଜୋର୍‌ରେ ପାଟି କରି ଡାକିଲା - ଏ କାହାର ପୁଅ ? କିଏ କେଉଁଠି ଅଛ ? ଆସ, ନିଅ ।

ସବୁ ପ୍ରଶ୍ନର ଉତ୍ତର ମିଳେନା । ଚୁପ୍ ହୋଇ ପଡ଼ିଯାଏ ପାଟି । ତାପରେ ଖୁବ୍ ଆଗ୍ରହରେ ବିଭୂତି ଓ ଚିତ୍ରା ତୋଳିନିଅନ୍ତି ପୁତ୍ରଟିକୁ ଆପଣାର ଧନ ପରି । କେଇ ମୁହୂର୍ତ୍ତର ରାମ ନାମ ସତ୍ୟର ମୃତ୍ୟୁର ଡାକରାରୁ ଉତୀର୍ଣ୍ଣ ହୋଇ ଶିଶୁଟିକୁ ଧରି ଦୌଡ଼ି ଦୌଡ଼ି ଦୁହେଁ କହନ୍ତି ବଞ୍ଚିଗଲା ମୋ ପୁଅ । ଦେଖ ବଞ୍ଚିଗଲା ମୋ ପୁଅ । ସତ୍ୟ କଥନ ଭିତରେ ଅସତ୍ୟର ମଞ୍ଜିଟି ଯେ ପୋତି ହୋଇ ରହିଛି କିଏ ଜାଣନ୍ତି ନାହିଁ । ପୁଣି ଚିତ୍ରା ଓ ବିଭୂତିର ସଂସାର ହସିଉଠେ । ଏହି ସୃଷ୍ଟିରେ ଏହି ନବଜାତ ଶିଶୁପୁତ୍ରର ସତ୍ତ୍ୱାଧିକାରୀ ତ ବର୍ତ୍ତମାନ ହେଲେ ଚିତ୍ରା ଓ ବିଭୂତି । ଦୁହେଁ ହିଁ ତାର ପିତା ଓ ମାତା । ତଥାପି ମନରେ ଦ୍ୱନ୍ଦ୍ୱ ଓ ଭୟଥାଏ । କେବେ ଯଦି କଥାଟି ପ୍ରଘଟ ହୋଇଯାଏ ତେବେ... !

ପୁତ୍ରଟିର ଏକୋଇଶିଆକୁ ପୁରୋହିତ ନାଁଟିଏ ଦିଅନ୍ତି ଆଲୋକ । ସତରେ ଆଲୋକ ପଛରେ ଅନ୍ଧାରଟିଏ ଯେ ଲୁଚି ରହିଛି ବୁଝିପାରି ନାହାନ୍ତି ସେମାନେ ମଧ୍ୟ । ସ୍ନେହର ଅନନ୍ୟ ଅନୁଭୂତି ଭିତରେ ସେହି ଶିଶୁପୁତ୍ରଟି କେଉଁ ମୁହୂର୍ତ୍ତରେ କାନ୍ଦିଉଠେ ତ କେଉଁ ମୁହୂର୍ତ୍ତରେ ହସି ଉଠେ । ସେ କାହିଁକି ବୁଝିବ ନିଜର ଜନ୍ମଦାତ୍ରୀର ବିଶ୍ୱାସଘାତକତା କିମ୍ୱା ଲଜ୍ଜାବୋଧକୁ ? ଏକ ଚଳଚଞ୍ଚଳ ଚିତ୍ର ତା ଆଗରେ ଚଳପ୍ରଚଳ ହେଉଛି ଯିଏ ମା' ତା'ର । ସେ ହିଁ ଚିତ୍ରା ।

ଆସ୍ତେ ଆସ୍ତେ ଦିନ ବଢ଼େ । ଚିହ୍ନିବାପଣରେ ଆତ୍ମୀୟତା ଭରେ । ବାପା, ମା', ସହିତ ଅନ୍ୟ ଆତ୍ମୀୟଙ୍କ ଭଲପାଇବାର ବାସ୍ନାରେ ଦିନଗୁଡ଼ିକ ଖୁବ୍ ସୁଖରେ କଟିଯାଏ । କିନ୍ତୁ କିଏ ଜାଣେ ନିବିଡ଼ତା ଭିତରେ ଭଲପାଇବାର ବାସ୍ନାରେ ପୁଣି ପାତର ଅନ୍ତର ହୁଏ ବୋଲି ? କିଏ ପୁତ୍ରଶୋକରୁ ମୁକ୍ତିପାଇବା ପାଇଁ ଯେ ଅନ୍ୟ ମାତାଟିର ପୁତ୍ରକୁ ଆପଣେଇ ଥାଏ କେଉଁ ଦୁର୍ବଳ ମୁହୂର୍ତ୍ତରେ । ତଥାପି ନିଜ ଆତ୍ମଜଙ୍କର ଜନ୍ମରେ ଫରକ କରିବସେ ଅନାତ୍ମୀୟଟିକୁ । ଏହି ଅଣାୟତ ସମୟକୁ ବିଭୂତିକୁ ମଧ୍ୟ ସହ୍ୟ କଲାବେଳକୁ କଷ୍ଟ ଲାଗେ । ଚିତ୍ରା ବଦଳିଗଲା କେମିତି ?

ବିଶ୍ୱାସର ଆବରଣ ଭିତରୁ ଓହରି ଆସିଲା ଚିତ୍ରା ପୁତ୍ର ଅମରର ଜନ୍ମପରେ ପରେ । ବାରମ୍ବାର କହିଲା ମୋ ମଲା ପୁଅ ଫେରି ଆସିଛି ମୋ କୋଳକୁ । ସେଇ ନାକ, ସେଇ ଆଖି, ସେଇ ଓଠ, ସେଇ ଚେହେରା ।

ତିନିବର୍ଷ ବୟସରେ ପଦାର୍ପଣ କରିଥିବା ଆଲୋକ କଥା କିଏ ବୁଝେ କି ? ଦିନ ରାତି ହିଁ ଅମର ପାଇଁ ବ୍ୟସ୍ତ ଚିତ୍ରା । ପ୍ରଥମକରି କୋଳରେ ଛୁଆଟିକୁ ଧରି

ଶୁଣାଇଥିବା ମଧୁର ମୂର୍ଚ୍ଛନାର ସ୍ୱର ଏବେ ହଜିଗଲାଣି । କଥାକଥାକେ 'ଏଇ ପିଲାଟି ପାଇଁ ମୁଁ ମୋ ନିଜ ପୁଅକୁ ଭଲରେ ଦେଖାଶୁଣା କରିପାରୁନି' ବୋଲି କହେ ।

ଚମକି ପଡ଼ନ୍ତି ବିଭୂତି । ଏମିତି ପାତରଅନ୍ତର କଥାକୁ ସେ କିବା ହଜମ କରିବେ । କହନ୍ତି- ତମେ ଆଲୋକକୁ ହିଁ ଅଣଦେଖା କରୁଛ ! ତା' କଥା ବୁଝୁଛ କେବେ ? ମୁଁ ତ ତା' କଥା ବୁଝି ଯାହା କହିଲେ ଶୁଣି ବସୁଛି ସେ । ପୁଣି ଖାଲିଟାରେ ଖାଉଁ ଖାଉଁ ହେବା ତମର କି ଦରକାର ?

- କି ଦରକାର ଥିଲା ଭାସିଯାଉଥିବା ପିଲାଟିକୁ ଆଣି ପୁଅ ପରିଚୟ ଦେବା ? ମୋର ସବୁ ଭୁଲ୍ ହୋଇଗଲା । ମିଥ୍ୟାର ପ୍ରଚାର କରି ମୁଁ ଏବେ କି ଦଣ୍ଡପାଇଲି ।

- ବୁଝିଲ ଚିତ୍ରା, ଯେତେବେଳେ ମନର ଅନ୍ଧାର ଭିତରେ ଆଲୋକର ଶିଖା ମିଳିଗଲା ସେତେବେଳେ ତା' ନିବିଡ଼ତା ଭିତରେ ଓ ତା' ଚପଳତା ଭିତରେ କହିବୁଲିଲ- ମୋ ପୁଅ, ମୋ ପୁଅ । ବଞ୍ଚି ଉଠିଛି ଶ୍ମଶାନ ଜାଗାରେ । ଏବେ ପୁଣି ତାକୁ ଅଯତ୍ନ କରି ଠିକ୍ କରୁନ ।

- କେଉଁ ପାପୀର ପିଲା କେଜାଣି ? କିଏ ନିଜପୁଅକୁ ଭସେଇ ଦେଇଥିଲା କେଉଁ ଭୟରେ କେଜାଣି ?

- କୁଆଁରୀ ମା'ମାନଙ୍କର ତ ଲୋକଲଜ୍ଜା ଅଛି ।

- ତେବେ ବିବାହ ପୂର୍ବରୁ ଶାରିରୀକ ସଂପର୍କ ରଖି ଶିଶୁଟିଏ ଜନ୍ମ କରି ତାକୁ ଅନାଥ କରି ଛାଡ଼ିଯିବା କେଉଁ ନ୍ୟାୟ ?

- କେଉଁ ଆବହମାନ କାଳରୁ କୁଆଁରୀ ମନରେ ଭୟ ସଂଞ୍ଚାର ହୋଇଛି ଯେ ବିବାହ ପୂର୍ବରୁ ମାତା ହେବା ଶୋଭନୀୟ ନୁହେଁ । ନଚେତ୍ ମହାରାଣୀ କୁନ୍ତି ନିଜର ଶିଶୁପୁତ୍ର କର୍ଣ୍ଣକୁ ନଦୀ ଗର୍ଭରେ ଭସାଇ ଦେଇନଥାନ୍ତେ । ଆଉ କେଉଁ କନ୍ୟା କଥା କାହିଁକି ଭାବୁଛ ? ତେଣୁ ମନର ଭୟ ଓ ସମାଜର ତାଡ଼ନାରୁ ମୁକ୍ତି ପାଇବାପାଇଁ କୌଣସି କୁମାରୀ ମା' ଜନ୍ମିତ ଶିଶୁଟିକୁ ପରିତ୍ୟାଗ କରି ମୃତ୍ୟୁ ମୁଖକୁ ଠେଲି ଦେଉଛି ।

ଚିତ୍ରା ଯିଏ ଯଶୋଦା ମା' ରୂପରେ ସବୁ ସ୍ନେହମମତାକୁ ଆଲୋକପାଇଁ ଅଜାଡ଼ି ଦେଉଥିଲା ସେ ଆଜି ମମତାରୁ ବିମୁଖ ହୋଇ କହୁଛି- ଛାଡ଼ିଆସ ତାକୁ

ଅନାଥାଶ୍ରମରେ । କାହିଁକି ଆଉ ଅନାଥ ପିଲାଟିକୁ ଏ ଘର ଭିତରେ ରଖି ଆମ ସନ୍ତାନମାନଙ୍କ ସହ ସମଭାଗୀ କରେଇବା ?

ବିଭୂତିଙ୍କୁ ଏସବୁ ଶୁଣିବାକୁ ଭଲ ଲାଗୁନଥିଲା । ସେ କହିଲେ- ତାକୁ ଘରେ ରଖିବାକୁ ଦିଅ ।

- ଆଉ ସମ୍ଭବ ହେବନି । ମୋର ସନ୍ତାନମାନେ ଯେତେବେଳେ ପଚାରିବେ ଏ କାହାର ସନ୍ତାନ ତେବେ ମୁଁ କି ଉତ୍ତର ଦେବି ?

- ସେମାନେ ଜାଣିବେ କିପରି ଏ ଗୁପ୍ତ କଥା ?

- ଏଇ ତ ତୁମ ମା' ମଧ୍ୟ ତାକୁ ଘରେ ରଖିବାକୁ ଚାହୁଁନାହାନ୍ତି । ସେ ଆମ ପିଲାଙ୍କୁ ଦିନେ ନା ଦିନେ କହିବେ ବୋଲି ମୋର ଦୃଢ଼ ଧାରଣା ।

- ତେବେ ମୁଁ ମା'ଙ୍କୁ ମନା କରିବି ଏ କଥା ପ୍ରଘଟ ନକରିବାକୁ ।

- କାହିଁକି ଏତେ କନ୍ଦଳଭିତରକୁ ଯିବା, ବରଂ ଅନାଥ କହି ଅନାଥାଶ୍ରମରେ ଛାଡ଼ି ଆସିଲେ କ୍ଷତି ତ ଆମର ହେଉନି । ସେ କ'ଣ ତୁମ ପ୍ରେମିକାର ପିଲାଟିଏ କି ଯେ ଏତେ ବ୍ୟସ୍ତହୋଇ ପଡୁଛ ? ତିନିବର୍ଷ ତ ନିଜ ପିଲାପରି ପାଳିଦେଲେ । ଏବେ ସେଠି ରହି ଆମକୁ ଭୁଲିଯାଉ ଆଲୋକ ।

- ତୁମେ କ'ଣ କୁହ ଯେ ତୁମ ପାଟିରେ ବାଡ଼ବତା ରହୁନି । ଅଚିହ୍ନା ମା'ଙ୍କୁ ମୁଁ କି ତମେ ଜାଣିନେ । ଖାଲି ପିଲାଟିର ମୁହଁକୁ ଚାହିଁ ମୋର ତା' ପ୍ରତି ନିଜ ସନ୍ତାନପରି ମୋହ ଜନ୍ମି ଆସିଛି ଦୀର୍ଘ ତିନିବର୍ଷ ହେବ । ଏବେ ପାଖରୁ ଦଣ୍ଡେ ଛାଡ଼ିବାକୁ ଇଚ୍ଛାନାହିଁ । ତେବେ ଏବେ ସମସ୍ତଙ୍କ ଆଗରେ ପ୍ରକାଶ କର ଆଲୋକ ଆମର ପୁଅ ନୁହେଁ । ସେ ଅନାଥ ।

- ଲୋକ ଭାବିବେ କ'ଣ ? ଆମକୁ ମିଛୁଆ କହିବେ ?

- ଭାବିବେ ସ୍ୱାର୍ଥପର ଲୋକ ବୋଲି ନିଜଛୁଆ ଜନ୍ମପରେ ଏପରି ଅନାଥ କରିଦେଲେ ପାଳିତ ପୁତ୍ରକୁ । ଯଦି ପାଣିରୁ ଶିଶୁଟିକୁ ଆଣିଥିଲେ ତେବେ ନିଜର ନିଜର କହିଲେ କାହିଁକି ?

- ଆଉ କ'ଣ କରାଯିବ ଭାବ । ତାକୁ ମେଳାକୁ ନେଇଯିବା କହି ହଜେଇଦେବା ।

- ଏପରି ନିର୍ଦ୍ଦୟ ହୁଅନି । ସେ ଆମ ପୁଅପରି ଖାଇପିଇ ଆମ ପାଖରେ

ଥାଉ । ଯେବେ ଶୁଣିବ ଯେ ସେ ଆମର ଜନ୍ମିତପୁତ୍ର ନୁହେଁ ସେତେବେଳେ ତା'ର ମଥା ଆମ ପ୍ରତି ଆହୁରି କୃତଜ୍ଞତାରେ ନଇଁଯିବ । ଜନ୍ମକଲା ପୁଅମାନେ ତମକୁ ବୁଢ଼ାବେଳେ ପଚାରିବେ ବୋଲି ବାହାବା ନେଇ ପାରିବାନି ଏବେ । ଯାହା ମିଳିଛି ସେଥିରେ ଖୁସିରେ ଜୀବନ କଟୁ ।

ଆଶ୍ଚର୍ଯ୍ୟର କଥା ସେଦିନ ବିଭୂତିଙ୍କ କଥାରେ ସମ୍ମତି ଦେଲା ଚିତ୍ରା । ହତଚକିତ ହୋଇ ବିଭୂତି କହିଲେ- କି ପ୍ରକାର ଈଶ୍ୱରଙ୍କ ଲୀଳା । ଆମ ପାଖରେ ଗୋଟିଏ ଦେବୋପମ ମଣିଷ ଶିଶୁଟିକୁ ସମର୍ପି ଦେଇଛନ୍ତି ଭରସାରେ । ଆମେ ଈଶ୍ୱରଙ୍କ ଅନୁକମ୍ପାକୁ ଭୁଲି ଭୁଲ୍ ପନ୍ଥା ଆପଣେଇବା ନୁହେଁ । ତେଣୁ ଆଲୋକକୁ ମଣିଷ କରିବାକୁ ପଡ଼ିବ ତ ଆମକୁ । ସେହି ପ୍ରତିଶ୍ରୁତିକୁ ତମେ ମଧ୍ୟ ସମର୍ଥନ କର । ଦୀର୍ଘଶ୍ୱାସ ଛାଡ଼ିଲେ ବିଭୂତି ।

।। ଦୁଇ ।।

ଆସ୍ତେ ଆସ୍ତେ ସମୟର ପାଦରେ ଚାଲୁଚାଲୁ ଚିତ୍ରା ତ ପାଞ୍ଚପୁତ୍ରର ଜନନୀ ହୋଇ ସାରିଛି । ଗୋଟିଏ କନ୍ୟା ସନ୍ତାନପାଇଁ ନିଶା ଘାରିବାରୁ ଏହି ତ ଅବସ୍ଥା । ତା'ପରେ ଆଉ ସନ୍ତାନ ପ୍ରସବ କରିବା ଇଚ୍ଛାରୁ ପ୍ରତିହତ ନେଲା । ଏହି ଛଅ ପୁଅକୁ ମଧ୍ୟ ପାଠଶାଠ ପଢ଼ାଇ ମଣିଷ କଲାବେଳକୁ ବିଭୂତି ତ ନାକେଦମ୍ । ସାଧାରଣତଃ ଜଣେ ଗାଁ ସ୍କୁଲର ଶିକ୍ଷକ । କେତେ ବା ରୋଜଗାର ? ଛୋଟ ଛୋଟ ପିଲାଙ୍କୁ ନେଇ ଟ୍ୟୁସନ କରନ୍ତି । ତଥାପି ଟଙ୍କା କୁଳାଏ ନାହିଁ ଘର ଚଳେଇବା ପାଇଁ । ଅଭାବୀ ସଂସାର ଭିତରେ ଏହି ଗାଁ ସ୍କୁଲରେ ଓ କଲେଜରେ ପଢ଼ି ଏବେ ଆଲୋକ ସହର ଗଲାଣି । ସହର ଯିବା ପରେ ପରେ ସେ ବାପାଙ୍କ ପାଖରୁ ଟଙ୍କାଟିଏ ଖର୍ଚ୍ଚ ବାବଦରେ ନେଇନି । ସେଠି ପିଲାଙ୍କୁ ଟ୍ୟୁସନ କରେଇ ନିଜ ରୋଜଗାରରେ ପଢୁଛି ଓ ଚଳୁଛି । ଦରକାର ବେଳେ ସ୍କଲରସିପ୍ ଟଙ୍କା ବାପା ହାତକୁ ଗୁଞ୍ଜି ଦେଉଛି ମଧ୍ୟ । ଗାଁରେ ଅନ୍ୟ ଭାଇମାନଙ୍କ ପଢ଼ାପାଇଁ ଚିତ୍ରା ପାଖକୁ ମଧ୍ୟ ଟଙ୍କା ମନିଅର୍ଡ଼ର କରେ । ତଥାପି ଚିତ୍ରା କେବେହେଲେ ଭଲପାଇପାରେନି କି ନିଜର କରିପାରେନି ଆଲୋକକୁ । ଏହି ଦୁଃଖ ତ ବିଭୂତିକୁ ଆକ୍ରାମାକ୍ରା କରେ । ସେ ଭାବନ୍ତି ସମୟ ଆସିଲେ ତାଙ୍କର ଭାଗ୍ୟ ପରିବର୍ତ୍ତନ ହୋଇଯିବ । ସେ ମଧ୍ୟ କୌଣସି ବଡ଼ ଅଫିସରଙ୍କ ପିତା ହିସାବରେ ସମ୍ମାନ ପାଇବେ । ଆଲୋକର ବ୍ୟବହାର ଓ ଚାଲିଚ଼ଳନ ନିଜ ପୁଅମାନଙ୍କଠାରୁ ଖୁବ୍ ଉନ୍ନତ । ସେ ମଧ୍ୟ ଏହି ଗୁପ୍ତ ଜନ୍ମ ରହସ୍ୟ ବିଷୟରେ କିଛି ଶୁଣିନି । ମା' ହିଁ ତାଙ୍କୁ କିଛି ନକହି ମୃତ୍ୟୁବରଣ କଲା । ଚିତ୍ରା ଓ ସେ ତ ଏହି ସତ୍ୟ ବିଷୟରେ ଜ୍ଞାତ, ତେଣୁ ବିଭୂତିଙ୍କ ଆଲୋକ ପ୍ରତି ଭଲପାଇବାରେ ପାତରଅନ୍ତର ନାହିଁ । ଚିତ୍ରାର ବ୍ୟବହାରରେ ବେଳେବେଳେ ମନରେ ରୋଷ ଉଠେ । ବିଭୂତି ଭାବନ୍ତି ମମତାରେ

ଭିଜୁଥିବା ମା'ଟିର ମନରେ ନିଜ ପର ଭାବନା ଆସିଲା କେମିତି ? ତେବେ ସଂସାରରେ କୁଆଁରୀ ମା'ମାନେ ଶିଶୁକୁ ଛାଡ଼ିଦେଇ ଥାଆନ୍ତି ଅନାଥଙ୍କ ପରି କାହିଁକି ? କେମିତି ଶିଶୁଟିର କାନ୍ଦଣାକୁ ହୃଦୟ ହୀନତାର ପରିଚୟଦେଇ ମୁହଁବୁଲାଇ ନେଇଥାଏ ମା'ଟି । ବିପର୍ଯ୍ୟୟର ଅପବାଦ ଭିତରେ କିଏ ତ ତାକୁ ନୂଆ ନାଁ ଦେଇ ଆପଣାର କରିପାରେ କିମ୍ବା କିଏ ତା' ମନରେ ଅବିଶ୍ୱାସର ମଞ୍ଜି ବୁଣି ଅରାଜକତା ସୃଷ୍ଟି କରିବାକୁ ଛାଡ଼ି ଦେଇଥାଏ । ଜୀବନ ଜିଇଁବା ଭିତରେ ଦିଗ ପରିବର୍ତ୍ତନର ନିର୍ଣ୍ଣୟରେ କେତେବେଳେ ପିତାମାତାଙ୍କ ପ୍ରତି ସମର୍ପଣଭାବ ଯୋଡ଼ିହୁଏ ତ କେତେବେଳେ ସଂଘର୍ଷର ଅଭିଶପ୍ତ ଜୀବନ ସାମିଲ୍ ହୁଏ ତାହା କିଏ କହିପାରେ କି ? ବାପା ମା'ଙ୍କ ଭଲପାଇବାରେ ଭରିରହିଛି ମଧୁରତା । କିଏ ତାକୁ ତିକ୍ତ କହି ଦୂରେଇଗଲେ କ୍ଷତି ସନ୍ତାନଟିର ହିଁ ହେବ । ଯାହା ମୁଣ୍ଡରେ ପିତାମାତାଙ୍କ ଆଶୀର୍ବାଦର ହାତ ଅଛି ସେ ତ ସଂସାରର ବିଷମ ସମୟକୁ ଅତିକ୍ରମ କରିଯିବ ଅକ୍ଲେଶରେ । ଆଲୋକ ମୁଣ୍ଡ ଉପରେ ତ ବିଭୂତିଙ୍କ ହାତ ଅଛି ଜନ୍ମରୁ ଓ ରହିବ ମଧ୍ୟ । ସେ ଚିତ୍ରାପାଖରୁ ଅବହେଳିତ ହେଲେ ସୁଦ୍ଧା ବିଭୂତିଙ୍କ ସ୍ନେହ ତା'ର କ୍ଷତିକୁ ଭରଣା କରିଦିଏ ।

ଚିଠି ଆସିଛି । ଶୁଣାଗଲା ପୋଷ୍ଟମ୍ୟାନ୍‌ର ଡାକ । ବିଭୂତି ଦେଖିଲେ ରେଜେଷ୍ଟ୍ରି ଚିଠିଟିଏ ଆସିଛି । ଦସ୍ତଖତ କରିଦେଇ ଖୋଲିଦେଲେ ଲଫାପାଟି ଖୁବ୍ ଆଗ୍ରହରେ । ଆଖି ପକାଇଲା ବେଳେ ଚିଲେଇ ଉଠି କହିଲେ - ଦେଖ ମୋ ପୁଅ ଆଲୋକ ଓ.ଏ.ଏସ୍. ପାଇଯାଇଛି ।

ଏହି ଖୁସିରେ ବିଭୂତି ପଚାଶଟଙ୍କା ପୋଷ୍ଟମ୍ୟାନକୁ ବଢ଼ାଇ ଦେଇ ଖୁସିରେ ଗଦ୍‌ଗଦ୍ ହୋଇ କହିଲେ- ନିଅ ମିଠା ଖାଇବ ।

- ନାଇଁ ସାର୍ । ମୁଁ ନେବିନି ।

- ବାଧ୍ୟ କଲେ ବିଭୂତି । ତଥାପି ଯାଉଯାଉ ପୋଷ୍ଟମ୍ୟାନ୍‌ଟି ହସିହସି କହିଗଲେ- ସାର୍ ଆଉ ଦିନେ ଆସିଲେ ମିଠା ଖାଇବି ଏହି ଘରେ ।

ଘର ଭିତରକୁ ପଶି ଆସୁ ଆସୁ ଚିତ୍ରାର ରାଗୁଆସ୍ୱର ଶୁଣାଗଲା- କିଏ ତମକୁ ଲକ୍ଷେଟଙ୍କା ଦେଇଦେଲାପରି ଖୁସିରେ ଫାଟିପଡୁଛ ତ ?

- ହଁ, ମୁଁ ମୋ ଜୀବନର ଖୁସି ଆଜି ପାଇଗଲି । ମୋ ପୁଅ ଆଲୋକ ଓ.ଏ.ଏସ୍. ଚାକିରୀ ପାଇଗଲା । କେତେ ତାକୁ ହିନୀମାନିଆ କରୁଥିଲ ତମେ । ଏଥର ଦେଖିବ ତା' ଭାଉ ।

- ସତେ ଯେପରି ନିଜର ପୁଅ ।

- ହଁ । ମୋ ପୁଅ । ମୋ ପୁଅ ଆଲୋକ ।

- କେତେ ଟାଣ କରି କହୁଛ ତ ମିଥ୍ୟାକୁ ?

- ଜନ୍ମିତ କର୍ଣ୍ଣମାନେ ସହନ୍ତି ବେଶି ଯନ୍ତ୍ରଣା ! ଦୋଷ ତ ନିରୀହ ଜନ୍ମିତ ଶିଶୁଟିର ନୁହେଁ । ତାକୁ ଆମେ ପୁଅର ଆଖ୍ୟା ଦେଇ ସଂସାରରେ ଠିଆ କରେଇଛେ । ସମୟର ସୋପାନରେ ଉତ୍‌ଥାନ ପତନ ଲାଗିଛି । ଦେଖିବ ଦିନେ ଆଲୋକର ଗୁଣରେ ତମେ ହିଁ ବିମୋହିତ ହେବ ।

- ଯାଉନ ତମେ ଗାଁସାରା ମିଠା ବାଣ୍ଟି ଆସିବ । ତାଚ୍ଛଲ୍ୟ ସ୍ୱରରେ କହିଲା ଚିତ୍ରା ।

- ମିଠା କାହିଁକି ବାଣ୍ଟିବି ! ପୁଅର ପ୍ରଥମ ଦରମାରେ ଗାଁ ଲୋକଙ୍କୁ ଭୋଜି ଖୁଆଇବି । ପିଲାଟିର ଗୁଣ ତ ତୁଳସୀ ଦୁଇପତ୍ରରୁ ବାସିଲାପରି ପିଲାଦିନରୁ ବାସିଥିଲା । ଆମ ପୁଅମାନେ କି ପାଠ ପଢୁଛନ୍ତି ତମେ ଦେଖୁନ କି ? କାଲି ସ୍କୁଲର ହେଡ୍‌ମାଷ୍ଟ୍ରେ ମୋତେ ଡକାଇ କହିଲେ ଅମରର କର୍ତ୍ତୃତ୍ୱ । ପାଠ ନାଁ ଛାଡ଼ି ଖୁସିରେ ଦିନ କାଟୁଛି କାହା ପାଇଁ ? ତୁମରି ପାଇଁ ତା'ର ଏହି ଦଶା । ଅପତ୍ୟସ୍ନେହରେ ତୁମେ ଅନ୍ଧୁଣୀ । ଶେଷରେ ତା'ର କ୍ଷତି କରିବ ।

- ଦେଖିବ ମୋ ପୁଅ ଦିନେ ବଡ଼ ନେତା ହେବ । ତା' ନେତୃତ୍ୱ ପାଇଁ ସେ ତ ସବୁଠି ଚର୍ଚ୍ଚାରେ ଅଛି । ଗାଁରେ କାହାର ଅସୁବିଧା ପଡ଼ିଲେ ରାତି ଅଧରେ ତାକୁ ସାହାଯ୍ୟ କରୁଛି । ପାଠ ତ ତା' ଭାଗ୍ୟରେ ନାହିଁ । ପଢ଼ିଲେ ମନ ରହୁନି । ତେଣୁ ଯିଏ ଯାହା ଅନୁସାରେ ବଞ୍ଚିଲେ ତୁମର ଆକଟ କାହିଁକି ?

- ମୁଁ ତା'ର ବାପା । ସେ ମୋର ପୁଅ ।

- ଏବେ ତ ସ୍ୱୀକାର କଲ ତମର ପୁଅ ବୋଲି ।

- ହଁ ଆଉ ପାଞ୍ଚଜଣ ମୋ ରକ୍ତର ହେଲେ ମଧ୍ୟ ଆଲୋକ ମୋ ରକ୍ତଠାରୁ ଅଧିକ ଭଲ । ଏମାନଙ୍କୁ କଥାଟିଏ କହିଲେ କାନରେ ନ ପଶାଇ ସାଙ୍ଗେ ସାଙ୍ଗେ ବାହାର କରି ଦିଅନ୍ତି । କିନ୍ତୁ ଆଲୋକକୁ କିଛି କହିଲେ ସେ ତ ମନ ଧ୍ୟାନ ଦେଇ ଶୁଣେ । ତା' ପଢ଼ା ସମୟରୁ ସମୟ କାଟି ମୋତେ ସାହାଯ୍ୟ କରେ । କାହିଁକି ? ତମର ପିଲାମାନେ ତ ଅବୁଝାପଣରେ ଏତେ ଭାରୀ ଯେ ଆମର ଅସୁମାରି ସ୍ୱପ୍ନକୁ

ଧୂଳିସାତ୍ କଲେଣି । କିନ୍ତୁ ଆଲୋକ ହିଁ ଆମ ଆଖିରୁ ଲୁହ ପୋଛିବାକୁ ସଦା ତତ୍ପର । ଭଲପାଇବାର ସଂଜ୍ଞାରେ ହିଁ ସଂପର୍କର ଡୋରି ମଜଭୁତ୍ ହୁଏ ।

ତୁମେ ମମତାର ଆତ୍ମକୈନ୍ଦ୍ରୀକ ମନୋଭାବ ଯୋଗୁ ନିଜ ଅଶାନ୍ତିକୁ ବାରମ୍ବାର ନିଜ ମନରେ ପଶାଇ ମୋ ମନକୁ ମଧ୍ୟ ଆକ୍ରାମାକ୍ରା କର । ଯଦି ପାଞ୍ଚ ପୁତ୍ରକୁ ଖୁଆଇବା ପାଇଁ ମୋ ଘରେ ଚାଉଳଥିଲା ତେବେ ଆଉ ଆଲୋକକୁ ଖୁଆଇପାରିବିନି କେମିତି ? ନିଜ ଭୁଲ୍‌ର ପରିସୀମା ଭିତରୁ ବାହାରିବା ତମ ପାଇଁ ମୁସ୍କିଲ୍ । ଏବେ ଆଉ ଆମର ଚିନ୍ତା କ'ଣ ? ଆଲୋକ ଓ.ଏ.ଏସ୍ ହୋଇ ନିଜ ଗୁରୁଦାୟିତ୍ୱ ସମ୍ଭାଳିବା ବେଳେ ତା' ସୁଖ ଦୁଃଖରେ ଭଲ କଥାଟିଏ କହିବାକୁ କାର୍ପଣ୍ୟ ହେବନି । ସେ ଦେଖିବ ଆସ ସାନ ପୁଅଟିକୁ ଖୁବ୍ ଶୃଙ୍ଖଳିତ କରି ତାକୁ କୂଳରେ ଲଗାଇଦେବ ।

- ଦେଖୁଥାଅ ସ୍ୱପ୍ନ । ଏଥର ପୁଅର ବାହାଘର କଥା ଚିନ୍ତା କର । ଆମେ ଆମ ମନମୁତାବକ ଭଲ ଝିଅଟିଏ ଦେଖି ବିବାହ କରାଇଦେବା । ଯିଏ ଆମର ସୁଖଦୁଃଖରେ ଠିଆହେବ ।

- ଏବେ ତ ଆତ୍ମୀୟତାର ସ୍ପର୍ଶ ନିଜ ଭିତରେ ପାଇଗଲ । କ'ଣ ପୁଅ ଭଲ ଚାକିରୀ କଲା ବୋଲି ? ସମାଜ ତ ସ୍ୱାର୍ଥପର ହୋଇ ଯାଉଛି ଦିନକୁ ଦିନ । କିଏ ପରଖୁଛି କାହା ହୃଦୟର ଭାଷାର ମର୍ମକୁ ? ଜୀଇଁବା ପାଇଁ ତ ସ୍ୱାର୍ଥପର ହେବା ଜରୁରୀ ନୁହଁ । ବିନା ସ୍ୱାର୍ଥପର ହୋଇ ମଣିଷ ତ ଉଚିତ ଜୀବନ ଯାପନ କରିପାରେ ।

- ତେବେ ତୁମେ ନିଜ ବାପାଙ୍କ କଥାକୁ ମୋ ପାଖରେ ବର୍ଣ୍ଣନା କରି ବାହାବା ନେବାକୁ ବସିଛକି ? ତମ ବାପା ସ୍ୱାର୍ଥପର ଥିଲେ ବୋଲି ତମେ ଗାଁ ସ୍କୁଲରେ ଶିକ୍ଷକ ହେଲ । ନହେଲେ ଅଧିକା ପାଠ ପଢ଼ି ଭଲ ଚାକିରୀ କରିଥାଆନ୍ତ । ପାଖରେ ଧନ ଅଛି ବୋଲି ପୁଅକୁ ଗାଁରେ ରଖିବାକୁ ଚାହିଁଲେ । ଏକମାତ୍ର ପୁତ୍ର ଥିବାରୁ ବାପା ମା'ଙ୍କର ବାଧକ ହେବ ବୋଲି ପାଖରେ ରହିଯାଇଥିଲ ।

- ମୋର ତ କିଛି ଅସୁବିଧା ହୋଇନି ଏଯାଏଁ । ଏତେଗୁଡ଼ିଏ ପିଲାଙ୍କୁ ପୋଷିଲିଣି ଏହି ଗାଁରେ ରହି । ଜମିବାଡ଼ିର ଧାନଚାଉଳ ମୁଗ ବିରି ପରିବାପତ୍ର ଆଦି ବ୍ୟବହାର କରି ଆମେ କିଣିଛେ କ'ଣ ? କେତେକ ନିତ୍ୟବ୍ୟବହାର୍ଯ୍ୟ ଜିନିଷ ଛଡ଼ା ଆମେ ତ ଆମ ଜମିବାଡ଼ିରୁ ଉତ୍ପନ୍ନ ଶସ୍ୟରୁ ଟଙ୍କା ପାଇଯାଇଛେ । ଦୁଇ ପୁଅ ଏବେ ଅଣ୍ଡରମାଟ୍ରିକ୍ । ତିନିତିନିଥର ପରୀକ୍ଷା ଦେଇ ଜଣେ ପାସ୍ କଲା । ସେ ଏବେ

କଲେଜରେ ନେତାଗିରି କରି ନାମ କମଉଛି । ଆଉ ତା' ପଛକୁ ଦୁଇଭାଇ ତ ଠିଆହୋଇଛନ୍ତି ।

- ସେଠୁ କ'ଣ ହେଲା ? ଭାଇ ପଛରେ ହିଁ ଭାଇ ଠିଆହୁଏ ।

- ତେବେ ଆଲୋକ ପଛରେ କାହିଁକି ଭାଇପଣିଆ ଦେଖାଉନାହାନ୍ତି ।

- ସେ ତମର ପଣ୍ଡିତ ପୁଅ । ତାକୁ ତ ବାରମ୍ବାର ପୋତି ଦେଉଛ ପ୍ରଶଂସାରେ ଏଇ ତିନିପୁଅଙ୍କ ଆଗରେ । ଏଥିରେ ଏମାନଙ୍କ ମନ ଭାଙ୍ଗିଯିବନି ତ ଆଉ ? ପାଠ ତ ସମସ୍ତଙ୍କର ହେବନି । କିଏ କେଉଁ ବିଦ୍ୟାରେ ଧୁରନ୍ଧର ଥିବ । ଏଥର ସାନ ଦୁଇ ପୁଅଙ୍କ ଭାର ଆଲୋକ ଉପରେ ଛାଡ଼ିଦିଅ । ଦେଖିବା ସେ କେମିତି ଏମାନଙ୍କୁ ମଣିଷ କରିବ ?

- ଦେଖିବ ସାନ ଦୁଇଜଣ ତମ ବଡ଼ପୁଅମାନଙ୍କ ପରି ଅମଣିଷ ହୋଇ ବୁଲିବେ ନାହିଁ । ଏବର୍ଷ ତ ଜଣକର ଓ ଆରବର୍ଷ ଜଣକର ମାଟ୍ରିକ୍ ପରୀକ୍ଷା ଅଛି । ଦେଖିବ ଆଲୋକ ପାଖରେ ରହି ପାଠ ପଢ଼ି କେମିତି ନମ୍ବର ରଖୁଛନ୍ତି ମାଟ୍ରିକ୍ ପରୀକ୍ଷାରେ । ଭଲ କଥାଟିଏ କହିଲ ତ ଏତେଦିନ ପରେ । ଏଇ ବୁଦ୍ଧି ମୋ ମୁଣ୍ଡରେ ପଶିନଥିଲା । ତମ ସାଙ୍ଗରେ ପଡ଼ି ଆଲୋକକୁ ଆଉ ଦାୟିତ୍ୱ ନ ଦେଇ ପର ଭାବିଥାଆନ୍ତି । ତାକୁ ଏ ଦୁଇଜଣଙ୍କ ପଢ଼ା ଦାୟିତ୍ୱ ଦେଇ ମୁଁ ନିଶ୍ଚିନ୍ତ ହୋଇ ରହିପାରିବି ତ ଟିକିଏ । ସେ ହିଁ ମୋର ଯୋଗ୍ୟ ପୁଅ ଯିଏ ଦୁଇଜଣ ଭାଇକୁ ଯୋଗ୍ୟ କରି ସଂସାରରେ ଠିଆ କରେଇବ ।

- ଭାଗ ତ ବାଣ୍ଟିଦେଲଣି ପୁଅମାନଙ୍କ ଭିତରେ । ତମ ତିନିପୁଅଙ୍କ ପାଖରେ ତମେ ରହିଥିବ ଓ ମୁଁ ମୋ ତିନିପୁଅଙ୍କ ପାଖରେ ରହିବି । ଯିଏ ଯାହା ମନ ଖୁସିରେ ଥିବା ।

ପୁଣି ଚିତ୍ରା କହିଲା - ତମେ ତ ସବୁବେଳେ ପାଠ ପାଠ ହୋଇ ମୋ ମୁଣ୍ଡଟାକୁ ବିଗାଡ଼ି ଦେଲେଣି ।

- ବୁଝିଲ ପାଠକୁ ବୁଝିଥିଲେ ସିନା ତା' ଗୁଣରେ ମୁଖରିତ ଥାଅନ୍ତ । ସପ୍ତମ ପଢ଼ିଛ ତ ! ପାଠ ନାଁ ଶୁଣିଲେ ମୁଣ୍ଡ ଭାରି ହୋଇଯାଉଛି । ତମ ଯୋଗୁ ଅନ୍ୟ ତିନିପୁଅ ପାଠରୁ ପାଦ ଖସେଇ ନିଜ ଗନ୍ତବ୍ୟ ପଥକୁ ଭୁଲିଗଲେଣି । ମୋ ହିତ କଥା ସେମାନଙ୍କୁ ପିତା ଲାଗୁଛି । ବାପାଟିଏ ମୁଁ । ତିନିପିଲା ସୁଖରେ ଥିଲାବେଳେ ଅନ୍ୟ ତିନିଜଣ ଅଭାବୀରେ ସଢୁଥିଲେ ଆମ ମନ ଦୁଃଖ ହେବ । କେଉଁ ଭାଇ ଘର ସଂସାର

କଲାପରେ ଅନ୍ୟ ଭାଇମାନଙ୍କ ଜୀବନସାରା ଭରଣପୋଷଣ ଦାୟିତ୍ୱ ନେବେ କି ? ଏବେ ଯେତକ ଜମି ଅଛି ଭାଗ ବଣ୍ଟା ହୋଇଗଲେ କେତେ ମାଣ ମିଳିବ ତମେ ତ ହିସାବ କରିପାରିବ । ବାହାହୋଇ ପିଲାଛୁଆଙ୍କ ବାପା ହେଲାପରେ ଘରର ଖର୍ଚ୍ଚ ବଢ଼ିବ । ମୁଁ ତ ଆଉ ସବୁବେଳେ ଅମର ହୋଇ ବସିନଥିବି ଯେ ସରକାରଙ୍କଠାରୁ ପେନ୍‌ସନ୍ ପାଇ ପୁଅମାନଙ୍କ ଅବସାଦ ଦୂର କରିବି । କିଛି ଗୋଟାଏ ବ୍ୟବସ୍ଥା କର । ନଚେତ୍ ଗାଁରେ ତେଜରାତି ଦୋକାନ କରନ୍ତୁ । ଘର ଚଳେଇବାର ସମର୍ଥ ହେଲାପରେ ବିବାହଯୋଗ୍ୟ ହେବେ । କିଛି ନ କରି ହାତରେ ଟଙ୍କାଟିଏ ନ ଧରିଲା ପର୍ଯ୍ୟନ୍ତ ସେମାନଙ୍କ ବିବାହ କଥା ମୋ ଆଗରେ ଉଠାଇବନାହିଁ । ଏବେ ତ ଆଲୋକ ମଧ୍ୟ ବିବାହ କରୁନି । ସେ କହୁଥିଲା-ଆଉ ପାଞ୍ଚ ଛଅ ବର୍ଷ ଯାଉ । ଏହି ଅସୀମ, ଅରୂପଙ୍କ ପଢ଼ା ସରୁ । ତା'ପରେ ମୋ ବିବାହ କଥା ଚିନ୍ତା କରିବ ।

- ସେ ବୁଢ଼ା ହେଲେ ବିବାହ କରିବ ତମେ । ତା' ବୋଲି ତାକୁ ଘହିଁ ଘହିଁ ଅମର ବାଡୁଅପାଣି ଗାଧୋଇବ ନାହିଁ କି ? ତମେ ସତେ ଗୋଟିଏ ପୁଅ ପାଇଛ । ସେ ହିଁ ତମର ଯୋଗ୍ୟ କର୍ଣ୍ଣ ।

- ବୁଝିଲ ଚିତ୍ରା, ପାଣ୍ଡୁ ସିନା କର୍ଣ୍ଣର ପିତା ନଥିଲେ କିନ୍ତୁ କୁନ୍ତି ଥିଲେ କର୍ଣ୍ଣର ମାତା । ତମେ ଆଲୋକର ମା' ହୋଇନପାର କିନ୍ତୁ ମୁଁ ତା' ପିତା ।

- ତେବେ ସେ ପୁଅ କ'ଣ ତମ ଔରଷରୁ ଜନ୍ମ ହୋଇଛି କି ? କିଏ ସେ ମହୀୟସୀ ମହିଳା ?

ଏଯାଏଁ ତ ଆଲୋକର ପିତା ମାତାକୁ ମୁଁ ଜାଣିନି । କିନ୍ତୁ ଆଲୋକ ହିଁ ମୋର ମାନସ ପୁତ୍ର । ତା' ପାଇଁ ମୋ ହୃଦୟ କାନ୍ଦେ । ତାକୁ ପାଇଲା ପରେ ମୋର ଆଉ ଅସୁବିଧା କିଛି ନାହିଁ । ତମର ପାଞ୍ଚପୁତ୍ର ହେଲେ । ମୋ ଚାକିରୀ ସରକାରୀ ହେଲା । ଆମ ଘରର ଅବସ୍ଥାରେ ଉନ୍ନତି ଆସିଲା ।

- କଥାରେ ଅଛି ପରା ଘରତିଅଣଠାରୁ ପରତିଅଣ ଭାରି ସୁଆଦ ।

- କାହିଁକି ବୁଝିବ ମୋ ଅମୃତ କଥା ? ଯିଏ ଦୁଃଖକୁ ସହି ପାଠପଢ଼ି ଅନ୍ୟ ଭାଇମାନଙ୍କୁ ସୁଖ ବାଣ୍ଟିବାକୁ ତତ୍‌ପର ତୁମେ ତା'ର ଟିକିଏ ପ୍ରଶଂସା କର । ତା' ପ୍ରତି ଅନ୍ୟାୟ କରନି । ତାକୁ ନିଜ ମନରେ ପୁତ୍ରର ସ୍ଥାନ ଦିଅ । ଭାବ ତାକୁ ଗୋଟାଇ ଆଣିଲାବେଳେ ତମେ କେତେ ଆନନ୍ଦିତ ଥିଲ । ତା' ପାଇଁ ଦିନରାତି ଭୁଲି ସଂପର୍କର ଶକ୍ତ ଡୋର ବାନ୍ଧି ସମୟ କାଟୁଥିଲ । କିନ୍ତୁ ଅମର ଜନ୍ମ ପରେ ପରେ ତମେ ତ

ଆଖିରେ ଅନ୍ଧପୁଟୁଳି ବାନ୍ଧି ଅମରଙ୍କୁ ହିଁ ପୁରା ବାତ୍ସଲ୍ୟ ମମତାରେ ବୁଡ଼ାଇଦେଲ । ଅପତ୍ୟସ୍ନେହ ହିଁ ସନ୍ତାନକୁ ବିପଥଗାମୀ କରାଏ । ଏ ତ କଳିଯୁଗ । ବାପା ମା'ମାନେ ପିଲାଙ୍କୁ ସ୍ନେହର ଚନ୍ଦନ ବୋଲି ବୋଲି ଆଖିରେ ଅନ୍ଧପୁଟୁଳି ବାନ୍ଧି ବୁଝିପାରିବେ ନାହିଁ ସନ୍ତାନର ଭଲ ବଦଳରେ ଖରାପ କରୁଛନ୍ତି ବୋଲି । ଯେତେବେଳେ ସନ୍ତାନର ପରିସ୍ଥିତି ଜଟିଳ ହେବ ସେତେବେଳେ ଆଖି ଖୋଲି ଅତୀତକୁ ପରଖିବା ବେଳେ ନିଜକୁ ଦୋଷୀ ମଣିବେ । ଅତି ବାତ୍ସଲ୍ୟ ପ୍ରେମର ଭବିଷ୍ୟତ ସୁଖ ଶାନ୍ତିମୟ ହେବ ବୋଲି ତୁମେ କ'ଣ ଭାବୁଛ କି ?

- ତମେ ତ ସର୍ବଜ୍ଞ ଯେ ଭବିଷ୍ୟତ ପଢ଼ି ଖାଲି ଉପଦେଶ ବର୍ଷିବ ମୋ ଉପରେ । ଦେଖାଅଛି ପରକଥା । ଆପଣା ଛାଏଁ ସମୟ ତ ଆସି ଯାଉଛି । ତମେ ତାକୁ ଅଟକେଇ ରଖିଛ କି ?

- ତେଣୁ ସମୟକୁ ଜଗିରଖି ନିଜକୁ ଫିଟ୍ କରିବା କଥା । ବିଦ୍ୟା ଅର୍ଜନ ବେଳେ ଅନ୍ୟ କଥାରେ ମୁଣ୍ଡ ପଶେଇ ସମୟକୁ ବୁହାଇଦେବା ବାହାଦୂରୀ ନୁହେଁ ଯେ । ବୁଢ଼ାବେଳକୁ ଅତୀତକୁ ମନ ପକେଇ ଲୁହ ଢାଳିଲେ କି ପଶ୍ଚାତାପ କଲେ କୈଶୋର କି ଯୌବନ ଫେରି ଆସିବ ନାହିଁ । ତେଣୁ ବେଳୁ ହିଁ ସାବଧାନ ହେବା ଉଚିତ୍ ।

- କେତେ ଜଣ ଡାକ୍ତର ଇଞ୍ଜିନିୟର ହେଉଛନ୍ତି କି ? ଶହ ଶହ ପିଲା ପାଠପଢ଼ି ପୁଣି ବେକାର ଅଛନ୍ତି । କ'ଣ ତାଙ୍କ ବାପାମାନେ ଖାଲି ପିଲାଙ୍କୁ ବକୁଛନ୍ତି କି ?

- ନାଇଁ ଯେ ତମପରି ଯେଉଁଠି ମା'ଟିଏ ଥିବ ସେହି ପିଲାଙ୍କୁ ଅମଣିଷ ବେକାର କରି ସମାଜରେ ବେକାର ସଂଖ୍ୟା ବଢ଼େଇବ । ଏତେ ବଡ଼ ବଡ଼ ପିଲା ହେଲେଣି ଘରକାମରେ ସାହାଯ୍ୟ ତ କରୁନାହାନ୍ତି ହେଲେ ନିଜକାମକୁ ମା' ହାତରେ କରେଇବାକୁ ଲାଜଲାଗୁନି କେମିତି ? ସକାଳୁ ଉଠି ନିଜେ ଗାଧୋଇଲାବେଳେ ବେଶ ଖୁସିରେ ତ ସେମାନଙ୍କ ପ୍ୟାଣ୍ଟସାର୍ଟ ଗଞ୍ଜିକୁ ସାବୁନରେ ଘସି ଘସି ମଇଳା ଛଡ଼ାଇଥାଅ । ପୁଣି ଇସ୍ତ୍ରୀ କରି ଥାକମାରି ରଖ । କିନ୍ତୁ ମୋ ପ୍ୟାଣ୍ଟସାର୍ଟ ତ ଦିନେ ହେଲେ ସଫା କରନି ।

- ତମେ ନିଜ ଜାମା ପ୍ୟାଣ୍ଟ କାହାକୁ ସଫା କରିବାକୁ ଛାଡ଼ କି ? ତମେ ତ ନିଜ କାମ ଅନ୍ୟଦ୍ୱାରା କରେଇବାକୁ ଭଲ ପାଅନି । ନିଜ ଆଇରନ ନିଜେ କରୁଛ ।

- ସେୟାକୁ ତ ଡଗ ଡଗ ହୋଇ ବଖାଣି ଯାଉଛ ! କାହିଁକି ପୁଅମାନଙ୍କୁ ମୋ ଗୁଣପରି ନିଜ କାମ କରିବାକୁ ଦେଉନ ? ସେମାନେ ଭେଣ୍ଡା ଟୋକା । ଆଉ ତମେ ଘରଯାକର କାମ କରି ପୁଣି ସେମାନଙ୍କ ଲୁଗାପଟା ସଫା କଲାବେଳକୁ ସେମାନଙ୍କ ବିବେକ ବାଧୁନି କେମିତି ? ପାଠ ହେଲାନି ବୋଲି ଗାଁ ସ୍କୁଲ ଗାଁ କଲେଜରେ ପଢ଼ିଲେ । ଘରେ ତ ରହିଲେ । ମା' ତ କାମ କରିଦେଉଛି ସେମାନଙ୍କ ମନକୁ ଚିହ୍ନି । ଆଉ ସେମାନେ ଶିଖିବେ କ'ଣ ? ବାହାର ହଷ୍ଟେଲ କି ଚାକିରୀ କ୍ଷେତ୍ରରେ ରହିଥିଲେ ନିଜେ ହିଁ ନିଜ କାମ କରୁଥାଆନ୍ତେ । ଆଲୋକଠାରୁ ତ କିଛି ଶିଖିଲେନି । ଅବାଟକୁ ଚାଲିଗଲେ ମଧ୍ୟ ତମେ ତାଙ୍କର ମନକୁ ସଜାଡ଼ି ପାରିବ ନାହିଁ । ମୋ ପାଖରେ କଇଁ କଇଁ ହୋଇ କାନ୍ଦି କହିବ - 'ପିଲା ଲୋକପରା' । ଏବେଠୁ ସାବଧାନ କର । ନହେଲେ ନେଡ଼ିଗୁଡ଼ କହୁଣୀକୁ ବୋହିଯିବ ।

- ତୁମ ପାଖରେ ରହି ରହି ପୁଅମାନେ ହଁ ଚିଡ଼ିଗଲେଣି । ତେଣୁ ତମ କଥାକୁ ଖାତିର କରୁନାହାନ୍ତି ।

- ମୋତେ ସମ୍ମାନରେ ପୋତି ଦିଅନ୍ତୁ ବୋଲି ମୁଁ ଚାହୁଁନି । କିନ୍ତୁ ସେମାନଙ୍କ ଜୀବନର ରାସ୍ତା ଠିକ୍ ରୂପେ ପରିଚାଳିତ ହେଉ । ବାସ୍ତବତା ଭିତରେ ବଞ୍ଚନ୍ତୁ । ବିପଥଗାମୀ ହେବା ଅର୍ଥ ଦୁଃଖ ଯନ୍ତ୍ରଣା ଓ ଘୃଣା ତାଚ୍ଛଲ୍ୟ ସାଉଁଟିବା । କିଏ ସୁନା ଚାମଚ଼ରେ ଖାଦ୍ୟ ଖାଉ କି କିଏ ରୂପା ଚାମଚ଼ରେ ଖାଦ୍ୟ ଖାଉ କି ହାତର ପାଞ୍ଚଅଙ୍ଗୁଳି ସାହାଯ୍ୟରେ ଖାଉ, ଖାଦ୍ୟ ତ ଜିଇଁବା ପାଇଁ ଉପଯୋଗୀ ଉପାଦାନ । ତାକୁ ବିଷାକ୍ତ କରି ଗିଳିଲେ ଶରୀର ବଞ୍ଚିବ କେମିତି ?

- ଭାରି ବୁଲେଇ ବଙ୍କେଇ କଥା କହୁଛ । ସତେ ଯେମିତି ଶୂନ୍ୟ ଆକାଶ ତଳେ ପିଲାମାନେ ଚଳିବେ ।

- ବୁଝିଲ, ମୁଁ ବାପା ଭଳି ଆକଟ କରିବି ଅବୁଝା ପିଲାଙ୍କୁ । ଆଉ ତୁମେ ମମତାର ମହକରେ ସେମାନଙ୍କୁ ଲୁହର ସମୁଦ୍ରରେ ବୁଡ଼େଇଦେବ । ମାତୃତ୍ୱର ବିଭୋରପଣରେ ଦେଖି ତ ପାରୁନ ସେମାନଙ୍କ ଅନ୍ଧାରର ଚଲାପଥ ।

- କ'ଣ କଲା କି ମୋ ପୁଅ ଅମର ?

- କାଲି ତ ଛତରାପିଲାଙ୍କ ମେଳରେ ବସି ମଦଖାଉଥିଲା ଗାଁମୁଣ୍ଡ ଚଉତରାରେ । ଶୁଣିଥିଲି ଦାମଭାଇଠାରୁ । ହେଲେ କାଲି ଆଖିରେ ଦେଖିଲା ପରେ

ହୃଦ୍‌ବୋଧ ହେଲା ଯେ ଏସବୁ କାର୍ଯ୍ୟକଳାପ ଗୋଟିଏ ଗୁଣର ପିଲାର ଲକ୍ଷଣ ନୁହେଁ । ଟଙ୍କା ଆଣିଲା କେଉଁଠୁ ? ତମେ ହିଁ ଦେଇଥିବ ଧାନ ଚାଉଳ ବିକିକରି ।

– ପିଲାଟି ବହିପାଇଁ କାକୁତିମିନତି ହେଲାପରା ।

– ଆଉ ମିଥ୍ୟା ଆଚରଣ ମୋ ପାଖରେ କରନି । ଠିକ୍ ଭାବରେ ଜାଣ ବହିପାଇଁ ମୁଁ କେବେ କାର୍ପଣ୍ୟ ନୁହେଁ । ଶିକ୍ଷା ସ୍ୱାସ୍ଥ୍ୟ ପ୍ରତି ମୁଁ ସଚେତନ । ଏକଥା ଶୁଣି ତୁମେ କୃତ୍ୟକୃତ୍ୟ ହୋଇଯିବନି ତ ଆଉ । ତାକୁ ବାତରାମେଳକୁ ଆପଣେଇବାକୁ ପ୍ରଶୟ ଦିଅନି ।

– ସେମାନେ ଆଉ ଛୋଟପିଲା ନୁହନ୍ତି ଯେ ମୋ କଥାରେ ମୁଣ୍ଡ ହଲେଇବେ । ଯିଏ ଯେମିତି ହେବ ସେ ତା' ଫଳ ପାଇବ । ପୋଡ଼ାମୁହାଁ ଆସିଲେ ତାକୁ ପଚାରିବି ସତଟା କ'ଣ ? ଏବେ ମୋ ଉପରେ ପୁଅମାନଙ୍କ ଦୋଷକୁ ଲଦି ଦେଉଛ କାହିଁକି ? ବୁଝାଉନ ତାକୁ ।

– ତେବେ ତୁମେ ପାଟି ବନ୍ଦ କରିବ ଓ ସେମାନଙ୍କ ସପକ୍ଷରେ ଅଣ୍ଡାଭିଡ଼ି ମୋ ସାଙ୍ଗରେ କଳି କରିବ ନାହିଁ । ଦେଖାଇ ଦେବି ଏଇ ମାଷ୍ଟର କି ଦଣ୍ଡ ଦେଇପାରେ ନିଜ ପୁଅକୁ । ତମର ଯୋଗୁ ମୁଁ ତ ନିରୁପାୟ ହୋଇଥିଲି । ପିଲାଙ୍କ ଚରିତ୍ରକୁ ବଦଳେଇବାକୁ ହେବ ।

– ଚହଟ କେତେ ମୋ ସହିତ, ଏଥର ମୁଁ ଚୁପ୍ ରହିବି ।

ଘର ଭିତରକୁ ଅମର ପଶି ଆସୁ ଆସୁ ବିଭୂତି ଜୋର୍‌ରେ ଚିଲେଇ ଉଠି କହିଲେ – ଠିଆ ହୁଅ ଏଠି ।

– କାହିଁକି ? କି ଅପରାଧଟିଏ କରିଦେଇଛି କି ?

– ସବୁଠୁ ବଡ଼ ଅପରାଧ କରିଛୁ ତୁ । ବାପାଙ୍କ ଟଙ୍କାରେ ମଦ ପିଇଛୁ । ବାପାଙ୍କ ଟଙ୍କାରେ ଖାଉଛୁ ପିନ୍ଧୁଛୁ ।

– ତମେ ବାପା ହେଇଛ ଦିଅନ୍ତି ନାହିଁ କି ? କେଉଁ ଅଧିକା ବଡ଼ କାମଟେ କରିଦେଲକି ?

– ବୁଝିହେଉନି ତୋର କେଉଁ ଆଡ଼କୁ ଅଧୋଗତି ହେଲାଣି । କାଲିଠୁ ତୁ ସେହି ବାଲୁଙ୍ଗା ପିଲାଙ୍କ ସହ ମିଶିବୁ ନାହିଁ । ଯଦି ମିଶିବୁ ତେବେ ତୋର ଘରେ ଖାଇବା ପିଇବା ବନ୍ଦ । ନିଜେ ରୋଜଗାର କରି ଚଳିବୁ । ବାପାଙ୍କ ଅନ୍ନ ଧ୍ୱଂସ କରିବୁ

ନାହିଁ । ମା'ର ପଣତ କାନିରେ ତ ସବୁଦିନ ଢାଙ୍କିହୋଇ ବସିବନି । ନିଜ ଘର ସଂସାର ଚଳେଇବ ପୁଣି । ଆଲୋକ ନିଜେ ଟ୍ୟୁସନ କରି ପାଠପଢ଼ି ଓ.ଏ.ଏସ୍. ଚାକିରୀ ପାଇଲା । ଭାବ କ'ଣ କରିବୁ ? କୁଜି ନେତା ହୋଇ ବୁଲିବା ଅପେକ୍ଷା ଯା କ୍ୟାପିଟାଲ । ସେଠି ନେତାଙ୍କ ପିଅନ ହୋଇଯିବୁ । ଯାଉନୁ ନେତାଙ୍କୁ କହି ଚାକିରୀ ଖଣ୍ଡିଏ କରିନେବୁ । ଦେଖିବି ତମ ନେତାଙ୍କ କାଟ୍‌ତି ।

ଚିତ୍ରା ପାଟି ଚୁପ୍ କରି ରହିଲେ ବିଭୂତିଙ୍କ କଥାରେ । ମା'ଠାରୁ କୌଣସି ଆଶ୍ୱାସନା ବାଣୀ ନ ଶୁଣିବାପରେ ଅମରର ମନଟିରେ ଶଙ୍କା ପଶିଗଲା ଯେ ମା' ବୋଧେ ରାଗିଛି ମଦ ପିଇବା କଥା ଶୁଣି । ନିଜକୁ ବଞ୍ଚାଇବା ପାଇଁ କହିଲା- ଭୁଲ୍‌ବଶତଃ ମୁଁ ସାଙ୍ଗମାନଙ୍କ କଥାରେ ପଡ଼ି ମଦ ପିଇଦେଇଛି । ଆଉ ଯଦି କେଉଁ ଦିନ ମଦ ପିଇବି ସେଦିନ ଆପେ ଆପେ ଘରୁ ବାହାରିଯିବି ।

ଏକ ଦୀର୍ଘଶ୍ୱାସ ବାହାରି ଆସିଲା ବିଭୂତିଙ୍କର । ଭାବି ନେଲେ ଘରର ମୁରବୀ ଯଦି ମିରିଗ ହୋଇଯିବ ତେବେ ତ ପୁଅମାନେ ବାଘ ହୋଇ ନାଟ କରିବେ । ବାପା ପ୍ରତି ଖରାପ ଭାବନା ଅମରର ଆସୁ ସେଥିପ୍ରତି ସେ ନଜର ଦେବେନି । କାରଣ ପିଲାଙ୍କ ମଙ୍ଗଳ କାମନା ହିଁ ପ୍ରତି ବାପାଙ୍କ କର୍ତ୍ତବ୍ୟ । ଟିକିଏ ଚଢ଼ାଗଳାରେ କହିଲେ - ଗାଁ କଲେଜରେ ବି.ଏ. ପଢ଼ା ସରିଲା । ଏବେ କ'ଣ କରିବୁ ? ଯା ଆଲୋକ ପାଖରେ ରହିଯିବୁ । ସେଠି ପଢ଼ାପଢ଼ି କଲେ କିଛି ଗୋଟାଏ ଚାକିରୀ ମିଳିଯିବ ।

ନାଇଁ ମୁଁ ବି.ଏଡ୍. କରି ଶିକ୍ଷକ ହେବି । ଏଥର ଫର୍ମ ପକେଇ ଯେଉଁଠି ପାଇଲି ସେଠି ଜଏନ୍ କରିବି । ତମେ ତମ ଚାକିରୀ ପଛରେ ଲାଗିଛ । ଏହି ବେକାର ଯୁଗରେ କୌଣସି ଚାକିରୀ ପାଇବା କଷ୍ଟ । ଦେଖାଯାଉ ବି.ଏଡ୍ ପରେ ମାଷ୍ଟର ଚାକିରି ମିଳୁଛି କି ନାହିଁ ।

ଏହି କଥା ଶୁଣି ଚିତ୍ରା ଜୋର୍ ଦେଇ କହିଲା - କାହିଁକି ମାଷ୍ଟ୍ରଟିଏ ହେବୁ । ଯାଉନୁ ବ୍ୟାଙ୍କ୍ ଚାକିରୀ କରିବୁ ।

- ମା', ଏତେ ସହଜରେ କମ୍ପିଟେସନ ପରୀକ୍ଷାରେ ଉତ୍ତୀର୍ଣ୍ଣ ହେବା ସହଜ ନୁହେଁ ।

ମୁଁ ତୋ ପାଇଁ ଭାବିଥିଲି କ'ଣ ? କେତେ ସ୍ୱପ୍ନ ଦେଖିଥିଲି । ତୁ ପୁଣି ବାପାଙ୍କ ପରି ଶିକ୍ଷକଟିଏ ହେବାକୁ ଚାହୁଁଛୁ ?

ବିଭୂତି ପରିପକ୍ୱତା ଦୃଷ୍ଟିରୁ ନିଜର କ୍ରୋଧକୁ ଚିତ୍ରାଉପରେ ପ୍ରକାଶ ନକରି

ଅମରଙ୍କୁ କହିଲେ- ତୁ ତୋ ନିଷ୍ପତ୍ତିରେ ଅଟଳ ରୁହ । ହଉ ଏଥର ବି.ଏଡ୍‌ରେ ଜଏନ୍ କରିଦେ । ତମମାନଙ୍କର ଖୁସି ଦେଖିବା ମୋର ଇଚ୍ଛା ।

ଅମରଙ୍କ ହୃଦୟରେ ପରିବର୍ତ୍ତନର ସ୍ୱର ଭରିଗଲା ଯେମିତି । ବାପାଙ୍କ ପାଦ ତଳେ ପଡ଼ି ବାଷ୍ପରୁଦ୍ଧ କଣ୍ଠରେ କହିଲା - ବାପା ମୁଁ ଯଦି ଆପଣଙ୍କ ଇଚ୍ଛାରେ ଚାଲିଥାଆନ୍ତି ଆଲୋକଭାଇଙ୍କ ପରି ଚାକିରୀ ପାଇଥାଆନ୍ତି । ପିଲାବେଳୁ ପାଠପ୍ରତି ବୀତସ୍ପୃହ ହୋଇ ନିଜ ଇଚ୍ଛାରେ ପାଠ ପଢ଼ିଛି । ଯାହାର ଫଳ ସ୍ୱରୂପ ମୁଁ ଗୋଟିଏ ସାଧାରଣ ଶିକ୍ଷାର୍ଥୀଟିଏ । ଆଜିକାଲି ଚାକିରୀ ମହଙ୍ଗା ସମୟରେ ଚାକିରୀ ତ ମିଳିବ କି ନ ମିଳିବ କହିପାରିବି ନାହିଁ । ତଥାପି ଆଜିଠାରୁ ମୁଁ ମୋ କ୍ୟାରିୟର ଆରମ୍ଭ କରିବି ବୋଲି ମନଧ୍ୟାନ ଦେଇ ଲାଗିବି ।

ବିଭୂତି କୋଳେଇ ପକେଇଲେ ଅମରକୁ । ନିଜର ଦାୟିତ୍ୱବୋଧକୁ କଠୋର ସ୍ୱରରେ ଶୁଣାଇଥିବାରୁ ଭାବବିହ୍ୱଳତା ହୋଇ କହିଲେ - ଆଲୋକ ଭାଇଠାରୁ କିଛି ଶିଖ । ସେ ସ୍ୱାଭିମାନୀ ହୋଇ ମୋଠାରୁ ଟଙ୍କା ଗ୍ରହଣ ନକରି ମଧ୍ୟ ତମମାନଙ୍କ ପାଠ ପ୍ରତି ସଜାଗ ଥିଲା । ଅଥଚ୍ ତମେମାନେ ତାକୁ ଶତ୍ରୁପରି ଆଚ଼ରଣ କରି ଅନୁତପ୍ତ ହୁଅନି କେବେହେଲେ । ତୁମମାନଙ୍କ ପ୍ରତି ଆଲୋକ ଭଲ ବ୍ୟବହାର ଦେଖାଇ ଥାଏ ମୋ ଜାଣିବାଦିନଠାରୁ । କିନ୍ତୁ ତମେମାନେ ସେହିପରି ଅନୁରୂପ ବ୍ୟବହାର ନ ଦେଖାଇ ତା' ମନକୁ ବ୍ୟଥିତ କର । କାହିଁକି ଏପରି କଟୁକ୍ତି ପ୍ରୟୋଗ କର ?

- ମା' କାହିଁକି ଆଲୋକ ଭାଇକୁ ଭଲ ପାଏନି ?

ଚୁପ୍ ରହିଗଲେ ବିଭୂତି । ଚିତ୍ରା ମଧ୍ୟ ଚୁପ୍ । ଦୁହେଁ ଦୁହିଁଙ୍କ ମୁହଁକୁ ଚାହିଁ ରହିଲେ । ବାଧ୍ୟ ହୋଇ ବିଭୂତି କହିଲେ - ତୋ ମା'କୁ ପଚାରେ ।

ଚିତ୍ରା ମଧ୍ୟ ନିଜ ଦୋଷକୁ ଖୋଜିବାକୁ ସମୟ ପାଇନଥିଲେ କେବେ । ଏବେ ଅମର ପ୍ରଶ୍ନରର କି ଉତ୍ତର ଦେବେ । କହିଦେବେକି ଆଲୋକ ଆମ ପୁଅ ନୁହେଁ । କିନ୍ତୁ ବାଷ୍ପରୁଦ୍ଧ ସ୍ୱରରେ କହିଲେ - ଏତେ ପିଲାଙ୍କ ଜଞ୍ଜାଳ ଭିତରେ ଆଲୋକ ପ୍ରତି ଅବହେଳା କରିଦେଇଛି । ସେ ତା' ବାଟରେ ବଢ଼ି ଚାଲିଛି ଯେମିତି ।

ଆଶ୍ଚର୍ଯ୍ୟ ହୋଇ ବିଭୂତି ଚାହିଁଲେ ଚିତ୍ରା ମୁହଁକୁ । ସେ ଆଶା କରିନଥିଲେ ଚିତ୍ରାର ଉତ୍ତର ଏପରି ହେବ ବୋଲି । ଅମର ଭାବବିହ୍ୱଳିତ ହୋଇକହିଲା- ମୁଁ ଭାଇ ପ୍ରତି ଉଚ଼ିତ୍ ବ୍ୟବହାର କେବେ ଦେଖାଇନାହିଁ ।

- ଏବେ ସମୟ ତ ଯାଇନି । ଆହୁରି ଆଗକୁ ପଡ଼ିଛି । ଏଥର ସବୁ ଭାଇ

ଏକମନ ହୋଇ ଚ଼ଳ । ନିଜ ବିଷାକ୍ତ ମନକୁ ଦୂର କରି ନୈତିକତା ଓ ଦାୟିତ୍ୱବୋଧ ଭିତରେ ଆବଦ୍ଧ ହୁଅ । ଦେଖିବ ତମମାନଙ୍କ ମନ ଖୁବ୍ ସୁନ୍ଦର ହେବ । ଈର୍ଷାଦ୍ୱେଷ ଦୂର ହୋଇଯିବ ।

ଅମର ଅପରାଧବୋଧତା ଭିତରେ ଅସ୍ୱାଭାବିକ ହସଟିଏ ହସି ସେଠୁ ଚ଼ଲିଗଲେ । ବିଭୂତି ଚିତ୍ରାଙ୍କୁ କହିଲେ- ତମ ଯୋଗୁଁ ପୁଅ ବିପଥଗାମୀ ହୋଇଯାଉଥିଲା । ଏବେ ଯାହାହେଉ ବାଟକୁ ଆସିଯିବ । ମା' ହୋଇ ତମେ ଆଗ ପାତରଅନ୍ତର ଭାବନା ମନରୁ ଦୂରକର । ତମେ ସମସ୍ତଙ୍କୁ ସମାନ ସ୍ନେହ ମମତାରେ ଆବଦ୍ଧ କର । ଦେଖିବ ସମସ୍ତେ ତୁମକୁ ଭଲପାଇବେ । ଆହୁରି ତମଠାରୁ ବେଶି ସ୍ନେହ ପାଇବାପାଇଁ ନିଜକୁ ଗୁଣବାନ୍ ମଧ୍ୟ କରିବେ । ବାପା ମା' ପିଲାଙ୍କ ପଥପ୍ରଦର୍ଶକ ।

ଚିତ୍ରା ଶଙ୍କିତ ଗଳାରେ କହିଲା - ଆକାଶ ଓ ଅସୀମ ମାଟ୍ରିକ୍ ଫେଲ୍ ହୋଇଛନ୍ତି । ଏବେ କ'ଣ କରିବେ ।

ସେମାନେ ମାଟ୍ରିକ୍ ପରୀକ୍ଷାରେ ପାସ୍ ହେବାପାଇଁ ଚେଷ୍ଟା କରନ୍ତୁ ନଚେ଼ତ୍ କାହା ଦୋକାନରେ ଯାଇ ସେଲ୍ସ୍‌ମ୍ୟାନ୍ ହେବେ । ବହୁତ ହୋଇଗଲାଣି ତମର ଭଲପାଇବାର ମୋହ । ଯାହାଫଳରେ ପିଲାଙ୍କୁ ଅମଣିଷ କରି ସମୟର ନିର୍ମମ କାରାଘାତ ସହ୍ୟ କରିବାକୁ ଛାଡ଼ିଦେବ । ତମ ପରି ମା' ପିଲାଙ୍କ ମଙ୍ଗଳ କରିବ କ'ଣ ? ଓଲଟି ସେମାନଙ୍କୁ ମୁଣ୍ଡରେ ବସାଇ ହିତାହିତଜ୍ଞାନ ଭୁଲି ଦାୟିତ୍ୱବୋଧକୁ ଆପଣେଇ ପାରିବ ନାହିଁ । ଏଥର ମୋର କୌଣସି କଥାରେ ହସ୍ତକ୍ଷେପ କରିବନାହିଁ । ମୂର୍ଖ୍ୟା ନାରୀଟିଏ । ବୁଝି ତ ପାରିବନି ସଂସାରର ଖବର !

ଚିତ୍ରା ଜୋର୍‌ରେ କଇଁ କଇଁ ହୋଇ କାନ୍ଦି ଅଭିମାନ ସ୍ୱରରେ କହିଲା- ମୋତେ ବିଭା ହେଉଥିଲ କାହିଁକି ? ଏବେ ମୂର୍ଖ୍ୟା କହିଲେ ମୁଁ ତ ପଣ୍ଡିତ ହୋଇଯିବିନି । ଆମ ଗାଁ ସ୍କୁଲରେ ଯେତିକି କ୍ଲାସ ଥିଲା ସେତିକି ପଢ଼ିଥିଲି । ପାଖ ଗାଁ ସ୍କୁଲରେ ତ ଆମ ଗାଁ ଝିଅ ଯାଇ ପଢୁନଥିଲେ । ପୁଅମାନେ ସିନା ଚ଼ଲି କି ସାଇକେଲ୍‌ରେ ଯାଇ ପଢୁଥିଲେ । ଝିଅମାନଙ୍କର ଏ ସୁବିଧା ନ ଥିଲା ପରା ।

ବିଭୂତି ଟିକିଏ ଗମ୍ଭୀର ହୋଇ କହିଲେ - ମୋର କଥାକୁ ଧରନି । ମୁଁ ଏମିତି କହୁ କହୁ କହିଦେଲି । ଝିଅମାନଙ୍କୁ ତ ଶିକ୍ଷାକ୍ଷେତ୍ରର ସୁବିଧା ଦିଆଯାଏନି । ଆଜି ମଧ୍ୟ ଗାଁର ଅନେକ ଝିଅ ପାଠ ପଢ଼ି ପାରୁନାହାନ୍ତି । କାଲି ଦାମଭାଇ କହୁଥିଲେ - ଝିଅ ବାହାଘର ଯୁଟିଗଲା । କରିଦେବି ଆସନ୍ତା ମାସରେ ।

- ସେ ପରା ନବମଶ୍ରେଣୀରେ ପଢୁଛି ।

ଛୋଟଝିଅ ବାହାଦେବା ଅପରାଧ ମଧ୍ୟ ବୋଲି ବିଭୂତି କହିଥିଲେ ।

ଚିତ୍ରା କହିଲା- ସେ କ'ଣ ତମ କଥା ଶୁଣିବେ କି ? ଦେଖିବ ଝିଅ ବାହାଘର କରିଦେବେ ।

- ଦେଖାଯାଉ । କାର୍ଡ଼ଖଣ୍ଡିଏ ତ ମୋତେ ଦେଇଯାଇଛି । ସେଦିନ ଯିବାକୁ ପଡ଼ିବ ନିଶ୍ଚୟ । ତଥାପି ସେଠି ପହଁଞ୍ଚିବାପରେ ବୁଝାଇବି ।

- କିଛି ଲାଭ ହେବନି । ଆଗରୁ ବୁଝାସୁଝା କରାଇ ବାହାଘର ବର୍ଷକୁ ଗଡ଼େଇଦେଲେ ଚଳନ୍ତା ।

ଠିକ୍ ଏହି ସମୟରେ ଘରଭିତରକୁ ସ୍ନେହା ପଶିଆସିଲା ଅଣନିଃଶ୍ୱାସୀ ହୋଇ । ବିଭୂତିଙ୍କ ଗୋଡ଼ ତଳେ ପଡ଼ି କାନ୍ଦି ଉଠି କହିଲା- ସାର୍ ବୁଝାନ୍ତୁ ମୋ ବାପାଙ୍କୁ । ନଚେତ୍ ମୁଁ ଆତ୍ମହତ୍ୟା କରିବି । ନଚେତ୍ ପୋଲିସ୍ ଷ୍ଟେସନ୍‌ରେ ବାପାଙ୍କ ବିରୁଦ୍ଧରେ ଏତଲା ଦେବି । ମୁଁ ଭଲ ପାଠ ପଢୁଛି । ନିଜେ ନିଜ ସ୍ୱାଭିମାନରେ ବଞ୍ଚିପାରିବି ନିଜଗୋଡ଼ରେ ଠିଆହେଲା ପରେ । ଏବେ ମୋ ବୟସ ପନ୍ଦର । ଅଠର ନ ପୁରିଲେ ବିବାହ କରାଇବା ଆଇନ ବିରୁଦ୍ଧ । ତଥାପି ମୋ ବାପା ନଛୋଡ଼ବନ୍ଧା ଏହି କଳଙ୍କିତ ପ୍ରଥାକୁ ଛାଡ଼ିବାକୁ । ଯଦି ମୋ ଅଭିଯୋଗ ପ୍ରମାଣସିଦ୍ଧ ହେଲା ତେବେ ବାପାଙ୍କୁ ଜେଲ୍ ହୋଇଯିବ । ମୁଁ ଝିଅ ହୋଇ ଏପରି ନିର୍ବୋଧତା କରିବିନାହିଁ ବୋଲି କେତେ ଜଣଙ୍କ ପାଖରେ ଗୁହାରି କରିଆସିଲିଣି । ସମସ୍ତେ ମୋ ମନ କଥା ବୁଝି ମୋ ଶିକ୍ଷାର ଅଗ୍ରଗତିରେ ସାହାଯ୍ୟ କରିବେ ବୋଲି ଆକୁଳ ନିବେଦନ କରୁଛି । ମୋ ଭବିଷ୍ୟତକୁ ମୁଁ ଅନ୍ଧାର କରିବାକୁ ଚାହୁଁନି ।

ଚିତ୍ରା ଆଶ୍ୱାସନା ଦେଇ କହିଲା- ଚିନ୍ତା କରେନା । ଏବେ ମୁଁ ଓ ସାର୍ ତୋ ଘରକୁ ଯାଇ ତୋ ମା' ଓ ବାପାଙ୍କୁ ବୁଝାଇବୁ ।

ବିଭୂତି ଟିକିଏ ଗମ୍ଭୀର ହୋଇ କହିଲେ- ଦାମଭାଇ ଅବୁଝା ମଣିଷଟିଏ । ପାଠ ତ କିଛି ପଢ଼ି ନାହାନ୍ତି । ଏପରିକି ନିଜ ନାଁ ଦସ୍ତଖତ କରିପାରୁନାହାନ୍ତି । ଏପଟରେ ଶିକ୍ଷା ବିରୁଦ୍ଧରେ ଅଛନ୍ତି । ଆମେ ଚେଷ୍ଟା କରିବା । ଆସ ଯିବା ସ୍ନେହା ସହିତ ।

ବିଭୂତି, ଚିତ୍ରା ଘରର କବାଟ ଆଉଁଜେଇ ସ୍ନେହା ସହିତ ତା' ଘରକୁ ଗଲେ । ସେଠି ପହଁଞ୍ଚିବାପୂର୍ବରୁ ଘନ ବଡ଼ବାପା, ମାଧବ ଜେଜେ, ଆଦି ପହଁଞ୍ଚି ଯୁକ୍ତିତର୍କ

କରୁଥିଲେ ସ୍ନେହାବାପା ଦାମଭାଇ ସହିତ । ଚିତ୍ରା ମୁଣ୍ଡରେ ଓଢ଼ଣାଟାଣି ଦାଣ୍ଡଘର ଦେଇ ଗମ୍ଭୀରା ଘର ଆଡ଼କୁ ସ୍ନେହାସହ ଚାଲିଲା । ବିଭୂତି ଅଟକି ଗଲେ ଆଲୋଚନା ସ୍ଥଳରେ । ସ୍ନେହା ମା'ଙ୍କୁ ଚିତ୍ରା ଦେଖି ମୁଣ୍ଡିଆଟିଏ ମାରିଲା ।

ସ୍ନେହାମା' ଆଶ୍ଚର୍ଯ୍ୟରେ କହିଲା- ଆଜି କେମିତି ଆମ ଘର ଆଡ଼େ ପାଦ ପଡ଼ିଲା ? କେବେ ତ ଆସୁନ ଆମ ଘରକୁ ? ଗରୀବ ଲୋକ ବୋଲି ତମର ମାନ ତଳେ ପଡ଼ିଯିବ ବୋଲି ଭାବୁଥିବ ତ ?

ଦୀର୍ଘଶ୍ୱାସ ଛାଡ଼ିଲା ଚିତ୍ରା । କହିଲା ଏ ସାହିରୁ ସେ ସାହିକୁ ଯିବା ଆସିବା ତ ଶାଶୁ ଥିବାବେଳେ ଆକଟ ଥିଲା । ଏମିତି ଭୋଜିଭାତ ବେଳେ ଦେଖା ସାକ୍ଷାତ ହେଉଛି । ଜଗନ୍ନାଥ ମନ୍ଦିର କି ଶିବମନ୍ଦିରରେ ଦେଖା ହେଲେ ଗପସପ ଜମୁଛି । ଘରଛାଡ଼ି କୁଆଡ଼େ ଯାଇ ହେଉନି । ଜଞ୍ଜାଳ ଭିତରେ ତ ଦିନ ସରୁଛି । ଆଜି ଗୋଟିଏ ଜରୁରୀ କାମପାଇଁ ଏଠିକୁ ଆସିଛୁ ।

- ମାନେ ବିଭୂତି ଆସିଛନ୍ତି କି ?

- ହଁ । ତମେ ସ୍ନେହାକୁ କାହିଁକି ବିବାହ ଏବେ କରେଇବାକୁ ଚାହୁଁଛ । ପନ୍ଦର ବର୍ଷର ଝିଅର ବିବାହ ଆଇନ୍ ସମ୍ମତ ନୁହେଁ । ଅସୁବିଧା ହେବ । ଝିଅ ଏବେ ପାଠ ପଢ଼ିବାକୁ ଚାହୁଁଛି । ତାକୁ ପଢ଼ାଇଲେ ତା' ଭବିଷ୍ୟତ ଉଜ୍ଜଳ ହେବ ।

ସ୍ନେହାର ମା' ଜୋର୍‌ରେ କହିଲା- ବଢ଼ିଲାଝିଅକୁ ଘରେ ରଖିଲେ ଅସୁବିଧା । ଆମେମାନେ ପରା ଚଉଦବର୍ଷରେ ବାହାହୋଇ ଆସିଥିଲେ । ଆମେ ଘର ସଂସାର ପିଲାଛୁଆ କଥା ବୁଝିଲେ ନା ନାହିଁ । ଏମାନେ ଦି ଅକ୍ଷର ପାଠ ପଢ଼ିଛନ୍ତି । ସବୁକଥା ବୁଝିନେବେ ଠିକ୍‌ରେ ।

- ଆମ ସମୟ କଥା ଅଲଗା ଥିଲା । ଆମର ଶିକ୍ଷାଦୀକ୍ଷା ନଥିଲା ବୋଲି ଶୀଘ୍ର ବିବାହିତ ହେଲେ । ଆମ ବୟସର ଅନେକ ଝିଅ ଡାକ୍ତରାଣୀ, ଅଧ୍ୟାପିକା ଆଦି ଚାକିରୀ କରିଛନ୍ତି ସୁବିଧା ସୁଯୋଗ ପାଇଥିବାରୁ । ତମେ ଯେଉଁ ସ୍ତ୍ରୀରୋଗ ଡାକ୍ତରାଣୀଙ୍କ ପାଖକୁ ଯାଉଛ ସେ ତମଠାରୁ ଦଶବର୍ଷ ବଡ଼ହେବେ । ତମ ଝିଅ ପାଠ ପଢ଼ି ଯଦି ଭଲ ଚାକିରୀ ପାଇଲା ତୁମର ନାଁ ରହିବ ତ ପୁଣି ?

- ଝିଅର ଚାକିରୀ ଟଙ୍କା ତା' ଶାଶୁଘରକୁ ଛାଇ । ଆମର କ'ଣ ଯାଏ ନା ଆସେ ? ଝିଅ ବିଭାଦେଲେ ଆମ ମୁଣ୍ଡରୁ ବୋଝ ଉତରିଯିବ । ବିନା ଯୌତୁକରେ କିଏ ବାହାହେବାକୁ ଚାହିଁବ କହିଲ ?

- ତମେ ଯଦି ଖରାପ ନ ଭାବିବ କହିବିକି ଗୋଟିଏ କଥା ?

- କହୁନୁ ।

- ସ୍ନେହାକୁ ପାଠ ପଢ଼ାଅ । ତାକୁ ମୁଁ ମୋ ଘରକୁ ବୋହୂ କରିନେବି ଅମର ପାଇଁ । ଯଦି କହିବ ନିର୍ବନ୍ଧ କରି ରଖିଦେବୁ ।

- ତମର ବଡ଼ପୁଅ ଆଲୋକ ଏବେ ବଡ଼ ଚାକିରୀଟିଏ ପାଇଗଲାଣି । ତା' ପାଇଁ ପ୍ରସ୍ତାବଟା ଦଉନ ?

- ବୟସର ତାରତମ୍ୟ ବେଶି ହୋଇଯିବ । ଅମର ପାଇଁ ଠିକ୍ ବୟସ ହେବ ।

- ଅମର ଗାଁରେ ଲଫଙ୍ଗାପରି ବୁଲୁଛି । ସ୍ନେହାକୁ ସେ କ'ଣ ପୋଷିବ ଓଲଟି ମୋ ଝିଅ ହିଁ ତା' ଭଲମନ୍ଦ କଥା ବୁଝିବ ।

- ଅମର ଏବେ ବଦଳିଗଲାଣି । ସେ ସହରକୁ ପାଠ ପଢ଼ିବାକୁ ଯିବ । ଭାଇ ପାଖରେ ରହି ଚାକିରୀ ପାଇଁ ଚେଷ୍ଟା କରିବ । ଯଦି ପାଇଗଲା ଭଲ କଥା, ଚାକିରୀ ପାଇଲା ପରେ ସ୍ନେହାସହ ବିବାହ ତ ନିଶ୍ଚୟ କରାଇବି ।

ହତବାକ୍ ହୋଇଗଲା ସ୍ନେହାର ମା' । ପଚାରିଲା ସତ କହୁଛ ତ ?

- ହଁ, ହଁ, ତ୍ରିବାର ସତ୍ୟ କରି କହୁଛି ପରା । ଆସ ବୁଝାଇ ଦେବା ସମସ୍ତଙ୍କୁ । ସମସ୍ତଙ୍କ ଆଗରେ କଥାଟା ପକ୍କା କରିଦେବା ।

ସ୍ନେହା ମା' ଦାଣ୍ଡଘରକୁ ଆସି ସମସ୍ତଙ୍କ ଆଗରେ ଚିତ୍ରାର ଅନ୍ତିମ ନିଷ୍ପତ୍ତି ଶୁଣାଇଦେଲା । ବିଭୂତି ଆଶ୍ଚର୍ଯ୍ୟ ହୋଇ ଚିତ୍ରା ମୁହଁକୁ ଚାହିଁଲେ । ଘନ ବଡ଼ବାପା, ମାଧବ ଜେଜେ କହିଲେ ବୟସର ପରିପକ୍ୱ ଶୈଳୀରେ - ଦେଖିଲୁ ବୋହୂ ଚିତ୍ରାର ଦୃଢ଼ ସଂକଳ୍ପକୁ ? ଦାମ ତୁ ଆଉ ଅବୁଝା ହୁଅନା । ନିଜକୁ କୋର୍ଟ କଚେରୀ ଭିତରେ ପୁରାଅନା । ତୋ ଜ୍ୱାଇଁ ହେବ ଆଉ ସାହିର ଅମର । ଏଥର ଝିଅକୁ ପାଠ ପଢ଼ାରୁ ନିବୃତ୍ତ କରାନି ।

ଦାମଭାଇ ଚୁପ୍‌ଚାପ୍ ଭାବରେ କହିଲେ- କାର୍ଡ଼ ସବୁ ଛାପି ଦେଇଛି ।

- ଆଉ ଡେରି କରେନା । ଏବେ ଶୁଣେଇ ଦିଏ ବରଘରକୁ ଆମ ଆଗରେ ଯେ ବାହାଘର ଭାଙ୍ଗିଗଲା । ମୋ ଝିଅ ପାଠ ପଢ଼ିବ । ପନ୍ଦରବର୍ଷର ଝିଅ ବିବାହ ଯୋଗ୍ୟ ନୁହେଁ । ମୋତେ କ୍ଷମା କରିଦେବ ।

ଅନୁତାପ ହୋଇ ଦାମଭାଇ କହିଲେ - କେମିତି ପ୍ରତିଶ୍ରୁତି ଭାଙ୍ଗିଦେବି ?

- ଛୋଟ ଝିଅକୁ ବିବାହ ଦେବା ମଧ୍ୟ ଅପରାଧ । ଘନ ବଡ଼ବାପା କହିଲେ ।

ବିଭୂତି କହିଲେ - ଯଦି କିଛି ଖର୍ଚ୍ଚ ମାଗିବେ ମୁଁ ଦେବି । ମୁଁ ତ ସ୍ନେହାକୁ ବୋହୂ କରି ନେବି । ତେଣୁ ତା' ପାଠପଢ଼ା ଦାୟିତ୍ୱ ମୋର । ତୁମେ ଏବେ ସମସ୍ତଙ୍କ ଆଗରେ ବରକୁ ନାସ୍ତିବାଣୀ ଶୁଣାଇଦିଅ ।

- ତୁମମାନଙ୍କ କଥାରେ ପଡ଼ି ବାହାଘର ଭାଙ୍ଗିଦେବି । ମୋ ଝିଅ କଥା ସମସ୍ତେ ବୁଝିବ । ତମେ ସମସ୍ତେ ସାକ୍ଷୀ ଅଛ । ମୁଁ ଏବେ ଫୋନ୍ କରୁଛି କହି ଦାମଭାଇ ରିଙ୍ଗ୍‌କଲେ ବରର ପିତାଙ୍କୁ - 'ଝିଅ ବାହାଘରରେ ରାଜିନୁହେଁ, ସେ ପାଠ ପଢ଼ିବ । ତା'ର ବୟସ କମ୍ ଅଛି । ସେ ବିବାହଯୋଗ୍ୟା ନୁହଁ ।'

ଉଦ୍‌ବେଗ ପ୍ରକାଶ କରି ବରପିତା କହିଲେ- ତମେ ଆଗରୁ ଏକଥା ବୁଝିନଥିଲ କେମିତି ? ଭାରି ଜୋର୍‌ରେ ତ ବାହାଘରରେ ରାଜି ହୋଇଯାଇଥିଲ । ଝିଅ କାହା ପ୍ରେମରେ ପାଗଲି କି ? ହଉ ଯଦି ଏ କଥା ତେବେ ଭଲ ହେଲା । ବିବାହ ପରେ ମୋ ପୁଅକୁ ଛାଡ଼ି ଯାଇଥିଲେ ମୁଁ ବେଶି ଲୋକହସା ହୋଇଥାଆନ୍ତି ।

- ନାଇଁ ମୋ ଝିଅ ଖରାପ ଚରିତ୍ରର ନୁହେଁ । ପାଠ ପାଗଳୀଟିଏ ।

- ଆଉ ବେଶି ଯୁକ୍ତି ଉପସ୍ଥାପନା କରନି । ଆମର ଖର୍ଚ୍ଚ ତ କଲ । ତମେ ତ ଗରୀବ ଶ୍ରେଣୀ ଲୋକ । କୁଆଡୁ ଭରଣା କରିବ ମୋ କ୍ଷତିକୁ । ଝିଅକୁ ପାଠ ପଢ଼େଇ ବୁଢ଼ୀ କରେଇ ଘରେ ବସେଇ ତା' ରୋଜଗାରରେ ଚଳୁଥାଅ କହି ଫୋନ୍ କାଟିଲେ ବରର ପିତା ।

ଏସବୁ ଶୁଣିଲାପରେ ଦାମଭାଇର ଆଖିରେ ଲୁହ ଜମିଗଲା । ଅପରାଧବୋଧଭାବ ପ୍ରକାଶ କରି କହିଲା- ଆଜି ଝିଅ ବାହାଘର ଭାଙ୍ଗି ମୋତେ ଲୋକହସା କରେଇଲା । କେତେ ବକିଲେ ବରର ପିତା । ମୁଁ ବୋଲି ସହିଗଲି ।

ଘନବଡ଼ବାପା ଦାମଭାଇଙ୍କୁ କୋଳେଇ ଧରି କହିଲେ- ବ୍ୟସ୍ତ ହୁଅନା । ଭଲ କାମଟେ କରିଛୁ । ଗୋଟିଏ ଝିଅ ତୋର, ପାଠ ପଢୁ । ଏହି ଗାଁରେ ତା'ର ବିବାହ ସମସ୍ତେ ତ ଦେଖିବେ । କେତେ ଖୁସି ଲାଗୁଛି ।

ସ୍ନେହା ବାପାଙ୍କ ପାଦଦୁଇଟିକୁ ଜାବୁଡ଼ି ଧରି କଇଁ କଇଁ କାନ୍ଦି କହିଲା- ବାପା, ମୋ ପାଖରେ ଆଉ ଅନ୍ୟ ବାଟ ନଥିଲା । ମୁଁ ମରିବାକୁ ଋହିଁଲିନି ବୋଲି ତ ସମସ୍ତଙ୍କୁ ଏକାଠି କରି ବିବାହ କାର୍ଯ୍ୟର ପ୍ରତିରୋଧ କଲି ।

ମାଧବଜେଜେ କହିଲେ- ତୁ ଏଯୁଗର ନାରୀ । ତୁ ଶକ୍ତିମୟୀ, ତୁ ଏହି ସିଦ୍ଧାନ୍ତ ନେଇ ଠିକ୍ କରିଛୁ । ଏଥର ତୋ ପରୀକ୍ଷାର ରିପୋର୍ଟ କାର୍ଡ଼ ତୁ ଆମକୁ ଦେଖାଇବୁ ଆଗ ?

ହସିହସି ଘନବଡ଼ବାପା କହିଲେ - ଦେଖାଇଲେ କିଛି ଲାଭ ହେବନି । ଆମେମାନେ ମଧ୍ୟ ପାଠପଢ଼ିନୁ । ଆମ ଝିଅମାନଙ୍କୁ ପାଠ ନ ପଢ଼େଇ ବିବାହ ଦେଇ ସାରିଛୁ । ଆଉ ନାତୁଣୀମାନଙ୍କ କ୍ଷେତ୍ରରେ ଏ ବେନିୟମ ହେବନି ।

ହସି ଉଠଇଲେ ସମସ୍ତେ । ଯିଏ ଯାହା ଘରକୁ ପ୍ରସ୍ଥାନ କରିବାକୁ ଋହିଁଲାବେଳେ ସ୍ନେହାର ମା’ ଋରି ଗିଲାସ ଲେମ୍ବୁ ସରବତ କରି ଆଣିଥିଲା । ଜଣଜଣଙ୍କ ହାତକୁ କଂସା ଗ୍ଲାସଟି ବଢ଼େଇ ଦେଇ କହିଲା- ଟିକିଏ ମିଠାପାଣି ପିଇଦେଇ ଯିବେ । ସମୁଦି, ସମୁଦୁଣୀଙ୍କୁ କି ଚର୍ଚ୍ଚା କରିବି ମୁଁ ?

ଚିତ୍ରା ଗୁଣୁଗୁଣୁ ହୋଇ ସ୍ନେହାମା’ କାନରେ କହିଲା- ବାକି ରହିଲା ଭୋଜିଟା । ପରେ ଖାଇବୁ ପରା । ଝିଅଟି ଆମର ଦରକାର । ଆଉ ଜାନି ଯୌତୁକ ନୁହେଁ ।

ବୁଝିଲ ଚିତ୍ରା, ‘ଯାହା ଆମପାଖରେ ସମ୍ଭବ ହେବ ଦେବୁ ଆମେ । ତମେ ଫେରାଇଦେବନି ସ୍ୱାମୀଙ୍କ ଆଦର୍ଶରେ ଅନୁପ୍ରାଣିତ ହୋଇ !’

- ଠିକ୍ ଅଛି କହି ସମସ୍ତେ ବାହାରିଯିବାବେଳେ ସ୍ନେହା ସମସ୍ତଙ୍କୁ ମୁଣ୍ଡିଆ ମାରିଲା । ଚିତ୍ରା ସ୍ନେହାକୁ ଋହିଁ କହିଲା - ମନେ ରଖିଥିବୁ ଏ କଥା, ତୁ ମୋ ଘରର ବୋହୂ ।

॥ ତିନି ॥

ବିଭୂତି ଚିତ୍ରା ଘରେ ପହଁଞ୍ଚିଲା ପରେ ଅମର ପଚାରିଲା - ତୁମେମାନେ ଦୁହେଁ ତରବରରେ ସ୍ନେହା ସହିତ କାହିଁକି ତାଙ୍କ ଘରକୁ ଚାଲିଯାଇଥିଲ ।

- ଶୁଣିବୁ ତ ଆମକଥା । ଆମେ ସ୍ନେହାକୁ ତୋ ସହିତ ବିବାହ ପ୍ରସ୍ତାବ ପକାଇ ଆସିଛୁ । ତା' ପଢ଼ା ସରିଲା ପରେ ବାହାଘର ହେବ । ତେଣୁ ତୁ ତୋ ଅଳସୁଆ, ବାରବୁଲା ଢଙ୍ଗ ଛାଡ଼ି ଯାଇ ଭାଇ ପାଖରେ ରହ । ସେଠି ପାଠ ପଢ଼ିଲେ ଭଲ ଚାକିରୀ ଖଣ୍ଡିଏ ପାଇବୁ ।

- ମୁଁ ପରା ବି.ଏଡ୍ କରିବି ।

- ହଁ । ବି.ଏଡ୍ କରେ । ପୁଣି କମ୍ପିଟେଟିଭ୍ ପରୀକ୍ଷାପାଇଁ ଚେଷ୍ଟା କରିବୁ । ସ୍ନେହା ଭଲ ପଢ଼େ । ତାକୁ ବାହାହେଲେ ସେ ମଧ୍ୟ ଚାକିରୀ ସପକ୍ଷରେ ଅଛି । ଦୁହେଁ ମିଶି ଚାକିରୀ କରିବ । ଖୁସିରେ ରହିବ । ଆମ କଥାକୁ ଗୁରୁତ୍ୱ ଦେଇ ନିଜର ଭବିଷ୍ୟତ ପନ୍ଥା ନିଜେ ନିର୍ଦ୍ଧାରିତ କରିବୁ । ଏବେ ସ୍ନେହା ସହିତ କଥାବାର୍ତ୍ତା କି ଭେଟାଭେଟି ସମ୍ଭବ ନୁହେଁ । ତୁ କାଲି ଆଲୋକ ପାଖକୁ ଚାଲିଯାଆ । ସେଠି ରହିଲେ ଗାଁଠାରୁ ଦୂରେଇ ଯିବୁ । ଆମେ ଦୁହିଁଙ୍କ ନିଷ୍ପତ୍ତିରେ ତୁ ସମ୍ମତ ତ ?

- ହଁ । ଅମର କହିଲା ।

ଚିତ୍ରା, ବିଭୂତି ଏକାସାଙ୍ଗରେ ଜୋର୍ ଦେଇ କହିଲେ- ଆମେ ଜାଣିଥିଲୁ ଆମ କଥାରେ ମାନ ତୁ ରଖିବୁ । ଏବେଠାରୁ ତୁ ତୋ ଭବିଷ୍ୟତ କଥା ଚିନ୍ତା କରି କାମ କରେ ।

ଅମର ନିଜର ନୈତିକତା ମୂଲ୍ୟବୋଧକୁ ଭୁଲିଯାଇଥିବା ଭାବନାରେ

ଜର୍ଜରିତ ହୋଇ । କହିଲା- ବାପା, ମୋର ବଡ଼ ଭୁଲ ହୋଇଯାଇଥିଲା ତମକୁ ବୁଝିବାରେ । ଏବେ ତୁମେ ଠିକ୍ ପଦକ୍ଷେପ ନେଇଛ । ଯଦି ବହୁ ବର୍ଷ ପୂର୍ବେ ଏହିପରି କଠୋର ପଦକ୍ଷେପ ନେଇଥାଆନ୍ତ ମୁଁ ମଧ୍ୟ ଆଲୋକ ଭାଇଙ୍କ ପରି ମଣିଷଟିଏ ହୋଇଥାଆନ୍ତି । ମା'ର ସ୍ନେହରେ ବନ୍ଧାହୋଇ ମୁଁ ତ ଅଭିମାନୀଟିଏ ହୋଇ ପଡ଼ିଥିଲି ।

- ଏବେ ମଧ୍ୟ ବହୁତ ସମୟ ଅଛି ନିଜକୁ ସୁଧାରି ଆଲୋକ ଭଳି ଗୁଣର ହେବାକୁ । ମା'ର ଦୋଷ କ'ଣ ? ବିଭୂତି ଗମ୍ଭୀର ହୋଇ କହିଲେ ।

- ମୁଁ ଯାଉଛି । ଅମର ଚାଲିଗଲା ସେଠୁ ।

ଚିତ୍ରା ବୁଝିପାରୁନଥିଲା ନିଜ ଭୁଲ୍‌କୁ । ସେ ହିଁ ପିଲାଙ୍କ ମନରେ ହିଂସା ଦ୍ୱେଷ ଭରିଛି । ଆଲୋକକୁ ସ୍ନେହରୁ ବଞ୍ଚିତ କରି ଏମାନଙ୍କୁ ଲୁଚାଇ ଭଲ ଜିନିଷ ଖୁଆଇଛି । ସେ ଯେଉଁ ପାପ କରିଥିଲା ତା' ପାପରେ ଭାଗୀଦାର ହେଲେ ତା' ବଡ଼ ତିନିପୁଅ । ଦୀପଟିଏ ଜାଳିରେ ଚଉଦିଗ ଆଲୋକିତ ହେବ । ଦୀପଟିକୁ ଲିଭାଇଦେଲେ ଅନ୍ଧାରର ତ ଖେଳିଯିବ ଚାରିଆଡ଼େ । ତେଣୁ ଚିତ୍ରା ଅପରାଧବୋଧରେ ଜର୍ଜରିତ ହୋଇ କହିଲା - ସବୁ ଭୁଲ ମୋର । ମା'ଟିଏ ହୋଇ ପିଲାଙ୍କ ଭିତରେ ବିଭେଦ ମୁଁ ହିଁ ସୃଷ୍ଟି କରିଛି । ଏହି ପାତରଅନ୍ତର କରି ମୁଁ ହିଁ ମୋ ପୁଅମାନଙ୍କ ମନକୁ କଳୁଷିତ କରିଛି । ଏଥର ଆଉ ନୁହେଁ । ମୋ ବାତ୍ସଲ୍ୟମମତାରେ ଆଲୋକକୁ ମଧ୍ୟ ପୁଲକିତ କରିଦେବି ।

ବିଭୂତି ଥଟ୍ଟାକରି କହିଲେ -ଆଲୋକ ଭାବି ନେବ ମୋ ଚାକିରୀର ଉପାର୍ଜନକୁ ଦେଖି ମା' ଏବେ ବଦଳିଗଲା । ନଚେତ୍ ତା' ପ୍ରତି କେଡ଼େ ନିର୍ଦ୍ଦୟ ଥିଲ । ତାକୁ ହତାଦର କରିଛ । ସେହି ଛୋଟ ନିଷ୍ପାପ ଶିଶୁଟିର ଦୋଷ କ'ଣ ? ତା' ଆଖିର ଲୁହଧାରକୁ ମୁଁ ଦେଖିଛି । ତାକୁ ହିଁ ମୁଁ ସମ୍ଭାଳିଛି । ତୁମେ ଅବିଶ୍ୱାସର ଦ୍ୱାହି ଦେଇ ମୋ ମନକୁ ମଧ୍ୟ ଆଘାତ ଦେଇଛ । କେବେ ଆଲୋକକୁ ଆପଣାର କରିଥିଲ ? ଭାବିଛ କି ସେ ଦୁର୍ଦ୍ଦିନକୁ ? ଦୁଆର ଆଡ଼କୁ ବିଭୂତି ବାହାରିଗଲେ ।

ଚିତ୍ରା ଏକୁଟିଆ ପିଢ଼ାଟା ଉପରେ ନଥ୍ କରି ବସିଗଲା । ଘର ଅଗଣା ଆଡ଼େ ଆଖିଟି ବୁଲାଇ ଆଣିଲା । ଆଜି ତୁଳସୀ ଚଉରାକୁ ରଙ୍ଗମାଟିରେ ତ ଲେପିନି କେମିତି ? ବୋଧେ ସ୍ନେହାଘରକୁ ତରତର ହୋଇ ଚାଲିଯିବାରୁ ଭୁଲିଗଲା । ଅଗଣାରେ ଚାରିପାଞ୍ଚଟି ପଟାଖଟ ଡେରାହୋଇଛି । ରାତିରେ ଟିକିଏ ପବନ ପାଇବାକୁ ପିଲାମାନେ ଖଟକୁ ଯୋଡ଼ିଦେଇ ଏକାଠି ଶୁଅନ୍ତି । କିନ୍ତୁ ଆଲୋକ ତା'ର ଏକୁଟିଆ ଖଟରେ ଶୁଏ । ଚିତ୍ରା କେବେ ଆଲୋକର ଖଟକୁ ଅମର ହେରିକା ଖଟରେ

ଯୋଡ଼ିବାକୁ ଚାହୁଁନଥିଲା । ଆଲୋକର କୋମଳ ହୃଦୟରେ ଆଘାତ ଦେଇ ସେ ତ କ୍ଷତି କରିଛି ବିମାତାର ମନନେଇ ଯଦିଓ ଆଲୋକ ଜାଣେନି ଏକଥା । ଖାଦ୍ୟ ପରସିବା ବେଳେ ଏପରି ପକ୍ଷପାତିତା କରେ ମଧ୍ୟ । ଆଲୋକ ଥାଳିରେ ଯେତିକି ତରକାରୀ କି ଭଜା ଦେଲା ସେତିକିରେ ସେ ଖାଇଦିଏ । ଦ୍ୱିତୀୟଥର ସେ ମାଗିନଥାଏ ଆଉ କି ଚିତ୍ରା ମଧ୍ୟ ପରସିବାପାଇଁ ଚାହେଁନି । ମାଛ ମାଂସ ହେଲେ ନିଜର ପିଲାଙ୍କୁ ଖଣ୍ଡିଏ ଜାଗାରେ ଦୁଇ ଚାରିଖଣ୍ଡ ଅଧିକା ଦେଇ ବଳେଇ ବଳେଇ ଖୁଆଇଥାଏ । ଏହି ସତ୍ୟକୁ ତ ଆଲୋକ ଦେଖିଛି । ତା' ମନରେ କେତେ ପୀଡ଼ା ଉତ୍ପନ୍ନ ହୋଇଥିବ ସେଦିନ । ଚପଲ ଛିଣ୍ଡିଗଲେ ଫିତା ଚେଞ୍ଜ କରି ସେ ପିନ୍ଧେ । କିଛି ଅଧିକା ଆଶା କରେନି । ଅମର ତ ପ୍ରତିକଥାରେ ଦାବୀ କରେ । ଆଲୋକ ମଧ୍ୟ ତାକୁ ବୁଝାଇଲେ ଅମର ଫଁ ଫଁ ହୋଇ କହେ - ତମେ ମୋ ପାଇଁ କିଣି ଆଣି ଦେଉଛ କି ? ବାପା ତ ଟଙ୍କା ଦେବେ । ତମର ଯଦି ଭଲ ପିନ୍ଧିବାକୁ ଇଚ୍ଛାନାହିଁ ତେବେ ବାପାଙ୍କ ଟଙ୍କା ସଞ୍ଚୟ ହେଲା । ମୁଁ ଭଲ ଡ୍ରେସ୍ ପୋଷାକ ପିନ୍ଧି ଫିଟ୍‌ଫାଟ୍ ହୋଇ ସ୍କୁଲ ଯିବି । ତମପରି ମଫୁବେଶରେ ନୁହେଁ ।

ସେତେବେଳେ ଚିତ୍ରା ଓଲଟି ଆଲୋକକୁ କଡ଼ାସ୍ୱର ଶୁଣାଏ - ତା' ପ୍ରତି ଈର୍ଷାନ୍ୱିତ ହେଉଛୁ କି ? ତୋ ସାଙ୍ଗରେ ଅମରକୁ କାହିଁକି ତୁଳନା କରୁଛୁ ?

ଚୁପ୍ ପଡ଼ିଯାଏ ଆଲୋକ । ବୁଝିପାରୁନଥିଲା ମା'ର ଅନ୍ଧପଣିଆର ସ୍ନେହ ଭିତରେ ରକ୍ତର ସଂପର୍କ ଯୋଡ଼ି ହୋଇ ରହିଛି ବୋଲି ।

ଘର ଭିତରକୁ ପଶି ଆସିଲେ ଆକାଶ, ଅସୀମ ହାତ ଧରାଧରି ହୋଇ । ଉଚ୍ଛ୍ୱସିତ ସ୍ୱରରେ କହିଲେ - ଦାମ ମଉସାଙ୍କ ଝିଅ ବାହାଘର ଭାଙ୍ଗିଗଲା । ଏବେ ସମସ୍ତଙ୍କ ଘରକୁ ଖବର ଦେଇ ବୁଲୁଛନ୍ତି । ସେ ଝିଅର ପାଠପଢ଼ା ପାଇଁ ଏ ବାହାଘର ବନ୍ଦ ହେଲା ।

- ତମମାନଙ୍କର କିଛି କାମଦାମ ତ ନାହିଁ । ଏହି ଖବର ପ୍ରଚାର କରିବାକୁ ଯାଅ ବୁଲିବ ସାହି ସାହି । ଶୁଣ ଏଥର ଯଦି ମାଟ୍ରିକ୍‌ରେ ପାସ୍ ନକରିବ ତେବେ ଦାଦନ ହୋଇ ଘରୁ ଚାଲିଯିବ । ବେଶି ଘରେ ଖାଇ ଡେଇଁଲଣି । ତିନିତିନିଥର ଆକାଶ ତ ମାଟ୍ରିକ୍‌ରେ ତୁ ଫେଲ ହେଲୁ ଅସୀମକୁ କାହିଁକି ତୋ ସାଙ୍ଗରେ ସେପରି ଫେଲ୍ ହେବାକୁ ଚାହୁଁଛୁ । ସେ ତ ଏଥର ଫେଲ୍ ହୋଇଛି ତୋ ଗୁଣ ଯୋଗୁ । ତୋ ସାଙ୍ଗରେ ପଡ଼ି ସେ ପାଠରେ ହେଳା କଲା । ଏଥର ମନ ଦେଇ ପାଠ ପଢ଼ ଯେମିତି ହେଲେ ପାସ୍ କରିବ । ନଚେତ୍ ଘରେ ବସିଲେ ଦିନକୁ ଥରଟିଏ ଖାଇବା ମିଳିବ ।

- ମା' ଆଜି ତୋର କ'ଣ ହୋଇଛି ଯେ ଏମିତି ରାଗୁଛୁ ?

- ବୁଝିଲ, ମୁଁ ମୋ ମୁଣ୍ଡକୁ ତମମାନଙ୍କ ଅପତ୍ୟ ସ୍ନେହରେ ବରଫ କରିଥିଲି । ଏବେ ମହମ ପରି ତରଳିବାକୁ ଲାଗିଲିଣି ।

- ତତେ ବାପା ବୋଧେ ରାଗିଥିବେ । ଆମେ ଯାଉଛୁ ବାପାଙ୍କୁ ପଚାରିବୁ ।

- ଖବରଦାର୍ ତମମାନଙ୍କୁ । ବାପା ତମମାନଙ୍କ ମଙ୍ଗଳ ଚାହାଁନ୍ତି । ସେ ତମମାନଙ୍କୁ ଦଣ୍ଡଦେଇ ପାରିଥାଆନ୍ତେ କିନ୍ତୁ ମୋ ପାଇଁ ତମେମାନେ ଏମିତି ବାଲୁଙ୍ଗା ହୋଇଗଲ । ମୁଁ ବୁଝିଛି ମୋ ଭୁଲ୍‌କୁ । ରାଗରେ ଜର୍ଜରିତସ୍ୱରରେ ଚିତ୍ରା କହିଲା ।

ଆଶ୍ଚର୍ଯ୍ୟ ହୋଇ କିଛିକ୍ଷଣ ଚୁପ୍ ରହିଲେ ଆକାଶ ଓ ଅସୀମ । ଭାବିନେଲେ - ଆଜି ଘରେ ମହାଭାରତ ହୋଇଛି ନା କ'ଣ ? କାହିଁ ଅମର ଭାଇ ତ ଦିଶୁନାହାନ୍ତି । ବୋଧେ ରୁମ୍‌ରେ ଅଛନ୍ତି । ତେଣୁ ଏଠୁ ଯେତେଶୀଘ୍ର ପ୍ରସ୍ଥାନ କରିବା ସେତେ ଭଲ ।

ଚୁପ୍ କରି ଆକାଶ ଓ ଅସୀମ ଚାଲିଗଲେ ଅମର ରୁମ ଆଡ଼କୁ । ଚିତ୍ରା ଭାବୁଥିଲା ପଥରଟି ଯେତେ ଘୋରି ହୋଇହୋଇ ଗତିକରେ ସେ ସେତେ ଚିକ୍‌କଣ ହୋଇଥାଏ । ଆଲୋକ ହିଁ ପ୍ରକୃତ ଉଦାହରଣଟିଏ ଆଜି ତା' ଆଖିରେ ।

ରୁମ୍ ଭିତରକୁ ଆକାଶ ଓ ଅସୀମ ପାଦ ପକେଇଲା ବେଳେ ଚକିତ ହୋଇ ପଚାରିଲେ - ଅମର ଭାଇ ତୁମେ କ'ଣ ସୁଟ୍‌କେସ୍ ସଜାଡ଼ିଲଣି ? କୁଆଡ଼େ ଘର ଛାଡ଼ି ଯିବକି ? ମା', ବାପା ରାଗିଛନ୍ତି ନା ତମକୁ ?

ଅମର ଟିକିଏ ମଜା କରିବାକୁ ଗମ୍ଭୀର ହୋଇ କହିଲେ- ଏ ଘରେ ଏବେ ଖାଇବା ପିଇବା ବନ୍ଦ ମୋ ପାଇଁ । ମୁଁ କିଛି ଚାକିରୀ କି ବି.ଏଡ୍ ନକଲା ପର୍ଯ୍ୟନ୍ତ ଘରକୁ ଆସିପାରିବିନି । ତେଣୁ କାଲି ସକାଳୁ ବାହାରିଯିବି ଏଠୁ ।

- ଯିବ କୁଆଡ଼େ ?

- ଆଲୋକଭାଇ ପାଖକୁ ଯିବି ।

- ତମକୁ ଆଲୋକଭାଇ ରଖିବ କି ନା ପୋଷିବ କି ? ସେ ତ ଏବେ ବଡ଼ ଚାକିରୀ ପାଇଗଲେ ।

- ସେଥିପାଇଁ ତ ତାଙ୍କ ପାଖରେ ପଡ଼ିରହି ଚାକିରୀପାଇଁ ଚେଷ୍ଟା କରିବି । ତାଙ୍କ ପାଇଁ ରୋଷେଇ କରିଦେବି ।

- ଦୁହେଁ ହସି ହସି କହିଲେ ତମ ହାତରେ ଖଡ଼ା ଶିଝିବନି । ପୁଣି ରାନ୍ଧିବ କେମିତି ? ଆଜି ମା' ଆମକୁ ରାଗିଲାଣି ।

- ଭଲ କଲା ।

- ତମେ ପୁଣି ଆମକୁ ଭଲପାଅନକି ?

- ଯିଏ ବେଶି ଭଲ ପାଏ ସେ ବେଶି ରାଗିପାରେ । ମୁଁ ତମକୁ ତ ବାପା ମା'ଙ୍କଠାରୁ ବେଶି ଭଲପାଉଛି ବୋଲି କେମିତି ଭାବୁଛ ? ସେମାନଙ୍କ ଭଲପାଇବାର ବୟସ ମୋ ଭଲପାଇବା ବୟସଠାରୁ ବେଶି । ଆଲୋକଭାଇ ଆମ ସମସ୍ତଙ୍କୁ ବେଶି ଭଲପାଏ ।

- ତମେ ଆଉ ମଜା କରନି । ଆଲୋକଭାଇ ଚୁପ୍‌ଚାପ୍ । ସେ କାହାକୁ ଭଲପାଏ କି ?

- ଯିଏ ଯାହାକୁ ଯେତେ ଭଲ ପାଇବ ସିଏ ତାଠାରୁ ସେତେ ଅଧିକା ଆଶା କରିବ । ଏଠି ଆଲୋକ ଭାଇ ଦୋଷୀ ନୁହେଁ । ଆମର ହିଁ ଦୋଷ । ଆମେ ଆଲୋକଭାଇ ସାଙ୍ଗରେ ହିଁ ଭାଇପରି ବ୍ୟବହାର ଦେଖାଇପାରିଛେ କି ?

- ସବୁ ତ ମା' ଯୋଗୁ । ସେ ତ ପୁଅପରି ଆଲୋକଭାଇଙ୍କୁ ଭାବେନି । ଆଲୋକଭାଇ ସତରେ ଆମ ଭାଇ ତ ?

ତିନିହେଁ ଜଣେ ଅନ୍ୟଜଣଙ୍କ ମୁହଁକୁ ବଲବଲ କରି ଚାହିଁଲେ । କାହାପାଟିରୁ ଉତ୍ତର ବାହାରିଲା ନାହିଁ । ଠିକ୍ ଏତିକିବେଳକୁ ଚିତ୍ରା ଆସି କହିଲା- ସେ ହିଁ ମୋର ସୁନାମୁଣ୍ଡା ପୁଅ । ଆମର ପାଖରେ କେବେ କୌଣସି ଦାବୀ କରିନି । ତା'ର ବିଚାର ଶକ୍ତି ତ ଅଲଗା ।

- ଆଜି ଏତେବର୍ଷପରେ ଆଲୋକଭାଇଙ୍କୁ ପ୍ରଶଂସାରେ ମୁଖରିତ କେମିତି ? ବେଶି ଟଙ୍କା ରୋଜଗାର କରିବେ ବୋଲି ବେଶି ସ୍ନେହ ବୋହିଲାଣି କି ? ଆକାଶ କହିଲା ।

ଏକ ଶକ୍ତ ଚାପୁଡ଼ା ଚିତ୍ରା ଆକାଶ ଗାଲରେ ମାରିଲା । ତା'ପରେ କଠୋର ସ୍ୱରରେ କହିଲା - ଅବାଟକୁ ମୁଁ ତୁମମାନଙ୍କୁ ଆଣିଥିଲି, ଏବେ ବାଟକୁ ହିଁ ଆଣିବି ।

ଆଜି ତୋର ଏ କି ରୂପ ବୋଲି ଅସୀମ କହିବାରୁ ଚିତ୍ରା କଇଁ କଇଁ ହୋଇ କାନ୍ଦି ଉଠିଲା ନିଜର ବେପରୁଆ ଶାସନ ପାଇଁ । ଅତୀତର ଦୃଶ୍ୟ ସବୁ ଆଖିରେ ନାଚି

ଉଠୁଥିଲା । କାହିଁକି ସେ ଅନାଥ ଆଲୋକ ପ୍ରତି କଠୋର ବ୍ୟବହାର କରି ମାତୃତ୍ୱକୁ କଳଙ୍କିତ କରିଥିଲା ? ତିନିପୁଅ ଚୁପ୍ । ଆଉ ମା'କୁ ପ୍ରଶ୍ନ ନକରି ନିଜ ନିଜ ରୁମ୍ ଭିତରକୁ ପଶିଲେ ।

ଚିତ୍ରା ନିଜ ମାତୃତ୍ୱର କୋମଳ ହୃଦୟରେ କଠୋରତାର ଝଲକ ଦେଖି ନିଜକୁ ପ୍ରଶ୍ନ କରୁଥିଲା- ସେ କ'ଣ ପୁଅମାନଙ୍କ ପ୍ରତି ସଠିକ୍ ବ୍ୟବହାର କରିଛି କି ? ପିଲାଟି ଦିନରୁ ସେମାନଙ୍କ ଅଳିଅର୍ଦ୍ଦଳିକୁ ଗୁରୁତ୍ୱ ଦେଉଛି । ସେମାନଙ୍କ କଅଁଳ ହାତର ସ୍ପର୍ଶରେ ନିଜ ମାତୃତ୍ୱର ମନକୁ ପୁଲକିତ କରିଛି । ଆଜିର ବ୍ୟତିକ୍ରମପାଇଁ ପୁଅମାନେ ତ ନିଶ୍ଚୟ ଚିନ୍ତିତ ଥିବେ । ଯାଏ ତାଙ୍କୁ ବୁଝାଇ ଆଣିବି ।

ପ୍ରଥମେ ଆକାଶ ରୁମ୍ ଭିତରକୁ ପ୍ରବେଶ କଲାବେଳେ ଚିତ୍ରା ଦେଖିଲା-ସେ ତା' ମୋବାଇଲରେ କ'ଣ ଦେଖି ଖୁସିହେଉଛି । ତା' ମୁହଁରେ ଦୁଃଖର ଚିତ୍ର ତ ଦିଶୁନି । ମା'ଠାରୁ ଏତେ ଶୁଣିଲା ପରେ ମଧ୍ୟ ତା' ହୃଦୟରେ ପଶ୍ଚାତାପ ତ ଦେଖାଯାଉନି । ଚିତ୍ରା ଟାଣି ଆଣିଲା ମୋବାଇଲଟି । କହିଲା- ଯାଉଛି ହାତୁଡ଼ିରେ ପିଟି ଏ ମୋବାଇଲକୁ ଚୁରମାର୍ କରିଦେବି । ଏତେ କଥା ଶୁଣିଲା ପରେ ମଧ୍ୟ ତୋ ଚିତ୍ତ ସ୍ଥିର ଅଛି କେମିତି ?

- କ'ଣ ହେଲା କି ?

ଚିତ୍ରା ରାଗରେ ଆକାଶର କାନକୁ ଧରି କହିଲା- ଏଠି କାହାକୁ ଦେଖି ଖୁସି ହେଉଛୁ । ସବୁ ଜିନିଷ ବାପାଙ୍କର । ଯେତେବେଳେ ନିଜ ରୋଜଗାର କରିବୁ ସେତେବେଳେ ମୋବାଇଲ୍ କିଣିବୁ । ଏବେ ପାଠ ପଢ଼େ ।

- ମୁଁ ତ ମୋବାଇଲରେ ପାଠ ପଢୁଛି । ଦେଖୁନୁ । ଛୁଟି ପାଇଁ ତ ସ୍କୁଲ କଲେଜ ବନ୍ଦ । ଏଠି ଚାଲିଛି କ୍ଲାସ୍ । ନିଏ ଭାଙ୍ଗିଦେବୁ ଏହି ଇଡ଼ିଅଟ୍ ବକ୍ସଟିକୁ । ମୁଁ ପଢ଼ିବି କେମିତି ?

- ସତରେ ତୁ ପାଠ ପଢୁଥିଲୁ ।

- ତୋ ରାଗ ଶୁଣି ତ ମୁଁ ଛାନିଆ । ସତ କହିଲୁ ଏତେ ରାଗିଛୁ କାହିଁକି ?

- ତମମାନଙ୍କ ଭଲ ପାଇଁ ମା'ର ରାଗ ରହିବା କଥା ।

- ତୁ ବୋଧେ ନୂଆଯୁଗର ମା'ଟିଏ ହେବୁ !

- ଆଉ ବେଶି ରଗାଅନି । କାଲି ଅମର ତ ଚାଲିଯିବ । ତମେ ଦୁହେଁ ଘରେ

ରହି ପାଠ ପଢୁଛ । ଆଲୋକ ପାଖରେ ସାନ ପୁଅ ଦୁଇ ଜଣ ରହିଛନ୍ତି । ସେ ଏତେ ଜଞ୍ଜାଳ ଭିତରେ ମଧ୍ୟ ପାଠରେ ହେଳା କରିନି । ଏଥର ତମେ ମନଦେଇ ପଢ଼ିଲେ ଉପର କଲେଜକୁ ଯିବ । ତା'ପରେ ଗୋଟିଏ କୂଳରେ ଲାଗିବ । ନଚେତ୍ ଗାଁର ତେଜରାତି ଦୋକାନରେ ଗୁମାସ୍ତା ହୋଇ ରହିବ ।

- ଏକଥା ବାପା କହିଲେ ନା ତୁ କହୁଛୁ ?

- ମୁଁ କହୁଛି । ଖୁବ୍ ଦମ୍ଭରେ ଚିତ୍ରା କହିଲା ।

- ଏତେ ବର୍ଷପରେ ତୋ ଦୁର୍ଗାରୂପ ଦେଖିବାକୁ ମିଳିଲା ।

- ପୁଣି ଥଟ୍ଟା କରୁଛୁ । ଯଦି ପରୀକ୍ଷାରେ ଫେଲ୍ ହେବୁ ମୁଁ ତୋର ଖାଇବା ଆଗ ବନ୍ଦ କରିବି । ଅମର ଏବେ ବଦଳିଗଲାଣି । ତା' ବାହାଘର ସ୍ନେହା ସହ ହେବ ବୋଲି ଠିକ୍ ହେଲା । ତେଣୁ ଅମର ଚାକିରୀ କରି ନିଜେ ପୋଷି ହେଲାପରେ, ଆଉ ସ୍ତ୍ରୀ ପିଲାଙ୍କୁ ପୋଷିବାର କ୍ଷମତା ହାସଲ କଲାପରେ ବିବାହ କରିବ ।

- ଅମର ଭାଇ ସ୍ନେହାକୁ ବିବାହ କରିବେ ? ସ୍ନେହା ସବୁବେଳେ ଖାଲି ପାଠପାଠ ହୋଇ ଚୁପ୍ ବସିବା ଝିଅ । ସେ ତୋ ଘରକୁ ବୋହୂହୋଇ ଆସିଲେ କି ସେବା କରିବ ?

- ସେବା ପାଇବା ପାଇଁ ମୁଁ ବୋହୂ କରୁନି । ଅମର ଓ ସ୍ନେହାର ସୁଖ ସଂସାର ଦେଖିବାକୁ ଚାହୁଁଛି । ମୁଁ ବୋହୂମାନଙ୍କ ସେବା ଖାଇ ପଙ୍ଗୁ ହୋଇ ବସିବିନିରେ । ତମେ ତମ ସ୍ୱାମୀମାନଙ୍କୁ ନେଇ ସୁଖରେ ରହିଲେ ଆମେ ଖୁସି । ଏଥର ମୋ କଥାର ମର୍ମ ବୁଝି ପାଠ ପଢ଼ ।

ଠିକ୍‌ବେଳେ ଅସୀମ ପହଁଞ୍ଚିଯାଇ କହିଲା- ମା' ମୋତେ ଭୋକ ହେଲାଣି ।

ହଉ ଚାଲେ ଖାଇବୁ । କିନ୍ତୁ ପରୀକ୍ଷାପରେ ଯଦି ଫେଲ୍ ହେଉ ତେବେ ଭୋକ ହେଲେ ମୋତେ ଆଉ ଖାଦ୍ୟ ମାଗିବୁ ନାହିଁ । କେଉଁ ଦୋକାନରେ ସେଲସ୍‌ମ୍ୟାନ ହୋଇ ନିଜ ରୋଜଗାରରେ ଖାଇବୁ ।

- ବୁଝିପାରୁନି ତୁ କାହିଁକି ଆଜି ମୁହଁ ଫଣ ଫଣ କରିଛୁ ?

- ତମମାନଙ୍କୁ ଉଚିତ୍ ଶିକ୍ଷାଦେବା ମା'ର କର୍ତ୍ତବ୍ୟ । ନହେଲେ ପରେ କହିବ "ମା' ହିଁ ଆମକୁ ବିଗାଡ଼ି ଦେଇଛି ।"

ଅସୀମ ଚିତ୍ରାକୁ କୋଳେଇ ପକେଇ କହିଲା- ମୁଁ ବୁଝିଛି ତୋ ମନକଥା ।

ଏଥର ମୁଁ ଯେମିତି ହେଲେ ଭଲ ନମ୍ବର ରଖି ପାସ୍ କରିବି । ତୁ ଆଲୋକ ଭାଇଙ୍କ ପରି ଆମକୁ ଦେଖିବାକୁ ଚାହୁଁଛୁ ତ ? କିନ୍ତୁ ଆଲୋକ ଭାଇଙ୍କ ପରି ମୁଁ ବୁଦ୍ଧିଆ ନୁହେଁ । ତଥାପି ତତେ ନିରାଶ କରିବିନାହିଁ ବୋଲି ଭାବୁଛି । ଆମମାନଙ୍କୁ ନେଇ ବାପାଙ୍କ ମାନଇଜ୍ଜତ ବଢ଼ିବ ନିଶ୍ଚୟ ।

- ସତ କହୁଛୁ ତ ?

- ହଁ । ତୁ ଆକାଶଭାଇକୁ ଯାହା ସବୁ କହୁଥିଲୁ ଶୁଣିଛି ମୁଁ । ଏଥର ମୁଁ ନିଜେ ନିଜ ଭବିଷ୍ୟତର ଖସଡ଼ା ତିଆରି କରିବି । ସମୟ ଦେଖି ପାଠ ପଢ଼ିବି । ଦେଖିବୁ ତ ମୋତେ !

ଚିତ୍ରା ଆଖିରୁ ବୋହିଗଲା ଧାର ଧାର ଲୁହ । ତା' ମୁଖମଣ୍ଡଳରେ ଆନନ୍ଦର ଛାୟା ଖେଳିଗଲା । ଡାକିଲା - ଅମର, ଆକାଶ ଆସ ଖାଇବ, ଭୋକ ହେବଣି ।

ସମସ୍ତଙ୍କ ସ୍ୱର ଶୁଣାଗଲା ଏକାସାଙ୍ଗରେ - ଯାଉଛି ମା' । ଭୋକ ତ ହେଉଥିଲା କିନ୍ତୁ ତୋ ରାଗ ମୁହଁ ଦେଖି ଭୋକ ମରିଯାଇଥିଲା ।

ଚିତ୍ରାକୁ ଲାଗୁଥିଲା ତା'ର ଆଲୋକ ପ୍ରତି ଥିବା ବିମାତାର ବିଦ୍ୱେଷ ଦୂରକୁ ଚାଲିଯାଉଥିଲା । ଭାବୁଥିଲା ଯଦି ଆଲୋକ ପ୍ରଥମେ ତା' ଘରକୁ ଆସିନଥାନ୍ତା ତେବେ ଅମର ଆକାଶ ହେରିକା ଜନ୍ମ ହୋଇଥାନ୍ତେ କି ? ଆଲୋକ ହିଁ ତା' ଘରକୁ ଆଲୋକର ଶିଖା ଆଣିଛି । ତା' ପ୍ରତି ତା'ର ବ୍ୟବହାରକୁ ନେଇ ବିଚ଼ଳିତ ହୋଇ ପଡ଼ି ଫୋନ୍ ରିଙ୍ଗ୍ କଲା ଆଲୋକକୁ ।

- ମା' ପ୍ରଣାମ । ଏହି ଅସମୟରେ ଯେ ଫୋନ୍ କରୁଛୁ । କଥା କ'ଣ ? ଆଲୋକର ନରମ ସ୍ୱଭାବର ସ୍ୱର ଭାସିଆସିଲା ।

- ମୋତେ ତୁ ଖରାପ ଭାବିବୁ ନାହିଁ । ଅନ୍ୟପୁଅମାନଙ୍କ ପାଇଁ ବ୍ୟସ୍ତ ରହି ତୋ ପ୍ରତି ନିର୍ଦ୍ଦୟ ତ ହେଇଥିଲି । କାନ୍ଦି ଉଠିଲା ଚିତ୍ରା ।

- ମା' ମୁଁ ଏକଥା କେବେ ଅନୁଭବ କରିନି । ତୁ ତ ମୋର ମା' । ମୋ ଭଲପାଇଁ ହିଁ ରାଗ ଗାଳି ଦେଇଥିବୁ । ଏବେ ଅସୀମ ପାଖରେ ଅଛି, ସେ ଭଲରେ ତୋ କଥା ବୁଝିନେବ ।

- ତୁ ଆଉ କଟା ଘା'ରେ ଚୂନ ମାରେନି । ଅସୀମ ତୋପରି ଗୁଣର ନୁହେଁ ବୋଲି ନିଶ୍ଚୟ ତୁ ଜାଣିଥିବୁ । ତଥାପି ତୁ ତା' ପ୍ରତି ବଡ଼ଭାଇର ଆଚ଼ରଣ କରି ଶାସନ

କଲୁନି କାହିଁକି ? ମୁଁ ତ ମୂର୍ଖ୍ୟା ନାରୀଟିଏ । କୁଆଡୁ ବୁଝିବି ଭଲମନ୍ଦର ପରିଭାଷା । କାଲି ତୋ ପାଖକୁ ଅମର ଯାଉଛି । କ'ଣ ନେବ ଟିକିଏ କହିଦିଏ । ଚାଉଳ ଡାଲି ତ ନେବ । ଏହାବାଦେ ଆଉ କ'ଣ ଦରକାର ଅଛି କହିଦେ ।

- ଯାହା ଦରକାର ହେବ ଏଠି କିଣି ଖାଇବୁ । ମୋର ଏବେ ଚାକିରୀ କେଉଁଠି ହେଉଛି ଠିକ୍ ନାହିଁ । ତେବେ ଅମର ହେରିକା ମୋ ସହ ସେଠିକୁ ଚାଲିଯିବେ ।

- ନା, ଅମରର ଯଦି ବି.ଏଡ୍ ହୋଇଗଲା ସେ ତୋ ପାଖରେ ରହିବ ନାହିଁ । ଯଦି କୌଣସି କଲେଜରେ ଆଡ଼ମିନିସନ୍ ହେଲା ତେବେ ତୋ ପାଖରେ ରହି ଛୋଟ ଚାକିରୀଟିଏ ଆଗ ପାଇଯାଉ ।

- ଏମିତି କାହିଁକି କହୁଛ ? ତାକୁ ମୁଁ ଉପଯୁକ୍ତ ପ୍ରଶିକ୍ଷଣ ଦେବି । ସେ ନିଶ୍ଚୟ ଭଲ ଚାକିରୀ ପାଇବ ।

- ଆଉ ଗୋଟିଏ କଥା କହିବାକୁ ଭୁଲିଯାଇଥିଲି । ଶୁଣେ ଆର ସାହିର ଦାମ ମଉସାଙ୍କ ଝିଅ ସ୍ନେହା ସହ ଅମରର ବାହାଘର ତା' ଚାକିରୀ କଲାପରେ ହେବ । ଦାମ ମଉସା ପନ୍ଦର ବର୍ଷର ଝିଅକୁ ବିଭାକରି ଦାୟିତ୍ୱରୁ ମୁକ୍ତ ହେବାକୁ ବସିଥିଲେ । ପରିସ୍ଥିତିରେ ପଡ଼ି ଆମେ ଏହି କଥା ଦେଇଦେଲୁ । ତୋ ଚାକିରୀ ହେଲା । ତୋ ପାଇଁ ଝିଅ ଦେଖିବୁ ।

- ଏବେ ନୁହଁ । ଆଉ ପାଞ୍ଚ ବର୍ଷ ଯାଉ । ଭାଇମାନେ ହିଁ ଆଗ ଶିକ୍ଷିତ ହୋଇଯାଆନ୍ତୁ ।

- ସତରେ ତୋ ପରି ପୁଅ ଭାଗ୍ୟରେ ଥିଲେ ମିଳେ । ତୋ ପରି ପୁଅ ପାଇ ମୁଁ ଧନ୍ୟା ହୋଇଛି ।

ଆଲୋକ ପ୍ରଣାମ କରୁ କରୁ କହିଲା- ମା' ତୁମମାନଙ୍କ ପରି ବାପାମା' ପାଇ ମୋ ଜୀବନ ତ ଆଲୋକିତ ହୋଇଛି ।

ଫୋନ୍ କଟିଲା ପରେ ଚିତ୍ରା ଚମକି ପଡ଼ି ନିଜ ଉପରକୁ ଛେପ ପକେଇଲା । ମନରେ ଗୁଣୁଗୁଣୁ ହେଲା ଆଲୋକ କେମିତି ଜାଣିଲା ଯେ ଆମେ ତା'ର ମା' ବାପା ନୁହେଁ ବୋଲି । କେବେ କ'ଣ ଶାଶୁ ତାକୁ ସମ୍ବୋଧନ ଦେବାପାଇଁ ଏଇ କଥା ତା' କାନରେ କହିଛନ୍ତି କି ?

ଚିତ୍ରା ସମସ୍ତଙ୍କ ପାଇଁ ଖାଇବା ବାଢ଼ିଦେଇ ବିଭୂତିଙ୍କ ପାଖକୁ ଯାଇ ପ୍ରଶ୍ନଟି

ଉତ୍ଥାପନ କରି ପଚାରିଲା- ତମେ କେବେ ଆଲୋକକୁ ଆମର ନିଜ ପୁଅ ନୁହେଁ ବୋଲି କହିନ ତ ?

- କେବେ ତ ମୁଁ ତାକୁ ଅଲଗା କରିନି ନିଜ ଜୀବନରୁ । ଆଉ ପରପୁଅ ବୋଲି ଭାବିନି କି କହିନି ମଧ୍ୟ ।

ଚିତ୍ରାର ଆଲୋକ ପ୍ରତି ମାତୃତ୍ୱ ଭାବନା ଭାରି ହେଲାବେଳେ ଆଲୋକର ଉକ୍ତି ଶୁଣି ଲାଗୁଥିଲା ସତେ ଯେମିତି ବିପର୍ଯ୍ୟସ୍ତ ହୋଇ ପଡୁଛି ତା' ମାତୃତ୍ୱ । ମନେ ପକେଇଲା ତା' ପ୍ରଥମ ମୁହଁ ଯାହାକୁ ସେ ଚାହିଁ ଏକ ପରମ ତୃପ୍ତି ପାଇଥିଲା । ହରେଇଥିବା ପୁତ୍ରସନ୍ତାନର ଶୂନ୍ୟତାକୁ ହିଁ ଆଲୋକ ହିଁ ଉଦ୍‌ଭାସିତ କରିଥିଲା ତା' ଶିଶୁସୁଲଭ କୁଆଁ କୁଆଁ କାନ୍ଦରେ । ସେଦିନର ଅଶ୍ରୁଜଳକୁ ପୋଛି ଦେଇଥିଲା ଆଲୋକକୁ ପାଇ । ଆଲୋକକୁ ନିଜ ପଣତ କାନିରେ ଧରି ଘରକୁ ଫେରୁ ଫେରୁ ପାଟିକରି ଶୁଣେଇଥିଲା- ମୋ ପୁଅ ବଞ୍ଚିଛି ।

କିନ୍ତୁ ସେଦିନ ସେ ଅତୀତର ଅନୁଭବକୁ ଈଶ୍ୱରଙ୍କର ଦାନ ଭାବିଥିଲା । ପରେ ଏତେ ନିଷ୍ଠୁର ହେଲା କେମିତି ? ଯାହାହେଉ ବିପଥଗାମୀ ହେବାରୁ ସେ ମଧ୍ୟ ବଞ୍ଚିଯାଇଛି ବିଭୂତିଙ୍କ କଡ଼ାସ୍ୱରରେ ।

- ମା' ଆଉ ଗୋଟିଏ ଚକୁଳି ଦିଏ । ସେଠି ବସିଗଲୁ ଯେ, ଶୁଣାଗଲା ଅମରର ସ୍ୱର ।

- ହଁ ଯାଉଛି କହି ଚିତ୍ରା ଗ୍ୟାସ ପାଖକୁ ଗଲା ।

- ଚକୁଳିକୁ ଉଲଟେଇଲାବେଳେ ଭାବୁଥିଲା କେମିତି ସେ ଓଲଟି ଗଲା ଅମର ଜନ୍ମପରେ । ଆଖିରେ ନାଚି ଉଠୁଥିଲା ଆଲୋକର ଶିଶୁସୁଲଭ ଚେହେରା । ମା' ମା' ଦିଏ ପିଠା ଶୁଣାଗଲା ଅମରର ସ୍ୱର ।

ଯାରି ଭିତରେ ଚକୁଳିପିଠାଟି ପୋଡ଼ିଗଲାଣି, ଚିତ୍ରା ପୋଡ଼ାପିଠାଟିକୁ ଅଲଗା ରଖି କହିଲା- ଦଉଛି ପରା ।

- କେତେସମୟ ଅପେକ୍ଷା କରିବି ଆଉ । ଉଠିଲି ମୁଁ ।

- ବସ୍ । ଯାଉଛି ।

- ମା', ତୁ କାହାକଥା ଭାବୁଥିଲୁ । ଆଲୋକଭାଇଙ୍କ କଥା ନା ?

- ହଁ । ତୁ ତା' ପାଖରେ ରହିଲେ ଯାଡୁସାଡୁ ସାଙ୍ଗ ହେବୁନି । ତା' ସମ୍ମାନର

କଥା । ମନଦେଇ ପଢ଼ିବୁ । ସେ ତତେ ଜୋର୍ ଦେଇ କିଛି କହିପାରିବନି । ସେ ମଧ୍ୟ ତୋ ବିଷୟରେ ଆମ ଆଗରେ କହିନପାରେ । ତୁ ତେଣୁ ଦାୟିତ୍ୱବାନ୍ ହୋଇ ଚଳିବୁ । ଆଉ ବୁଲାବୁଲି କରିବୁନାହିଁ ।

- ମୁଁ ଏବେ କିପରି ଚଳିବି ଆଲୋକଭାଇ ହିଁ ତତେ କହିବେ ।

ଅମର ବୁଝିପାରୁଥିଲା ଆଲୋକଭାଇ ପ୍ରତିକୂଳ ପରିସ୍ଥିତିରେ ଗତିକରି ମଧ୍ୟ ଜୀବନରେ ସଫଳତା ପାଇଛନ୍ତି । ଏଥର ତାଙ୍କ ଉପଦେଶ ମାନିବା ହିଁ ଭଲହେବ । ଆକାଶ ଟିକିଏ ଜୋର୍ ଦେଇ କହିଲା- ନନା ଚାଲେ । ଆମେ ହଲ୍‌କୁ ଯିବା । ଭଲ ମୁଭିଟିଏ ପଡ଼ିଛି ।

- ମୁଁ କାଲିପାଇଁ ତ ପ୍ରସ୍ତୁତି କରୁଛି । ଯାଇପାରିବିନି । ଅମର ଗମ୍ଭୀର ହୋଇ କହିଲା ।

- ଜାଣେ ପରା, ତୁ ମଧ୍ୟ ଆଲୋକଭାଇଙ୍କ ପରି ଆମକୁ ଆଉ ଭଲପାଇବୁ ନାହିଁ ।

- ଅମର ଚାହିଁଲା ଅସୀମ ଓ ଆକାଶଙ୍କ ମୁହଁକୁ । ଟିକିଏ କଠୋର ସ୍ୱରରେ କହିଲା- ଆଉ ଦିନେ ଏକଥା କହିବୁ ନାହିଁ ।

- ହଁ ତୁ ତ ଯାଇ ଆଲୋକଭାଇ ପାଖରେ ରହି ଚାକିରୀ କରିବୁ । ଆମେ ଦୁହେଁ ଗାଁରେ ରହି କରିବୁ କ'ଣ ?

- ମନ ଦେଇ ପାଠ ପଢ଼େ । ପ୍ଲସ୍‌ଟୁ ପାସ୍ କରିଯିବ ।

- ନାଇଁ ଚାଲ ଆମେ ମଧ୍ୟ ଆଲୋକଭାଇ ପାଖକୁ ଚାଲିଯିବା ।

- ତମର ତ ଡିଗ୍ରୀ ନାହିଁ । ସେଠିକି ଯାଇ କ'ଣ କରିବ ?

- ସେଠି ତ ଆଉ ଦୁଇଭାଇ ରହି ପାଠ ପଢୁଛନ୍ତି । ତାଙ୍କ ପାଖରେ ରହି ରହି ଆମେ ମଧ୍ୟ ପାଠ ପଢ଼ିବୁ ।

- ତମେ ତାଙ୍କ ପାଠରେ ବ୍ୟାଘାତ ସୃଷ୍ଟି କରିବ । ଆଲୋକ ଭାଇଙ୍କ ବେଶି ରୁମ୍ ପରା ନାହିଁ ।

- ତମେମାନେ ନିଜ ସୁବିଧା ଦେଖୁଛ । ଆମବେଳକୁ ନାହିଁ କହିପାରୁଛ ।

- ସମସ୍ତେ ସେଠି ଗହଳି କଲେ କାହା ସ୍ୱପ୍ନ ଫଳପ୍ରଦ ହେବନି ଆଉ ।

- ହଉ ତୁମର ସ୍ୱପ୍ନ ସାକାର । ଆମେ ଏଠି ରହିବୁ ମା' ବାପାଙ୍କ ପାଖରେ ।

- ତମେ ତ ମା'ର ହାତରନ୍ଧା ଖାଇବ । ଆମେ ସେଠି ନିଜ ହାତରେ ରାନ୍ଧି ଖାଇବୁ ।

- ତମ ହାତରେ ତ ଖଡ଼ା ସିଝେନି । ସେଠି ରାନ୍ଧିବ କିପରି !

- ରୋଷେଇ କଲେ ତ ଶିଖି ହୋଇଯିବ ।

ପହଁଞ୍ଚିଗଲା ଚିତ୍ରା । କଡ଼ାସ୍ୱରରେ ଶୁଣାଇଦେଲା - ଏଥର ନିଜ ନିଜର ଭବିଷ୍ୟତ କଥା ଚିନ୍ତା କରି ମନଦେଇ ପଢ଼ । ଛୋଟ ମୋଟ ଚାକିରୀ କରି ନିଜ ଗୁଜୁରାଣ ମେଣ୍ଟାଅ । ଆଉ ପାଞ୍ଚ ବର୍ଷପରେ ବାପାଙ୍କ ଅବସର । ସେ ଘରେ ବସିବେ । ତମେ ମାନେ ରୋଜଗାର ନ କଲେ ଚଳିବ କେମିତି ? ଆମ ପେନସନ୍ ଟଙ୍କାରେ ଆମେ ଚଳିଯିବୁ । ଦେହପା' ପାଇଁ କିଛି ତ ରଖିବୁ ।

ଦୁଇପୁଅ ଚୁପ୍ ରହିଲେ । କିଛି ସମୟପରେ ସେଠୁ ଉଠି ଗଲେ ରୁମ୍ ଭିତରକୁ । ଚିତ୍ରା ଚାହିଁଲା ସେମାନଙ୍କ ମୁହଁକୁ । ମୁହଁରୁ ଯାହା ପଢ଼ିଲା- ଭାବିଲା, ଏଥର ନିଶ୍ଚୟ ପାଠ ପଢ଼ିବେ । ଝିଅଟିଏ ଥିଲେ ଭଲ ହୋଇଥାଆନ୍ତା । ପୁଅ ଓ ଝିଅଙ୍କ ଭାବନା ଭିତରୁ ଝିଅ ବେଶି ମା' ବାପାଙ୍କ ମନକୁ ଚିହ୍ନିପାରେ । ଏତେଗୁଡ଼ିଏ ପୁଅ ପାଇ ଚିତ୍ରା ଦିନେ ଗର୍ବ କରୁଥିଲା ଓ କହୁଥିଲା - ଝିଅ ଥିଲେ ହଜାରେ ଚିନ୍ତା । ପୁଅ ଥିଲେ ଚିନ୍ତା ନାହିଁ । ଆଜି ଭାବୁଛି ବେରୋଜଗାର ପୁଅ ଲକ୍ଷେ ଚିନ୍ତା ବଢ଼େଇବ । ଅମଣିଷ ହେଲେ ଜୀବନ ଅଂଧାର ହୋଇଯିବ । ଯାହାହେଉ ଆଲୋକ ହିଁ ଏମାନଙ୍କର ପଥ ପ୍ରଦର୍ଶକ ହେବ । ଦେଖାଯାଉ ଆଲୋକ ପ୍ରତିଶ୍ରୁତି କେତେ ପାଳୁଛି । କାହିଁକି ଆଜି ମନରେ ଆଲୋକ ପ୍ରତି ମମତା ଜାଗ୍ରତ ହେଉଥିଲା ଚିତ୍ରାର । ସେ ଅମର ଜନ୍ମପରେ ତାକୁ ଆଦୌ ଭଲ ପାଉନଥିଲା । ଘରର ଅଭାବ ଜଣାଇ ଜଣାଇ ଭାତ ସହିତ ଯାହାକିଛି ଥୋଇ ଦେଉଥିଲା ଖାଇବାପାଇଁ । ସେ କେବେ ଭୁଲିପାରିବନି ଏସବୁ କଥା । ସେ ନିଜ ଆଖିରେ ଦେଖିଛି ଅମର ଭଲ ଜିନିଷ ଖାଇବା ବେଳେ ସେ ମାଗେନି ସେ ଜିନିଷ ଖାଇବାକୁ । ହେତୁ ପାଇଲା ଦିନଠାରୁ ମା'ର ସ୍ନେହ ମମତା ପିଲାଟି ତ ପାଇନଥିଲା । ଯାହାଦେଲେ କିଛି ନ କହି ଖାଇଦେଇ ପଢ଼ାପ୍ରତି ଯତ୍ନଶୀଳ ହେଲା । ଯାହାଫଳରେ ତା'ର ମନ ଧ୍ୟାନ ସେହି ପାଠପ୍ରତି ଲାଗି ରହିଲା । ସେ ମଧ୍ୟ ଅମର ଓ ଅନ୍ୟମାନଙ୍କ ବେପରୁଆ ଜୀବନ ପ୍ରତି ଅନେକ ଥର କହିଛି - ମନ ଦେଇ ପାଠ ପଢ଼ । ବାପା ମା' ଖୁସି ହେବେ ।

ସେହି ସମୟରେ ଚିତ୍ରା ଦେଖେଇ ହୋଇ କୁହେ – ତୁ ସେମାନଙ୍କୁ ଡିଆରେ ନା । ଆମେ ଅଛୁ ପରା । ସେତେବେଳେ ଆଲୋକ ଆଉ ବିଶେଷ ନକହି ସେଠୁ ଚାଲିଯାଏ । ଗାଁ ପାଖ କଲେଜର ସ୍ନାତକ ପାସ କଲା ଟ୍ୟୁସନ କରି । ପୁଣି କୋଚିଙ୍ଗସେଣ୍ଟରରେ ପାଠ ପଢ଼େଇ ନିଜେ ପାଠ ପଢ଼ି ଆଜି ଓ.ଏ.ଏସ୍. ପାଇଛି । ତଥାପି ତା' ମଧ୍ୟରେ ବଞ୍ଚିଛି ଭାଇମାନଙ୍କ ପ୍ରତି ସ୍ନେହ ସରାଗ । ନଚେତ୍ ସାନ ଦୁଇଜଣଙ୍କୁ ନେଇ କୋଚିଙ୍ଗ୍ ସେଣ୍ଟରରେ ପଢ଼େଇ ଡାକ୍ତର, ଇଞ୍ଜିନିୟର କରିବାକୁ ଲାଗିଛି । ଚିତ୍ରା ନିଜର କୃତକର୍ମ ପାଇଁ ଲଜ୍ଜିତ ମନେ କରୁଥିଲା । ନିଜ ପେଟରୁ ଜନ୍ମ ନ କଲେ ମଧ୍ୟ ଆଲୋକର ମନଟି କେତେ ବଡ଼ । ଭାଇମାନଙ୍କ ଚିନ୍ତା ଲାଗିଛି । ସତରେ ସେ କ୍ଷମା କରିଦେବ ଚିତ୍ରା ପରି ମା'କୁ ?

ଚିତ୍ରାର ଆଖି ଛଳ ଛଳ ହୋଇଗଲାଣି । ନିଜର ଦୃଷ୍ଟିରେ ସେ ହିଁ ତା' ପ୍ରତି ବହୁତ ଅନ୍ୟାୟ କରିଛି । ଅଚାନକ ଆଜି ଭଲ ପାଇଲେ ଆଲୋକକୁ ଛଳନା ପରି ଲାଗିବ । କୁନ୍ତୀପରି ନିଜ ଛଳଛଳ ଆଖିରେ ତ ସେ ଆଉ ପାଞ୍ଚପୁତ୍ରଙ୍କ ଜୀବନରକ୍ଷା କରିବାପାଇଁ କର୍ଣ୍ଣଙ୍କ ପାଖରେ ନିବେଦନ କରିପାରିବନାହିଁ । ଆଲୋକକୁ ଆଉ କର୍ଣ୍ଣଙ୍କ ପରି ବଳି ପକେଇବାକୁ ଛାଡ଼ିଦେବନି ତ ! ସବୁ ପୁଅଙ୍କ ଦାୟିତ୍ୱ ତା' କାନ୍ଧରେ ଲଦିଦେଇ ପାରିବନି ଚିତ୍ରା । ସେ ମଧ୍ୟ ଆଲୋକର ସୁବିଧା ପାଇଁ ସଚେତନ ହେବ । ଯଦି ଅମର ଭଲ ଚାକିରୀ ନପାଏ ତେବେ ତା' ଦୁଃଖ ତା'ର । ଆଉ ସାନ ଦୁଇଜଣ ତ ଭଲ ପଢୁଛନ୍ତି । ନିଶ୍ଚୟ ରୋଜଗାରକ୍ଷମ ହେବେ । ପାଖରେ ଥିବା ଆକାଶ ଓ ଅସୀମ ଯଦି ପାଠରେ ମନ ନଦିଅନ୍ତି ତେବେ ଦୋକାନ କରି ଚଳିବେ । ଆଲୋକକୁ ଅନ୍ୟ ଭାଇମାନଙ୍କ ପାଠ ଶେଷପରେ ଆଉ କୌଣସି ଚାପ ଦେବା କଥା ନୁହେଁ । ତା' ପରି ଶାନ୍ତିଶିଷ୍ଟ ପିଲାପାଇଁ ସେମିତି ଶାନ୍ତଶିଷ୍ଟ ଝିଅଟିଏ ଖୋଜିଲେ ହେବ । ଦୁହେଁ ଆରାମରେ ରହିବେ । ସେମାନେ ନିଜର ଜୀବନଶୈଳୀ ସୁଖଶାନ୍ତିରେ କଟାନ୍ତୁ ।

ଚିତ୍ରା ନିଜମନକୁ ବୁଝାଉଥିଲା ଅନୁତାପ କରି । ଘର ସ୍ଥିତି ବିଷୟରେ ଅନ୍ୟମାନେ ସିନା ଅଜ୍ଞ କିନ୍ତୁ ସେ ତ ଜ୍ଞାତ । ମୋବାଇଲ ସୁଇଚ୍ ଅନ୍ କଲା ଆଲୋକ ପାଖକୁ । ସେ ପଟରୁ ଉତ୍ତର ଆସିଲା– ମା' ନମସ୍କାର । କି ଅସୁବିଧା ହେଲା କି ?

– ତୁ ମୋତେ କ୍ଷମା କରିଦେବୁ ତ ?

– ତୁ କି ଦୋଷ କରିଛୁ କି ?

– ତତେ ପିଲାଦିନୁ ଅବହେଳା କରିଛି । ତୁ ଏକଥା ଜାଣୁ ତ ନିଶ୍ଚୟ ।

- କାହିଁ ମୋତେ ଏପରି ଅନୁଭବ କେବେ ହୋଇନି । ନିଜ ମା' କ'ଣ କେବେ ନିଜ ଅବହେଳା କରିପାରେ କି ? ମୋ ତଳଭାଇମାନଙ୍କ ଜନ୍ମପରେ ବଡ଼ପୁଅ ପ୍ରତି ନିଶ୍ଚୟ ଟିକିଏ ସମୟ ଦେବା କମିଯିବ ତ ?

- ତୁ ବୁଝିପାରିବୁନି ମୋତେ । କେତେବଡ଼ ଭୁଲ୍ କରିଛି ଆଜି ପର୍ଯ୍ୟନ୍ତ !

- ମା' ତୁମେ ମନରୁ ଏସବୁ ଭାବନା ଛାଡ଼ । କୁହ - ମୁଁ ତମପାଇଁ କ'ଣ କରିପାରିବି ? ଏବେ ମୋ ପାଖକୁ ପ୍ରତିମାସରେ ଟଙ୍କା ତ ଆସିବ । ଘରକୁ ପଠେଇବି ।

- ନାଇଁ । ତୋର ଟଙ୍କା ତୋର । ଏବେ ତ ତିନିଭାଇଙ୍କ ଦାୟିତ୍ୱ ନେଲୁଣି । ଆଉ କେତେ ଦାୟିତ୍ୱ ତୋ ମୁଣ୍ଡରେ ଲଦିବି । ତୁ ଭଲରେ ଥାଆ ।

ବିଗତ ଦିନର କଥା ଭାବି ଚିତ୍ରା ବ୍ୟସ୍ତ ଥିବାବେଳେ ବିଭୂତି ପହଞ୍ଚିଯାଇ କହିଲେ - ଏବେ ବୁଝିପାରିଛ ଆଲୋକକୁ । ତାକୁ ଆମେ ସିନା ଜନ୍ମ ଦେଇନେ ସେ ତ ନିଜ କର୍ମରେ ବଳିୟାନ । ଏ ଛାର ମଣିଷ ଗର୍ବକରେ କାହିଁକି ? ଆଉ ଦୁଃଖ କରି କଥାକୁ ମୋଟ କରେନି । ନିଜ ପୁଅମାନଙ୍କଠାରୁ ଅଧିକ ଭଲପାଅ ଆଲୋକକୁ । ଦେଖିବ ତୁମ ଅପରାଧ ତୁମ ମନରୁ ହଟିଯିବ ।

- ତଥାପି କର୍ଣ୍ଣପରି ପୁଅ ଆଲୋକକୁ ମୁଁ ଚିହ୍ନିପାରିଲି ନାହିଁ ।

- କାରଣ ତୁମେ ଜନ୍ମ ଦେଇନ କୁନ୍ତୀଙ୍କ ପରି ।

- ତଥାପି ତା' ମୁହଁ ଦେଖି ମୁଁ ତ ପାଳିତା ମା' ରାଧାପରି ମାତୃ ସ୍ନେହ ଦେଇପାରିଲି ନାହିଁ ।

- ସମୟକୁ କିଏ ଦେଖିଛି ? ଭବିଷ୍ୟତ ତ ଅଜ୍ଞାନ ଅଛି ମନରେ । ବର୍ତ୍ତମାନ ସହିତ ଚାଲୁ ଚାଲୁ ତୁମେ ନିଜ ପୁଅମାନଙ୍କ ପାଇଁ କେତେ ସ୍ୱପ୍ନ ଦେଖିଥିଲ । କିନ୍ତୁ ଅନାବନା ଗଛଟିଏ ପରି ଆଲୋକ ପ୍ରତି ସ୍ନେହର କାଣିଚାଏ ମଞ୍ଜି ତ ବୁଣିନାହିଁ ଆଜି ପର୍ଯ୍ୟନ୍ତ ! ଏବେ ତମ ମନ ନିର୍ମଳ କର ।

- ସତରେ ଅମର ଜନ୍ମପରେ ମୁଁ ତ ଏକ ସ୍ୱାର୍ଥପର ମା' ହୋଇଗଲି । ଏପରି ନିଜ ପିଲାଙ୍କୁ ସ୍ନେହ ଦେଇ ଅକର୍ମା କରିଦେଲି ।

- ତୁମେ କଳିଯୁଗର ମା'ଟି । ଯିଏ ନିଜ ପିଲାଙ୍କ ଭୁଲ୍ ନ ଦେଖି ଖାଲି ବାହାବା ମାରୁଥିବେ ।

- ମୋତେ ଆଉ ଆଘାତ ଦିଅନି । ମୋର ଭୁଲ୍ ମୁଁ ମାନୁଛି ।

- ହଉ, ଏବେ ସେ ତୁମର ସବୁଠି ବୁଦ୍ଧିଆ ଆଉ ରୋଜଗାରିଆ ପୁଅ ।

ଉଦାସ ପଡ଼ିଗଲା ଚିତ୍ରାର ମୁହଁ । ପୁଣି କହିଲା - ସତରେ ସେ ମୋ ପୁଅ ହୋଇଥାଆନ୍ତା ହେଲେ !

- ପୁଣି ପରପିଲା ବୋଲି ମନରେ ପଶାଅ ନାହିଁ । ସେ ହିଁ ଆମର ପୁଅ । ବଡ଼ପୁଅ । ଆମେ କେବେ ଆଉ ପର କରି ଦେଇପାରିବା ନାହିଁ ।

ସମୟର ମହାସ୍ରୋତରେ ମଣିଷଟି ତ ଭାସୁଛି । ଦିଗନ୍ତକୁ ଛୁଇଁବାକୁ ଚେଷ୍ଟା କରୁଛି । ଅସୁମାରି ସ୍ୱପ୍ନକୁ ଇଚ୍ଛାର ତରଙ୍ଗରେ ଖେଳାଉଛି । ଏହି ଆଶା ପାଇଁ ତା' ଜୀବନର ଗତି ଆଗକୁ ବଢୁଛି । ଯାହି ଭିତରେ ବିଭୂତି ଓ ଚିତ୍ରାଙ୍କ ବୟସର ଗତି ଆଗକୁ ବଢ଼ି ଚାଲିଲା ବେଳେ ଆଲୋକର ବିବାହ ହୋଇଯାଇଛି ଜଣେ ବଡ଼ ଅଫିସରଙ୍କ ଝିଅ ମୋନିକା ସହ । ଅମର ଶିକ୍ଷକତା କରି ବିବାହ କରିଦେଇଛି ସ୍ନେହାକୁ । ଅରୂପର ଏବର୍ଷ ମେଡ଼ିକାଲ୍‌ର ଶେଷବର୍ଷ ଓ ଅଭୟ ଇଞ୍ଜିନିୟରିଂ ସାରି ଏବେ କମ୍ପାନୀରେ ଚାକିରୀ କଲାଣି । ଦେଖିବାକୁ ଗଲେ ଯିଏ ଯାହା ଜାଗାରେ ସେଟ୍‌ଲ୍ ହେବାକୁ ବସି ସାରିଛନ୍ତି । ଆଉ ଚାରି ଜଣଙ୍କର ବିବାହ ହେବ । ସ୍ନେହା ଏବେ ଘରେ । ଅମର ପାଖ ଗାଁ ସ୍କୁଲରେ ଚାକିରୀ କରିଛି । ଆଲୋକର ପୁଅଟିଏ ଓ ଅମରର ଝିଅଟିଏ ହୋଇଗଲେଣି । ଦେଖିବାକୁ ଗଲେ ଘରଟିରେ ଏବେ ହସଖୁସି ଭରିଗଲାଣି । ଗାଁ ଲୋକଙ୍କର ପ୍ରଶଂସା ମଧ୍ୟ ଉଚ୍ଛୁଳୁଛି ଯାହାହେଉ ଚାରୋଟି ପୁଅକୁ ଚାକିରୀ କରେଇଦେଲ । ଚିତ୍ରା କୁହେ - ସବୁ ଭଗବାନଙ୍କ ଇଚ୍ଛା । ଯିଏ ଯାହା ଭାଗ୍ୟ ନେଇ ଜନ୍ମିଛନ୍ତି । ଆକାଶ ଓ ଅସୀମ ଦୁଇଜଣ ଚାକିରୀ ବଦଳରେ ଗାଁରେ ବ୍ୟବସାୟ କରୁଛନ୍ତି । ଗାଁରେ ଗୋଟିଏ ବଡ଼ ତେଜରାତି ଦୋକାନ ଖୋଲି ବସିଲେଣି ।

ଚିତ୍ରା ଭାବିବସେ - ଆଲୋକ ସିନା ବାହାରେ ରହିଯିବ । ତା' ସ୍ତ୍ରୀ ଏମିତି ପୂଜାପର୍ବ ପଡ଼ିଲେ ଗାଁକୁ ବୁଲିଆସେ । କେଇଦିନ ରହି ଚାଲିଯାଏ । ଅମର ସ୍ତ୍ରୀ ସ୍ନେହା ମଧ୍ୟ ଖୁବ୍ ଆଦର ଯତ୍ନକରେ ଆଲୋକ ସ୍ତ୍ରୀ ମୋନିକାର । ମୋନିକା ଗୃହିଣୀ । ସ୍ନେହା ଏବେ ସ୍କୁଲରେ ଶିକ୍ଷିକା । ତଥାପି ଘର କାମ କରି ସ୍କୁଲଯାଏ । ଝିଅକୁ ଚିତ୍ରା ଦିନସାରା ରଖେ । ନାତୁଣୀ ମିଠି ଯୋଗୁ ତା'ର ସମୟ ମଧ୍ୟ କଟିଯାଏ । ଯଦି ଅସୀମ ଓ ଆକାଶ ଦୁଇପୁଅଙ୍କ ବୋହୂ ଆସିବା ପରେ ସ୍ନେହା ସାଙ୍ଗରେ ବାଦ ବିବାଦ କରନ୍ତି ତେବେ ଘରେ ତ ଅଶାନ୍ତି ସୃଷ୍ଟିହେବ । ଆଗକୁ ଆକାଶ ଓ ଅସୀମଙ୍କ ଭାଗ୍ୟରେ ଭଲ ବୋହୂ

ଦୁଇଟି ମିଳିଗଲେ ଘରେ ଶାନ୍ତି ବଜାୟ ରହିବ । ନଚେତ୍ ଘରେ ଛୋଟମୋଟ କଥା ନେଇ କଳିଗୋଳ ଆରମ୍ଭ ହେବ । ଦେଖାଯାଉ କାହା ଭାଗ୍ୟରେ କ'ଣ ଲେଖା ହୋଇଛି ? ଘରଟିରେ ଉପସ୍ଥିତ ସମସ୍ତ ସଦସ୍ୟ ଯଦି ସଂପର୍କର ଗୁରୁତ୍ୱ ବହନ ନକରନ୍ତି ତେବେ ନିଶ୍ଚୟ ଏହି ଘରେ ଅଶାନ୍ତି ସୃଷ୍ଟି ହେବ । ଆଲୋକ ଓ ଅମର ମଧ୍ୟ ଝପ ପକେଇଲେଣି- ଆକାଶ ଓ ଅସୀମଙ୍କୁ ଏକା ତିଥିରେ ବିବାହ କରିଦିଅ । ତୁମର ବୟସ ହେଲାଣି । ସେମାନେ ତ ଏବେ ରୋଜଗାରକ୍ଷମ । ତେଣୁ ତୁମେ ଦୁହେଁ ବିବାହ କରାଇଦେଇ ଶାନ୍ତିରେ ବସିପାରିବ ।

ଚିତ୍ରା ମଧ୍ୟ ବିଭିନ୍ନ ଆଡ଼େ କନ୍ୟା ଖୋଜା ଖୋଜି ଆରମ୍ଭ କରିଦେଲେଣି । କେଉଁଠି ଘର ମନପାଇଲା ବେଳେ ଝିଅଟି ମନପସନ୍ଦର ମିଳୁନି । ପୁଣି ଝିଅ ମନକୁ ପାଇଲାପରେ ତା' ବାପ ଘରଟି ଅତି ଗରୀବ ଶ୍ରେଣୀର । ପୁଣି ନିଜ ଜାତିର ଝିଅ ଦରକାର । ଘର ଇଶାଣ ପୂଜା କରିବ । ଏମିତିରେ ପୁଣି ରାଜଯୋଟକ ଯୋଗ ପଡ଼ିବା ଦରକାର । ଏମିତି ଖୋଜୁଖୋଜୁ ଆଠ ଦଶଟି ଝିଅ କାଟ୍ ଖାଇସାରିଲେଣି । ଦେଖାଯାଉ କେବେ ମିଳୁଛି ଭଲ ଝିଅଟିଏ ଯିଏ ଆକାଶ ପାଇଁ ଯୋଗ୍ୟା ହେବ ଭାବି ଚିତ୍ରା ହାତଯୋଡ଼ିଲା ଠାକୁରାଣୀଙ୍କ ପାଖରେ । ଉଠିଲା ଭାତ ଗାଳିବାକୁ । ଏବେ ଆଉ ରୋଷେଇ କରିବାକୁ ଇଚ୍ଛା ହେଉନି । ସ୍ନେହା ଯାଇଛି ତା' ବାପଘରକୁ ଆଠ ଦିନ ହେବ । ତା' ମା'ର ଦେହ ଖରାପ । ତେଣୁ ବାଧ୍ୟ ହୋଇ ଚିତ୍ରା ହାତରେ ରୋଷେଇ ଭାର । ସ୍ନେହା ସବୁ ରୋଷେଇ କରିଦିଏ ଖୁବ୍ କମ୍ ସମୟରେ । ତା'ର ଚାକିରୀପାଇଁ ସେ ତ ସବୁ କାମକୁ ଚଞ୍ଚଳ କରେ । ଏବେ ଚିତ୍ରା ବସିଉଠି କାମ କରୁଛି । ଦୋକାନରୁ ଆକାଶ ଓ ଅସୀମ ଫେରିଲେ ଖାଇବେ ସମସ୍ତେ । ଡାଲି ତରକାରୀ ଆଗରୁ କରିଦେଇଛି । ଭାତହାଣ୍ଡିଟି ଗାଳିଦେଲେ ସେ ଛାତ ଉପରୁ ଲୁଗାପଟା ତୋଳିବାକୁ ଯିବ । ଆଜିକାଲି ଆଣ୍ଠୁଗଣ୍ଠି ବିନ୍ଧୁଛି । କାମ ପ୍ରତି ସ୍ପୃହା ଆଉ ନାହିଁ । ଭିଡ଼ିମୋଡ଼ି ହୋଇ କାମ କରିବାକୁ ବାଧ୍ୟ ।

ଭାତ ଗାଳି ଦେଇ ବସିଗଲାଣି ଚିତ୍ରା ଅନ୍ୟମନସ୍କ ହୋଇ । ଫୋନ୍‌ର ରିଙ୍ଗ୍ ହେଲା । ଶୁଣାଗଲାଣି ତା' ଭଉଣୀର ସ୍ୱର - ନାନୀ, ପ୍ରଣାମ । ଆକାଶ ପାଇଁ ଭଲ ଝିଅଟିଏ ଦେଖିଛି । ସେ ମୋ ନଣନ୍ଦଙ୍କ ବଡ଼ଯାଆର ଝିଅ । ଘର କାମରେ ପାରଙ୍ଗମ । ମାଟ୍ରିକ୍ ପାସ୍ କରିନି ମଧ୍ୟ । ସେ ତୁମଘରେ ତାଙ୍କ ଝିଅ ବର୍ଷାକୁ ବିବାହ ଦେବାକୁ ରାଜି । ମୋ ମନ ପାଇଛି । ତୋର ଓ ଭିଣୋଇଙ୍କ ମନ ପାଇଲେ ବିବାହ ପାଇଁ ହଁ

କରିଦେବୁ । ଗୁଣର ଝିଅଟିଏ । ଯଦି କହିବୁ ତେବେ ମୁଁ ଏ ପ୍ରସ୍ତାବରେ ଆଗେଇବି । ଅଣନିଃଶ୍ୱାସରେ ଏତକ କହିଦେଲା ଚିତ୍ରାର ଭଉଣୀ ମିତ୍ରା ।

- ତୋର ମନ ଯଦି ପାଇଛି ଠିକ୍ ଥିବ ଏହି ପ୍ରସ୍ତାବଟି । ଆମେ ଆସନ୍ତା ରବିବାରଦିନ ତାଙ୍କ ଘରକୁ କନ୍ୟା ଦେଖିଯିବୁ ବୋଲି କହିଦିଏ । ଯଦି ମନପାଏ ନିର୍ବନ୍ଧ କରିଦେବା । ତୁ ଅସୀମ ପାଇଁ ମଧ୍ୟ ଭଲ ଝିଅ ଦେଖେ । ଏକାବେଳେ ବାହାଘର କରିଦେବା ।

- ଏକାବେଳେ ଘରେ କାହିଁକି ଚରିମୁକୁଟୁ ଏକାଠି ହେବେ ? ବର୍ଷେ ଯିବାପରେ ଅନ୍ୟ ପୁଅର ବାହାଘର କରିବୁ ଯଦି ସେମାନଙ୍କର ମଙ୍ଗଳ ଚାହୁଁ । ତୋର କ'ଣ ଅଭାବ ଅଛି ଯେ ଗୋଟିଏ ଭୋଜିରେ ଦୁଇପୁଅକୁ ବିବାହ କରେଇବୁ ? ଆକାଶ ବିବାହର ବର୍ଷେ ପରେ ଅସୀମର କଲେ ଭଲ ।

- ହଉ । ତୁ ଯଦି ମନରେ ଶଙ୍କା ପଶେଇଲୁଣି ତେବେ ବର୍ଷେପରେ ଅସୀମର ବାହାଘର ହେବ । ଆଗାମୀ ତିଥିରେ ଆକାଶର ବିବାହ କରେଇ ଦେବା ।

- ଗୋଟିଏ କଥା ପଚାରିବି କି ? ସତରେ ଆଲୋକ ତୋ ପୁଅ ।?

- ହଁ । ମୋ ପୁଅ ।

- ଆଉ ତାକୁ ତିନିବର୍ଷପରେ ଏମିତି ନିଜ ପାଖରୁ ଅଲଗା ରଖୁଥିଲୁ କାହିଁକି ? ଅମରକୁ ଯେତେ ଭଲପାଉଥିଲୁ ସେଥିରୁ କାଣୀଚାଏ ତ ଭଲପାଇନୁ ଆଲୋକକୁ । ତେଣୁ ମୋ ମନରେ ସନ୍ଦେହ ଆସିଲା ବୋଲି ପଚାରିଦେଲି ।

- ହଁ ଆଲୋକର ମା' ମୁଁ ।

- ହଉ ମୁଁ ରହୁଛି । ଚିତ୍ରା ମନେମନେ ଭାଳି ହେଲା ମା' ବାପା କ'ଣ ଭାଇଭଉଣୀଙ୍କ ଆଗରେ ଆଲୋକ ଜନ୍ମ କଥା ଖୋଲି ଦେଇଛନ୍ତି ? ମୃତ୍ୟୁ ଶେଯରେ ମଧ୍ୟ ମା' କହିଥିଲା - ଆଲୋକକୁ ନିଜ ପୁଅମାନଙ୍କଠାରୁ ଅଧିକା ଭଲପାଇବୁ । ପର ବୋଲି ଭାବିବୁ ନାହିଁ । ସେ ତୋ କୋଳକୁ ଆସି କ୍ଷୀର ପିଇଛି ପ୍ରଥମେ । ତା' ବିଷୟରେ ଆମେ କିଛି ପ୍ରକାଶ କରିନୁ । ଆଲୋକ ହିଁ ତୋର ବଡ଼ପୁଅ । ସେ ଆସିବା ପରେ ତୋର ପାଞ୍ଚପୁତ୍ର ଜନ୍ମ ହେଲେ ।

ସତରେ ପୃଥିବୀରେ ସତ୍ୟ ଲୁଚି ରହିବ କି ? ଦେଖାଯାଉ କେଉଁଦିନ ଆଲୋକର ଜନ୍ମ ରହସ୍ୟ କେଉଁଠି ଉନ୍ମୋଚିତ ହେବ । ବର୍ତ୍ତମାନ ଭିତରେ ସଂପର୍କର

ସୁଖଦ ଅନୁଭୂତିରେ ଅଭିଭୂତ ହୋଇଯିବା ବେଳେ ଦୁଆର କବାଟ ଖୋଲି ବିଭୂତି ଘର ଭିତରକୁ ପଶି ଆସିଲେ । ଚିତ୍ରା ଆଗ୍ରହରେ କହିପକାଇଲା- ଆକାଶ ପାଇଁ ଝିଅଟିଏ ମିତ୍ରା ଦେଖିଛି, ଆସନ୍ତା ରବିବାର ଦିନ ଆମେ ଦୁହେଁ ଦେଖିଯିବା ।

- ଏବେ ଏତେ ଛାନିଆ କାହିଁକି ?

- ଆକାଶ ବାହାଘର କରିଦେବା । ତା' ପଛକୁ ପଛ ଆଉ ତିନିଜଣ ରହିବେ । ଯେତେ ଶୀଘ୍ର କାମ ସାରିଦେଲେ ଆମର ଚିନ୍ତାଯିବ । ନିଜଘର ସମ୍ଭାଳିବା ଦାୟିତ୍ୱ ନେବେ । ବୟସ ତ ତମକୁ ସତୁରୀ ପାଖାପାଖି ହେବାକୁ ବସିଲାଣି ।

- ସେୟା ସତ ଯେ । ନିଜ ଜାତି ଝିଅ ବିବାହ କରାଇଦେଲେ ଆମେ ଶାନ୍ତିରେ ବସିଯିବା ।

- ଏବେ ଆକାଶ ଓ ଅସୀମ ସିନା ଏଠି ଘରେ ଅଛନ୍ତି ବୋଲି ଆମେ ଝିଅ ଖୋଜି ବିବାହ କରେଇଦେବା । ଅଭୟ ତ ବାଙ୍ଗାଲୋରରେ ଚାକିରୀ କଲାଣି । ସେଠି ଯଦି ନିଜ ଚୟସର ଝିଅ ଠିକ୍ କରିଥାଏ ତେବେ ଆମେ ଅନୁମତି ଦେବା ତ ?

- ହଁ । ଯୁଗ ତ ଏବେ କେଉଁଠି ଯାଇ କେଉଁଠି ପହଁଞ୍ଚିଲାଣି । ଅରୂପ ମଧ୍ୟ ମେଡ଼ିକାଲ୍ ଝିଅ ଠିକ୍ କରିଥାଇପାରେ । ଆଉ ଜାତିଗୋତ୍ର ଖୋଜିବା ନାହିଁ । ଏଥର ଜାତକରେ ରାଜଯୋଟକ ଯୋଗ କଥା ଭୁଲିଯାଅ । ଯିଏ ଯାହା ଇଚ୍ଛାରେ ସ୍ୱୟଂମ୍ବର କରିପାରନ୍ତି ।

ଏଇ ଦୁଇଜଣ ତ ଗାଁରେ ଆମ ପାଖରେ ଅଛନ୍ତି । ତେଣୁ ଏମାନଙ୍କୁ ଜାତକ ଦେଖି ବିବାହ କରେଇ ଦେବା । ଆଉ ଦୁଇଜଣ ତ ଗାଁରେ ରହିବାକୁ ଆସିବେ ନାହିଁ । ତେଣୁ ଯେଉଁଠି ବିବାହ କଲେ ଚିନ୍ତା ନାହିଁ । ସେମାନଙ୍କ ଚାକିରୀରେ ଟଙ୍କା ତ ଅଧିକା ଅର୍ଜିବେ । ଘରଦ୍ୱାର ସହରରେ ତୋଳିବେ ମଧ୍ୟ । ଆଲୋକ ମଧ୍ୟ ସହରରେ ରହିଯିବ ଘରଦ୍ୱାର ତୋଳି । ଅମର କଥା କହି ହେଉନି । ତା' ଇଚ୍ଛା ହେଲେ ଏଠି ରହିପାରେ । ଆକାଶ ଓ ଅସୀମ ତ ଏଠି ରହିବେ । ଏମିତିରେ ସେମାନଙ୍କ ବେଶି ରୋଜଗାର ନାହିଁ ।

କିଛିକ୍ଷଣ ରହିଗଲେ ବିଭୂତି । କହିଲେ- ଏବେ ପାଖ ଗାଁ କଲେଜର ଗୋଟିଏ ମାଳୀ ପୋଷ୍ଟ ପାଇଁ ଆକାଶ ରହିବ କି ?

- ନାଇଁ ତାକୁ ଲାଜ ଲାଗିବ ମାଳୀ କାମ କଲେ ।

- କାମରେ ଲାଜ କ'ଣ ? ହଉ ଥାଉ । ସେମାନେ ନିଜ ଦୋକାନରେ ଟଙ୍କା ଅର୍ଜନ କରନ୍ତୁ । ଆମେ ତା' ପାଇଁ ଏଠି ଘରଦ୍ୱାର କରିଦେବା ଯେମିତି ଟିକିଏ ଆରାମରେ ରହିବେ । ଅଲଗା ଚାକିରୀ କରିପାରିବେ ମଧ୍ୟ ।

- ଏବେ ଘରକୁ ପାଇପ୍ ଯୋଗେ ପାଣି ଆସୁଛି । ଆଉ ସହରର ସବୁ ସୁବିଧା ଆମ ଘରେ ଅଛି । ଏଠି ରହିଲେ କିଛି ଅସୁବିଧା ହେବନି ସେମାନଙ୍କ ବୋହୂମାନଙ୍କୁ ।

- ତେବେ ଦୁଇଜଣ ସୈନ୍ୟବାହିନୀରେ ଯୋଗ ଦିଅନ୍ତୁ । ଦେଶପାଇଁ ଦୁଇଟି ପୁଅକୁ ଉତ୍ସର୍ଗ କରିଦେବି ।

- ସୀମାରେ ଗୁଳିଗୋଳା ଫୁଟୁଛି । କେତେବେଳେ ଜୀବନ କ'ଣ ହେବ କହିହେବନି ତ ଆଉ ।

- ଶୁଣ, ତମପୁଅ ସହୀଦ୍ ହୋଇଗଲେ ନାଁ ରଖିଯିବ ତ ?

- ପଚାର ସେମାନଙ୍କୁ । ଯଦି କହିବେ ଦୁହେଁ ସୈନ୍ୟବାହିନୀରେ ଯୋଗ ଦିଅନ୍ତୁ ।

- ସବୁବେଳେ ତ ଯୁଦ୍ଧ ଲାଗୁନି । ଆମ ଗାଁର ରାଉତଘର ବାବୁଲା ଏବେ ଚାକିରୀରୁ ଚାଳିଶବର୍ଷରେ ଫେରି ଆସିଲା ପରେ ଘରଦ୍ୱାର କରି ପେନସନ୍ ପାଇ ଆରାମରେ ଅଛି । ଭାଗ୍ୟଠାରୁ କିଏ ଆଉ ବଡ଼ ନାହିଁ । ବରଂ ସୈନ୍ୟବାହିନୀରେ ଚାଲିଗଲେ ଚାକିରୀ ସରିଲାପରେ ପେନସନ୍ ପାଇବେ ତ ।

- ତୁମେ ମାଷ୍ଟର ଚାକିରୀ କରିଛ ବୋଲି ସବୁବେଳେ ବ୍ୟବସାୟ ପ୍ରତି ବୀତସ୍ପୃହ । ଜଣେ ପୁଅ ଘରେ ରହିବା କଥା ତ । ଆକାଶ, ଅସୀମ ସୈନିକ ହୋଇ ଚାଲିଗଲାପରେ ଘରେ ରହିବ କିଏ ?

- ଅମର ଘରେ ଅଛି । ସ୍ନେହା ବାପଘର ଏଇଠି । କୁଆଡ଼େ ଦୁଇଜଣ ତ ଆଉ ଯିବେନି । ପିଲାକୁ ଘରେ ବସେଇ ବେରୋଜଗାର କରିବା ଦ୍ୱାରା ଘରେ ଅଶାନ୍ତି ସୃଷ୍ଟି ହେବ । ଯିଏ ଯାହାର କର୍ମକ୍ଷେତ୍ରରେ ଉପାର୍ଜନକ୍ଷମ ଥିଲେ ଘରେ ହିଁ ଶାନ୍ତି ବିରାଜିବ । ଆମ ଚିନ୍ତା ଛାଡ଼ । ପିଲାମାନଙ୍କୁ ଏବେ ଚାକିରୀରେ ନିଯୁକ୍ତ କରେଇ ଟଙ୍କା ରୋଜଗାରର ପନ୍ଥା ଧରେଇବା ଆମର କର୍ତ୍ତବ୍ୟ । ନଚେତ୍ ପରେ ଆମକୁ ଦୋଷ ଦେବେ । ମୁଁ ସେମାନଙ୍କୁ ବାଧ୍ୟ କରି ସୈନିକ ହୋଇ ଦେଶରକ୍ଷା ପାଇଁ ପଠାଇବି ।

ଏମିତି ଯଦି ସମସ୍ତେ ନିଜପୁଅଙ୍କୁ ସୀମାରକ୍ଷା ପାଇଁ ଛାଡ଼ିବେ ନାହିଁ ତେବେ ଆମ ଦେଶର ରକ୍ଷାହେବ କେମିତି ? ଗାଁରେ ଦୋକାନ କରି ସବୁବେଳେ ଏମାନେ ଘର ଚଳେଇପାରିବେ ନାହିଁ। ଏମାନଙ୍କ ବ୍ୟବସାୟ ବୁଦ୍ଧି ମଧ୍ୟ ନାହିଁ। ତେଣୁ ଯାଆନ୍ତୁ ସୈନ୍ୟବାହିନୀରେ। ଚାକିରୀ କଲାପରେ ସେମାନଙ୍କ ପାଇଁ ବୋହୂ ଦେଖିବା। ଏବେ କିଛିଦିନ ଚୁପ୍ ରହିଯାଅ। ସେମାନଙ୍କ ଚାକିରୀ କଥା ଆଗ। ବେରୋଜଗାର ସ୍ୱାମୀ ପାଖରେ କୌଣସି ସ୍ତ୍ରୀ ରହିବାବେଳେ ବହୁତ ଆର୍ଥିକ ଅସୁବିଧା ଉପଲବ୍ଧି କରିବ। ଆମେ ଖାଇବା ପିଇବା ଦେଲେ ସେମାନଙ୍କ ମନଇଚ୍ଛା ଖର୍ଚ୍ଚ ତ ଦେବାନି। ସ୍ୱାମୀ ପଇସାରେ ସ୍ତ୍ରୀ ଅଧିକାର ଅଛି ତ !

- ହେଉ ଯିଏ ଯାହା କର୍ମ ଅନୁସାରେ ଫଳ ପାଇବେ।

- ଏଠି କର୍ମ ଅନୁସାରେ ଫଳ ମିଳୁନି। ଏଠି ବିଦ୍ୟା ଅନୁସାରେ ଚାକିରୀ ଫଳ ମିଳୁଛି। ନିଜ ପାଠର ପାରିଲାପଣରେ ମଣିଷ ଉପାର୍ଜନକ୍ଷମ ହେଉଛି। ଯେମିତି ପାଠ ସେମିତି ଚାକିରୀ। ବିଦ୍ୟା ହେଉଛି ମଞ୍ଜିଟି।

- ଚିତ୍ରା ଚୁପ୍ ପଡ଼ିଗଲା। ବିଭୂତି ପାଠଛଡ଼ା ଆଉ କିଛି ବୁଝନ୍ତି ନାହିଁ। ଯେଉଁପୁଅ ଭଲପଢ଼ିଲା ତା'ର ଶତ ପ୍ରଶଂସା କରନ୍ତି। ଛାଡ଼, ସବୁ ପୁଅ ତ ଏକାଭାଗ୍ୟ ନେଇ ଜନ୍ମ ନେଇନାହାନ୍ତି।

ଆକାଶ ପହଁଞ୍ଚିଯାଇ କହିଲା- ମା' ମୁଁ ଏୟାରଫୋର୍ସରେ ଯିବି। ଅସୀମ ପହଞ୍ଚି ସାଙ୍ଗେ ସାଙ୍ଗେ କହିଲା - ମୁଁ ଆର୍ମିରେ ଯିବାକୁ ବାପା କହୁଛନ୍ତି। ତେଣୁ ଫର୍ମ ପକେଇବୁ।

- ତୁମ ବାପାଙ୍କ ଇଚ୍ଛା ଅନୁସାରେ ଯାହା କରିବାକଥା କର। ମୋର ତ ପାଠ ବିଷୟରେ ଏତେ ଜ୍ଞାନ ନାହିଁ। ମୁଁ କି ବାଟ ଦେଖାଇବି ତୁମକୁ ?

- ଆମେ ଘର ଛାଡ଼ି ଚାଲିଗଲେ ତୁ ଖୁସିହେବୁ କି ?

- ନାଇଁ। କିନ୍ତୁ ତୁମେ ରୋଜଗାରକ୍ଷମ ହେବା ମୋ ପାଇଁ ଖୁସି ଖବର। ମୁଁ ଆଉ ତମକୁ ସବୁବେଳେ ରାନ୍ଧି ପରଷିବି ନାହିଁ। ତୁମମାନଙ୍କ ସ୍ତ୍ରୀ ଆସିଲେ ସେ ବେରୋଜଗାର ସ୍ୱାମୀଟିକୁ ଧରି ଚଳିବ କେମିତି ? ତମର ସୁଖର ସଂସାର ମୁଁ ଦେଖିବାକୁ ଚାହେଁ।

॥ ଚାରି ॥

ଖୁସି ମନରେ ଆକାଶ ଓ ଅସୀମ ଚାକିରୀ କରି ଚାଲିଗଲେ ଦେଶରକ୍ଷାପାଇଁ । ପ୍ଲସ୍ ଟୁ ପାସ୍ କଲାପରେ ଆଉ କିଛି ଚାକିରୀ ତ ନାହିଁ । ଗାଁର କେତେପିଲା ମଧ୍ୟ ଏହି ଚାକିରୀରେ ଯୋଗ ଦେବାକୁ ପ୍ରସ୍ତୁତ ଅଛନ୍ତି । ତେଣୁ ସୈନିକ ହୋଇ ଦେଶପାଇଁ ଲଢ଼ିବା ମଧ୍ୟ ଗୌରବର କଥା । କାହିଁକି ମୃତ୍ୟୁଭୟ ମନରେ ଧରିବେ । ତେଣୁ ଆକାଶ ଓ ଅସୀମ ଫର୍ମ ପୁରଣ କରି ଗାଁରେ ନଦୀପଠାରେ ଦୌଡ଼ିବା ଆଉ କେତେ କସରତ ଆରମ୍ଭ କରିଦେଇଥିଲେ ଯେମିତି ଏହି ଚାକିରୀକୁ ହାତଛଡ଼ା ନ କରିବା ପାଇଁ । ସହଜରେ ତ ପାଠ ଅପେକ୍ଷା ଖେଳକୁଦ ପ୍ରତି ବିଶେଷ ଆକର୍ଷଣ ଥିଲା ତେଣୁ ସୈନିକ ହୋଇଗଲେ ସେଠି ବିଶେଷ କିଛି ଅସୁବିଧା ହେବନି ବୋଲି ଦୁହେଁ ମନରେ ଧାରଣା ପୋଷଣ କଲେ ।

ଯାରି ଭିତରେ ଆକାଶ ଓ ଅସୀମ ଦୁହେଁ ଚାକିରୀର ନିଯୁକ୍ତି ପତ୍ର ପାଇ ଖୁସିରେ ବାପା ଓ ମା'ଙ୍କୁ କହିଥିଲେ - ଆଉ ମାସରେ ଆମେ ଟ୍ରେନିଂରେ ଯିବୁ ।

ବିଭୂତି ଖୁସି ହୋଇ ସାବାସି ଦେଉଥିଲେ । ଅଥଚ୍ ଚିତ୍ରା ମନରେ ଦୁଃଖର କଳାଛାୟା ଘେରିଗଲାଣି । ଏବେ ତ ଚୀନ୍, ପାକିସ୍ଥାନ ସୀମାରେ ଗୁଳିଗୋଳା ଫୁଟାଇ ଦେଶରେ ଅରାଜକତା ସୃଷ୍ଟି କରିବାକୁ ଚାହୁଁଛନ୍ତି । ଯଦି ସେହି ସୀମାରେ ଅସୀମର ନିଯୁକ୍ତି ହୋଇଯାଏ ତେବେ ଜୀବନର କି ଅବସ୍ଥା ହେବ ? ଆକାଶ ତ ଏୟାରଫୋର୍ସ ଅମ୍ବାଲାରେ ଜଏନ୍ କରିବ । ଅସୀମର କାଶ୍ମୀର କି ଲଦାଖ ପାଖରେ ପୋଷ୍ଟିଙ୍ଗ୍ ହେବ ବୋଧେ । କାହିଁକି ଏ ଯୁଦ୍ଧ ଘଟୁଛି କେଜାଣି ? ପ୍ରତି ଦେଶ ନିଜ ଦେଶର ସୀମାରେ ଶୃଙ୍ଖଳିତ ହୋଇ ରହିଲେ ଏପରି ସୈନିକମାନେ ଶହୀଦ୍ ହୋଇନଥାନ୍ତେ । ଏପରି ଲଢ଼େଇ ଭିତରେ କେତେ ଅଶାନ୍ତି ସୃଷ୍ଟି ହେଉଛି । ବରଂ

ଶାନ୍ତି ହିଁ ସୃଷ୍ଟିର ସ୍ଥିତିକୁ ବଜାଇ ରଖିବାର ଏକମାତ୍ର ପ୍ରୟାସ । ମଣିଷ ଏମିତି ଯୁଦ୍ଧଖୋର ହୋଇ କାହିଁକି ନିଆଁରେ ଜଳୁଛି କେଜାଣି ? ଆକାଶର ସ୍ୱର ଶୁଣାଗଲା - ଆମେ ସୈନିକ ହୋଇଗଲେ ତୁ ଖୁସି ହେବୁ ମା ?

- ହଁ । ତମେ ନିଜଗୋଡ଼ରେ ଠିଆହେଲ । ନିଜ ରୋଜଗାରରେ ବଞ୍ଚିବ । ପରିବାର ଚଳେଇବ । ଶୁଣ ଯେଉଁଠି ଥାଅ ଭଗବାନଙ୍କ ଉପରେ ଆସ୍ଥା ରଖ । ତାଙ୍କର କରୁଣା ମାଗ । ସେ ତୁମକୁ ବିପଦରୁ ରକ୍ଷା କରିବେ । ପୁରୁଷର ଟଙ୍କା ରୋଜଗାର ତା'ର ପ୍ରତିଷ୍ଠା । ବିନା ଅର୍ଥରେ ଘରେ ଶାନ୍ତି ଆସିବ ନାହିଁ । ଏଥର ଆମ କର୍ତ୍ତବ୍ୟ ସରି ଆସିଲା । ତୁମେ ତୁମର ଭାଗ୍ୟରେ ଚାଲି ଚାଲି ନିଜ ସଂସାରରେ ସୁଖରେ ଚଳିବ । ଏଥର ଆମର ତମ ଚିନ୍ତା ଗଲା । ଅଭୟ, ଅରୂପଙ୍କ ଚିନ୍ତା ମଧ୍ୟ ନାହିଁ । ଚାକିରୀ ତାଳଗଛର ଛାଇ । ଧୋଇ ମରୁଡ଼ି ନାହିଁ । ପ୍ରତି ମାସର ପହିଲାରେ ଟଙ୍କା ମିଳିବ । ଯାଅ ଖୁସିରେ ନିଜ କର୍ମ କ୍ଷେତ୍ରରେ ନିଯୁକ୍ତି ହୋଇ କାମ କରିବ ଦେଶ ମାତୃକା ପାଇଁ । ମୁଁ ଗୋଟିଏ ମା', ସେମିତି ତୁମର ମାତୃଭୂମି ମଧ୍ୟ ମା' ।

ଭାଗ୍ୟ ତ ନିଜର । ଗୋଟିଏ ମା' ପେଟରୁ ଜନ୍ମିଥିବା ସନ୍ତାନଙ୍କ ଭାଗ୍ୟ ତ ଭିନ୍ନ । ଯିଏ ଯାହା ଭାଗ୍ୟନେଇ ଜନ୍ମିଛନ୍ତି । ଏହି କଥା ଭାବି ଚିତ୍ରା ଗଲା ରୋଷେଇଘରକୁ । ଦିନ ଦଶଟା ବାଜିଲାଣି । ରୋଷେଇ କରିବାକୁ ଇଚ୍ଛା ନାହିଁ । ସକାଳୁ ପିଲାମାନେ ଚୁଡ଼ା ଗୁଡ଼ ଦହି ଖାଇ ଦେଇଛନ୍ତି । ଏମିତି ତ ସକାଳ ଜଳଖିଆ ମୁଢ଼ି, ଚୁଡ଼ାରେ ଚଳିଥାଏ । ଦ୍ୱିପ୍ରହରେ ଭାତ ଡାଲି ସାଙ୍ଗକୁ ଖଟା ଓ ତରକାରୀଟିଏ କରିବାକୁ ପଡ଼ିବ । ଆଉ ଛଅ ତରକାରୀ କରିବାକୁ ସମୟ ନାହିଁ କି ଦେହରେ ବଳ ନାହିଁ । ପିଲାମାନେ ଛୋଟ ଥିବାବେଳେ ସେଇ ଭାତ ଡାଲି, ଖଟାରେ ଚଳୁଥିଲେ । ଏବେ ପିଲାମାନେ ଚାକିରୀ କଲାପରେ ଘରେ ମଧ୍ୟ ଆର୍ଥିକ ଅବସ୍ଥା ଖରାପ ନୁହେଁ । କିଛି ରୋଷେଇ କାମ କରିବାର ସ୍ପୃହା ନାହିଁ ସ୍ନେହା ଘରେ ଥିବାବେଳେ ରୋଷେଇ ଦାୟିତ୍ୱ ନେଇ ଭଲମନ୍ଦ ରାନ୍ଧୁଥାଏ । ଏବେ ସେ ମିଠିକି ଧରି ବାପଘରେ ଅଛି । କାଲି ଆଡ଼କୁ ଆସିଗଲେ ଭଲ । ଆକାଶ ଓ ଅସୀମ ଆର ମାସରେ ଏଠୁ ଚାଲିଯିବେ । ସ୍ନେହା ମଧ୍ୟ କହୁଥିଲା- ମା' ମୁଁ କାଲି ଘରକୁ ଚାଲିଯିବି । ତୁମେ ଆଉ ଘର କାମ ସାଙ୍ଗକୁ ରୋଷେଇ କାମ କେତେ କରିବ ? ଯାହାହେଉ ଆକାଶ ଓ ଅସୀମଙ୍କ ପୋଷ୍ଟିଙ୍ଗ୍ ହୋଇଯିବ ଆର ମାସପରେ । ଏଥର ଘରଟି ଖାଲି ଲାଗିବ ସେମାନଙ୍କ ଅନୁପସ୍ଥିତିରେ ।

ଚିତ୍ରା ମନ ଦୁଃଖରେ କହିଲା- ତମମାନଙ୍କ ପାଇଁ ମୋର ସବୁବେଳେ ଚିନ୍ତା । ଏଇ ଦୁଇଜଣ ବାଲୁଙ୍ଗାହୋଇ ବୁଲିବା ଅପେକ୍ଷା ଚାକିରୀରେ ପଶିଯାଆନ୍ତୁ ବୋଲି ବାପା ପରାମର୍ଶ ଦେଲେ । ଅବଶ୍ୟ ଭଲହେଲା । ଶିକ୍ଷକ ଘର ପିଲାମାନେ ପାଠରେ ସଚେତନ ହେବା କଥା । କିନ୍ତୁ ଚଗଲାପଣ ଯୋଗୁ ଏମାନେ ମୂର୍ଖ ହୋଇଗଲେ । ପ୍ରଥମରୁ ଆକଟ କରିଥିଲେ ଭଲ ହୋଇଥାଆନ୍ତା ।

- ଏବେ ସବୁ ଠିକ୍ ହେବାକୁ ବସିଲାଣି । କାହିଁକି ମନଦୁଃଖ କରୁଛ ? ସେମାନଙ୍କ ପାଇଁ ଝିଅ ଦେଖି ବିବାହ କରେଇଦେଲେ ଭଲ । ସ୍ନେହା କହିଲା ।

- ମନ ଏୟା ଚାହୁଁଛି ଯେ ସମସ୍ତେ ଭଲରେ ରୁହନ୍ତୁ । ତଥାପି ସୀମାରେ ଯାଇ ଚାକିରୀ କରିବେ ଭାବି ମନରେ ଭୟ ଆସୁଛି ।

- ବିଚ୍‌ଲିତ ହେଲେ ତମ ଦେହ ଖରାପ ହେବ । ଏଥର ମିଠି ତମ ସାଙ୍ଗରେ ରହିବ । ତାକୁ ତମେ ଦେଖାଚାହାଁ କରିବ ଦିନସାରା ମୁଁ ସ୍କୁଲ ଯିବାପରେ ।

- ହଁ । ଆଲୋକ ମଧ ଡାକିଲାଣି ତା' ପାଖକୁ ଚାଲି ଆସିବାକୁ । ତମର ଛୁଟି ହେଲେ ତା' ପାଖକୁ ଯାଇ ଟିକିଏ ବୁଲି ଆସିବୁ ଆମେ ଦୁଇଜଣ । ଏଥର ସବୁପୁଅଙ୍କ ପାଖକୁ ଟିକିଏ ଟିକିଏ ବୁଲିନଗଲେ ସେମାନେ ମନଦୁଃଖ କରିବେ ତ ? ତୁ ହିଁ ଏ ଘରଦ୍ୱାର ସମ୍ଭାଳିବୁ ।

ଫୋନ୍ ରଖିଲା ଚିତ୍ରା । ଆଣ୍ଠୁଟି ଏବେ ବିନ୍ଧୁଛି । ଆଲୋକ କହିଲାଣି- ଏଠିକି ଆସିଲେ ମେଡ଼ିକାଲ ଚେକ୍‌ଅପ୍ ତୋର ଓ ବାପାଙ୍କର ହେବ ।

- ହଁ ଯେ ଏବେ ଆକାଶ ଓ ଅସୀମଙ୍କ ନିଯୁକ୍ତପତ୍ର ମିଳିଛି । ସେମାନେ ଚାକିରୀରେ ଜଏନ୍ କଲାପରେ ତୋ ପାଖକୁ ଯିବି । ରକ୍ତ ପରୀକ୍ଷା କରେଇବି, ଏବେ ତ ଆଉ ବାପାଙ୍କ ସ୍କୁଲ ନାହିଁ । ଆମେ ଦୁହେଁ ତୋ ପାଖରେ ସବୁ ଚେକ୍‌ଅପ୍ କରିନେବୁ । କେବେ ହେଲେ ବାପା ନିଜ ଶରୀର ବିଷୟରେ ଧ୍ୟାନ ଦେଇନାହାନ୍ତି । ଅରୂପ ଅଛି ତ । ସେ ମଧ ଆମକୁ ସାହାଯ୍ୟ କରିବ । ତୁ ତୋ ଚାକିରୀ ଓ ଅଫିସ କାମରେ ବ୍ୟସ୍ତ ରହୁଛୁ ପରା ।

ଘରର ସ୍ଥିତି ବଦଳିବାକୁ ଲାଗିଛି । ଆକାଶ, ଅସୀମ ଚାକିରୀ କ୍ଷେତ୍ରରେ ଯୋଗ ଦେଲେଣି । ସେମାନଙ୍କ ପାଇଁ ବିବାହ ପ୍ରସ୍ତାବ ଆସିଲାଣି । ଆଲୋକର ଡାକରା ତୁ କଟକ ଆସି ଆଗ ଦେହ ଦେଖାଅ । ଯାରି ଭିତରେ ବିଭୂତି ସ୍ତ୍ରୀ ଚିତ୍ରା ସହ ଆଲୋକ ପାଖକୁ ଯାଇଛନ୍ତି । ଅରୂପର ଦାୟିତ୍ୱ ସେ ବାପା ମା'ଙ୍କ ସବୁ ଟେଷ୍ଟ କରାଇବ ।

ଆଲୋକ ମଧ୍ୟ ନିଜର ସବୁ ଟେଷ୍ଟ କରାଇଦେବାକୁ ମନସ୍ଥ କଲେ କାହିଁକି ? ପେଟରେ ଟିକିଏ ଗ୍ୟାସ୍ ହେଉଥିବାରୁ ତାଙ୍କୁ ଅରୂପ ସବୁ ଟେଷ୍ଟ କରାଇବାକୁ ପ୍ରବର୍ତ୍ତାଇଛି । ବାପା ମା'ଙ୍କୁ ପାଖରେ ପାଇ ଆଲୋକ ଓ ଅରୂପ ଭାରି ଖୁସି । ଏତେ ବର୍ଷପରେ ବିଭୂତିବାବୁ ଚିତ୍ରା ସହ ତାଙ୍କ ପାଖକୁ ଆସିଛନ୍ତି କିଛିଦିନ ରହିବା ପାଇଁ । ତେଣୁ ମୋନିକା ମଧ୍ୟ ବିଭିନ୍ନ ପ୍ରକାର ଭଲ ଭଲ ରୋଷେଇ କରୁଛି ଶାଶୁଶ୍ୱଶୁରଙ୍କ ଆତିଥ୍ୟ ଚର୍ଚ୍ଚା ପାଇଁ । ସବୁଭାଇଙ୍କ ମନ ନିର୍ମଳ । ମୋନିକା ଓ ସ୍ନେହା ମଧ୍ୟ ଛନ୍ଦର ମନ୍ଦର କଥାରେ ରୁଚି ରଖନ୍ତି ନାହିଁ । ଦେଖିବାକୁ ଗଲେ ସେମାନଙ୍କ ପରିବାରରେ ହସଖୁସିର ସମୟ ଚାଲିଛି ।

ବାପା, ମା' ଓ ଆଲୋକଭାଇଙ୍କ ରକ୍ତପରୀକ୍ଷା ଆଜି ଅରୂପ କଲାବେଳେ ଠଉରେଇ ପାରିଲେ ବାପାଙ୍କ ବଡ଼ଗ୍ରୁପ୍ 'ଏ' ଓ ମା'ଙ୍କ ବ୍ଲଡ଼ଗ୍ରୁପ୍ 'ଏବି' ଅଛି । କିନ୍ତୁ ଆଲୋକଭାଇଙ୍କ ବ୍ଲଡ଼ଗ୍ରୁପ୍ 'ଓ' କିପରି ହେଲା ? ଏହା ତ ସମ୍ଭବ ନୁହେଁ । କେବଳ ସେମାନଙ୍କ ସନ୍ତାନମାନଙ୍କର ବ୍ଲଡ଼ଗ୍ରୁପ୍ 'ଏ', 'ବି', କିମ୍ବା 'ଏବି' ହୋଇପାରେ । ବ୍ଲଡ଼ଗ୍ରୁପ୍ 'ଓ' କେବେହେଲେ ସମ୍ଭବ ନୁହଁ । ଅମରଭାଇଙ୍କ ବ୍ଲଡ଼ଗ୍ରୁପ୍ 'ଏବି' ଓ ଆକାଶ ଓ ଅସୀମଙ୍କ 'ଏ' ଗ୍ରୁପ୍, ସେ ଓ ଅଭୟଭାଇ 'ବି' ଗ୍ରୁପର ଅଟନ୍ତି । କିନ୍ତୁ ଆଲୋକଭାଇ କ'ଣ ମା' ବାପାଙ୍କ ଠାରୁ ଜନ୍ମିତ ସନ୍ତାନ ନୁହଁନ୍ତି ? କାହାକୁ ପଚାରିବି ? ବାପାଙ୍କୁ ପଚାରିଲେ ମା' ପ୍ରତି ଖରାପ ଧାରଣା କରିବେ । ମା'ଙ୍କୁ ପଚାରିଲେ ଖରାପ ଭାବିପାରନ୍ତି । ଆଲୋକଭାଇ ଯେହେତୁ ଆର୍ଟସ୍‌ରେ ପିଜି କରିଛନ୍ତି ତାଙ୍କର ଏ ବିଷୟରେ ବୋଧେ କିଛି ଧାରଣା ନଥିବ । ସେ ଆମମାନଙ୍କୁ ଖୁବ୍ ଭଲପାଆନ୍ତି । ନିଜଠାରୁ ବି ଅଧିକା ।

ଅନ୍ୟମନସ୍କ ଭାବରେ ଅରୂପ ଏହି କଥା ଭାବିଲାବେଳକୁ ମା' ଚିତ୍ରାଙ୍କ ସ୍ୱର ଶୁଣାଗଲା- ଦେହରେ ଆମର କିଛି ଅସୁବିଧା ଅଛି କି ? ତୁ ଏପରି ଉଦାସ ହୋଇ ବସିଛୁ ଯେ ।

- ତୁମମାନଙ୍କ ଦେହ ଠିକ୍ ଅଛି । କିଛି ଭୟଭୀତ ହେବାର ଦରକାର ନାହିଁ । ତୁମମାନଙ୍କୁ ଘରେ ଛାଡ଼ିଆସିବାପରେ ମୋର ତ ଏହି ମେଡ଼ିକାଲ୍ କଲେଜରେ ଆହୁରି କାମ ଅଛି ।

- ଯାହାହେଉ ତୁ ଡାକ୍ତର ହେଲୁ । ଆମମାନଙ୍କ ଦୁଃଖ ଗଲା । ତମେ ଭାଇମାନେ ଗୋଟେ ମନ ନେଇ ମିଳିମିଶି ଚଳୁଛ । ଆଗାମୀ ଭବିଷ୍ୟତରେ ମଧ୍ୟ ଏକ

ମନ ନେଇ ଚଳିଲେ ଭଲ । ତୋ ଜେଜେମା' ଥିଲେ କେତେ ଖୁସି ହେଉଥାଆନ୍ତେ !

ତଥାପି ଅରୂପଙ୍କ ମନ ଭିତରେ ଆଲୋକଭାଇଙ୍କ ଜନ୍ମକଥାକୁ ତନ୍ନ ତନ୍ନ କରି ଖୋଜିବାକୁ ଇଚ୍ଛାହେଉଥିଲା । ମା' ହିଁ ଠିକ୍ ଉତ୍ତର ଦେଇପାରେ । ଅରୂପ ଦ୍ୱନ୍ଦ୍ୱରେ ପଡ଼ିଛନ୍ତି । ଦୁଇଦିନ ହେଲା ମା' ଆଲୋକଭାଇଙ୍କ ବସାକୁ ଆସିଛନ୍ତି । ଯଦି ଏହି ଜନ୍ମ ପ୍ରଶ୍ନ ଶୁଣି ବିବ୍ରତ ହୋଇ ଗାଁକୁ ଚାଲିଯିବାକୁ ଜିଦି କରନ୍ତି ତେବେ ଆଲୋକଭାଇଙ୍କ ମନଦୁଃଖ ହେବ । ଆଲୋଭାଇ ମଧ୍ୟ ଭାରି ଖୁସି ଅଛନ୍ତି ମା' ବାପାଙ୍କୁ ପାଖରେ ପାଇ । ଯାଉ କେଇଦିନ ।

ଅରୂପଙ୍କ ମନ ଭିତରେ ଏତେ ବିବ୍ରତ ହୋଇଉଠୁଥିବା ଦେଖି ଦିନେ କଳ୍ପନା ଯିଏ ଅରୂପଙ୍କ କ୍ଲାସ୍‌ମେଟ୍ ପଚାରିଲା- କାହିଁକି ଏତେ ଚିନ୍ତିତ ? ମୋତେ କହିପାରିବ କି ? ବହୁତଦିନ ହେଲା ତମେ ଅନ୍ୟମନସ୍କ ରହୁଛ ଯେ ! ଡାକ୍ତର ହୋଇ ଏତେ ଚିନ୍ତିତ କାହିଁକି ? ତା'ର ପ୍ରତିକାର ଯଦି ନିଜେ ନ କରିପାରୁଛ ତେବେ ମୋ ଆଗରେ କହିପାରିବ ।

- ଏହି କଥା ତୁମ ସାଙ୍ଗରେ ମଧ୍ୟ ସେୟାର କରି ହେବନି । ଏଇଟା ମୋ ପର୍ସନାଲ୍ କଥା ।

- ବୁଝିଲ ଅରୂପ, ତୁମକୁ ବିବାହ କରିବାକୁ ମୁଁ ରାଜି ତ ଅଛି । ଆଉ ତୁମର ଚିନ୍ତା କ'ଣ ?

- ସେଇକଥା ନୁହେଁ ।

- ମୁଁ ତ ଦେଖୁଛି ମା' ବାପା ଆସିବା ପରଠାରୁ ତୁମେ ଖୁସି ବଦଳରେ ଦୁଃଖିତ ଅଛ ? କ'ଣ ଆମ ପ୍ରସ୍ତାବରେ ମା' ବାପା ରାଜି ନୁହଁନ୍ତି ?

- ମୁଁ ତୁମକୁ ବାହାହେବା କଥା ସେମାନଙ୍କୁ ଜଣାଇନାହିଁ ।

- ତେବେ ଆଉ କେବେ ଜଣାଇବ ? ଏଥର ମନଖୋଲି ଜଣାଅ ।

- ଏହି ସମୟରେ ଆଉ ଗୋଟିଏ ପ୍ରଶ୍ନ ମୋ ମନରେ ଚକ୍‌କର କାଟୁଛି ।

- ଯଦି ସେହି ପ୍ରଶ୍ନର ଉତ୍ତର ପାଇପାରୁନ ତେବେ କୁହ ମୁଁ ତା' ଉତ୍ତର ଦେଇଦେବି ।

- ମୁଁ ତା' ଉତ୍ତର ମଧ୍ୟ ଜାଣେ ।

- ତେବେ ଚିନ୍ତା କାହିଁକି ? କଥା କ'ଣ ?

ବାପା ମା'ଙ୍କ ବ୍ଲଡ୍‌ଗ୍ରୁପ୍ କଥା ଓ ଆଲୋକଭାଇଙ୍କ ବ୍ଲଡ୍‌ଗ୍ରୁପ୍ କଥା କହି ଗୋଟିଏ ହାଇମାରିଲେ ଅରୂପ ।

କଳ୍ପନା ଜୋର୍‌ଦେଇ କହିଲା- ଆଲୋକଭାଇଙ୍କୁ ତୁମ ପିତାମାତା ପାଳିତ ପୁତ୍ର କରିଥିବେ । ଜନ୍ମିତ ପୁତ୍ର ଓ ପାଳିତ ପୁତ୍ର ଭିତରେ ବେଶି ତ ପାର୍ଥକ୍ୟ ନାହିଁ । ଯିଏ ଗୋଟିଏ କଅଁଳିଆ ଛୁଆଁକୁ ପାଳିପୋଷି ମଣିଷକରି ସମାଜରେ ଠିଆ କରେଇପାରିଲେ ସେ ମା' ବାପା ଧନ୍ୟ । ମନରେ ଏତେ ଛଟପଟ ହେବା ଅପେକ୍ଷା ତୁମ ମା'ଙ୍କୁ ଖୁବ୍ ସରଳଭାବରେ ଏକଥା ପଚାରି ନିଜ ଭିତରେ ଗୋପନ ରଖିପାରିବ । ମୋ ଆଗରେ ମଧ୍ୟ ଆଲୋକଭାଇଙ୍କ ଜନ୍ମପେଡ଼ି କଥା ଖୋଲିବନି । ମୁଁ ତୁମ ଆଲୋକଭାଇଙ୍କୁ ବଡ଼ଭାଇଙ୍କ ସମ୍ମାନ ଦିଏ ଓ ମୋନିକା ଭାଉଜଙ୍କୁ ମଧ୍ୟ ଖୁବ୍ ଭଲପାଏ ।

- ତେବେ ଜାଣି କି ଲାଭ ?

- ତମ ମନରୁ ଅବ୍ୟକ୍ତ ଯନ୍ତ୍ରଣା ଦୂର ହେବ ତ !

- ସଂଧ୍ୟାପରେ ଅରୂପ ଘରକୁ ଫେରି ଆସିଲାପରେ ମା' ଚିତ୍ରାଙ୍କ ପାଖ ଚେୟାରରେ କିଛି ସମୟ ବସିଗଲେ ଏକ ଖୋଲା କଥାବାର୍ତ୍ତା କରିବାକୁ । ପ୍ରାୟତଃ ବାପାଙ୍କ ସହ ପୁଅମାନେ ଏତେ ମିଶି ପାରନ୍ତି ନାହିଁ । ବାପା ନିଜ କୋଠରି ଭିତରେ ବସି ଯେତେବେଳେ ଯେଉଁ ବହି ପାଆନ୍ତି ପଢ଼ନ୍ତି । ଅନ୍ୟ କଥା ପ୍ରତି ତାଙ୍କର ମଧ୍ୟ ନଜର ନଥାଏ । ଅରୂପ ମା'ଙ୍କୁ ଡାକିଲେ ବୁଲିଯିବାକୁ ।

- କୁଆଡ଼େ ମୋତେ ନେବୁ । ଚିତ୍ରା ପ୍ରଶ୍ନ କଲେ ।

- ଏହି ପାଖରେ ଥିବା ପାର୍କକୁ ଯିବା । ସେଠିକୁ ମୋ ସାଙ୍ଗ ଲିଜା ଆସିଥିବ । ତା' ସହ ଦେଖାହେବ ।

- ତୋର ଝିଅ ସାଙ୍ଗ ଜଣେ ନା ଅନେକ ଅଛନ୍ତି ?

- ଆମେ ପୁଅଝିଅ ମିଶି ପାଠ ପଢୁ । ହେଲେ ଲିଜା ମୋର ଭଲ ସାଙ୍ଗ । ତା ଭଲ ନାଁ କଳ୍ପନା ।

ଚିତ୍ରା ସନ୍ଦେହପୂର୍ଣ୍ଣ ଦୃଷ୍ଟିରେ ଚାହିଁଲେ ଅରୂପର ମୁହଁକୁ । ତା'ପରେ ପଚାରିଲେ - ତୁ ତାକୁ ବାହାହେବୁ କି ?

- ଆମେ ଠିକ୍ କରିନୁ । ତୁ ଚାଲେ ଦେଖିବୁ ତାକୁ । କାହାକୁ ଏକଥା କୁହନା ।

ଚିତ୍ରା ଅରୂପଙ୍କ ସହ ପାର୍କ ଭିତରକୁ ପ୍ରବେଶ କଲାବେଳେ ଲିଜା ଚିତ୍ରାଙ୍କ ପାଦଛୁଇଁ ପ୍ରଣାମ କଲା । ଚିତ୍ରା ଚାହିଁଲା କଳ୍ପନାର ମୁହଁଟିକୁ । ଦେଖିବାକୁ ତ ଠିକ୍ ଅଛି । ପୁଣି ଡାକ୍ତରାଣୀ । ଦୁହେଁ ଦୁଇଜଣଙ୍କୁ ଭଲ ପାଉଛନ୍ତି । ଅରୂପ ଓ କଳ୍ପନାର ବାହାଘର ହୋଇଗଲେ ମଧ୍ୟ ଭଲ ହେବ । ଚିତ୍ରା ପାର୍କ ଭିତରେ ବୁଲିବାବେଳେ ସେ ଦୁଇଜଣଙ୍କ ହାବଭାବଙ୍ଗୀକୁ ଲକ୍ଷ୍ୟ କରୁଥିଲା । କିନ୍ତୁ ସେମାନଙ୍କ ପାଖରେ ସାମାନ୍ୟତମ ପିଲାଳିଆମି ସେ ଦେଖିପାରୁନଥିଲା । ଭାବିଲେ ଡାକ୍ତରୀ ପାଠ ପଢ଼ିଲେଣି ତେଣୁ ସମ୍ପର୍କର ଚଳଣୀ ବିଷୟରେ ସଚେ଼ତନ ଅଛନ୍ତି । ଚିତ୍ରା ମଧ୍ୟ ଲିଜାର କଥାବାର୍ତ୍ତା ଚାଲିଚ଼ଳଣୀରେ ଭରିଥିବା ଆନ୍ତରିକତାକୁ ଠଉରେଇ ପାରୁଥିଲା ଓ ମନେମନେ ଆହ୍ଲାଦିତ ହେଉଥିଲା । ମୋନିକା ଓ ସ୍ନେହା ପରି କଳ୍ପନା ମଧ୍ୟ ସ୍ନେହୀ ଝିଅଟିଏ । ଆକାଶ ଓ ଅସୀମ ତ ସାନ ଅଟନ୍ତି ଅରୂପ ଓ ଅଭୟଙ୍କଠାରୁ । ଦେଖୁ ଦେଖୁ ପାଞ୍ଚପୁଅ ତ ବର୍ଷେ, ଦେଢ଼ବର୍ଷ ବ୍ୟବଧାନରେ ଜନ୍ମ ହୋଇଗଲେ । କେତେ କଷ୍ଟ ହେଲା ଏତେ ଛୋଟପିଲାଙ୍କୁ ପାଳିଲାବେଳକୁ । ଶାଶୁ ଥିଲେ ବୋଲି ସବୁ ସମ୍ଭାଳି ନେଲେ । ଶରୀର ମଧ୍ୟ ଦୁର୍ବଳ ହୋଇଗଲା ଲାଗେ ଲାଗେ ପୁଅମାନଙ୍କୁ ଜନ୍ମ ଦେବାପରେ । ସତରେ ଆଲୋକ ଯୋଗୁଁ ହିଁ ସେ ମା' ହେଲେ । ତଥାପି ଆଲୋକ ପ୍ରତି ମାତୃତ୍ୱକୁ ପର କରିଦେଇଥିଲେ କେମିତି ? ହେ ଭଗବାନ ମୋତେ କ୍ଷମା କରିବ ମୋ ଅପରାଧ ପାଇଁ !

ଅରୂପଙ୍କ ସ୍ୱର ଶୁଣାଗଲା- ମା' ଲିଜା ତା' ଘରକୁ ଫେରିଯିବ । ତା' ଭାଇ ଆସିଲେଣି ତାକୁ ନେବାକୁ ।

- ହଉ ଯାଉ ।

ପ୍ରଣାମ କରି କଳ୍ପନା ଫେରିଗଲା ପରେ ଚିତ୍ରା ଖୁସି ହୋଇ କହିଲା- ମୁଁ ଜାଣେ ଏହି ଝିଅ ସହ ଦେଖାଚାହାଁ କରିବାକୁ ତୁ ମୋତେ ଏଠାକୁ ଆଣିଛୁ । ତୁ ଯଦି ବାହାହେବାକୁ ରାଜି ଆମେ ମଧ୍ୟ ରାଜି ହେବୁ । ଏହି କଥା ପାଇଁ ଏତେଦିନ ହେବ ଉଦାସରେ ଥିଲୁ କାହିଁକି ? ଆସିଲାଦିନଠୁ ପଚାରି ଦେଇଥିଲେ ମୁଁ ତ ହଁ ଭରିଥାଆନ୍ତି ।

- ମା' ଏହି କଥା ପାଇଁ ମୁଁ ଉଦାସ ନଥିଲି । ଆଉ ଗୋଟିଏ ପ୍ରଶ୍ନ ମୋ ମନରେ ଗୁଡ଼େଇତୁଡ଼େଇ ହେଉଛି ।

- ଅନାୟାସରେ ପଚାରି ପାରିବୁ ।

- ତୁ ଖରାପ ଭାବିବୁ ନାହିଁତ ?

- କାହିଁକି ଖରାପ ଭାବିବି ? ସତ ହୋଇଥିଲେ କହିବି ତତେ ।

- ମୁଁ ମଧ୍ୟ ତୁମକୁ ଅବିଶ୍ୱାସ କରିପାରୁନି । ସତରେ ଆଲୋକଭାଇ ତୁମର ଜନ୍ମିତ ସନ୍ତାନ ?

ଚିତ୍ରା ବିଚ୍‌ଳିତ ହୋଇ ପଡ଼ିଲା ସତ କଥାଟି ଶୁଣି । ସେ ଏବେ ମା'ର ମୁଖା ପିନ୍ଧିଛି ସଂପର୍କକୁ ଯୋଡ଼ିଦେଇ । କେମିତି ଆଲୋକଙ୍କୁ ପୁଅ ପଦରୁ ହଟେଇ ଦେବ ଆଉ ଗୋଟିଏ ପୁଅ ପାଖରେ । ମିଥ୍ୟା ମଧ୍ୟ କହିପାରିବନାହିଁ । ଅରୂପ ବୋଧେ ବ୍ଲଡ୍ ପରୀକ୍ଷାରୁ କିଛି ସୁରାକ ପାଇ ଯାଇଛି କି କ'ଣ ? ଚିତ୍ରା ବ୍ୟଗ୍ର ହୋଇ କହିଲା- ଚାଲେ ଫେରିଯିବା ଏଠୁ । ବାପା ବ୍ୟସ୍ତ ହେଉଥିବେ ।

- ମା' ମୋତେ ସତ କୁହ । ଏଇ କେଇଦିନ ହେଲା ମୋ ମନ କେତେ ବିଚ୍‌ଳିତ ତୁମେ ବୁଝିପାରିବ ନାହିଁ । ମୁଁ ଏହି ସତକଥା ଆଉ କେଉଁ ଭାଇଙ୍କ ଆଗରେ କେବେ ଉତ୍‌ଥାପନ କରିବି ନାହିଁ ବୋଲି ପ୍ରତିଶ୍ରୁତି ଦେଉଛି । ତୁମେ ଆଜି ସତ ନ କହିଲେ ଆଉ କେଉଁଦିନ ହେଲେ କହିବ ତ ? ଏବେ ଆମ ଦୁହିଁଙ୍କ ମନର ଦ୍ୱନ୍ଦ୍ୱ ଦୂର ହୋଇଯାଉ ।

ଚିତ୍ରା ଅରୂପର ହାତକୁ ଧରିଦେଇ କହିଲା- ହଁ ତୋ କଥା ସତ । ଆଲୋକଭାଇଙ୍କୁ ଆମେ ନଦୀ ପାଣିରୁ ପାଇଛୁ ଆମର ପ୍ରଥମ ପୁତ୍ରର ମୃତ୍ୟୁଦିନରେ । ତେଣୁ ତାକୁ ଜ୍ୟେଷ୍ଠପୁତ୍ର ଭାବେ ଘରକୁ ଆଣିଥିଲୁ ଖୁସି ମନରେ ପୁତ୍ର ଶୋକ ଭୁଲିଯାଇ । ଜାଣିନୁ କାହାର ସେ ପୁତ୍ର । ତଥାପି ଆଲୋକ ତୁମମାନଙ୍କ ପାଇଁ ଯାହାସବୁ କଲାଣି ନିଜଭାଇ ବୋଧେ କରିନଥାନ୍ତା । ତମେମାନେ କେବେହେଲେ ତାକୁ କଟୁବଚ୍‌ନ କହିବ ନାହିଁ ।

- ମା' ଆଲୋକଭାଇ ହିଁ ଆମର ବଡ଼ଭାଇ । ସେ ନିଜ ଜନ୍ମରେ ନିର୍ଦ୍ଦୋଷ । ତୁମେ ମାତା ପିତା ହୋଇ ପାଳିଛ । ଏଇଟା ବଡ଼ କଥା ।

- ବହୁଦିନ ହେଲା ଛାତିତଳେ ଏହି ଗୁପ୍ତକଥା ରଖିଛୁ ଆମେ । ଆମର ମୃତ୍ୟୁସାଙ୍ଗରେ ଏକଥା ହଜେଇ ଦେବୁ ବୋଲି ଭାବିଥିଲୁ । ହେଲେ ତୁ ସବୁ ଜାଣିଯାଇଛୁ । ତୁ ଡାକ୍ତର । ଆଉ ଲୁଚେଇବୁ କ'ଣ ? ହେଲେ ଏକଥା ବାପାକୁ ଆଉ ପଚାରିବୁ ନାହିଁ । ବାପା ହିଁ ବେଶି ଭଲପାଆନ୍ତି ଆଲୋକକୁ । ମୁଁ ସିନା ତାକୁ ହତାଦର କରିଛି ହେଲେ ତୋ ବାପାଙ୍କ ପାଇଁ ସେ ତ ନିଜ ପୁତ୍ରଠାରୁ ଅଧିକ । ସେ ତମମାନଙ୍କଠାରୁ ଦୂରେଇ ରହିଯିବେ କିନ୍ତୁ ଆଲୋକ ପାଖରୁ ନୁହେଁ । ଚିତ୍ରାର ଆଖିରୁ

ଲୁହ ବୋହିଲାଣି । ନିଜକୁ ସମ୍ଭାଳି ନେଇ କହିଲା- କେଉଁ ମା' ତାକୁ ଜନ୍ମଦେଇ ଫିଙ୍ଗି ଦେଇଥିଲା ଯେ ଆମେ ତାକୁ ପାଳିଲୁ । ଏପରି ନିଷ୍ପାପ ଶିଶୁଟିଏ ହିଁ ଆମଘରର ଅନ୍ଧାର ରୂପକ ଦୁଃଖ ଦୂର କରି ଆଲୋକ ଭରିଦେଇଥିବାରୁ ତା' ନାଁ ଆଲୋକ ରଖିଥିଲୁ ।

ଅରୂପ ମା'ଙ୍କୁ କହିଲେ- ମା' ତୋର ଓ ବାପାଙ୍କ ପରି ସମସ୍ତଙ୍କୁ ମା' ବାପା ମିଳନ୍ତୁ ଯିଏ ପରପିଲାଙ୍କୁ ମଧ୍ୟ ନିଜ ପିଲାଙ୍କଠାରୁ ଅଧିକ ମମତା ଦେଇପାରନ୍ତି ।

- ମୋର ଆଲୋକ ପ୍ରତି ଥିବା ଆନ୍ତରିକତା କମିଗଲା ତୁମମାନଙ୍କର ଜନ୍ମପରେ । କିନ୍ତୁ ତୋ ବାପା କେବେହେଲେ ଆଲୋକକୁ ଅବହେଳିତ କରିବାକୁ ଚାହିଁନାହାନ୍ତି । ତୋ ବାପା ହିଁ ମହାନ । ଏବେ ମୋ ମନରେ ଆଲୋକ ପ୍ରତି ସବୁଠୁ ବେଶି ମମତା ଭରିରହିଛି ।

ଅରୂପ ବ୍ୟଙ୍ଗକଣ୍ଠରେ କହିଲେ- ମୋଠାରୁ ଅଧିକ ?

- ନିଶ୍ଚୟ । ବଡ଼ପୁଅ ତ ବେଶି ସ୍ନେହ ମମତାର ଅଧିକାରୀ । ତମେମାନେ ଜନ୍ମ ହେଲାବେଳକୁ ମୋ ଦେହ ଭଲ ରହୁନଥିଲା । ତମ ଜେଜେମା ହିଁ ତମର ଲାଳନପାଳନ କରିଛନ୍ତି । କିନ୍ତୁ ସବୁପୁଅକୁ ମୁଁ ସମାନ ଭାବରେ ଭଲପାଏ । ଏହି ଭଲପାଇବା ସବୁଦିନପାଇଁ ଥାଉ ମୋ ପାଖରେ । ତାକୁ ଏ କଥା କହିବୁ ନାହିଁ । ଆମ ଗାଁ ପାଖ ସହରରେ ଗୋଟିଏ ଭଲ ଅନାଥାଶ୍ରମ ଅଛି । ସେଠିକି ତୋ ବାପା ଯାଇଥାଆନ୍ତି ଆଲୋକର ଜନ୍ମଦିନ । ସେଠାର ତିରିଶିପିଲାଙ୍କ ପାଇଁ ମିଠା ଓ ଜଳଖିଆ ଦେଇ ଆସନ୍ତି ଖାସ୍ ଆଲୋକର ମଙ୍ଗଳପାଇଁ ।

- ଆମ ଜନ୍ମଦିନ ସେଠିକୁ ବାପା ଯାଆନ୍ତି କି ?

- ନାଇଁ । ଯେହେତୁ ତାକୁ ଆମେ ପାଇଥିଲୁ ଓ ତା'ର ବାପା ମା'ଙ୍କ ପତ୍ତା ପାଇ ନଥିଲୁ ତେଣୁ ତୋ ବାପାଙ୍କ ମନରେ ବହୁତ ଦରଦଥାଏ ଆଲୋକ ପାଇଁ । ମୁଁ ଟଙ୍କା ଖର୍ଚ୍ଚ କରିବାକୁ ଅନିଚ୍ଛୁକ ହୁଏ କିନ୍ତୁ ତୋ ବାପା ଖୁସିରେ ଖୁସିରେ ନିଜ ଅନ୍ତରାତ୍ମାର ଭାବନାରେ ଏହି ପିଲାଙ୍କ ପାଖରେ ପହଁଞ୍ଚିଯାଆନ୍ତି । ଅମର ଜନ୍ମପରେ ମୁଁ ଆଲୋକକୁ ଅନାଥାଶ୍ରମରେ ଛାଡ଼ିଦେଇ ଆସିବାପାଇଁ ତୋ ବାପାଙ୍କୁ ପ୍ରବର୍ତ୍ତାଇଥିଲି । ତୁମମାନଙ୍କ ଜନ୍ମପରେ ମଧ୍ୟ ଆଲୋକଠୁ ଦୂରେଇ ରହିବାକୁ କହୁଥିଲି କିନ୍ତୁ ତୋ ବାପା ଏଥିରେ ରାଜି ନଥିଲେ । ସହରର ଏହି ଅନାଥାଶ୍ରମରେ ଯାଇ ବୁଝି ଆସିଥିଲେ ଆଲୋକକୁ ଛାଡ଼ିବା ପାଇଁ । କିନ୍ତୁ ସେଦିନ ରାତିରେ ଠିକ୍‌ରେ ଶୋଇ ପାରିଲେନି ତୋ

ବାପା । ସକାଳୁ ସକାଳୁ ଶୁଣେଇଦେଲେ- ଆଲୋକ ଆମର ପୁଅ । ଯଦି ତୁମେ ମୃତ ପୁତ୍ରକୁ ଫୋପାଡ଼ି ଦେଇପାରିଲ ତେବେ ଜୀବନ୍ତ ପୁତ୍ରକୁ ତ୍ୟାଗ କରିବ କାହିଁକି ? ତାକୁ ହିଁ ଆମ ପୁତ୍ର ରୂପେ ଭଗବାନ ପ୍ରେରଣ କରିଛନ୍ତି । ଦେଖିବ ସେ ଆମ ଘର ମଉଡ଼ମଣି ହେବ । ଭଗବାନଙ୍କ ଦାନକୁ ଗ୍ରହଣ କରିବାକୁ ପଡ଼ିବ । ନାରୀ ତ ମା'ଟିଏ, ତୁମେ କେମିତ ପାଷାଣୀ ହୋଇଯାଉଛ ନିଜ ପୁଅମାନଙ୍କ ଜନ୍ମପରେ ? ବୃଦ୍ଧକାଳରେ ମୁଁ ହିଁ ଆଲୋକ ପାଖରେ ରହିବି । ତୁମେ ତୁମ ଜନ୍ମିତ ପୁତ୍ରମାନଙ୍କ ସାଙ୍ଗରେ ଭାଗବଣ୍ଟା ହୋଇ ରହୁଥାଅ । ପ୍ରଥମେ ପୁତ୍ର ସ୍ନେହରେ ଭାରି ହୋଇପଡୁଥିଲ ଏବେ କାହିଁକି ବିଷାଦଗ୍ରସ୍ତ ହେଉଛ ? ମୋ ପାଖରେ ଆଉ କିଛି ଝରା ନାହିଁ । ମୁଁ ହିଁ ଆଲୋକର ପିତା । ତା' ମିଠାପଣରେ ମୋ ମନରେ ତୃପ୍ତି ଭରେ । ଆମେ ତାକୁ ସାଦର ଭାବରେ ଗ୍ରହଣ କରିଥିଲେ । କେବେ ଅବହେଳା କରୁନଥିଲେ । ଏବେ ତୁମେ ଜନନୀ ହେବାପରେ ଏହି ଆଲୋକ ପାଇଁ ଅନାଥାଶ୍ରମ କଥା ଚିନ୍ତା କରୁଛ କେମିତି ? ଆଉ କୌଣସି ଦିନ ଯେପରି ଏହି କଥା ମୁଁ ନ ଶୁଣେ ।

– ଠିକ୍ କରିଥିଲେ ବାପା । ଆଲୋକଭାଇଙ୍କ ଯୋଗୁ ମୁଁ ଓ ଅଭୟ ପାଠ ପଢ଼ି ପାରିଲୁ । ତାଙ୍କର ବ୍ୟବହାରରେ ଏତେ ଆନ୍ତରିକତା ଭରିଛି ଯେ ଆମେ ଦୁହେଁ ତମମାନଙ୍କ ପାଖରୁ ଦୂରେଇ ରହିଥିବା ମନକୁ ଉଦାସ କରିନୁ ।

– ସତରେ ମୁଁ ସେଦିନର ନିର୍ଦ୍ଦୋଷ ବାଲୁତ ଶିଶୁପୁତ୍ରକୁ ମୋ ମମତା ଭିତରେ ବୁଡ଼ାଇ ରଖିଥିଲି । ତମମାନଙ୍କ ଜନ୍ମକଥା ତ ମୋ ମନରେ ପଶିନଥିଲା । ଆଉ ଏକଥା ଯେମିତି କିଏ ନଜାଣନ୍ତି ।

ନୀରବ ରହିଲେ ଅରୂପ । ଝହିଁଲେ ନିଜ ଶରୀରକୁ । ଆଲୋକଭାଇ ତ ଦେଖିବାକୁ ସୁନ୍ଦର ଓ ଗୌରବର୍ଣ୍ଣ ଓ ବୁଦ୍ଧି ପ୍ରଖର । ସେ ଅନ୍ୟର ଉପକାର କରିବାକୁ ସବୁବେଳେ ଚେଷ୍ଟିତ । ନିଜ କଥା ସେ ଭାବନ୍ତି ନାହିଁ । ସେଥିପାଇଁ ଅଫିସ୍ କାମରେ ସେ ମଧ୍ୟ ଭାରି କାମିକା । ମୋନିକା ଭାଉଜ ବିଥେଇ ହୋଇ କହନ୍ତି – 'ତୁମ ଭାଇଙ୍କୁ ଟିକିଏ ବୁଝାଅ । ସେ ଆମମାନଙ୍କ ପାଇଁ ଟିକିଏ ସମୟ ବାହାର କରନ୍ତୁ । ଅଫିସ୍ କାମ ଘରେ ମଧ୍ୟ କରୁଛନ୍ତି । କେଡ଼େ ସରଳ ପ୍ରକୃତି ଲୋକଟିଏ ଯେ ଖାଲି ଅଫିସ୍ କଥା ମୁଣ୍ଡରେ ପଶୁଛି । ଏପଟରେ ମୋ ପୁଅ ଅଝଟ କଲେ ମଧ୍ୟ ଚିନ୍ତା ନାହିଁ ।' ଅରୂପ ଭାବିଲେ ବରଂ ଏହି କଥାକୁ ମନରେ ଗୁପ୍ତ ରଖିଲେ ହେଲା ।

ହଠାତ୍ ଘର ଭିତରକୁ ଶୁଣାଗଲା ବାହାର ଲୋକଙ୍କ ହାଉଯାଉ । ରାସ୍ତାଟି

ଏବେ ଗହଳି ହୋଇଯାଇଛି । ଏକ ମେସିନ୍‌ର ଶବ୍ଦ ଶୁଭୁଥିଲା । ବୋଧହୁଏ ଆଗରେ ଥିବା ବସ୍ତିଟି ଉଚ୍ଛେଦ ହେବାକୁ ବୁଲଡ଼ୋଜର ଆସିଗଲାଣି । ଏବେ ତ ଶହେ ହେବ ଲୋକ ଗୃହଶୂନ୍ୟ ହେବେ । ଏଠି ଅନାଥ ଲୋକ ହିଁ ଆଶ୍ରୟ ନେଇଛନ୍ତି । ଏହି ଉଚ୍ଛେଦର ଦାୟିତ୍ୱ ଆଲୋକଭାଇଙ୍କ ଉପରେ ସରକାର ନ୍ୟସ୍ତ କରିଛନ୍ତି । ସରକାର କାମ ଅନୁଯାୟୀ ଆଲୋକଭାଇ ତ ଏହି କାମକୁ ସୁଚାରୁରୂପେ ପାଳନ କରିବେ କିନ୍ତୁ କେତେ ଗୃହଶୂନ୍ୟ ଲୋକ ଏବେ ଆଲୋକଭାଇ ପାଖରେ ଗୁହାରି କରୁଛନ୍ତି । ନିରାଶ ହେବାପରେ ମଧ୍ୟ ଗାଳି ଦେଉଛନ୍ତି । ସବୁକୁ ହିଁ ଏହି ଅଫିସରମାନେ ସହନ୍ତି । ଏଠିକୁ ମନ୍ତ୍ରୀମାନେ ଆଉ ଆସିନଥାନ୍ତି ଗାଳିଗୁଲଜ ଶୁଣିବାକୁ । ଡାକ୍ତରଖାନାରେ ରୋଗୀ ମୃତ ହେଲେ ଡାକ୍ତରଙ୍କ ଉପରେ ଆକ୍ରମଣ ହେଉଛି ଚିକିତ୍ସାକୁ ଦୋଷାରୋପ କରି । ସବୁବେଳେ କର୍ମରେ ନିଯୁକ୍ତ ମଣିଷ ହିଁ ଦୋଷୀ ହୁଏ ବିନା କାରଣରେ । ଅରୂପ ଘର ବାହାରକୁ ବାହାରିଗଲେ । ଗୋଟିଏ ବୃଦ୍ଧଙ୍କ ଆଖିରୁ ଧାରଧାର ଲୁହ ଗଡୁଥିଲା । ସେ ଭୋଭୋ ହୋଇ କାନ୍ଦି କହୁଥିଲେ 'ଆମେ ଯିବୁ କୁଆଡ଼େ' ? ଏବେ ତ ବର୍ଷାଦିନ । ଆଉ କେତେ ମାସ ସମୟ ଦିଅନ୍ତୁ ।

ଆଲୋକଭାଇ ନୀରବ ଥିଲେ । ବୃଦ୍ଧ ଆଖି ବୁଲେଇ ନିଜ ସ୍ତ୍ରୀ ଓ ଝିଅକୁ ଚାହିଁ କହିଲେ – ହଉ ଚାଲ ଏଠୁ ଚାଲିଯିବା । ଏହି ବାବୁ ଆମକୁ ସାହାଯ୍ୟ କରିପାରିବେ ନାହିଁ ।

ଅରୂପ ପ୍ରକୃତିସ୍ଥ ହେଲେ । ଆଲୋକଭାଇ ଅନାଥ ହୋଇ କେଉଁଠି ପ୍ରତିପାଳିତ ହୋଇଥାଆନ୍ତେ କହି ହେଉନି । କିନ୍ତୁ ଯାହାହେଉ ବାପା ମା' ତାଙ୍କୁ ପାଳି ଭଲ କରିଛନ୍ତି । ଚିତ୍ରାଙ୍କର ପାଟି ଶୁଭିଲା- ଅରୂପ ଘର ଭିତରକୁ ଆସିଲୁ । ବାପା ଡାକୁଛନ୍ତି ।

ଅରୂପ ବାପାଙ୍କ ରୁମ୍‌ରେ ପଶିଲେ । ବିଭୂତି କହିଲେ- ଆମର ରକ୍ତ ପରୀକ୍ଷା ହୋଇ ରିପୋର୍ଟ ଆସିଗଲାଣି । ସବୁ ଠିକ୍ ଅଛି ତ ?

– ବ୍ୟସ୍ତ ହୁଅନି । କାଲି ସ୍ପେସାଲିଷ୍ଟ ଡାକ୍ତରଙ୍କ ପାଖରେ ତୁମକୁ ଦେଖାଇ ନେବି ।

– ଖାଲି ରକ୍ତଶର୍କରା ଟିକିଏ ବଢ଼ିଛି । ଖାଦ୍ୟପେୟରେ ଜଗିଦେଲେ କମିଯିବ ।

– ତୁମର ବୟସ ହେଲାଣି । ତୁମକୁ ଦେଖିଲାପରେ ସାର୍ ଔଷଧ ଦେବେ କି ନାହିଁ ଠିକ୍ କରିବେ ।

- ପିଲାବେଳୁ କେବେ ଔଷଧ ଖାଇନି । ମୋ ଦେହରେ ଔଷଧ ଯିବ ତ ?

- ବୟସ ବଢ଼ିଲେ ଔଷଧ ଖାଇବାକୁ ପଡ଼ିବ ରୋଗ ଭଲ ହେବାପାଇଁ ।

- ହଉ, ତୁମମାନଙ୍କ ଇଚ୍ଛା କହି ଦୀର୍ଘଶ୍ୱାସ ମାରିଲେ ବିଭୂତି ।

ଚିତ୍ରା ହସିଦେଇ କହିଲା- ଏତେ ପୁଅର ବାପାଙ୍କୁ କ'ଣ ରୋଗ ହେବକି ?

- ଈଶ୍ୱରଙ୍କ ଇଚ୍ଛାରେ ଆମେ ଚାଲୁଛେ । ରୋଗ ବଇରାଗ ତ ସବୁ ସେ ଭଲ କରିବେ ।

ଅରୂପ ଲକ୍ଷ୍ୟ କଲେ- ବାପା ମଧ୍ୟ ଚିନ୍ତିତ ଅଛନ୍ତି ହସ୍‌ପିଟାଲରୁ ଫେରିଲା ପରେ ।

- ବାପା କ'ଣ କହିବ କି ? ଅରୂପଙ୍କ ପ୍ରଶ୍ନ ।

- କିଛି ନୁହେଁ ଯେ । ଏଠି ଘରଭିତରେ ବସି ରହିବାକୁ ଭଲଲାଗୁନି । ଡାକ୍ତରଙ୍କୁ ଦେଖା କଲାପରେ ଗାଁକୁ ଚାଲିଯିବୁ । ସେଠି ମନଟି ଟିକିଏ ପ୍ରଫୁଲ୍ଲ ଥାଏ ।

ଅରୂପ ବୁଝିପାରୁଥିଲେ ଭଲ ଖାଇ ଘର ଭିତରେ ବସିବା ଲୋକ ବାପା ନୁହଁନ୍ତି । ସେ ଗାଁରେ ବିଲ ପର୍ଯ୍ୟନ୍ତ ଚାଲିଯାଆନ୍ତି । ଦଶଜଣ ଲୋକଙ୍କ ସହ କଥାହୋଇ ମନକୁ ଆନପାନ କରାନ୍ତି । ଏଠି ଏମିତି ଉଦାସ ହୋଇ ରହିଲେ ରୋଗ ନିଶ୍ଚୟ ବଢ଼ିଯିବ । ତେଣୁ ଔଷଧପତ୍ର ନେଇ ଗାଁକୁ ଚାଲି ଯାଇ ରହିଲେ ତାଙ୍କ ଦେହପକ୍ଷେ ଭଲ । ଅଥଚ୍ ଆଲୋକଭାଇ ମନଦୁଃଖ କରିପାରନ୍ତି ଆଠଦିନ ରହି ଚାଲିଗଲେ । ବାପା ତ ନିଜେ ସ୍ପଷ୍ଟଭାବେ କହିଲେ - ଏଠି ବସି ବସି ମୁଁ କି କାମ କରିବି ? ସେପଟରେ ଗାଁର ଘରଦ୍ୱାର ଗାଈଗୋରୁଙ୍କ କଥା ଅମର ଓ ସ୍ନେହା ଠିକ୍‌ରେ ବୁଝିପାରୁନଥିବେ । ଯିଏ ଯାହାର ସ୍କୁଲକୁ ଯିବାପରେ ଘରଟା ଖାଲି ପଡ଼ିଯିବ । ନାତୁଣୀ ତା ଆଈଘରେ ଅଛି । ଆମେ ଘରେ ଥିଲେ ଆମପାଖରେ ଥାଆନ୍ତା ।

- ଅରୂପ ଚୁପ୍ ପଡ଼ିଗଲେ ବାପାଙ୍କ କଥା ଶୁଣି ।

- ତୁ କ'ଣ ଭାବୁଛୁ । ମୁଁ ଠିକ୍ କହୁଛି ନା ?

- ହଁ । ସଂକ୍ଷିପ୍ତ ଉତ୍ତର ଦେଲେ ଅରୂପ ।

- ତୁ କେବେ ଗାଁକୁ ଯିବୁ ଆଉ ? ତୁ କେବେ ଭାବିଛୁ ଗାଁ କଥା ? ସେଠା ଲୋକମାନଙ୍କ ସ୍ୱାସ୍ଥ୍ୟବସ୍ଥା ? ପାଖ ଗାଁରେ ଡାକ୍ତରଖାନା ଅଛି । ତଥାପି ଡାକ୍ତର ନାହାନ୍ତି । ଲୋକମାନଙ୍କ ଜ୍ୱର କାଶ ହେଲେ ଦୌଡୁଛନ୍ତି ସହରକୁ । ତୋର ଯଦି ଗାଁ

ପ୍ରତି ଆକର୍ଷଣ ଥାଏ ତେବେ ସେହି ଡାକ୍ତରଖାନାରେ ପୋଷ୍ଟିଙ୍ଗ୍ ହୁଅନ୍ତୁ । ଆମ ଗାଁ ପରିସ୍ଥିତି ଟିକିଏ ସୁଧୁରି ଯାଆନ୍ତା ।

- ମୋର ତ ପଢ଼ା ସରିନି । ପି.ଜି. କରିବି ।

- ହଉ । ତୋ ଇଚ୍ଛା । ମୁଁ ତତେ ଆଉ ବାଧ୍ୟ କରିପାରିବିନି ଦାୟିତ୍ୱ ନିର୍ବାହ ପାଇଁ । ଅଭୟ ତ ବାଙ୍ଗାଲୋର୍‌ରେ ରହିଲାଣି । ତା' ବାହାଘର କରିଦେଲେ ହୁଅନ୍ତା ।

ଅରୂପ ଉଠିପଡ଼ି କହିଲେ- ମୁଁ ଯାଉଛି । ମୋର ଡାକ୍ତରଖାନାରେ କାମ ଅଛି ।

ଗୁମ୍‌ସୁମ୍ ପଡ଼ିଗଲେ ବିଭୂତି । ପ୍ରତି ମଣିଷର ଗୋଟିଏ ଗୋଟିଏ ଇଚ୍ଛା ଥାଏ । ପ୍ରତ୍ୟେକଙ୍କଠାରୁ ଅଲଗା । ମଣିଷ ହୃଦୟରେ କେତେକଥା ଚାପି ହୋଇରହିଥାଏ । କେବେ ବାହାରକୁ ବାହାରି ଆସିଥାଏ ତ କେତେବେଳେ ମନ ଭିତରେ ଚକ୍‌କର କାଟୁଥାଏ । ଆଲୋକ ଜନ୍ମକଥାଟି ହୃଦୟରେ ଚାପିହୋଇ ରହିଛି ଆଜିଯାଏଁ । ମୃତ୍ୟୁପର୍ଯ୍ୟନ୍ତ ମନର କଥାଟିକୁ ଆଉ ପ୍ରକାଶ କରିବେନି । ଆଲୋକ ବଡ଼ପୁଅ । ତା' ପ୍ରତି ସମସ୍ତଙ୍କର ଭକ୍ତିଭାବ ଥାଉ । ଦୂରରୁ ଶୁଭୁଥିଲା କୋଇଲିର ସ୍ୱର । ଦୁଆର ମୁହଁରେ ଷଣ୍ଢଟି ରଡ଼ିକଲାଣି । ଚିତ୍ରା ଏଠାକୁ ଆସିବାପରେ ପେଜତୋରାଣି ପରିବା ଛୋପା ତାକୁ ଖାଇବାକୁ ଦିଏ । ତେଣୁ ସେ ଠିକ୍ ସମୟରେ ଆସି ପହଁଞ୍ଚିଗଲାଣି । ଚିତ୍ରା କୁହେ - ଏ ଜିନିଷକୁ ଫୋପାଡ଼ି ଦେଇ କାହିଁକି ନଷ୍ଟ କରିବା, ଗୋଟିଏ ଜୀବପେଟରେ ଯାଉ ।

ଷଣ୍ଢଟି ପୁରା ପାତ୍ରଟି ସଫା କରିବାପର୍ଯ୍ୟନ୍ତ ଚିତ୍ରା ଠିଆହୋଇ ରହିଲା । ଭାବୁଥିଲା - ଗାଁ କଥା ଅଲଗା । ଏଠି ସହର ଜାଗା । ପୁଣି କଟକ । ଏଠି ମଧ୍ୟ କିଏ କିଏ ଏମିତି ଗାଈଗୋରୁଙ୍କୁ ଦୁଆରେ ଖୁଆନ୍ତି । ଅଥଚ୍ ଭୁବନେଶ୍ୱରରେ ଯିଏ ଯାହା ଘରେ ରୁହନ୍ତି । ଦରକାର ନ ପଡ଼ିଲେ ବାହାରକୁ ବାହାରିନଥାନ୍ତି । ଏହି କଟକରେ ତ ଘରକୁ ଘର ଲାଗିରହିଛି । କେଉଁଠି କେଉଁଠି ତିନି ବା ଦୋମହଲା କୋଠାଘର ନିଜ ରୁଚିରେ ତୋଳିଛନ୍ତି ଏଠାର ବାସିନ୍ଦା । କିନ୍ତୁ ଜଣକର ଦାଣ୍ଡପଟ ଝୋଲିଲାବେଳକୁ କାହାର ବାଡ଼ି ଦୁଆର ଦେଖାଯିବ । ବହୁତ ଜନସଂଖ୍ୟା ଓ ଜାଗାର ବେଶି ସୁବିଧା ନଥିବାରୁ ଗୋଟିଏ ଗୋଟିଏ ଘରେ ଦୁଇତିନିପୁରୁଷ ହେଲା ଭାଇମାନେ ଚଳୁଛନ୍ତି ଓ ଗୋଟିଏ ଗୋଟିଏ ରୁମ୍‌ରେ । ହଜାରେ ବର୍ଷର ସହର ହେଲେ ସୁଦ୍ଧା ତା' କଳେବର ତ ଜନସଂଖ୍ୟା ଅନୁସାରେ ପରିବର୍ଦ୍ଧିତ ହେଉଛି । ନଦୀପଠାରେ ଘର ତିଆରି ହେଲାଣି । ଗରୀବ ଖଟିଖିଆ ଲୋକ ମୁଣ୍ଡଗୁଞ୍ଜିବାକୁ ଯେଉଁଠି ପାଇଲେ ରହିଯାଉଛନ୍ତି

ଯାହିତାହି ଚଳଣୀରେ । ଏବେ ସେମାନଙ୍କୁ ବିସ୍ଥାପିତ କଲାପରେ ପୁଣି କେଉଁଠି ଯାଇ ତ ମୁଣ୍ଡଗୁଞ୍ଜିବେ । କେଉଁଠି ହେଲେ ଖାଲି ଜାଗା ନାହିଁ । ନଦୀବନ୍ଧ ପାଖରେ ଯାଇ ରହିଯିବେନି ତ ! ସହର ଭିତରେ ଥିଲେ ଯା'ତା ଘର କାମ କରି କିମ୍ବା ବଡ଼ ଡାକ୍ତରଖାନାରେ କାମ କରି ଚଳିଯାଉଥିଲେ । ଦୂରରେ ରହିଲେ ସେମାନଙ୍କୁ ଯା' ଆସରେ ଅସୁବିଧା ହେବ । କିନ୍ତୁ ସରକାର ଯୋଜନାବଦ୍ଧ ଭାବରେ କଟକର ଉନ୍ନତି ପାଇଁ ଚାହୁଁଛନ୍ତି । ତେଣୁ ଏପରି ଉଚ୍ଛେଦ ଚାଲିଛି । ଚିତ୍ରାକୁ ଭଲଲାଗେ ମହାନଦୀ ବ୍ରିଜ୍ ପାଖକୁ ଚାଲି ଚାଲି ଯାଇ ବୁଲି ଆସିବା ପାଇଁ । ତେଣୁ ସକାଳୁ ସକାଳୁ ସ୍ୱାମୀ ବିଭୂତିଙ୍କ ସହ ସେ ବାହାରିଯାଏ ଘର ବାହାରପଟୁ ତାଲାଦେଇ । ପୁଅର କ୍ୱାର୍ଟର୍ସ ଚାରିପଟେ ବିଭିନ୍ନ ପ୍ରକାର ଫୁଲ ଗଛ ଅଛି । ତେଣୁ ଜଳଖିଆ ଖାଇସାରିବା ପରେ ସେ ଫୁଲଗଛ ପାଖକୁ ଯାଇ ବୁଲୁଥାଏ ବଗିଚାରେ । ଠାକୁରପୂଜା ପାଇଁ ସେ ହିଁ ଡାଲାରେ ଫୁଲ ତୋଳିଆଣେ । ଗାଁରେ ଏତେ ପ୍ରକାରର ଫୁଲ ତ ମିଳିବନି । ବଗିଚାର କଣରେ ଥିବା ପିଜୁଳି ଗଛରେ ଏବେ ଲାଲ୍ ଟିକିଟିକି ପିଜୁଳି ଫଳୁଛି । ପୁଅ ଅରୂପ କହୁଥିଲା ପିଜୁଳିରେ ବହୁତ ଭିଟାମିନ୍ ଅଛି । ଖାଇଲେ ଦେହ ପାଇଁ ଭଲ ।

ପେଜପାତ୍ରରୁ ମୁହଁଟି ଉଠାଇଦେଲା କ୍ଷଣଟି । ଚିତ୍ରା ପାତ୍ରଟିକୁ ଘର ଭିତରକୁ ଆଣି ବାସନମଜା ସିଙ୍କ ପାଖରେ ରଖିଦେଲା । କାମବାଲୀ ଆସିଲେ ରୋଷେଇ ବାସନ ଓ ଖାଇବା ବାସନ ମାଜିବ । ଏଠି ଲୋକ ମିଳୁଛନ୍ତି । ଗାଁରେ ହିଁ ସବୁ କାମ ନିଜେ କରିବାକୁ ପଡ଼େ । ସେପଟରୁ ଶୁଣାଗଲା ଆଲୋକ ପୁଅର ସ୍ୱର । ମୁହଁଟେକି ଚାହିଁଲା ତାକୁ । ପଚାରିଲା - ସ୍କୁଲରୁ ଫେରିଲୁଣି । ଯାଅ ଧୁଆଧୋଇ ହୋଇ ଖାଇବୁ ।

- ମୁଁ ଟିଫିନ୍ ସାରିଦେଇଛି ସ୍କୁଲରେ । ଏବେ ଭୋକ ନାହିଁ ଜେଜେ ମା ।

- ବହିଖାତା ଠିକ୍ ଜାଗାରେ ରଖିଲୁଣି ।

- ନା, ମମି ରଖିବ ।

- ତୁ ତୋ ବହିପତ୍ର ଠିକ୍‌ରେ ରଖିଲେ ଭଲ କାମଟିଏ ତୋର ହେବ । ମମି ତା' କାମ କରିବ ।

- ମମି ତ ମୋତେ ରଖିବାକୁ ଦେଉନି । ସ୍କୁଲ ବସ୍‌ରୁ ଓହ୍ଲାଇଲା ପରେ ନିଜେ ତ ବ୍ୟାଗ୍ ଧରି ଆସୁଛି ।

- ହଉ ବଡ଼ କ୍ଲାସକୁ ଗଲେ ତୁ ନିଜକାମ ଓ ହୋମ୍‌ୱାର୍କ ଠିକ୍‌ରେ କରିବୁ । ମନ ଦେଇ ପାଠ ପଢ଼ିବୁ ତୋ ବାପାଙ୍କ ପରି ।

- ଜେଜେମା, ତମେ କେଉଁଥିରେ ସ୍କୁଲ ଯାଉଥିଲ ?

- ଆମେ ପାଦରେ ଚାଲିଚାଲି ସ୍କୁଲ ଯାଉଥିଲୁ । ତମମାନଙ୍କ ପରି ବସ୍ କି ରିକ୍ସା କି ବାପାଙ୍କ କାରରେ ସ୍କୁଲ ଯାଉ ନଥିଲୁ ।

- ତୁମକୁ ଡର ମାଡୁନଥିଲା ଏକା ଯିବାବେଳେ ?

- ନାଇଁ । କାହିଁକି ଗାଁରେ ଡରମାଡ଼ିବ ?

- ପିଲାଙ୍କୁ ଚୋର ଟେକି ନେଉ ନଥିଲା କି ?

- ପିଲାଚୋର ନଥିଲେ ଆମ ଗାଁରେ ।

ଟିକିଏ କିଛି ଭାବିଲାପରେ ନାତି କହିଲା- ଭଲ ସମୟ ଥିଲା ବୋଧେ ।

ଚିତ୍ରା ଆଖି ବୁଲେଇ ଆଣିଲା ଘର ଚାରିଆଡ଼େ । ସବୁ ଜିନିଷ ସଜଡ଼ା ହୋଇ ରହିଛି । ବିଛଣାରେ ବେଡ଼ସିଟ୍ ସାଇଜ୍ ହୋଇ ପଡ଼ିଛି । ନାତି ଖାଇବାପରେ ଏଠି ଆସି ଶୋଇପଡ଼େ । କିନ୍ତୁ ସେ ଆସିଲାପରେ ନାତି ପାଖରେ ହିଁ ସେ ଶୁଏ । ଅନ୍ୟ ଖଟରେ ଅରୂପ ଘରେ ଥିଲେ ଶୋଇଥାଏ । ଚିତ୍ରାର ଦ୍ୱିପହର ନିଦ ନାହିଁ । ଏତେଗୁଡ଼ିଏ ପିଲାଙ୍କୁ ସ୍କୁଲ ପଠେଇଲା ପୁଣି ଖେଳଛୁଟିରେ ଖାଇବାପାଇଁ ସମସ୍ତେ ଘରକୁ ଆସନ୍ତି । ଦିନସାରା ଖାଇବା ପିଇବା ଲାଗିଥିବ । ଘରଗୋଟାଯାକର କାମ । ଗୁରୁବାର ମାସରେ ଦିନ ଅଣ୍ଟେନି । ଥଣ୍ଡା ଯୋଗୁ ପାଣିହାତ ହୋଇ ଘର କାମରେ ଲଟର ପଟର ହେଲାବେଳକୁ ବେଳେବେଳେ ଦେହ ହାତ କସ୍‌ମସ୍ ହୁଏ । ତଥାପି ବସିଯିବାକୁ ବେଳନଥାଏ । ଏବେ ବୋହୂ ସ୍ନେହା ଘରକୁ ଆସିବା ପରେ ତାକୁ ଆଉ ବେଶି ଘର କାମର ଚାପ ପଡୁନି । ସ୍ନେହା ତ ଖୁବ୍ ଜଲ୍‌ଦି ଘର କାମ ସାରି ସ୍କୁଲ ବାହାରିଯାଏ । ଭାରି ଫୁର୍ତ୍ତି ଅଛି କାମରେ । ତା' କଥା ଭାରି ମନେ ପଡୁଛି । ଆସିଲାବେଳେ କହୁଥିଲା- ମା' ଶୀଘ୍ର ଫେରିଆସିବ ।

ଚିତ୍ରା କହିଥିଲା ଘର ଛାଡ଼ି ରହିପାରିବିନି ମୁଁ । ଦେହ ଦେଖାଇ ଫେରି ଆସିବୁ ।

ଚିତ୍ରା ଚାହିଁଲା ରୋଷେଇ ଘରକୁ । ହଟ୍‌କେସ୍‌ରେ ମୋନିକା ତରକାରୀ ଭଜା ଆଦିକୁ ରଖିଦେଇଛି ଗରମ ରଖିବାପାଇଁ । ରାନ୍ଧିସାରିବାପରେ ସେ ତା' ରୁମ୍‌କୁ ଯାଏ ଟିକିଏ ବିଶ୍ରାମ ନେବାକୁ । ଦିନ ଗୋଟାଏ ବାଜିଲେ ଡାକିଥାଏ - ବାପା ମା', ଆସନ୍ତୁ ଲଞ୍ଚ କରିବେ ।

ସ୍ନେହା ରୋଷେଇ ସରୁ ସରୁ ଡାକିନେବ ପିଢ଼ାରେ ବସିବାକୁ । କହିବ - ଗରମ ଗରମ ଖାଦ୍ୟ ମୁଁ ପରସୁଛି । ଖାଇ ନିଅନ୍ତୁ । ଆପଣଙ୍କ ଖାଇବା ପରେ ମୁଁ ଖାଇବି ।

ଅମର ମଧ୍ୟ ସେମାନଙ୍କ ସହ ଖାଇନିଏ । ଏକାଠି ସମସ୍ତେ ବସି ଖାଇବାରେ ଆନନ୍ଦ ହିଁ ଥାଏ । ଏଠି ଆଲୋକ ସାଢ଼େ ଦୁଇଟାବେଳକୁ ଆସିବ । ସେତେବେଳେ ଆଲୋକ ଓ ମୋନିକା ଖାଆନ୍ତି । ଶାଶୁ ଶ୍ୱଶୁରଙ୍କ ଖାଇବା ସମୟ ଦିନ ଗୋଟାଏ ବୋଲି ତାଙ୍କୁ ଆଗ ବାଢ଼ିଥାଆନ୍ତି ।

ଶୁଣାଗଲାଣି ଆଲୋକର ପାଟି । ଘର ଭିତରକୁ ପଶୁ ପଶୁ ପଚାରିଲା- ତୁମମାନଙ୍କର ଦେହ ପରୀକ୍ଷା ହୋଇଥିଲା । ଭଲ ଅଛି ତ ?

- ହଁ ।

- ବାଲିଯାତ୍ରା ଦେଖିଯିବା ଆଜି ?

- ତୋ ବାପା ବାଲିଧୂଳି ଭିତରେ ପଶିବେ ନାହିଁ । ତାଙ୍କର ଶ୍ୱାସ ରୋଗ ଅଛି ପରା ।

- ହଉ ତୁ ଯିବୁ ତ ଆମ ସହ ।

- ଯିବି । ତୁ ଖାଇନିଏ । ଡେରିହେଲାଣି ।

- ତୁମେ ଖାଇସାରିଲଣି ।

- କେତେବେଲୁ ଆମ ଖାଇବା ସରିଛି । ବୋହୂ ମଧ୍ୟ ତତେ ରହିଁ ବସିଛି ।

ଆଲୋକ ରୁମ୍ ଭିତରକୁ ପଶିଲେ । ପରିହାସ ଛଳରେ ମୋନିକା କହିଲା- ମା' ଯାଙ୍କର ଖାଇବା ସମୟ ତ ଏବେ ଅଛି ଠିକ୍ ।

- ବର୍ତ୍ତମାନ ତମେ ରୁଟିନ୍ ଅନୁସାରେ ଚଳିବ । ଯାଆ ସାଲାଡ଼ କରିଦେବୁ ।

- ସେ କଞ୍ଚା ପିଆଜ ସାଲାଡ୍‌ରେ ପକେଇଲେ ଖାଆନ୍ତି ନାହିଁ । କାକୁଡ଼ି ଟମାଟରେ ଲେମ୍ବୁ ଲୁଣ ଲଙ୍କା ଗୁଣ୍ଡ ଗୋଳାଇ ଦେବି । ଦହି ଖାଇଲେ ଥଣ୍ଡା ଧରୁଛି ।

ଗାଁରେ ପଢ଼ିବାବେଳେ ଖିର, ଦହି ଖାଉଥିଲା । ଏବେ ଗାଁର ଚୂଡ଼ା ଗୁଡ଼ ଦହି ଚକଟା ଜଳଖିଆରୁ ଉଠିଗଲାଣି । ଆମେ ଗାଁରେ ଥିଲେ ଏୟା ହିଁ ଖାଉଛୁ । ସକାଳୁ ରୁଟି, ଉପମା ଆମ ଦେହରେ ଯାଉନି ପରା ।

- ମୁଁ ତ ପିଲାଦିନୁ ଚୂଡ଼ା ମୁଢ଼ି ଜଳଖିଆରେ ଖାଇନି । ତେଣୁ ଜଳଖିଆ ତିଆରି କରେ । ଦୁହେଁ ଖାଇଦେଉ ।

- ଯିଏ ଯାହା ଖାଇବାକୁ ନେଇ ଚଳିବ ତ ପୁଣି ।

- ଯାଉଛି । ସେ ଧୁଆଧୋଇ ହୋଇ ଡାଇନିଂ ଚେୟାରରେ ବସିଲେଣି କହି ମୋନିକା ପଶିଲା ରୋଷେଇଘରେ ।

ଚିତ୍ରା ନାତିର ରୁମ୍ ଭିତରକୁ ଯିବାବେଳେ ସେ ଶୋଇପଡ଼ିଲାଣି । ଭାବିଲା- ବାପା ପରି ସୁନା ପୁଅଟେ । କଥା ମାନୁଛି ମମିର । ଟିକିଏ ହେଲେ ଅଝଟ ନାହିଁ । ଆଖିରେ ସ୍ପଷ୍ଟଭାବରେ ଆଙ୍କି ହୋଇଯାଉଥିଲା ଆଲୋକର ପିଲାଦିନର ମୁହଁଟି । ଠିକ୍ ନାତି ପରି । ଗୋରା ମଧ୍ୟ ଏକା ପ୍ରକାରର । କେଉଁ ବଡ଼ଘର ଝିଅର ପୁଅ ହୋଇଥିବ ଆଲୋକ । ବୁଦ୍ଧି ଓ ଗୁଣରେ ମଧ୍ୟ ଅନ୍ୟ ଭାଇମାନେ ସରିହେବେନି । କି ବିଚିତ୍ର କଥା ? କେଉଁ କୁଆଁରୀ ଝିଅ ପିଲାଟିକୁ ଜନ୍ମ କରି ଫୋପାଡ଼ି ଦେଲା କେମିତି ? ନା ଅନ୍ୟ କେଉଁଠାରୁ ଆସି ପିଲାଟିକୁ ଗାଁରେ ଫୋପାଡ଼ି ଦେଇଗଲେ ତା' ଘର ସଦସ୍ୟ । ଗାଁଠାରୁ ତିନିକିଲୋମିଟର ଦୂରରେ ଷ୍ଟେସନ । କିଏ ଏପରି କାମ କଲା ଭାବିଲା ବେଳକୁ ଅରୂପ ରୁମ୍ ଭିତରକୁ ପଶି ଆସି କହିଲା- ମା' ଖଟରେ ପଡ଼ି ଶୋଇନୁ ତ ?

- ଆଖିରେ ନିଦ ନାହିଁ । ଯାଆ ଖାଇବୁ ।

- ଯାଉଛି । ଭାଇ ଓ ଭାଉଜ ଖାଉଛନ୍ତି । ମୋର ଘରକୁ ଆସିବାର ଠିକ୍ ଠିକଣା ସମୟ ନଥାଏ ତେଣୁ ଭାଉଜଙ୍କୁ କହିଥିଲି ମୋତେ ଅପେକ୍ଷା କରିବେ ନାହିଁ । ମୁଁ ଆସିଲେ ନିଜେ ବାଢ଼ି ଖାଇନେବି ।

- ମୁଁ ବାଢ଼ିଦେବି । ଚାଲେ ଧୁଆଧୋଇହୋଇ ଆସିବୁ ।

- ଭୋକ ନାହିଁ । ଏମିତି ତ ଯେତେବେଳେ ସୁବିଧା ହୁଏ ଟିକିଏ ଖାଦ୍ୟ ପେଟକୁ ଯାଏ ।

- ତୁ ବିସ୍‌କୁଟ ଓ କୋଲଡ଼ ଡ୍ରିଙ୍କସ୍ ପିଇନୁ ତ ?

- ମୁଁ କେବଳ ବିସ୍କୁଟ ଖାଇଥାଏ । କୋଲଡ଼ ଡ୍ରିଙ୍କସ୍ ଦେହ ପାଇଁ ଭଲ ନୁହେଁ ।

- ହଁ । ଆମେ ଚାରିଦିନପରେ ଫେରିଯିବୁ । ଘରେ ଲକ୍ଷ୍ମୀପୂଜା ହେବ । ଗୁରୁବାର ମାସ । ରଇତ ଧାନ ବିଡ଼ା ଆଣି ଖଳାରେ ଥାକ ମାରିବ । ଏଠି ବସିଲେ ସେ

କଥା କିଏ ବୁଝିବ ? ବାପାଙ୍କ ମନ ଗାଁକୁ ଯିବାକୁ ଛଟପଟ ହେଲାଣି । କିଛି ଔଷଧ ଦେଇ ଆମକୁ ଗାଁକୁ ପଠାଇଦିଏ । ସେଠି ପଥିରେ ଖାଇପିଇ ରହିବୁ । ଆଗକୁ ଅଷ୍ଟମୀ ଆସିବ । ମାମୁଁ ଆସିବ ଆମ ଘରକୁ ଆଲୋକପାଇଁ ଲୁଗାପଟା ଧରି ।

- ମାମୁଁ ତ ଅଭାବରେ ଅଛନ୍ତି । ତାଙ୍କୁ ମନା କରୁନୁ ନ ଆଣିବା ପାଇଁ ।

- ଯେତେ କହିଲେ ସେ ଶୁଣିବନି । ସେ ଫେରିଗଲାବେଳେ ତାକୁ ଘରଜିନିଷ ଓ ଟଙ୍କା ଦେଇଥାଏ ମୁଁ ।

- ଆର ବର୍ଷ ପରା ମାମୁଁଙ୍କ ଝିଅ ମିନାର ବାହାଘର ହେବ ।

- ସେତେବେଳେ ମୁଁ ତା' ଝିଅବାହାଘର ଖର୍ଚ୍ଚଟି ତୁଲେଇବି । ମୋର ତ ଝିଅ ନାହିଁ । ତେଣୁ ତୁମେମାନେ ମୋତେ ଟଙ୍କା ଦେଲେ ମାମୁଁଙ୍କୁ ଦେବି ।

- ହଁ ।

- ଆଲୋକ ତ ରାଜି । ତୋର ରୋଜଗାର ଆରମ୍ଭ ହୋଇନି । ଦବୁ କେମିତି ?

- କେଉଁ ନର୍ସିଂହୋମ୍‌ରେ ପାର୍ଟଟାଇମ୍ କାମ କଲେ କିଛି ଟଙ୍କା ପାଇଯିବି ଗୋଟିଏ ମାସରେ । ପଚିଶ ହଜାର ତ ଦେଇପାରିବି ।

- ହଁ ଅଭୟ ଲକ୍ଷେ ଦେବ ବୋଲି ହଁ ଭରିଛି । ଚାକିରୀଆ ଜ୍ୱାଇଁଟିଏ ପାଇଛି । ତା'ର ସମ୍ମାନକୁ ଦେଖି ଦେବା ।

- ଆମେ ଯୌତୁକପ୍ରଥାକୁ ସହାୟ କରୁନେ ତ ?

- କିଛି ଯୌତୁକ ଯଦି ଝିଅକୁ ନଦେବ ତେବେ ଗାଁଲୋକ କ'ଣ କହିବେ ? ଦେବା ବିଧି ତ ଅଛି ଦାଣ୍ଡ ସୁନ୍ଦରକୁ । କିଏ ବନ୍ଦ କରିବ ଏହି ଦେବା ନେବାକୁ ?

- ହଁ ମିନା ଆମ ହାତରେ ରାକ୍ଷୀ ବାନ୍ଧିଥାଏ । ତାକୁ ଏବେ କିଛି ଉପହାର ଦେବାକୁ ନିଶ୍ଚୟ ପଡ଼ିବ । ସେତେବେଳେ ସେ କୁହେ - ଚାକିରୀ କଲେ ଦେବ । ଭଉଣୀ ପାଇଁ ବଡ଼ ଉପହାର ବାକି ରହିଲା ।

- ହଁ । ମାମୁଁର ସେ ଗୋଟିଏ ଝିଅ । ପୁଅ ନାହିଁ । ତେଣୁ ତା' ପଛକୁ ତମେମାନେ ଟିକିଏ ଠିଆହେଲେ ସେ ଉତ୍ସାହିତ ହେବ । ମିନା ଖୁଦୁରୁକୁଣୀ ପୂଜା କରେ ତମମାନଙ୍କ ଶୁଭମନାସୀ । କେବେ ହେଲେ ଅଭିମାନ କରି କୁହେନି– 'ଭାଇ ଦେଲାନି ବୋଲି' । ଭାରି ଭାଇ ରଙ୍କୁଣୀ ଝିଅଟି । ସେ ଭାଇ ଭାଇ କହି ତୁମମାନଙ୍କୁ

ବହୁତ ଭଲପାଏ । ଭାଉଜମାନଙ୍କ ସହ ତ କଥାବାର୍ତ୍ତା ହୁଏ । ବାହାଘର ପରେ ସୁଖଶାନ୍ତିରେ ରହୁ ।

ଅରୂପ ଉଠିଲେ ଖାଇବାକୁ । ମୋନିକା ଖାଇସାରି ଡାକିଲାଣି ବୋଧେ । ଆଉ ବର୍ଷେପରେ ଅରୂପର ପାଠ ପଢ଼ା ସରିବ । ପୁଣି ପି.ଜି. କରିବ । ପୁଣି ଆହୁରି କ'ଣ କ'ଣ ପଢ଼ିବ । ସେପଟରେ ଅଭୟ ପାଠପଢ଼ା ସରି ଚାକିରି କଲାଣି । ଡାକ୍ତରୀ ପାଠପଢ଼ା କେଉଁ ସରୁଛି କି ? ଏବର୍ଷ ଫାଇନାଲ୍ ମେଡ଼ିକାଲ୍ ପରୀକ୍ଷା । ଭଲ ପଢୁଛି । ଯଥା ସମୟରେ ସବୁ ପାଠପଢ଼ା ସରିବ, ପଢ଼ାରେ ପ୍ରତିଯୋଗିତାର ସମୟ । ପରୀକ୍ଷା ଫଳକୁ ତ ଅପେକ୍ଷା କରିବାକୁ ପଡ଼ିବ ।

ଯାରି ଭିତରେ ଚିତ୍ରା ଗାଁକୁ ଫେରିଯାଇଛି ବିଭୂତିଙ୍କ ସହ । ଅସୀମ ଆକାଶ ନିଜନିଜ ଚାକିରୀ କ୍ଷେତ୍ରରେ ଯୋଗ ଦେଲେଣି । ଦିନଗୁଡିକ ଆଗେଇ ଯାଉଛି । ବୟସର ପାହାଚ୍ ଚଢୁଚଢୁ ବିଭୂତି ମଧ୍ୟ ଥକି ଗଲେଣି । ଦିନେ କହିଲେ- ଏଥର ଅଭୟ, ଅରୂପଙ୍କ ପରେ ଆକାଶ ଓ ଅସୀମଙ୍କ ବିବାହ ଆମକୁ ସାରିଦେବାକୁ ପଡ଼ିବ । ଅଭୟ ମଧ୍ୟ ବାହାରେ ଏକା ରହୁଛି । ଅରୂପର ପଢ଼ାପଢ଼ିର ଚାପ ତ ସରିଲାଣି । ଏବେ ପି.ଜି. କଲାଣି । ତାଙ୍କ ମନଲାଖି ଝିଅ ସହ ବିବାହ କରିଦେଲେ ଆମକୁ ମଧ୍ୟ କନ୍ୟା ଖୋଜା ଚାପରୁ ମୁକ୍ତି ମିଳିବ । ସେମାନଙ୍କ ଖୁସିରେ ଆମେ ମନା କରିବାନି । ଅଭୟ ପରା କହୁଥିଲା ସେ ତା' ଅଫିସ୍‌ର ଗୋଟିଏ ଝିଅ ମିସାକୁ ବିବାହ କରିବ । କରୁ ।

ଚିତ୍ରା କହିଲା- ସେ ଆମ ଓଡ଼ିଆ ଝିଅ ନୁହେଁ । ବାଙ୍ଗାଲୋର୍‌ର ଝିଅ । ଆମେ କ'ଣ ଜାତି ଦେଖିବାନାହିଁ କି ?

- ଆଉ ତୁମେ ଏହି ଜାତିପ୍ରଥା କଥା ଉଠାଅନାହିଁ । ତା' ମନ ମୁତାବକ ବାହାହେଉ । ମୋର ଆପତ୍ତି ନାହିଁ ।

- କିନ୍ତୁ ମୋର ଆପତ୍ତି ଅଛି । ନୂଆ ବୋହୂଟିର ଭାଷା ଆମେ ତ ବୁଝିପାରିବା ନାହିଁ । ସେ ଆମ ରକ୍ଷଣଶୀଳ ଚଳଣୀରେ ଚଳିପାରିବକି ନାହିଁ ।

- ସେ ଆମ ସହିତ ଚଳୁନି । ଚଳିବ ଅଭୟ ସହ । ତମେ ଚିନ୍ତା କରନି ଆଉ । ଅରୂପର କ୍ଲାସ୍‌ମେଟ୍ କଞ୍ଚନା ସହ ତା' ବାହାଘର କରିଦେଲେ ଭଲ ହେବ ।

- ତୁମେ ପିଲାଙ୍କୁ କିଛି କହିବ ନାହିଁ । ତେଣୁ ରୋଜଗାରିଆ ପିଲେ ନିଜ ଇଚ୍ଛାରେ ଚଳିଲେଣି । ଆଲୋକ ତ ଏମିତି ନଥିଲା ।

- ଆଲୋକ ପରି ପୁଅ ମିଳିବନି । ତା'ର ମା' ନିଶ୍ଚୟ ଭଲ ଘରର ଥିବ ।

- ଭଲ ଘର ଝିଅହୋଇ ପିଲାଟିକୁ ଆଣି ଫୋପାଡ଼ି ଦେଇଗଲା କେମିତି ?

- ଆମେ ତ ସମ୍ପୂର୍ଣ୍ଣ ଘଟଣା ଜାଣିନାହେଁ । ଦୋଷ କାହାକୁ ଦେବା ? ସେ ଏବେ ଆମର ପୁଅ ।

- ଅରୂପ ବ୍ଲଡ୍‌ଟେଷ୍ଟ ପରେ ଜାଣିଗଲା ଆଲୋକ ଆମ ରକ୍ତର ନୁହେଁ ବୋଲି । ମୋତେ ପଚାରିଲାପରେ ମୁଁ ତାକୁ ସତ କହିଦେଇଛି । ଅନ୍ୟକୁ ନ ଜଣେଇବାକୁ ମଧ୍ୟ କହିଛି ।

- ଯଦି କେବେ ଆଲୋକ କାନରେ ଏହି କଥାଟି ପଶିଲା ତେବେ ଆମେ କି ଉତ୍ତରଦେବା ?

- ନନ୍ଦ ଓ ଯଶୋଦାଙ୍କ ଉଦାହରଣ ଦେବା ।

- ଛାଡ଼ ଏକଥା । ଯାଏ ସ୍ନେହା ସ୍କୁଲରୁ ଆସିବଣି । ଅମର ଏଠି ରହିଛି ବୋଲି ଘରଟିରେ ଆମେ ସୁବିଧାରେ ଅଛେ । ନଚେତ୍ କେଉଁ ପୁଅ ପାଖରେ ଯାଇ ରହିଥାଆନ୍ତେ ?

- କୁଆଡ଼େ ଯାଇଥାଆନ୍ତୁ ଆଉ ? ଆଲୋକ ପାଖରେ ହିଁ ରହିବା । ସେ ଆମ କଥା ଠିକ୍‌ରେ ବୁଝିପାରିବ ।

ଶୁଣାଗଲାଣି ସ୍ନେହାର ସ୍ୱର । ତା' ବାପଘରୁ ମିଠିକୁ ନେଇ ଆସିଲାଣି । ଘରଭିତରକୁ ପଶୁ ପଶୁ ମିଠିର ମିଠାସ୍ୱର ଶୁଭିଲାଣି - ଜେଜେମା, ଜେଜେମା, ମୁଁ ଆସିଗଲି ।

ଚିତ୍ରା ଉଠିପଡ଼ି କୋଳେଇ ପକେଇଲା ମିଠିକୁ । ମିଠି ଖୁସି ହୋଇ ଜେଜେମା' ପାଖରେ ଗେଲ ହେଉ ହେଉ କହିଲା- ଜେଜେମା ମୋ ଚକୋଲେଟ୍ କାହିଁ ?

- ସ୍ନେହାର ଆକଟସ୍ୱର ଶୁଣାଗଲା ଚକୋଲେଟ୍ ଖାଇଲେ ଦାନ୍ତ ଖରାପ ହେବ ।

- ସବୁ ପିଲା ଖାଉଛନ୍ତି । ମୁଁ ଖାଇବି ।

- ତୋ ଦାଦା ପରା ମନା କରିଛନ୍ତି ।

- ହଉ । ମୋ ଦାଦା ଡାକ୍ତର । ସେ ବେଶି ଜାଣିଛନ୍ତି କହି ମିଠି ଚାହିଁଲା ଚିତ୍ରା ମୁହଁକୁ । ଚିତ୍ରା ପାଖରେ ରଖିଥିବା କାର୍ଡ୍‌ବରିଜ୍ ଚକୋଲେଟ୍‌ଟି ଧରାଇଦେଇ କହିଲା- ଖାଆ । ପାଟି ଧୋଇନେବୁ ।

- ଆରବର୍ଷ ସ୍କୁଲ ଯିବ ମୋ ସାଙ୍ଗରେ । ବାପା ତାକୁ ଟିକିଏ ସ୍କୁଲରୁ ନେଇ ଘରକୁ ଆସିବେ - ସ୍ନେହା କହିଲା ଅନୁନୟ ସ୍ୱରରେ ।

- ଏଇକଥାରେ ତ ବାପା ଖୁସି ହେବେ । ଘରେ ବସି ବସି ସେ ମଧ୍ୟ ବୋର୍ ହେଲେଣି । ଗୋଟିଏ କାମରେ ନିୟୋଜିତ ହୋଇଗଲେ ସମୟ କଟିବ ।

- ଏବେ ବାର୍ଷିକ ପରୀକ୍ଷା ସରିଲା । ଫଳ ବାହାରିବ । ସ୍କୁଲ ଛୁଟି ହେବ । କିନ୍ତୁ ଏହି ଛୁଟି ଭିତରେ ମିଠିର ନାଁ ସ୍କୁଲରେ ଲେଖାଇଦେବା । ଭଲ ସ୍କୁଲରେ ନାଁ ଲେଖାଇଲେ ଯଥା ସମୟରେ ସ୍କୁଲ ଯାଇ ସୁବିଧାରେ ଫେରିବେ ପିଲାମାନେ । ସେଠି ସେମିତି ପଢ଼ାପଢ଼ିର ଚାପ ନାହିଁ । ପ୍ଲେ ସ୍କୁଲ । ଖେଳକୁଦ ଭିତରେ କିଛି ଶିକ୍ଷା ଦିଆଯିବ । ତିନିଚାରିବର୍ଷ ପଢ଼ା ସରିବାପରେ ପାଖ ଗାଁର ବଡ଼ ସ୍କୁଲରେ ନାଁ ଲେଖାଇଦେବୁ ।

- ତମ ଇଚ୍ଛା । ତମେ ପିଲାଙ୍କୁ ମଣିଷ କରି ଗଢ଼ିବ । ସେମାନଙ୍କ ଭବିଷ୍ୟତ ଚିନ୍ତା ତମକୁ ହିଁ କରିବାକୁ ପଡ଼ିବ । ଆଜିକାଲି ଝିଅଟିଏ ସ୍କୁଲ ଯିବାପରେ ତା'ର ଭଲଭାବରେ ଦାୟିତ୍ୱ ନେବା କଥା । ବେଳକାଳ ଠିକ୍ ନାହିଁ ।

- ସ୍ନେହା ତା' ରୁମ୍‌କୁ ଗଲାଣି । ମିଠି ଚକୋଲେଟ୍ ଖାଇବାରେ ଲାଗିଛି । ଚିତ୍ରା ଚାହିଁଛି ମିଠିକୁ । ଅବିକଳ ମା'ର ଚେହେରା ନେଇ ଆସିଛି । ରୂପରେ ଯଦି ସମାନ ସେମିତି ଗୁଣରେ ମଧ୍ୟ ସ୍ନେହାପରି ହେବ । ଭାରି ମିଠା କଥା । ସ୍ନେହା ଘରେ ଥିବାବେଳେ ଶ୍ୱଶୁରଙ୍କ ଖାଇବା ସମୟରେ ଆସି ନିଜେ ବାଢିଦିଏ । । କୁହେ - ମା, ମୁଁ ଥାଉ ଥାଉ ତୁମେ ଆଉ ରୋଷେଇ ଘରେ ପଶନି ।

ସତରେ ସ୍ନେହା ପରି ଆଉ କୌଣସି ବୋହୂ ହୋଇପାରିବେ ନାହିଁ । ତା'ର ଭାବନା ଶକ୍ତି ମୋନିକାଠାରୁ ଅଧିକ । ତା'ର ସାଂସାରିକ ଜ୍ଞାନ ଅଛି । କାହା ସହିତ କେମିତି କଥାବାର୍ତ୍ତା କରିବା ଗୁଣ ମଧ୍ୟ ଅଛି । ଭାବି ଚିନ୍ତି କାମ କରେ । ଅମରର ବୁଝିବା ଶକ୍ତି କେତେ ? ସ୍ନେହା ହିଁ ସବୁ ସମ୍ଭାଳି ଦେଉଛି । ଚିତ୍ରାର ଝିଅ ତ ନାହିଁ । ତେଣୁ ବୋହୂମାନଙ୍କୁ ଝିଅପରି ଦେଖେ । ସେମାନଙ୍କୁ କିଛି କଥା ଜୋର୍ ଦେଇ କୁହେନି । ତେଣୁ ସ୍ନେହା ଆପତ୍ତି ଉଠାଏ - ମା' ତୁମେ ଆମ ଭୁଲ୍ ଦେଖ । ଆମକୁ ବତାଅ ।

- ତୁ ତ ମୋ କଥା ଅନୁସାରେ କାମ କରୁ । ତୋର ଭୁଲ୍ ଦେଖିବି କେମିତି ?

॥ ପାଞ୍ଚ ॥

ଗାଁର ଯିଏ ଦେଖିଲେ କହନ୍ତି - ଛଅପୁଅ ଜନ୍ମ କରି ସମସ୍ତଙ୍କୁ ଚାକିରୀ ବାକିରୀ କରେଇ ମଣିଷ କରିଦେଲ । ତମର ଆଉ ଚିନ୍ତା କ'ଣ ? ଏବେ ଜେଜେମା, ଜେଜେବାପାଙ୍କ ସୁଖର ଦିନ ଆସିଗଲା ।

ଚିତ୍ରା ହସିହସି କହେ - ମୋ ବୋହୂ ଓ ପୁଅମାନେ ଭଲ । ଏକାମନ ନେଇ ଚଳୁଛନ୍ତି । ଏଇ ଛୁଟିରେ ହିଁ ଆମେ ଏକାଠି ହେଉ । ତେଣୁ ଘରୁ ବାହାରିବୁନି ।

- ତୁମର କ'ଣ ଚିନ୍ତା ? ହାତରେ ତ ଟଙ୍କା ପଇସାର ଅଭାବ ନାହିଁ ।

- ପାଖରେ ଟଙ୍କା ନଥିଲାବେଳେ ମଧ୍ୟ ମୋ ପିଲାମାନେ ଏକ ମନ ହୋଇ ଚଳନ୍ତି ।

- ହଁ । ଆଲୋକ ଯୋଗୁ ତ ଏମାନେ ମଣିଷ ହୋଇଗଲେ । - କହିଥାଆନ୍ତି ପଡ଼ିଶାଘର ଖୁଡ଼ୀ ।

- ଜଣେ ଚାକିରୀ କଲେ ସେ ତ ଅନ୍ୟକୁ ବାଟ ଦେଖାଇବ !

ଖୁଡୀ ବ୍ୟଙ୍ଗ ସ୍ୱରରେ କହନ୍ତି-ତୁମେ କ'ଣ ଆଲୋକକୁ ପୁଅପରି ଦେଖୁଥିଲ କି ?

ଚିତ୍ରାର ମନଟି ବିଚ୍‌ଳିତ ହୋଇପଡ଼େ ଏକଥା ଶୁଣି । ଦୃଢ଼ ସ୍ୱରରେ କହେ- ସେ ତ ଆମର ବଡ଼ପୁଅ । ତା' ତଳକୁ ତଳ ଗୋଟିଏ ପରେ ଗୋଟିଏ ପିଲା ହେଲାବେଳକୁ ମୋତେ ରୋଗ ଖାଇଲା । ତେଣୁ ଆଲୋକର ଟିକିଏ ଯତ୍ନ ନେଇ ହେଲାନି ।

- ବୁଝିଲ ଆଲୋକ ମା' । ଆମେ ଆଖିରେ ଦେଖିଛୁ । ତମେ ଅମରକୁ

ଯେତେ ସ୍ନେହ ମମତା ଦେଇଛ ତା'ର କାଣିଚାଏ ଆଲୋକକୁ ଦେଇଛ କି ? ଏବେ ତ ଆଲୋକର ପ୍ରଶଂସାରେ ଫାଟିପଡୁଛ ? ପୁଅ ବଡ଼ ଚାକିରୀ କଲାପରେ ତମ ସ୍ନେହ ସୋହାଗ ବଢ଼ିଗଲା ।

ଚିତ୍ରାର ପାଟି ଚୁପ୍ । ଅଧିକାଂଶ ବେଳେ ପଡ଼ୋଶୀ ଖୁଡ଼ୀ ହିଁ ଆଲୋକକୁ ଡାକିନେଇ ଖୁଆଇଥାଆନ୍ତି । କହନ୍ତି- ମା'ଟି କେମିତି ବୁଝିପାରୁନି ଏ ପିଲାଟି କଥା ? ପରପିଲା ପରି ବ୍ୟବହାର ଦେଖାଉଛି ଦୁଇପୁଅ ଜନ୍ମପରେ । ବିଭୂତି ଆଗରେ ମଧ୍ୟ ଖୁଡୀ ଅନେକ ଥର କ୍ଷୋଭରେ କହିଥିବାର ଚିତ୍ରା ଶୁଣିଛି - ପୁଅରେ, ଚିତ୍ରା ଏ ପିଲାଟିକୁ ଏତେ ଅବହେଳା କରେ କାହିଁକି ? ନାନୀ ଥିବାବେଳେ ଆଲୋକର ଅସୁବିଧା ନଥିଲା ପାଳନ ପୋଷଣରେ । ନାନୀଙ୍କ ପରେ ପିଲାଟିକୁ ଅଣଦେଖା କଲାଣି ଚିତ୍ରା ।

- କାମ ବ୍ୟସ୍ତ ଭିତରେ ସମୟ ତ ମିଳୁନି ତାକୁ ।

- ଆଉ ଅନ୍ୟ ପୁଅ ଦୁଇଜଣଙ୍କ ତ ସେବା କରିପାରୁଛି । ବଡ଼ ବୋଲି ସାତବର୍ଷର ପିଲାଟିକୁ ଅବହେଳା କରିପାରୁଛି କେମିତି ?

- ଆଜି ଖୁଡ଼ୀଙ୍କ ପାଖରୁ ଏହି କଥା ଶୁଣି ଆଶା କରିନଥିଲା ଚିତ୍ରା ଦିନେ ତା' ବ୍ୟବହାରର ଫଳ ତା' ପାଖକୁ ବ୍ୟଙ୍ଗ ହୋଇ ଫେରି ଆସିବ ବୋଲି । କଥା ବୁଲେଇ କହିଲା- ବହୁ ପିଲାଙ୍କ ଯୋଗୁ ଏମିତି କେବେ କେବେ ତା' ପ୍ରତି ଯତ୍ନ ନେଇପାରିନଥିଲି । ସେ ତ ବୁଝିବାପୁଅ ଥିଲା ।

- ସତ କହିଲୁ । ଆଲୋକ ପିଲାଦିନୁ ବୁଝିଆସିଛି ବୋଲି ତୋ ଦୋଷତ୍ରୁଟିକୁ ଧରିଲାନି । ମା' ଓ ବାପା ତ । ଯେବେ ଗାଁକୁ ଆସିଲେ ମୋ ପାଖକୁ ଚାଲିଆସେ ଭଲମନ୍ଦ ପଚାରିବାକୁ । ବୁଢ଼ୀ ହେଲିଣି । ଭଲରେ ଆଖିକୁ ଦିଶୁନି । ସେ ମୋ ପାଖରେ ବସିଗଲେ ଲାଗେ ସେହି ପିଲାଦିନର ଆଲୋକ ହିଁ ଆସିଛି । କିଛି ପରିବର୍ତ୍ତନ ହୋଇନି । ଯାହା ଘରେ ଥିଲା ଦିଏ, ଖାଏ । କେବେ ମନା କରେନି । ଗତଥର ଆସିଲାବେଳେ ମୋ ପାଇଁ ଶାଢ଼ୀଟିଏ ଆଣି ଦେଇଥିଲା ।

- ହଁ ମୋତେ ଦେଖାଇଥିଲା । ଜେଜେମା'ଙ୍କ ପାଇଁ ଆଣିଛି ବୋଲି କହୁଥିଲା ।

- ଭଲ ପିଲାଟିଏ । ତା' ବୋହୂଟି ମଧ୍ୟ ଭଲ । ଟିକିଏ ହେଲେ ବଡ଼ିମା ନାହିଁ । ତୁମେ ମଝିରେ ମଝିରେ ପୁଅ ପାଖରେ ଯାଇ ରହୁଛ । ଭଲ ବ୍ୟବହାର ତ ଦେଖାଉଥିବେ । ଭାଗ୍ୟରେ ଥିଲେ ଏମିତି ପୁଅ ମିଳେ ।

- ସେ ଦଶହରା ଛୁଟିରେ ଆସିବ । ତୁମ କଥା ମଧ୍ୟ ମୋତେ ପଚାରିଥାଏ ।

- କେଡ଼େ ଛୋଟ ଥିଲା । ନ ଖାଇଥିଲେ ତାକୁ ଖୁଆଇ ଦେଇଛି । ପିଲାଟିର ମୋହ ମୋତେ ଲାଗିଥିଲା କେମିତି । ତମ ବାରଣ୍ଡାରେ ବସି ପଢୁଥିଲେ ପିଠା କଲେ ତାକୁ ଆଗ ଦେଇଥାଏ । କହେ ଖାଆ ।

- ହଁ, ମୋ ଶାଶୁ ଚାଲିଗଲାପରେ ତମେ ତ ତା' ଜେଜେମା ପାଲଟିଗଲ ।

- ଯାହା କହ ପିଲାଟିର ମୁହଁକୁ ଚାହିଁଲେ ଖୁବ୍ ସ୍ନେହ କରିବାକୁ ଇଚ୍ଛା ହୁଏ । ଯାଉଛି । ବୋହୂ ଡାକିଲାଣି ।

ଚିତ୍ରା ଭାବିଲା ସେ କେମିତି ଆଲୋକ ପ୍ରତି ନିର୍ଦ୍ଦୟ ହୋଇ ଉଠୁଥିଲା । ଏବେ କେଉଁ ସରାଗରେ ପରପୁଅକୁ ଆପଣାର କହି ବାହାବା ନେଉଛି । ନିଜର ଭୁଲ ପାଇଁ ନିଜେ ଅନୁତପ୍ତ ।

ହଠାତ୍ ଘର ଭିତରରୁ ବାହାରି ଆସିଲେ ବିଭୂତି । କହିଲେ- ଖୁଡ଼ୀଙ୍କ ସହ କଥା ହେଉଥିଲ ତ ?

- ହଁ ଏମିତି ସୁବିଧା ସୁଯୋଗ ମିଳିଲେ ଟିକିଏ କଥା ହେଉ । ସେ ବେଶି ଆଲୋକ କଥା ପଚାରନ୍ତି ।

- କାହିଁକି ନ ପଚାରିବେ ଖୁଡ଼ୀ ? ଆଲୋକ ହିଁ ତାଙ୍କ ପାଇଁ ମିଠା, ଶାଢ଼ୀ ପ୍ରତିପୂଜାରେ ଆଣିଥାଏ । ସେ ଜେଜେମା ପରି ତାକୁ ଭଲପାଉଥିଲେ ।

- ଦୁନିଆ ଆଖିରେ ମୁଁ ହିଁ ଖରାପ ମା'ଟି । ଖୁଡ଼ୀ ମଧ୍ୟ ଆଜି ଖୁଣ୍ଟଣା ଦେଲେ ।

- ଗଲା କଥା ଗଲାଣି । କାହିଁକି ଭାବୁଛ ?

- ଭାବିବି ନାହିଁ କେମିତ ? ପାଖ ପଡ଼ୋଶୀ ଓ ସମ୍ପର୍କୀୟଙ୍କ କଥାକୁ ହଜମ କରି ପାରୁନି ।

- ଭାବିନିଅ ତମର କୃତକର୍ମର ଫଳ ଏବେ ଶୁଣୁଛ । କେତେଥର ତମକୁ କହିଥିଲି ମନକୁ ନିର୍ମଳ କର । ନିଜ ଦମ୍ଭରେ କହିଥିଲ 'ପରପୁଅ ପାଇଁ କାହିଁକି ବ୍ୟସ୍ତ ହେବି' । ତମର ଦୃଷ୍ଟିଭଙ୍ଗୀର ରୂପରେଖ ତୁମର ଅପରିପକ୍ୱ ବୟସରେ ଘଟିତ ହେଲା । ପରେ ତ ବଦଳିଗଲଣି ।

- ଏମିତି ଶୁଣିଲେ ମନଟି ଖରାପ ହୁଏ । କିଛି ତ କହିପାରିବି ନାହିଁ । ମନ ଭିତରେ ଭିତରେ ହିଁ ପଶ୍ଚାତାପ କରେ । କେବେ ଯଦି ଆଲୋକ କାନରେ ଏକଥା ପଡ଼ିବ ତେବେ ତା' ବ୍ୟବହାର ଟିକିଏ ଅଲଗା ହୋଇଯିବନି ତ ଆଉ ?

- କିଏ ତା ଜନ୍ମ କଥା ତାକୁ କହୁଛି କି ? ସେ ତା' ଜନ୍ମ ବିଷୟରେ ସଂପୂର୍ଣ୍ଣ ଅଜ୍ଞ ଅଛି ।

- ତଥାପି ଅରୂପ ଜାଣିଛି ସତକଥା । ଦ୍ୱନ୍ଦ୍ୱର ସନ୍ଦେହ ମନରେ କହିଲା ଚିତ୍ରା ।

- ଠିକ୍ ସେତିକିବେଳକୁ ଅମର ରୁମ୍ ଭିତରକୁ ପଶି ଆସିଲା କହି କହି- ମା', ମୋର ବଦଳି ହୋଇଯାଇଛି ପାଖ ସହରକୁ । ସ୍ନେହାର ବଦଳି ହୋଇଗଲା ପରେ ଆମେ ଗାଁ ଛାଡ଼ି ଚାଲିଯିବୁ । ସେଠି ମିଠିର ପଢ଼ାପଢ଼ି ସୁବିଧା ହେବ । ଏଠି ରହିଲେ ପାଠପଢ଼ା ପାଇଁ ଭଲ ସ୍କୁଲ ନାହିଁ ।

ବିଭୂତି ସାଙ୍ଗେ ସାଙ୍ଗେ କହିଲେ- ତୁମ ଭଲ ଚିନ୍ତା ତମେ କର । ଆମ ଚିନ୍ତା କରନି । ଆମେ ଏଠି ରହି ଘର ସମ୍ଭାଳି ନେବୁ ।

ଚିତ୍ରା ଚାହିଁଲା ବିଭୂତିଙ୍କ ମୁହଁକୁ । ବୟସକୁ ବୋଧେ ଭୁଲିଗଲେଣି । ଆଉ ବର୍ଷକୁ ସତୁରୀ ଛୁଇଁବ । ତଥାପି ଘର ସମ୍ଭାଳିବେ ବୋଲି ବାହାଦୂରୀ ମାରୁଛନ୍ତି । ଅଥଚ୍ ଚିତ୍ରା ଟିକିଏ ବ୍ୟଥାତୁର ହୋଇ କହିଲା- ଏହି ପାଖ ଗାଁକୁ ବଦଳି ହୋଇଯାଉନୁ । ବାପା କାହାକୁ କୁହାବୋଲା କରିବେ କି ?

- ନାଇଁ । ତୋଷାମଦ କରି ମୁଁ ଏଠି ରହିବି ନାହିଁ । ଝିଅର ପାଠ ପାଇଁ ସହରକୁ ଯିବାକୁ ହେବ ।

- ହଉ । ତୁମେମାନେ ଭଲରେ ରୁହ । ଆମର କିଛି ଆପତ୍ତି ନାହିଁ ।

- ଘରେ ତମେମାନେ ଏକାରହିବା ବଦଳରେ ଆମ ପାଖକୁ ଚାଲିଯିବ ।

- ନା । ଗାଁ ଘର ଛାଡ଼ି କୁଆଡ଼େ ଯିବୁନି । ତମେମାନେ ଛୁଟିରେ ଆସିଗଲେ ଆମର ଦେଖାହୋଇଯିବ । ଏକା ସମୟରେ ଛୁଟି ନେଇ ବର୍ଷକୁ ସିନା ଥରେ ଆସିବ କିନ୍ତୁ ମଝିରେ ମଝିରେ ଛୁଟି ପାଇଲେ ଆମକୁ ଦେଖି ଆସିଲେ ଆମ ମନ ଭଲ ରହିବ । ବଞ୍ଚିବାର ରାହା ମଧ୍ୟ ମିଳିଯିବ । ଏତେ ପୁଅ ଥିଲେ ଅଥଚ୍ ଏବେ କିଏ ହେଲେ ଆଉ ଆମ ପାଖରେ ରହିନାହାନ୍ତି ଦେଖାଚାହାଁ କରିବାକୁ ।

ସ୍ନେହା ପହଞ୍ଚିଯାଇ କହିଲା- ମା', ମୁଁ ଏଠି ରହିବି । ସେ ସେଠି ରହନ୍ତୁ ।

- ତୁ ପାଗଳୀ ହେଲୁ ନା କ'ଣ ? ତମେ ସ୍ୱାମୀ ସ୍ତ୍ରୀ ଦୁହେଁ ଦୁହିଁଙ୍କ ପାଖରେ ରହିବ । ଆମ ବୁଢ଼ା ବୁଢ଼ୀଙ୍କ ପାଖରେ ସେବା କରିବାକୁ ପଡ଼ିବୁ କାହିଁକି ? ନିଜ ସାଂସାରିକ ଜୀବନରେ ତମେ ଖୁସିରେ ରୁହ । ଗାଁରେ କିଛି ଅସୁବିଧା ହେବନି ।

ଖୁଡ଼ୀଙ୍କ ପୁଅ ଓ ନାତି ତ ଚାକିରୀ କରି ନାହାନ୍ତି । ଆମର ବୋଲହାକ କରିଦେବେ । କାହିଁକି ତମେ ବ୍ୟସ୍ତ ହେବ ? କେଇବର୍ଷର କଥା ତ !

ବିଭୂତି ହସିଦେଇ କହିଲେ- ତୋ ମା' ଠିକ୍ ବୁଝିଛି । ତେଣୁ ତୋର ବଦଳି ହୋଇଯିବାପରେ ପିଲାଛୁଆ ନେଇ ସୁବିଧାରେ ସହରରେ ଘରଭଡ଼ା ନେଇ ରହିଯାଅ । କିନ୍ତୁ ତୋ ଝିଅ ମିଠି କଥା କିଏ ବୁଝିବ ?

- ମା'ଙ୍କୁ ପାଖରେ ନେଇ ରଖିବାକୁ ମୁଁ ଚାହୁଁଛି । ସ୍ନେହା କହିଲା ।

- ମୁଁ ଏଠି ରାନ୍ଧି ଖାଇବି ନାହିଁ ତ ଆଉ ? ଶୁଣେ ତୋ ମା'ଙ୍କୁ ନେଇ ଚାଲିଯାଆ । ସେ ତମର ଭଲମନ୍ଦ ବୁଝି ନେବେ । ଏକୁଟିଆ ମଣିଷଟିଏ ସେ, ତୋ ବାପା ତ ନାହାନ୍ତି । ତେଣୁ ତାଙ୍କ ମନ ମଧ୍ୟ ଭଲ ଲାଗିବ । ତାଙ୍କୁ ମଧ୍ୟ ନାତୁଣୀ କଥା ବୁଝିବାର ସୁଯୋଗ ମିଳୁ ।

ଚିତ୍ରାର ଆଶଙ୍କା ଠିକ୍ ଥିଲା । ଅନେକ ଥର ଭାବିଛି ଯେ ଝିଅର ପଢ଼ାପଢ଼ି ନାଁରେ ଦିନେ ଅମର ମଧ୍ୟ ଗାଁ ଛାଡ଼ିବ । ଏବେ ଦୁଇଜଣ ଏକାହୋଇ ରହିବେ । ସେ ବାହାହୋଇ ଏହି ଘରକୁ ଆସିଲାବେଳେ ଶାଶୁ ଶ୍ୱଶୁର ଥିଲେ । ଏବେ ପାଖରେ କୌଣସି ପୁଅ କି ବୋହୂ ରହିବେ ନାହିଁ । ଏବେ ସମୟ ସରିବନି । ଏତେବର୍ଷ ସମୟ କେମିତି ସରିଯାଉଛି ଭାବିଲାବେଳକୁ ଏବେ ତ ବଳକା ସମୟ ବାର୍ଦ୍ଧକ୍ୟର ଶରୀରକୁ ଭାରାକ୍ରାନ୍ତ କରିଦେବ । ନିରବତା ଭଙ୍ଗ କରି ଚିତ୍ରା କହିଲା - ଆମ ସମୟ ତ ସରି ଆସିଲାଣି । ତୁମେ କାହିଁକି ନିଜ ସନ୍ତାନଙ୍କ ଚିନ୍ତା ନକରି ଆମକୁ ଦେଖାଚାହାଁ କରିବ ବୋଲି ଏଠି ପଡି ରହିବ । ଏହି ସୁଯୋଗ କାହିଁକି ହାତଛଡ଼ା କରିବ ?

ଆଶ୍ଚର୍ଯ୍ୟ ହୋଇ ସ୍ନେହା ଚାହିଁଲା ଶାଶୁ ଚିତ୍ରାଙ୍କ ମୁହଁକୁ । ସତରେ ସେ କ'ଣ ଖୁସିରେ ଖୁସିରେ ଏମିତି ବାହାର ଚାକିରୀ କ୍ଷେତ୍ରକୁ ପଠାଇଦେଇ ପାରିବେ କି ? ମନରେ ବହୁତ ଦୁଃଖ ଥିବ । ତଥାପି ରାଜି ହେଲେ କିପରି ?

- ମୋ ମୁହଁକୁ ଚାହୁଁଛୁ କ'ଣ ? ସମସ୍ତେ ତ ନିଜ ପିଲାଛୁଆ ନେଇ ବାହାରେ ରହିବେ । ତୁମେ କାହିଁକି ଆମ କଥା ବୁଝିବାକୁ ଏଠି ପଡ଼ିବ । ହାତଗୋଡ଼ ନ ଚଳିଲେ ସମସ୍ତଙ୍କ ପାଖରେ ଯାଇ ପଡ଼ିବୁ । ଆମ ସମୟରେ ଏମିତି ସୁଯୋଗ ନଥିଲା । ତୋ ଶ୍ୱଶୁର ଏହି ଗାଁ ଓ ପାଖ ସ୍କୁଲରେ ଚାକିରୀ କରି ଅବସର ନେଲେ । ଗାଁରେ ହିଁ ଶାଶୁ ଶ୍ୱଶୁରଙ୍କ ସେବାକରି ଥିଲୁ । ଯୁଗ ତ ବଦଳିଲାଣି । ତୋର ଓ ପୁଅର ହାଇସ୍କୁଲରେ

ଚାକିରୀ । ତୁମେ ଯେକୌଣସି ଭଲ ଜାଗାରେ ଯାଇ ରହିପାରିବ । ସମୟର ସଦୁପଯୋଗ କର ।

ସ୍ନେହା ଶାଶୁଙ୍କ ମନୋଭାବରେ ଶତପ୍ରତିଶତ ସନ୍ତୁଷ୍ଟ ନଥିଲା । କହିଲା- ପାଠ ସହରରେ ଖାଲି ପଢ଼ିଲେ ହେବନି । ଗାଁ ସ୍କୁଲରେ ପାଠ ପଢ଼ି ମଣିଷ ତ ହୁଅନ୍ତି । ଆଲୋକଭାଇ ଓ ଅନ୍ୟମାନେ ଗାଁ ପାଖ ସ୍କୁଲରେ ପଢ଼ିଛନ୍ତି । ମୁଁ ସହରକୁ ଗଲେ କ'ଣ ଏଠା ପରି ସୁବିଧା ମିଳିଯିବ କି ? ଆପଣ ଥିବାରୁ ଝିଅ ଖୁସିରେ ଘରେ ରହିପାରୁଛି । ମୋ ମା' ପାଖରେ ରହିଲେ ମଧ୍ୟ ଝିଅ ଆପଣମାନଙ୍କୁ ବେଶି ମନେ ପକେଇବ ।

- ବାହାରେ ଯାଇ କିଛିବର୍ଷ ଚଳିଆସ । ଆମେ ତ ଏଠି ଚଳିପାରୁଛୁ । ଆମ ଚିନ୍ତା କରେନି । ପୁଅ ଯିବାପାଇଁ ଚାହୁଁଛି । ତୁ କାହିଁକି ମନା କରୁଛୁ ?

ଚୁପ୍ ରହିଲା ସ୍ନେହା । ସେ ଜାଣେ ଅମରଙ୍କର ହିଁ ଏକା ଜିଦି ଯେ ଆମେ ମଧ୍ୟ ଗାଁରେ ନ ରହି ଅନ୍ୟ ଭଲ ଜାଗାରେ ଘରଭଡ଼ା ନେଇ ରହିବା । ଆମ ଝିଅର ଶିକ୍ଷାର ଉନ୍ନତି ହେବ । ସବୁ ଭାଇ ତ ନିଜ ନିଜ ଭବିଷ୍ୟତ ଯୋଜନା କରୁଛନ୍ତି । ମୁଁ ଏଠି ରହିବାର ତାତ୍ପର୍ଯ୍ୟ କ'ଣ ? ମା' ତ କହୁଛି ଯାଅ ବୋଲି ।

- ବୁଝିଲ କୌଣସି ପିତାମାତା ପିଲାଙ୍କୁ ଦୂରେଇ ରହିବାକୁ ଚାହାଁନ୍ତି ନାହିଁ ଏହି ପରିଣତ ବୟସରେ । ତୁମେ ବାପାଙ୍କ ମନକୁ ପଢ଼ି ପାରୁ ନ ଥିବା ପୁଅଟିଏ ହୋଇ ଜନ୍ମିଛ କେମିତି ?

ଗମ୍ଭୀର ସ୍ୱରରେ ଅମର କହିଲେ- ତୁମେ ବୁଝିପାରିନ ପ୍ରତିଯୋଗିତାର ସମୟ ଆଗକୁ ଆହୁରି ବଢ଼ିବ । ଆମେ ସିନା ହାଇସ୍କୁଲରେ ଶିକ୍ଷକତା କରି ପାରିଲେ । ହେଲେ ଆମ ପିଲାମାନଙ୍କୁ ଆମପରି ଚାକିରୀରେ ଉପସ୍ଥାପିତ କରିବାର ଆଶା ରଖିବା ନାହିଁ । ଆମଠାରୁ ଭଲ ଚାକିରୀ କରି ଭଲ ରୋଜଗାର କରିବା ଇଚ୍ଛା ଆମେ ରଖିବା । ସେଥିପାଇଁ ତ ଗାଁରେ ପଡ଼ି ରହିବା ନାହିଁ । ସହରରେ ହିଁ ରହିବାକୁ ହେବ ।

ଅନ୍ୟ ରୁମ୍‌ରେ ବିଭୂତି ଓ ଚିତ୍ରା ଅମର ଓ ସ୍ନେହା କଥା ଶୁଣିପାରୁଥିଲେ । ଅମର ଜନ୍ମବେଳେ ଚିତ୍ରାର ଯେଉଁ ଆନନ୍ଦ ଉଲ୍ଲାସରେ ମନଟି ଥିଲା ହଠାତ୍ କେମିତି ଦୁଃଖରେ ଭାଙ୍ଗିପଡ଼ିଲା । କହିଲା- ପୁଅମାନଙ୍କୁ ଚିହ୍ନିବା ଭୁଲ୍ ହୋଇଗଲା । ବାହା ହେଲା ପରେ ସ୍ତ୍ରୀ ପିଲା କଥା ବୁଝିବେ ଠିକ୍‌ରେ । କିନ୍ତୁ ବାପାମା'ଙ୍କ ପ୍ରତି ସମବେଦନାର ସ୍ୱର ତ ଝରିଲାନି ଅମର ପାଟିରୁ । ନିଜ ଯୁକ୍ତିରେ ସ୍ନେହାକୁ ଚୁପ୍

କରିଦେଲା । ଭାବିଥିଲି ସେ ହିଁ ମୋତେ ଖୁବ୍ ଭଲପାଏ । ତେଣୁ ସେ ହିଁ ବେଶୀ ଦୁଃଖ କରିବ ବୋଲି ମନରେ ଧାରଣା ଥିଲା ମୋ ମନରେ ।

- ତମେ ଭୁଲିଯାଇଥିଲ ପୁଅମାନେ ବାହାହେଲା ପରେ ବଦଳି ଯାଆନ୍ତି ବୋଲି ! ବିଭୂତି ଜୋର୍ ଦେଇ କହିଲେ ।

- ତୁମେ ବଦଳି ନଥିଲ ?

- ଆମ ଯୁଗ ଗଲାଣି । ଏବେ ନୂଆ ପିଢ଼ିମାନଙ୍କ ଯୁଗ ଆସୁଛି । ଆମେ ପିଲାଙ୍କ ଭଲମନ୍ଦର ଦାୟିତ୍ୱ ନିଜ ମର୍ଜିରେ କରିପାରିବାନି । ସେମାନେ ଏବେ ରୋଜଗାରକ୍ଷମ । ନିଜର ଭବିଷ୍ୟତ ଚିନ୍ତା କରି ତା'ର ସ୍ୱପ୍ନ ଦେଖିବେ । ଏମିତି ଗୋଟିଏ ପିଢ଼ି ପରେ ଅନ୍ୟ ପିଢ଼ିଟି ଟିକିଏ ସ୍ୱାର୍ଥପର ଆଡ଼କୁ ଗତି କରୁଛନ୍ତି । ଭବିଷ୍ୟତରେ ବାପା ମା'ଙ୍କ ପାଇଁ ପିଲାଙ୍କ ମନରେ ଆଉ ଚିନ୍ତା ଆସିବନାହିଁ । ଏକା ସହରରେ ପିଲାମାନେ ରହି ସୁଦ୍ଧା ଅଲଗା ଘରେ ରୁହନ୍ତି । ଆମ ପସନ୍ଦରେ ଆମ ପିଲାମାନେ ବାହା ହେବେ । ତାଙ୍କ ପିଲାଙ୍କ ବେଳକୁ ବାପା ମା'ଙ୍କ ପରାମର୍ଶ ନେବା ଉଚିତ ମଣିବେ ନାହିଁ । ସେମାନଙ୍କ ପସନ୍ଦରେ ହିଁ ବାହାହେବେ ।

- ଶେଷରେ ଜାତି ବୁଡ଼ିଯିବ କି ?

- ଜାତି କ'ଣ ? ମଣିଷ ତ ଗୋଟିଏ ଜାତି ।

- ଅନ୍ୟ ଘରେ ଏୟା ଚଳିବ କିନ୍ତୁ ମୋ ଘରେ ଚଳିବନି ।

- କାଲି ତମ ଆକାଶ କି ଅସୀମ ଯଦି ଅନ୍ୟ ରାଜ୍ୟର ଝିଅକୁ ବାହାହେବେ ତମେ ମନା କରିବ କି ?

- ବୁଝିଲ ଆମେ ବ୍ରାହ୍ମଣ ଲୋକ । ନୀତି ନିୟମ ଅଛି ନା ନାହିଁ ?

- ଭୁଲିଗଲଣି ଆଲୋକକୁ ପୁଅ କରି କୋଳେଇ ଆଣିବା କଥା । ତାକୁ ତମେ ହିଁ ପ୍ରଥମେ ନିଜପୁଅ କହି କୋଳେଇ ଧରିଲ । ଭୁଲିଯାଇଥିଲ ସେ କେଉଁ ଘରର ପିଲା । ମା'ଙ୍କୁ ଓ ମୋତେ ଏହି କଥା ବାହାରେ ପ୍ରଘଟ ନକରିବାକୁ ପ୍ରତିଜ୍ଞା କରେଇଥିଲ । ଆମ ଘରର ଚଳଣୀରେ ତା'ର ବ୍ରତ ଓ ବିବାହ ସବୁ କାର୍ଯ୍ୟ କରିଲ । ଏବେ ଆଉ ଜାତି କଥା ଉଠାଉଛ କିମିତି ? ମା' ତ ଆଲୋକକୁ ନିଜର ନାତି ରୂପେ ଗ୍ରହଣ କରିବାକୁ ରାଜିନଥିଲା । ତଥାପି ତୁମ ମୁହଁକୁ ଚାହିଁ ସେ ବେଶି ଭଲପାଇଲା ଆଲୋକକୁ । ତମେ ଏବେ ସବୁ ଗ୍ରହଣ କରିବାର କ୍ଷମତା ରଖିପାରିଛ ବୋଲି ମୋର ଧାରଣା ।

ଚିତ୍ରା ଆଖି ଛଳଛଳ ହୋଇଉଠିଲା । କହିଲା କୋହମିଶା କଣ୍ଠରେ-ତୁମେ ମୋତେ ଏବେ ମଧ୍ୟ ଭୁଲ୍ ବୁଝିଛ ? ଗଞ୍ଜଣା ଦେଉଛ ସେହି କଥାରେ । ତମେ ଓ ମୁଁ ମୃତ ପୁଅର ମୁହଁ ଦେଖିଥିଲେ ? ଅନ୍ୟମାନେ ତ ଅଜଣା ଥିଲେ । ମୋ ମନର ଅସଲ ଦୁଃଖ ଥିଲା ମୃତପୁତ୍ର ଜନ୍ମରେ। ବିଧାତା ମୋତେ ଆଲୋକକୁ ପୁତ୍ରରୂପେ ଫେରାଇଦେଲେ । ସେ ମୋର ଧର୍ମପୁତ୍ର । ହଜିଯାଇଥିବା ପୁତ୍ରଶୋକରେ ମୁଁ ତ ମର୍ମାହତ ଥିଲି । ତେଣୁ ଆଲୋକକୁ ପାଇ ନିଜପୁଅ ରୂପେ ଗଢ଼ିଲି । ମା'ର କ୍ଷୀର ପିଆଇଲି । ପାଳିଲି ମନଧ୍ୟାନ ଦେଇ । ତାକୁ ତ ଦୁଇବର୍ଷ ହତାଦାର କରିନଥିଲି । ଅମର କୋଳକୁ ଆସିଲାପରେ ମୋ ମନର ପରିବର୍ତ୍ତନ ହୋଇଗଲା ନିଜ ପରର ପ୍ରଭେଦରେ । ପୁଣି ସେହି ଦିନର କଥା ଉଠାଇ ଆମ ସୁଖୀ ଜୀବନରେ ତୁମେ ଅଜଣା ଆଶଙ୍କା ଓ ଦୁଃଖ କାହିଁକି ଉତ୍ପନ୍ନ କରୁଛ ? ଆମେ ତ ଆମପୁଅର ଆଖ୍ୟା ଦେଇ ତାକୁ ଗଢ଼ିଛେ ।

ଆଶ୍ଚର୍ଯ୍ୟ ହୋଇ ବିଭୂତି ଚାହିଁଲେ ଚିତ୍ରାର ମୁହଁକୁ । କହିଲେ ସବୁ ସମୟ ଆମ ସପକ୍ଷରେ ଯିବନି । ଯେଉଁଦିନ ଆଲୋକକୁ ଏଇ ଅଜଣା କଥା ଜଣା ପଡ଼ିବ ସେଦିନ କିପରି କଟିବ ଆମର ?

- ତାକୁ ଅରୂପ ତ କହିବନାହିଁ ।

- ହଉ ଠିକ୍ ଅଛି । ମନଦୁଃଖ ଛାଡ଼ । ପିଲାମାନଙ୍କ ଖୁସିରେ ଖୁସି ହୋଇ ରହିବା । ଯିଏ ଯୁଆଡ଼େ ଯାଆନ୍ତୁ ଚିନ୍ତା ନାହିଁ । ଆମେ ତ ଜୀବନ ସାଥୀ ହୋଇ ରହିଛେ ଓ ରହିବା ।

ଚିତ୍ରା ହସି ହସି କହିଲା- ବୁଢ଼ୀବେଳେ ମଧ୍ୟ ମୋ ହାତରୁ କାମ ଛାଡ଼ିବ ନାହିଁ ।

ତୁମେ କାମ କରି ଫିଟ୍ ଅଛ । ବସିଗଲେ ରୋଗ ମାଡ଼ିବସିବ । କର୍ମ ହିଁ ଜୀବନ ।

କର୍ମ ତ ଗୋଟିଏ ମୁହୂର୍ତ୍ତରେ ପଙ୍ଗୁହୋଇ ରହିନଥାଏ । ଶରୀରର ଗତି ଶୀଥିଳ ହେଲା ପର୍ଯ୍ୟନ୍ତ ଶରୀର କର୍ମ କରିଚାଲିଥାଏ । ମନ ଅତି ଚଞ୍ଚଳ । ସେ ସ୍ଥିରହୋଇ ଗୋଟିଏ ନିର୍ଦ୍ଦିଷ୍ଟ ଭାବରେ ଅଟକି ରହେନି । ପୂଜା କରୁ କରୁ ମଧ୍ୟ ମନ ଠାକୁରଙ୍କ ସ୍ମରଣବେଳେ ଅନ୍ୟଆଡ଼େ ମୁହାଁଇଯାଉଛି । ତାକୁ ପୁଣି ସ୍ଥିର କରିବାକୁ ପ୍ରୟାସ ଜାରି ରଖୁଛି ଚିତ୍ରା । ଯେତେ ସନ୍ତାନ ସେତେ ଚିନ୍ତା । ବହୁ କୁଟୁମ୍ବର ଜଞ୍ଜାଳ ଭିତରେ ନିଜ

ମନର ଦୁଃଖସୁଖ ତ ଅନ୍ୟଜଣେ ଶୁଣିବାକୁ ପ୍ରସ୍ତୁତ ଥାଏ । କିନ୍ତୁ ଗୋଟିଏ ଦୁଇଟା ପିଲାଙ୍କୁ ନେଇ ଘର କଲେ ସେମାନଙ୍କ ହାବଭାବ ଦେଖି ନିଜ ଦୁଃଖ ବଖାଣିବ । ଚିତ୍ରାପାଖରେ ଏବେ ବିଭୂତି ଅଛନ୍ତି ତା'ର ମନ କଥା ଶୁଣିବାକୁ । ତଥାପି ବିଭୂତି ବିଭିନ୍ନ ବହି ପଢ଼ାପଢ଼ିରେ ଏତେ ମଗ୍ନ ଯେ ଘରକଥା ଶୁଣିବାକୁ ପ୍ରସ୍ତୁତ ନାହାଁନ୍ତି । କୁହନ୍ତି ବିରକ୍ତ ସ୍ୱରରେ- ପିଲାମାନେ ବଡ଼ ହେଲେଣି । ନିଜ କଥା ବୁଝି ପାରିବେ । ଆମେ ସେମାନଙ୍କ ବ୍ୟକ୍ତିଗତ ଜୀବନରେ ବେଶି ଦୃଷ୍ଟିପାତ ଦେବା କାହିଁକି ?

- ସେମାନେ ଆମ ପିଲା । ସେମାନଙ୍କୁ ବାହାଶାହା କରେଇବା ଦାୟିତ୍ୱ ଆମର । ଏଥର ଫଗୁଣ ମାସରେ ଅରୂପର ବାହାଘର କଳ୍ପନା ସହ କରିଦେବା । ଅଭୟ ତ ମିନାକୁ ବାହାହେବ ବୋଲି କହୁଛି । ଗାଁରେ ଅଭୟର ବାହାଘର ନକରି ସହରର କୌଣସି କଲ୍ୟାଣ ମଣ୍ଡପରେ କରେଇ ଦେବା । ମିନାର ବାପାମା' ଗାଁକୁ ଆସିବେ ନାହିଁ । ସେମାନେ ବାଙ୍ଗାଲୋର୍‌ରେ ଅଛନ୍ତି । କଳ୍ପନା ବାପା ମା' ଗାଁରେ ରୁହନ୍ତି । ତା' ବାପା ତୁମପରି ଜଣେ ଶିକ୍ଷକ । ତେଣୁ ମୋତେ କଳ୍ପନାର ଗାଁରେ ବାହାଘର କରେଇ ଦେଲେ ତାଙ୍କ ଘରେ ଦ୍ୱିଧା କରିବେ ନାହିଁ । ଅସୀମ ଓ ଆକାଶଙ୍କ କଥା ପଛେ ବିଚାର କରିବା ।

- ତୁମକୁ ବାହାଘର ଚିନ୍ତା ଏତେ ଘାରୁଛି କାହିଁକି ? ଦିନେ ତ ବାହାଘର ହେବ ।

- କ'ଣ ବୁଢ଼ାବେଳେ ?

- ଆଜିକାଲି ତିରିଶି ପଞ୍ଚତିରିଶି ବର୍ଷ ହେଲାଣି ବାହାଘର ବୟସ । ଆମ ଯୁଗ ପରି ପୁଅର ଚବିଶ ପଚିଶ ନାହିଁ । ଝିଅମାନେ ପରା ତିରିଶି ଉପରେ ବାହାହେଲେଣି ।

- ଡାକ୍ତର ପଢ଼ା ଅରୂପର ସରିବନି । ଅଭୟ ତ ଚାକିରୀ କଲାଣି । ତେଣୁ ଏ ଦୁଇଜଣଙ୍କୁ ବିବାହ ଆଗ କରେଇ ଦିଅ ।

- ହଉ ଗାଁ ପୁରୋହିତଙ୍କୁ ପଚାରି ମାସ ଦିନ ଠିକ୍ କରିଦେବା । ଆମର ମଧ୍ୟ ଚିନ୍ତା ଯିବ ।

।। ଛଅ ।।

ରାତିରେ ଚିତ୍ରାକୁ ନିଦ ନାହିଁ । କେତେବେଳୁ ବିଭୂତି ଶୋଇଗଲେଣି । ଏବେ ବିଛଣାରେ ଏପଟ ସେପଟ ହେଉଛି । ମିଠି ପାଖରେ ଶୋଉଥିଲା । ଏବେ ତା' ପାଖରେ ଶୋଇବାକୁ ସ୍ନେହା ନେଇଯାଇଛି । ଆଉ କେଇଦିନ ପରେ ସେମାନେ ଘରଛାଡ଼ି ଚାଲିଯିବେ । ତେଣୁ ବୋହୂ ଏବେ ମିଠିକୁ ତା' ପାଖରେ ଶୁଆଉଛି । ତା' ଜାଗାଟି ଖାଲି ପଡ଼ିଛି । ବିଭୂତି ମନେ ମନେ ଯାହାଭାବନ୍ତି କହିନଥାନ୍ତି । ତାଙ୍କ ମନରେ ଦୁଃଖ ଅଛି । ଦୁଇପୁଅଙ୍କ ବାହାଘର ଶୀଘ୍ର ସରିଗଲେ ଭଲ ହେବ । ଅଭୟର ବୋହୂ ଏଠି ଚଳିପାରବନି ବୋଧେ । ତା' ଭାଷା ଅଲଗା । ସେ ବା କେଉଁ ଓଡ଼ିଆ ଜାଣେ କି ? ଇଂରେଜୀ କଥା ହିଁ ସମସ୍ତେ ବୁଝିବେ କିନ୍ତୁ ସେ ବୁଝିପାରିବ ନାହିଁ । ପିଲାମାନେ ମା' ବାପାଙ୍କ କଥାକୁ ସ୍ମରଣ ନ କରି ପ୍ରେମର ଆକାଶରେ ଅନ୍ୟ ଝିଅକୁ ଠିକ୍ କରି କହିବେ- 'ମୁଁ ତାକୁ ବାହାହେବି'। ବାପା ମା' ନାଚାର ଏକଥା ଶୁଣି । ବାଧ ହୋଇ ସମ୍ମତି ଦିଅନ୍ତି । ଛାଡ଼, ଯିଏ ଯାହା ଇଚ୍ଛାରେ ଜୀବନ ଜିଅଁନ୍ତୁ । ଭଲ ତାଙ୍କର ଓ ମନ୍ଦ ତାଙ୍କର । ସ୍ନେହା ତ ସୁନା ବୋହୂଟିଏ । ତା' ଗୁଣକୁ ଆଉ କିଏ ସରିହେବନି । କେତେ ଚିନ୍ତା ଶାଶୁ ଶ୍ୱଶୁରଙ୍କ ପାଇଁ ? ଅମର ସେତେ ଭାରି ନୁହେଁ ମା' ବାପାଙ୍କ ପାଇଁ ।

ଯେଉଁଦିନ ସ୍ନେହା ରୋକ୍‌ଠୋକ୍ ଘୋଷଣା କରିଥିଲା – ମୁଁ ଏବେ ପଢ଼ିବି ସେଦିନ ଗାଁଲୋକ ଚୁପି ଚୁପି କଥାବାର୍ତ୍ତା ହୋଇଥିଲେ – ଏ ଝିଅକୁ ଯିଏ ବୋହୂ କରିବ ସେ ପସ୍ତେଇବ ।

କିନ୍ତୁ ବିଭୂତି କହିଥିଲେ ଜୋର୍‌ଦେଇ- ମୁଁ ଏ ଝିଅକୁ ବୋହୂ କରିବି ଅମର ପାଇଁ । ଅମର ବାଟକୁ ଆସିଯିବ । ଚିତ୍ରା ମଧ୍ୟ ଶଙ୍କାରେ ପଡ଼ିଯାଇଥିଲା । ଭାବିଥିଲା

'ନଚ୍ଛେଇଦେବ ଦିନେ' । କିନ୍ତୁ ନ୍ୟାୟ ଦେବାରେ ଓ ପାଇବାରେ ତ ସ୍ନେହା ଜୋର୍ ଦେଇ ଚାଲିଛି । ଅନ୍ୟାୟକୁ ସେ ସହିଥାଆନ୍ତା କେମିତି ?

ବିଭୂତି ଉଠିଲେ । ଟେବୁଲ୍‌ରେ ଥିବା ଜଗ୍‌ରୁ ଗ୍ଲାସରେ ପାଣିନେଇ ପିଇଦେଇ ୱାସ୍‌ରୁମ୍ ଆଡ଼କୁ ଗଲେଣି । ଏମିତି ବୟସ ବଢ଼ିଲେ ଥରକୁ ଥର ଉଠି ପଡୁଛନ୍ତି ବିଭୂତି । ଏଥିରେ ତା'ର ନିଦ ମଧ୍ୟ ବାରମ୍ବାର ଭାଙ୍ଗୁଛି । ଏହି ବୟସରେ ଥରେ ନିଦ ଭାଙ୍ଗିଗଲେ ଆଖିକୁ ନିଦ ଆସୁ ଆସୁ ଆଉ କିଛି ସମୟ ଏମିତି ଆଖିବୁଜି ରହିବାକୁ ପଡୁଛି । ସ୍ନେହା ପାଇଁ ତା' ମନରେ ମାତୃ ରୂପର ଚିତ୍ର ଆଙ୍କି ହୋଇଯାଉଛି । ସେ ତ ବୋହୂ ନୁହେଁ ଝିଅଟିଏ ପରି ସବୁ ବୁଝୁଛି । ଏମିତି ବୋହୂ ହିଁ ତା' ଭାଗ୍ୟରେ ମିଳିଛି ଝିଅର ସ୍ଥାନ ପୂରଣ କରିବାକୁ । ସ୍ନେହା ମେଟ୍ରିକ୍ ପରୀକ୍ଷାରେ ଫାଷ୍ଟ ଡିଭିଜନ୍‌ରେ ପାସ୍ କଲା । ସବୁ ପରୀକ୍ଷାରେ ଭଲ ନମ୍ବର । ସହଜରେ ସରକାରୀ ବିଇଡ଼ି କଲେଜରେ ସିଟ୍ ପାଇଯାଇଥିଲା । ଏଥର ତା'ର ଇଚ୍ଛା ସହରରେ ଯାଇ ପୁଣି ଏମ୍.ଏ ପଢ଼ିବ । ଆଉ ଅଧ୍ୟାପିକା ହେବ । ଅମର କହିଲା- ସେ ମୋ ପରି ନୁହଁ । ପାଠରେ ମୋଠାରୁ ଢେର୍ ଅଧିକା । ତାକୁ ସୁବିଧା ଦେଲେ ସେ ବଡ଼ ଚାକିରୀ କରିପାରିବ । କାହିଁକି ଏହି ଶିକ୍ଷକତା କରିବ । ସେ ମଧ୍ୟ ଚେଷ୍ଟା କଲେ ଓ.ଏ.ଏସ୍. ପାଇ ପାରିବ । ତାକୁ ମୁଁ ସୁବିଧା ନ ଦେଲେ ସେ ସିନା କିଛି କୁହେନି । କିନ୍ତୁ ତା' ମନକଥା ମୋତେ ବୁଝିବାକୁ ହେବ । ସେ ସ୍ନାତକୋତ୍ତର ପାଠ ପଢୁ । ତା'ର ପାଠରେ ବେଶି ରୁଚି । ତା' କୃତିତ୍ୱରେ ଆମେ ଖୁସିହେବା କଥା ।

ଚିତ୍ରା କହିଥିଲା ସ୍ପଷ୍ଟ ଭାବରେ- ଶାଶୁଘରେ ବୋହୂ ମଧ୍ୟ ଝିଅପରି ମନଖୋଲି ଚଳିପାରେ । ସେ ମଧ୍ୟ ପାଠ ପଢ଼ି ପାରିବ । ସେ ଯଦି ନିଜ ପରିଚୟ ସୃଷ୍ଟି କରିବାକୁ ଚାହୁଁଛି ଏଥିରେ ଆମର ମନା ନାହିଁ । ବୋହୂ ବୋଲି ସେ ତା' ସାରା ଜୀବନ ତ ଆମ ପାଇଁ ଉତ୍ସର୍ଗ କରିଦେବନି । ତା' ରୁଚିକୁ ଆମେ ମଧ୍ୟ ଧ୍ୟାନଦେବୁ । ତୋ ବାପା ତ ବେଶି ଖୁସି ହେବେ ସ୍ନେହାର କୃତିତ୍ୱରେ । ତୁ ତ ହୁଣ୍ଡାଟିଏ । ତୋର ବୁଦ୍ଧି କେତେ ମୁଁ ଜାଣେ । ଯାହାହେଉ ତୋ ବାହାଘର ସ୍ନେହା ସହ ଆମେ ଠିକ୍ କରାଇ ଦେଇଛୁ ତାର ଦଶମ କ୍ଲାସ୍ ବେଳେ । ଏବେ ତୁ ତା' ପାଠରେ କିଛି ପ୍ରତିବନ୍ଧକ ସୃଷ୍ଟି ନକରି ତାକୁ ଟିକିଏ ସାହାଯ୍ୟ କରିବୁ । ପୁଅ ବୋଲି ଏଇଟା ମୋ କାମ ନୁହେଁ କହି ଅଶାନ୍ତି ସୃଷ୍ଟି କରିବୁନି ।

ଅମର କହିଲା - ତୁ ତ ସ୍ନେହାକୁ ଝିଅ କରିଦେଲୁଣି ।

- ସେ ତ ମୋ ବୋହୂ ନୁହେଁ । ଝିଅ ।

ସେଦିନ କଥାର ବାର୍ତ୍ତାଳାପ ବେଳେ ସ୍ନେହା ପହଁଞ୍ଚିଯାଇ କହିଲା- ମୁଁ ତ ମା' ପାଇଛି । ବୋହୂ ହେଲି କେତେବେଳେ ?

ଏକ ମନଖୋଲା ହସ ଖେଳିଗଲା ଘରସାରା । ଭଲ ପାଇବାର ମିଠା ଅଂଶଟି ଭିତରେ ପରିପୂର୍ଣ୍ଣ ହୋଇଗଲା ସମସ୍ତଙ୍କ ହୃଦୟ ।

ବିଭୂତି ହସିହସି କହିଲେ - ତତେ ଛୋଟ ଝିଅବେଳୁ ଦେଖିଛି । ତୁ ମୋ ପାଖରେ ପଢ଼ିଛୁ । ତେଣୁ ତୁ ଆମର ଝିଅ । ବୋହୂ ଅପେକ୍ଷା ଝିଅ କହିବା ବେଶି ଭଲ । ବୋହୂମାନେ ଶାଶୁଙ୍କର କାମ ଠିକ୍‌ରେ କରିପାରିବେକି ନାହିଁ ଜଣାନାହିଁ । ତୁ ଝିଅ ପରି ଆମର କଥା ବେଶି ଭାବୁଛୁ । ଏହି କିଶୋରୀ ବୟସରେ ଗୁରୁମା' ଗୁରୁଙ୍କ ସେବା କରିବାକୁ ତତେ ସୁବିଧା ମିଳିଗଲା ।

- ବାପା ଆପଣ ଏମିତି ଥଟ୍ଟା କରନ୍ତି ନାହିଁ ।

- ଏବେ ମୁଁ ତୋ ବାପା ପରି, ଶ୍ୱଶୁର ଓ ଗୁରୁ ମଧ୍ୟ । ଯେଉଁଦିନ ତୁ ପାଠ ପଢ଼ିବାପାଇଁ ବାହାହେବାକୁ ମନା କଲୁ, ସେଦିନ ଥିଲା ଜୁନ୍ ୨୯ ତାରିଖ । ତୋ କଥାରେ ମୁଁ ଚମତ୍କୃତ ହୋଇ ଯାଇଥିଲି, ଭାବିଲି ଏ ଝିଅ ପାଠ ପଢ଼ିବା ଇଚ୍ଛାରେ ବଳୀୟାନ । ପାଠ ଠିକ୍‌ରେ ପଢ଼ିଲେ ଭଲ କରିପାରିବ । ତାକୁ ସୁଯୋଗ ଦେବା କଥା, ତତେ ବୋହୂ କରିବାକୁ ଚାହିଁଥିଲି ତୋର ପାଠ ପଢ଼ା ଇଚ୍ଛାର ଦୃଢ଼ତା ଯୋଗୁ, ଏଥର ତୁ ଆହୁରି ଶିକ୍ଷା ଗ୍ରହଣ କରି ନିଜ ପଦପଦବୀରେ ପରିଚିତ ହୋଇପାରିବୁ । ଗୁରୁ ହିସାବରେ ମୁଁ ଆଉ ଏଠି ରଖି ତୋ ପ୍ରଗତିରେ ବାଧା ସାଜିବିନି ।

- ବେଳେବେଳେ ଭାବେ ଆପଣଙ୍କ ଘରକୁ ବୋହୂହୋଇ ଆସିବା ସୌଭାଗ୍ୟର କଥା । ଆପଣଙ୍କ ପରି ଶାଶୁ ଶ୍ୱଶୁର ମଧ୍ୟ ମିଳିବା କଷ୍ଟ । ମୋର ଏବେ ଚିନ୍ତା ନାହିଁ । ଆପଣମାନଙ୍କ ଆଶୀର୍ବାଦର ହାତ ମୋ ମୁଣ୍ଡ ଉପରେ ଅଛି ।

- ଏବେ ଏକଥା ଛାଡ଼ । ଆମ ଗାଁର ଛବି ତ ଗରୀବ । ଧୂଳିମଳିରେ ଗାଁ ଦାଣ୍ଡରେ ପିଲାମାନେ ଖେଳିଖେଳି ବଡ଼ ହୋଇଛନ୍ତି । ଅମର ଏମାନଙ୍କ ଭିତରୁ ଜଣେ ତାକୁ ପିଲାବେଳୁ ଦେଖିଛୁ । ତା' ବଦମାସ୍‌କୁ ପୁଣି ଜାଣିଛୁ । ଗାଁ ଝିଅ ତୁ । ଆଉ ତା ବିଷୟରେ ତତେ କ'ଣ କହିବି ?

- ବାପା ସିଏ ବହୁତ ଭଲ ।

- ତୋ ସହ ବାହାଘର ପଡ଼ିଲାପରେ ସୁଧୁରିଗଲା । ତୋ ଶାଶୁ ହିଁ ତାକୁ ବେଶି ଗେହ୍ଲାକରି ଏପରି ଦଶା କରିଥିଲା । ମୋଠୁ ଦଶପାହାର ବେତମାଡ଼ ଖାଇଥିଲେ ସେ ମଧ୍ୟ ପାଠରେ ଭଲ କରିଥାଆନ୍ତା । ପିଲାମାନଙ୍କୁ ଭଲ ପାଉଛ ବୋଲି ସେମାନଙ୍କ ଭବିଷ୍ୟତ କ୍ଷତି କରିବସନି । ସେମାନଙ୍କ ଭୁଲ୍‌କୁ ଦର୍ଶାଇଦେଲେ ସେମାନେ ପିଲାବେଳୁ ସଂଶୋଧିତ ହୋଇଯିବେ । ଛଅ ପୁଅ ଯଦି ବେକାର ହୋଇ ମୋ ଘରେ ବସିଥାଆନ୍ତେ ତେବେ ଘରେ ଅଶାନ୍ତି ସୃଷ୍ଟି ହୁଅନ୍ତା । ଯିଏ ଯାହାର କର୍ମକ୍ଷେତ୍ରରେ ବ୍ୟସ୍ତ ଓ ନିଜ ଭବିଷ୍ୟତ ଚିନ୍ତା ତାଙ୍କର । ଆଉ ଆମର ନୁହେଁ । ସେମାନଙ୍କୁ ଲାଳନପାଳନ କରିବା ବେଳେ ପାଠପଢ଼ା ପ୍ରତି ଦୃଷ୍ଟିଦେବାବେଳେ ମୁଁ ଭାରି ଗମ୍ଭୀର ଥିଲି । ତେଣୁ ପାଠ ପ୍ରତି ବୀତସ୍ପୃହ ହେଲେ କଠୋର ହେଉଥିଲି । ସେହି ସମୟରେ ତୋ ଶାଶୁ ସେମାନଙ୍କ ଶାନ୍ତ୍ୱନା ଦେଇ ବୁଝାଇଥାଏ । ସେମାନଙ୍କ ପାଇଁ ମୋ ମନରେ ଗୋଟିଏ ମମତା ଜାଗି ରହିଥାଏ । ଯଦି ସେମାନଙ୍କୁ ସେମାନଙ୍କ ଇଚ୍ଛାରେ ଚଳିବାକୁ ଛାଡ଼ିଦେଇଥାଆନ୍ତି ଆଜି ମାନସିକ ଅଶାନ୍ତିରେ ସନ୍ତୁଳିତ ହେଉଥାଆନ୍ତି । ଏବେ ମୁଣ୍ଡ ଟେକି ଦାଣ୍ଡରେ ଚାଲିପାରୁଛି ।

ଚିତ୍ରା ବିଭୂତିଙ୍କ ଇଙ୍ଗିତ ତା' ଆଡ଼କୁ ବୋଲି ବୁଝିପାରି କହିଲା- ମୁଁ ତ ମୂର୍ଖୀଟାଏ । କୁଆଡ଼େ ବୁଝିବି ପାଠର ମୂଲ୍ୟ ?

ବିଭୂତି ସଫେଇ ଦେଇ କହିଲେ - ତମକୁ କିଛି କହିନି ।

- ତଥାପି ବୋହୂ ଆଗରେ ମୋତେ ଅପମାନିତ ତ କରୁଛ ?

- ଆରେ ସ୍ନେହା, ଆମ ଝିଅ । ବୋହୂ ନୁହେଁ ।

କିଂକର୍ତ୍ତବ୍ୟବିମୂଢ଼ ହୋଇଗଲା ସ୍ନେହା । ଚିତ୍ରାକୁ କହିଲା- ମା' ତୁମର ଭୁଲ କେଉଁଠି ? ଯିଏ ପାଠରେ ମନ ରଖେ ସେ ତ ଅଲଗା କଥା ପ୍ରତି ଧ୍ୟାନ ଦିଏନି । ତମେ ପୁଅମାନଙ୍କୁ ସ୍ନେହମମତାରେ ବାନ୍ଧି ରଖିଛ । ଆଲୋକ ଭାଇ ପାଠରେ ବେଶି ଗୁରୁତ୍ୱ ଦିଅନ୍ତି ବୋଲି ବିନା ଟ୍ୟୁସନ୍‌ରେ ପାଠ ପଢ଼ି ପାରିଲେ ।

ପ୍ରଶ୍ନିଳ ଦୃଷ୍ଟିରେ ଚିତ୍ରା ଚାହିଁଲା ସ୍ନେହାର ମୁହଁକୁ । କହିପାରିଲାନି, ଆଲୋକ ହିଁ ମୋ ପୁଅ ସ୍ନେହରୁ ବଞ୍ଚିତ ଥିଲା ବୋଲି ।

କାନ୍ଥ ଘଣ୍ଟାରେ ବାରଟା ବାଜିଲା । ସେହି ପରିବେଶର ନୀରବତା ଭାଙ୍ଗି କରି ସ୍ନେହା କହିଲା- ବାପା ଚାଲନ୍ତୁ ଖାଇବେ । ମୁଁ ବାଢ଼ିଦେବି ।

ଚିତ୍ରା ମନକୁ ମନ ଭାବୁଥିଲା- ମତେ କ୍ଷମା କରିଦେବୁରେ ଆଲୋକ। ମୋତେ କେବେ ଭୁଲ୍ ବୁଝିବୁ ନାହିଁ। ମୁଁ ହିଁ ନିଜରକ୍ତ ଓ ପରରକ୍ତର ଫରକକୁ ଅନୁଭବ କରିପାରିଛି। ବାଧ୍ୟହୋଇ ମୋ ମାନସିକତାରେ ପରିବର୍ତ୍ତନ ଆଣିଥିଲି। ଏବେ ମୋ ମାନସିକତା ବୁଝିବା ଶକ୍ତି କାହାର ନାହିଁ। ଏହା ଜୀବନରେ ବଡ଼ ଉପଲବ୍ଧି।

- ଭାବୁଛ କ'ଣ ? ଚାଲ ଖାଇବ।

- ଅମର ଓ ତୁମେ ଆଗ ଖାଇନିଅ। ମୁଁ ସ୍ନେହା ସାଙ୍ଗରେ ଖାଇବି।

- ଆଉ ଛୋଟପିଲାଙ୍କ ପରି ମନମାରି ବସନି, ସବୁଦିନ ତ ଏକାବେଳେ ଖାଉଥିଲେ। ଆଜି କାହିଁକି ବ୍ୟତିକ୍ରମ କରିବା ?

ଉଠିଲା ଚିତ୍ରା। ନାତୁଣୀ ମିଠିକୁ ଡାକିଲା - ଆସେ ଖାଇବା।

- ଜେଜେମା ମୁଁ ଭଲରେ ହାତଧୋଇ ଯାଉଛି। ଏବେ ମୋ କଣ୍ଢେଇ ଖେଳ ସରିନି। ଯିବି କେମିତି ?

- ଅଧାରୁ ଛାଡ଼ି ଚାଲିଆସେ। ଖାଇ ସାରି ପୁଣି ଖେଳିବୁ।

ଚିତ୍ରାର ମନରେ ଉଙ୍କିମାରୁଥିଲା ମିଠିଟି ଅଝଟିଆ ନୁହେଁ। ପ୍ରତି କଥାକୁ ମାନି ଚାଲିଆସେ। ସେ ନିଜେ ତ ଭାରି ଅଝଟିଆ ଥିଲା। ବୋଉ ପାଟିକଲେ ଭେଁ ଭେଁ ହୋଇ କାନ୍ଦେ। ବାପା ବିରକ୍ତ ହୁଅନ୍ତି - ଝିଅକୁ କନ୍ଦେଇଲ କାହିଁକି ? ସେ ତମ ଘରେ ସବୁଦିନ ରହିବ ନାହିଁ।

ବୋଉ ପାଟିକରେ- ଝିଅକୁ ନିନ୍ଦା ଶୁଣେଇବ। ଗେଲ କରୁଛ ବୋଲି କିଛି ଭଲମନ୍ଦ ଶିଖାଇବନି କି ? ତାକୁ ଚଉଦ ପୁରିଲେ ବାହା କରେଇ ଦେବା। ଭଲ ମାଷ୍ଟ୍ର ଚାକିରୀ କରିଥିବା ପିଲାଟିଏ ଆମ ଗାଁ ପାଖରେ ଅଛି। ତା' ମା' ମୋର ବଡ଼ମା'ଙ୍କ ଭଉଣୀ ହେବେ। ଆଗୁଆ ସବୁ ଠିକ୍ କରିଦେବା।

ଆଜି ସେ ଏହି ଘରକୁ ବାହାହୋଇ ଆସିବାର ଚାଳିଶ ବର୍ଷ ପାର ହୋଇଗଲାଣି। ବେଳେବେଳେ ଇଚ୍ଛାହୁଏ ଆଉ ଟିକିଏ ପାଠପଢ଼ି ଥିଲେ ଭଲ ହୋଇଥାଆନ୍ତା। କିନ୍ତୁ ଗାଁରେ ସ୍କୁଲ ନଥିବାରୁ ଝିଅ ବୋଲି ଦୂର ବାଟକୁ ଛାଡ଼ିବାକୁ ନାରାଜ। ସ୍ନେହା ବାହାହୋଇ ମଧ୍ୟ ପଢ଼ିବ। ସ୍ନେହା ତ ନିଜେ ପାଠର ସର୍ତ୍ତ ରଖିଥିଲା। ସେମାନେ କାହିଁକି ଆପତ୍ତି କରିଥାଆନ୍ତେ ବିଦ୍ୟା ଅଧ୍ୟୟନର ଉତ୍ସାହକୁ।

ବିଭୂତି ତ ଆଦର୍ଶ ଶିକ୍ଷକ । ଶ୍ୱଶୁର ମଧ୍ୟ ଶିକ୍ଷକ ହୋଇଥିଲେ । ପୂଜାପାଠରେ ସେ ବେଶି ସମୟ ଅତିବାହିତ କରୁଥିଲେ । କହୁଥିଲେ- ବ୍ରାହ୍ମଣ ପରା । ପୂଜା ପାଠକୁ ଛାଡ଼ି ରହିହେବ ନାହିଁ । ଯାହା ହେଉ ଏବେ ତ ସମସ୍ତେ ଚାକିରୀ କରିସାରିଛନ୍ତି । ଆକାଶ ତ ଏୟାରଫୋର୍ସରେ ଯୋଗ ଦେଇଛି । ଉଡାଜାହାଜରେ ବୁଲିବାକୁ ତାକୁ ଭଲ ଲାଗେ । ଯିଏ ଯାହା ଗୁଣକୁ ନେଇ ଚାକିରୀ କରନ୍ତୁ । ଅସୀମ ଆର୍ମିରେ ଯାଇଛି । ଏ ଦୁଇଜଣଙ୍କ ପାଇଁ ଚିନ୍ତା । ଚାକିରୀ ଶେଷକରି ଘରକୁ ଫେରିଲାପର୍ଯ୍ୟନ୍ତ ମନରେ ଦକ ତ ରହୁଛି । ବିଭୂତି ବେଶୀ ଖୁସି । ସାବାସ ଦିଅନ୍ତି ପୁଅ ଦୁଇଜଣଙ୍କୁ । କହନ୍ତି - ବିପଦରେ ଡରି ଯିବନି । ଆଗକୁ ମାଡ଼ିଯିବ । ଶତ୍ରୁର ମୁକାବିଲା କରିବ ଓ ଦେଶପାଇଁ ନିଜ ନାଁକୁ ଗୌରାବନ୍ୱିତ କରିବ ।

ଏହି ତାତ୍ତ୍ୱିକ ଉପଦେଶକୁ ଦୁଇଜଣ ଶୁଣନ୍ତି । ଅଥଚ୍ ଚିତ୍ରା ଗୁଣୁଗୁଣୁ ହୁଏ - ଭାରି ଶକ୍ତିଶାଳୀ ବ୍ୟକ୍ତିଟିଏ ତ ?

ଅସୀମ ଓ ଆକାଶ ଫୁଟବଲ ଖେଳରେ ଓସ୍ତାଦ । ସ୍କୁଲରୁ ଫେରିଲା ପରେ ଖାଇ ଦେଇ ଦୌଡ଼ନ୍ତି ପଡ଼ିଆକୁ । ଦଳ ଗଢ଼ି ପ୍ରତିଦିନ ଖେଳନ୍ତି । ସ୍କୁଲ ପାଇଁ ଟ୍ରଫି ମଧ୍ୟ ଆଣିଥିଲେ । ଏନ୍.ସି.ସିରେ ଯୋଗଦେଇ ଥିଲେ । କିନ୍ତୁ ପାଠ ପ୍ରତି ଏତେ ଗୁରୁତ୍ୱ ବହନ କରୁନଥିଲେ । ଏହି ଖେଳ ଓ କୁସ୍ତି କସରତ ତାଙ୍କର ଚାକିରୀ କ୍ଷେତ୍ରରେ ଭଲ କାମ ଦେଲା । ଆର୍ମି ଓ ଏୟାରଫୋର୍ସରେ ପରୀକ୍ଷାରେ ଦୁହେଁ ପ୍ରଥମରୁ ଉତ୍ତୀର୍ଣ୍ଣ ହେଲେ । ଆଉ ଅନ୍ୟ ଚାକିରୀକୁ ଅପେକ୍ଷା ନକରି ଯୋଗଦେଲେ ନିଜ ନିଜ ପଦବୀରେ ।

ଚିତ୍ରା ଖାଇସାରି ଘଣ୍ଟାଏ ହେବ ଆସିଲେଣି ଖଟକୁ । ଦ୍ୱିପହରରେ ନିଦ ତ ଆସୁନି । ମିଠିକୁ ତା' ମା' ପାଠଦେଇ ବସାଇଦେଇଛି ଯେ ସେ ଉଠି ଆସିପାରିବିନି । ବିଭୂତି ଶୋଇ ପଡ଼ିଲେଣି । ପାଞ୍ଚଦିନ ହେବ ଆକାଶଠାରୁ ଫୋନ୍ ଆସିନି । ପ୍ରାୟ ପ୍ରତିଦିନ ସେ ଫୋନ୍ କରେ । ଚିତ୍ରାର ମନଟି ଗୋଳେଇ ଘାଣ୍ଟି ହେଉଥିଲା । ଅଚାନକ ଆକାଶର ଫୋନ ଆସିଲାଣି ମୋବାଇଲ୍ ସ୍କ୍ରିନ୍‌ରେ । ହ୍ୟାଲୋ କହିଲାବେଳକୁ ନମସ୍କାର କରି ପଚାରିଲା- ଆର ମାସରେ ମୁଁ ଛୁଟି ନେଇ ଘରକୁ ଯିବି । କାଣ୍ଟିନରୁ କେଉଁ ଜିନିଷ ନେବି ଜଣାଇବୁ ।

- ତୁ ଏଠାକୁ ଆସିଲେ ତୋ ପାଇଁ ଗୋଟିଏ ଝିଅ ଦେଖିବା ।

- ଚୁପ୍ ହୋଇଗଲା ଆକାଶ କିଛି ସମୟ ପାଇଁ । ତା'ପରେ ଅନାଗ୍ରହ ହୋଇ କହିଲା ଏତେ ବ୍ୟସ୍ତ କାହିଁକି ?

ଆର ମାସରେ ହିଁ ଅଭୟ ଓ ଅରୂପଙ୍କର ବାହାଘର ହେବ । ତା'ପରେ ତମ ଦୁଇଜଣଙ୍କୁ ବିବାହ କରିବାକୁ ପଡ଼ିବ । ଏବେଠୁ ଝିଅ ଦେଖିଲେ ଠିକ୍ ହେବ । ସେମାନେ ତ ନିଜ ଚୟସରେ ବିବାହ କରିବେ । ତୁ ଆମ କଥାରେ ବିବାହ କରିବୁ ନା କେଉଁ ଝିଅ ଦେଖିଛୁ ?

ଦ୍ୱନ୍ଦ୍ୱ ସ୍ୱରରେ କହିଲା ଆକାଶ- ମୁଁ ଏଠି ଆମ ଅଫିସର ଜଣେ ସହକର୍ମୀଙ୍କ ଝିଅ ସହ ବିବାହ କରିବି ।

- ସେ କ'ଣ ଆମ ଜାତିର ?

- ନା ସେମାନେ ଉତ୍ତର ପ୍ରଦେଶର ବାସିନ୍ଦା । କିନ୍ତୁ ହିନ୍ଦୁ । ଆମଠାରୁ ଟିକିଏ ତଳୁଆ ଜାତିର । ନୁହଁନ୍ତି ବ୍ରାହ୍ମଣ ।

- ଆଚମ୍ୱିତ ହୋଇ ଚିତ୍ରା ପ୍ରତିବାଦସ୍ୱରରେ କହିଲା- ତୁ ମଧ୍ୟ ଭାଇମାନଙ୍କ ପନ୍ଥା ଅବଲମ୍ବନ କଲୁ । ତମେମାନେ ଜାତିଗୋତ୍ରକୁ ପୋଡ଼ି ଖାଇଦେଲଣି । ବ୍ରାହ୍ମଣ ଘର ପିଲା ହୋଇ ଏଭଳି ବିବାହରେ ରାଜି ହେଉଛ କିପରି ?

- ମୁଁ ସେ ଝିଅକୁ ଭଲପାଏ । ଏଠିକୁ ଆସିବାପରେ ତାଙ୍କ ବାପା ମୋତେ ବହୁତ ସାହାଯ୍ୟ କରିଛନ୍ତି ।

- ଭଲ ମାଛକୁ ନେଇ ତାଙ୍କ ଥୋପରେ ପକାଇଦେଲେ । ଏବେ ବାପାଙ୍କୁ ମୁଁ ଏକଥା କହିବି କିପରି ?

- ସେମାନେ ଭଲ ଲୋକ ।

- ହୋଇପାରନ୍ତି । ଅଭିଯୋଗ ସ୍ୱରରେ ଚିତ୍ରା କହିଲା ।

ଫୋନ୍ କଟିଲା । ଚିତ୍ରାର ମନରେ ଅନେକ ପ୍ରଶ୍ନ । ବ୍ରାହ୍ମଣ ପିଲା । ବ୍ରତ ହେଲେ । କାନ୍ଧରେ ଯଜ୍ଞୋପବିତ ପଇତା ଅଛି । ପୁରୋହିତ ବେଦିରେ କେତେକଥା ଏମାନଙ୍କ କାନରେ କହିଥାଆନ୍ତି । ବୋଧେ ଏମାନଙ୍କର ମାନିବାରେ ଆଗ୍ରହ ନାହିଁ । ହଉ ବାହାହେଉ ସେ ଝିଅକୁ । ଇଏ ତ ଏୟାରଫୋର୍ସରେ ଯୋଗ ଦେଇଛି । ସେ ଝିଅ ତା' ବାପାଙ୍କ ସହିତ ଏୟାରଫୋର୍ସର ଚଳିଚ୍ଳନ ପ୍ରତି ସତର୍କ ଥିବ । ତେଣୁ ଆକାଶ ସହିତ ମିଳିମିଶି ରହିଯିବ । ଯିଏ ଯେଉଁଠି ରହନ୍ତୁ । ଭଲରେ ଥାଆନ୍ତୁ ।

ଆକାଶ କେବଳ ଭାବୁଥିଲା ବାପାଙ୍କ କଥା । ବର୍ଷା ସହିତ ଦେଖାହେଲା ବର୍ଷା ସମୟରେ । ଅନେକ ଥର ତାଙ୍କ ଘରକୁ ଯାଇଛି କିନ୍ତୁ ବର୍ଷାକୁ ଦେଖିନଥିଲା ।

ଏୟାରଫୋର୍ସ ଡେ ଥିଲା ସେଦିନ । କ୍ଲବକୁ ସମସ୍ତେ ଯିବାକୁ ତତ୍‌ପର ହେଉଥିଲେ । କେତେବେଲୁ ସିଂ ବାବୁ ନିଜ ସ୍ତ୍ରୀ ମାୟାଙ୍କ ସହ କ୍ଲବଘରକୁ ଚାଲିଗଲେଣି । ବାପା ମା' ମାନେ ହିଁ ଯିବେ । ପିଲାମାନଙ୍କୁ ଭିତରକୁ ମନା । ଲାଉଞ୍ଜରେ ପିଲାମାନେ ବସିଥିବେ ବାପା ମା'ମାନଙ୍କ ଫେରିବା ପଥକୁ ଅପେକ୍ଷା କରି । ସେଠି ପିଲାଙ୍କ ପାଇଁ ପେପ୍‌ସି, ଫଳରସ ଓ ଫାଣ୍ଟା, ମାଜା ଆଦିର ସୁବିଧା ରହିଥାଏ । ଏହା ସାଙ୍ଗକୁ କେକ୍ ବିସ୍କୁଟ ଆଦି ଯୋଗାଇ ଦିଆଯାଇଥାଏ । ବର୍ଷା ବଡ଼ଝିଅ ଯୋଗୁ ଏଠିକୁ ଆସେନି । ତା' ଡଳଭାଇ ମଳୟ ସହିତ ଘରେ ରୁହେ । ସେଦିନ ଆକାଶର କ୍ଲବ ଘରକୁ ଆସିବାକୁ ମନ ନଥାଏ । ବ୍ୟାଚିଲର୍ । ସମସ୍ତେ ସ୍ତ୍ରୀମାନଙ୍କୁ ନେଇ ଆସନ୍ତି । ମଦ ନିଶାରେ ଝୁମନ୍ତି । ସେ କେବେ ମଦକୁ ଛୁଏ ନାହିଁ । ବାପାଙ୍କର ପ୍ରତିଜ୍ଞା କଥା ମନ ପଡ଼େ- କେବେ ମଦ ଛୁଇଁବ ନାହିଁ ।

ଅନେକ ବାନ୍ଧବୀମାନଙ୍କ ସହ ମଧ୍ୟ ନାଚନ୍ତି । ଏହି ଦୃଶ୍ୟ ଆକାଶଙ୍କୁ ଭଲ ଲାଗେନି । ନୂଆନୂଆ ଚାକିରୀ ଯୋଗୁ ସେ ସହଜରେ କାହାସହିତ ବେଶି ମିଳାମିଶା କରିପାରୁନଥିଲା କେବଳ ସିଂବାବୁଙ୍କ ଛଡ଼ା । ସେ ଦିନ ସେ ଲାଉଞ୍ଜରେ ପିଲାମାନଙ୍କ ସହ ବସି ଗପ ଜମେଇଥିଲେ । ଠିକ୍ ଏତିକିବେଳକୁ ଲାଉଞ୍ଜରେ ଶୁଣାଗଲା ଜଣେ ଝିଅର ସ୍ୱର - ବୁଡ଼ିଗଲା ବୁଡ଼ିଗଲା । ବଞ୍ଚାନ୍ତୁ ।

କ୍ରମଶଃ ରାତି ବଢ଼ିଚାଲିଛି । ଆଖିପିଛୁଳାକେ ଦୌଡ଼ିଯାଇ ଆକାଶ ଡେଇଁ ପଡ଼ିଲା ସମୁଦ୍ର ଭିତରକୁ । ଟେକି ଆଣିଲା ସେ ଦଶବର୍ଷର ପିଲାକୁ । ତା' ମୁହଁକୁ ଦେଖି ଜାଣିପାରିଲା ଇଏ ସିଂ ବାବୁଙ୍କ ପୁଅ ମଳୟ । ସେଠି ବର୍ଷା ଆସି ଆକାଶଙ୍କ ହାତକୁ ଜୋର୍‌ରେ ଜାବୁଡ଼ିଧରି କହିଥିଲା - ଧନ୍ୟବାଦ । ଆପଣ ବଞ୍ଚାଇଦେଲେ ମୋ ଭାଇକୁ ।

- କେମିତି ଗଲା ପାଣି ଭିତରକୁ ? ଆକାଶଙ୍କ ପ୍ରଶ୍ନ ।

- ଖେଳୁଥିଲା ଫୁଟବଲ୍ ଏଠି । ତାକୁ ନେଇ ଚାଲନ୍ତୁ ଡାକ୍ତରଖାନା । ସେପଟରେ କ୍ଲବରେ ପାର୍ଟି ଯୋଗୁ ଏହି କଥା କାହା କାନରେ ପଶିନି । ଏ ପଟରେ ଆକାଶ ଓ ବର୍ଷା ମଳୟ ଚିକିତ୍ସା ପାଇଁ ହସ୍‌ପିଟାଲ୍‌ରେ ଅଛନ୍ତି । ଯାହାହେଉ ମଳୟ ସୁସ୍ଥ ହୋଇ ସାରିଛି । ପାର୍ଟି ସରୁ ସରୁ ଢେର ରାତି ହୋଇଯାଇଛି । ସିଂବାବୁ ମଦନିଶାରେ ଚୁରହୋଇ ହୋସ୍ ଉଡ଼େଇ ଦେଇଛନ୍ତି, ଆଉ ବର୍ଷା ମା' ଏ କଥା ଶୁଣି ଦୌଡ଼ି ଆସିଛନ୍ତି ହସ୍‌ପିଟାଲ୍ । ପୁଅକୁ କୋଳେଇ ନେଇ ଧନ୍ୟବାଦ ବର୍ଷୁଛନ୍ତି

ଆକାଶଙ୍କୁ । ଯାପରେ ଆକାଶ ଓ ବର୍ଷାର ସମ୍ପର୍କରେ ଆସ୍ତେ ଆସ୍ତେ ଗାଢ଼ତା ବଢ଼ିଛି । ବିବାହ ପାଇଁ ଉଭୟେ ରାଜି ହୋଇଛନ୍ତି । ସିଂବାବୁ ଓ ତାଙ୍କ ସ୍ତ୍ରୀ ଏଥିରେ ଏକମତ । କେବଳ ଆକାଶଙ୍କ ପରିବାର ପକ୍ଷରୁ ସମ୍ମତିକୁ ଅପେକ୍ଷା । ଆକାଶ ହିଁ ଜାଣିଛି ଅଭୟ ଭାଇଙ୍କୁ ବାପା ମା' ସ୍ୱକୃତି ଦେଇଛନ୍ତି । ନିଶ୍ଚୟ ତାକୁ ବିବାହ ପାଇଁ ସ୍ୱୀକୃତି ମିଳିବ । କିନ୍ତୁ ଅଭୟ ଭାଇଙ୍କ ଭାଉଜ ତାମିଲ୍ ବ୍ରାହ୍ମଣ । ତେଣୁ ବାପା ମା'ଙ୍କ ଆପତ୍ତି ବେଶି ଦୃଢ଼ ନଥିଲା । ବର୍ଷା କ୍ଷେତ୍ରରେ ଜାତି କମ୍ । ତାଙ୍କୁ ବାପା କେମିତି ଗ୍ରହଣ କରୁଛନ୍ତି ?

– ମୋ ଶୋଇବା ଭିତରେ କାହାସହ କଥା ହେଉଥିଲେ । କିନ୍ତୁ ତର୍କ ଥିଲା ତ ! ମୋ ନିଦ ଭାଙ୍ଗି ଯାଉଥିଲା ବାରମ୍ବାର । ବିଭୂତିଙ୍କର ପ୍ରଶ୍ନ ।

ଦୀର୍ଘନିଶ୍ୱାସ ପକାଇଲା ଚିତ୍ରା । କହିଲା ଶଙ୍କିତ ଗଳାରେ – ତୁମେ ମୋ କଥା ଶୁଣି ରାଗି ଉଠିବନି ତ ?

– କ'ଣ ଗୁରୁତ୍ୱ କଥା ନିଶ୍ଚୟ ଥିବ । ରାଗିବା ବଦଳରେ ସମାଧାନର ବାଟ ଖୋଜିବା ହିଁ ଭଲ ।

– ଶୁଣ ଆକାଶ ତା ଉପର ଅଫିସର ସହକର୍ମୀଙ୍କ ଝିଅକୁ ବିବାହ କରିବାକୁ କହୁଛି ।

– ତେବେ ପ୍ରତିବାଦ କାହିଁକି କରୁଛ ?

– ସେ ଝିଅ ପରା ଆମଠୁ ତଳ ଜାତିର ।

– ଓଃ ଏଇ କଥାପାଇଁ ଏତେ ବ୍ୟସ୍ତ । ଆଉ ମୁଁ ଜାତି ଖୋଜିନି କି ଖୋଜିବିନି । ଯେଉଁଦିନ ଆଲୋକକୁ ପୁଅ କରି ଘରକୁ ଆଣିଲେ ସେଦିନରୁ ମାନବ ଜାତି ଗୋଟିଏ ବୋଲି ଭାବୁଛି । ମା'କୁ ମଧ୍ୟ ବହୁତ ବୁଝାଇଛି । ବାପା ତ ଆଗରୁ ଆଖି ବୁଜି ଦେଇଥିଲେ ତେଣୁ ତାଙ୍କ ମତ କ'ଣ ହୋଇଥାଆନ୍ତା ଜାଣିନି । ଆଲୋକ ବ୍ରତ ହେଲା ଆମ ଜାତିରେ । ବୋହୂ ଆମଘରକୁ ଆସିବ । ସେ ହିଁ ଆମ ଗୋତ୍ରର ହେବ । ତା' ପିଲାମାନେ ଆମ ବଂଶର ହେବେ । ତୁମେ ଆଉ ଆକାଶ ମନରେ ଦୁଃଖ ଦିଅନା । ହଁ କରିଦିଅ ।

ସ୍ଥିର ଚିତ୍ତରେ ଚାହିଁଲା ଚିତ୍ରା ବିଭୂତିଙ୍କ ମୁହଁକୁ । ବୟସ ବଢ଼ିବା ସହିତ ପିଲାଙ୍କ କଥାରେ ମୁଣ୍ଡ ଖେଳାଇବାକୁ ବେଶି ଚାହୁଁନାହାନ୍ତି । ଆଉ ଜାତି ଖୋଜି ପିଲାଙ୍କ ମନ ଭାଙ୍ଗିବନି ସେ । ହଁ ବୋଲି କହିଦେବ । ଅସୀମ କଥା କ'ଣ ? ତା' ପାଇଁ ସୀମା

ସାଙ୍ଗରେ ଆଗୁଆ ନିର୍ବନ୍ଧ କରିଦେଲେ ଭଲ । ଏଥର ଦୁଇଭାଇ ଅରୂପ ଓ ଅଭୟଙ୍କ ବାହାଘରକୁ ଆସିଲେ ସେମାନଙ୍କ ବାହାଘର ପକ୍କା କରିଦେଲେ ମନ ଆଉ ଇଆଡ଼େ ସିଆଡ଼େ ହେବନି । ଚବିଶି ପଚିଶ ବର୍ଷ ହେଲେ ହେଉଥାଉ । ଆଉ ବେଶି ବୟସକୁ ଅପେକ୍ଷା କରିବାକୁ ଇଚ୍ଛାନାହିଁ । ଏମାନଙ୍କ ଭ୍ରମିତ ମନକୁ ବାନ୍ଧିଦେଲେ ଆମର ଚିନ୍ତା ଯିବ । ଅରୂପକୁ ଡାକ୍ତର କରିବାକୁ ଇଚ୍ଛା କରିଥିଲେ ବିଭୂତି । ତେଣୁ ତାକୁ କୋଚିଂ ସେଣ୍ଟରରେ ଗୋଟିଏ ବର୍ଷ ନାଁ ଲେଖାଇ ପଢ଼ାଇଥିଲେ । ଯାହାହେଉ ସରକାରୀ କଲେଜରେ ସିଟ୍ ପାଇ ପଢ଼ିଲା । ପ୍ରଥମ ଦିନ ଅରୂପ ଯେଉଁ ଶବ ଦେଖିଥିଲା ସେଦିନ ସେ ପ୍ରତିକ୍ରିୟା ପ୍ରକାଶ କରି କହିଥିଲା - ମୁଁ ମେଡ଼ିକାଲ୍ ପଢ଼ିବି ନାହିଁ । କିନ୍ତୁ ବାଧ୍ୟ ହୋଇ ବାପାଙ୍କ ଯୋଗୁ ପଶିଯାଇଛି ।

ଅରୂପକୁ ଚିତ୍ରା ସେଦିନ ପଚାରିଥିଲା- ଝିଅ ପିଲା ପରା ମେଡ଼ିକାଲ ପଢୁଛନ୍ତି । ସେମାନେ ତୋଠାରୁ ଆହୁରି ନରମ ହୋଇ ପାଠ ଛାଡ଼ିଦେବା କଥା । ସେମାନେ ଯଦି ପଢ଼ି ପାରିବେ ତୁ ପୁଅଟିଏ ହୋଇ ମେଡ଼ିକାଲ୍ ପଢ଼ି ପାରିବୁନି କାହିଁକି ? ଜଣେ ଝିଅର ହାବଭାବକୁ ଦେଖି ପାରୁଥିବୁ ତ ? ସେ ତ ଏତେ ଶକ୍ତ, ଅଥଚ ତୁ ଦୁର୍ବଳ କେମିତି ମନଭିତରେ ?

ୟା'ପରେ ଅରୂପ କଳ୍ପନାକୁ ଅନେକଥର ଲକ୍ଷ୍ୟ କରନ୍ତି । ଝିଅଟି ଚଟାପଟ୍ କେମିତି ଆନାଟୋମି କ୍ଲାସରେ ଉତ୍ତର ଦେଇ ପାରୁଛି ? କେମିତି ଶବର ଅଙ୍ଗକୁ ତନ୍ନତନ୍ନ କରି ଦେଖି ପାରୁଛି ? ସେ ଏହି କ୍ଲାସରେ ପ୍ରଥମ ହେବ । ଯୋଗକୁ କଳ୍ପନା ସହ ଅରୂପର ଗ୍ରୁପ ରହିଥିଲା । ଅରୂପ ଟିକିଏ ଡରିଡରି ଶବକୁ ଛୁଇଁବାକୁ କୁଣ୍ଠାପ୍ରକାଶ କଲାବେଳେ କଳ୍ପନା ହସି ହସି କୁହେ - ଏଠି ଶବ ଜିଇଁ ଉଠିବନାହିଁ । ତମେ କି ଡାକ୍ତର ହେବ ? ଭଲରେ ପରୀକ୍ଷା କର । ଆସ ମୁଁ ଶିଖାଇଦେବି କେମିତି ପରୀକ୍ଷା ନିରୀକ୍ଷା କରିବ । ନଚେତ୍ ସାରଙ୍କଠାରୁ ଗାଳି ଶୁଣିବ । ଏବେ ତୁମ ହଷ୍ଟେଲ୍‌ରେ ତ ରାଗିଙ୍ଗ୍ ହେଉଛି ?

- ହଁ ସେମିତି ଅଳ୍ପ ଅଛି ।

ଆସ୍ତେ ଆସ୍ତେ ଅରୂପର ଆନାଟୋମି ପ୍ରତି ଥିବା ବିତୃଷ୍ଣା କମି ଯାଇଛି । ପରୀକ୍ଷାରେ ମଧ୍ୟ ସତୁରୀ ପରସେଣ୍ଟ ଉପରେ ମାର୍କ ରଖିଛି ଖାସ୍ କଳ୍ପନାର ଉତ୍ସାହ ଯୋଗୁ । ସେହି ଦିନଠାରୁ କଳ୍ପନା ଓ ସେ ଦୁହେଁ ସାଥୀ ହୋଇଯାଇଛନ୍ତି । କଳ୍ପନା ଦିନେ କହୁଥିଲା- ମୋ ମା' କହୁଥିଲେ ଯଦି କାହାକୁ ବିବାହ କରିବୁ ତେବେ ସେ

ଆମପରି ବ୍ରାହ୍ମଣ ଜାତିର ପୁଅ ହେବା ଦରକାର । ତେଣୁ ତୁମେ ହିଁ ଉପଯୁକ୍ତ ମା'ର ଭାଷାରେ ।

ଆଉ ଜାତିଗୋତ୍ର ନ ଦେଖି ଯିଏ ଯାହାର ଇଚ୍ଛାରେ ବିବାହ କରି ଖୁସିରେ ରହନ୍ତୁ ଓ ବିବାହଟି ଖେଳଘର ନ ହେଉ ଯେମିତି । ଅସୀମର ସୀମା ସହ ବିବାହ ପକ୍କା କରିଦେବା । ସେ ତା' ଭାବି ସ୍ତ୍ରୀ ସହ କଥା ହେଉ କି ବୁଲୁ ଆମର ଚିନ୍ତା ନାହିଁ । ଆମର ଅନିଚ୍ଛା ସତ୍ତ୍ୱେ ଅଭୟ ଓ ଆକାଶ ବିବାହ କରିବେ । ଚିତ୍ରା ଗମ୍ଭୀର ହୋଇ କହିଲା ।

ମିଠି ଦଉଡ଼ି ଆସିଲା ଜେଜେମା ଜେଜେମା କହି । ଚିତ୍ରା କୋଳେଇ ନେଲା ମିଠିକୁ । ସେ ମିଠିକୁ ଛାଡ଼ି ରହିବା ଶିଖିବ । ପିଲାଟି ପାଖରେ ଥିବାରୁ ମନ ଆନପାନ ହେଉଛି । ଭଲ ପାଠ ପଢୁ । ସ୍ନେହା ଚାହେଁ ତାକୁ ଅଧିକା ପାଠ ପଢ଼େଇବ ବୋଲି । ମା' ଗୁଣେ ଝିଅ । ରୂପଠାରୁ ଗୁଣ ତ ସବୁବେଳେ ପୂଜନୀୟ । ସ୍ନେହା ଯେମିତି ସବୁ ସୁଗୁଣରେ ଚନ୍ଦ୍ରମାଟିଏ ସେମିତି ତା' ଝିଅକୁ ଗଢ଼ି ତୋଳୁ । ଆକାଶରେ ବିଜୁଳି ମାରିଲା । ମିଠି ଜେଜେମା କୋଳରେ ମୁହଁ ଲୁଚେଇଦେଲା । ଡରିଯାଇ କହିଲା 'ଘଡ଼ ଘଡ଼ି ମାରିବ' ।

ଚିତ୍ରା ନାତୁଣୀକୁ ଜୋର୍‌ରେ କୋଳେଇ ଧରି କହିଲା- ମୋତେ ଡରମାଡୁନି । ମୁଁ ଅଛି ପରା । ଠାକୁର ପରା ଆମ ସାଥିରେ ସବୁବେଳେ ଅଛନ୍ତି । ଡର କାହାକୁ ?

- ଠାକୁର କ'ଣ ଏଠି ଅଛନ୍ତି ?

- ହଁ ତୁ ଡରୁଛୁ ବୋଲି ଦେଖୁଛନ୍ତି ।

- ଠାକୁରଙ୍କୁ କହିଦିଏ ଘଡ଼ଘଡ଼ି ବନ୍ଦ କରିଦେବେ ।

- ଏଇ ତ ବନ୍ଦ ହୋଇଗଲା ।

ତଥାପି ମିଠି ମନରୁ ଭୟ ଦୂରେଇ ଯାଇନଥିଲା । ସେ ଆଖି ବୁଲାଇ ଚାହିଁଲା ଝରକା ଆଡ଼କୁ । କଳାହାଣ୍ଡିଆ ମେଘ ଉଡ଼ିଗଲାଣି । ସେ ହସ ହସ ମୁହଁରେ ଦୌଡ଼ିଲା ସ୍ନେହା ପାଖକୁ । ମିଠି ଗୋଟିଏ ଜାଗାରେ ଅଧିକ ସମୟ ବସିପାରେନି । ଏପଟ ସେପଟ ହେଉଥାଏ ଘରଟା ଭିତରେ । ଦୁଆର ତଳକୁ ପ୍ରାୟ ଯାଏନି । ତା' ମା'ର କଡ଼ାନିର୍ଦ୍ଦେଶ "ଗ୍ରୀଲ୍ ଖୋଲି ବାହାରକୁ ଯିବୁନି । ଚୋର ବୁଲୁଛି ।" ମିଠି ମା' କଥା ମାନି ଗ୍ରୀଲ୍ ପାଖରେ ଠିଆହୋଇ ଦେଖୁଥାଏ ବାହାର ଦୃଶ୍ୟ । ବେଳେବେଳେ ଗ୍ରୀଲ୍

ତାଲାଦେଇ ସ୍ନେହା ତା' ଘରକାମ କରୁଥାଏ । ଚିତ୍ରାର ମନଟି ଅନ୍ୟମନସ୍କ ହୋଇଯାଏ ବେଳେବେଳେ । ତା'ର ଏବେ ସୁଖୀ ସଂସାର । ଯଦି କେବେ ଆଲୋକ ଜାଣିପାରିବ ତା' ପରିଚ଼ୟ ତେବେ ସେ କି ଉତ୍ତର ଦେବ? ସେ ତ ଲୋକଲୋଚ଼ନକୁ ଏହି ଗୁପ୍ତ କଥା କେବେ ଆଣିନି । ତଥାପି ଅନ୍ୟ ପାଖରୁ ଜାଣିବା ଅପେକ୍ଷା ନିଜେ ଯଦି ଆଲୋକକୁ ସତ୍ୟଟି କହି ଦେବ ଭଲ ହୁଅନ୍ତା । ଆର ସପ୍ତାହରେ ଆଲୋକ ଆସିବ ମୋନିକା ଓ ପୁଅ ସହ । ଏକେଲା ସମୟରେ ଟିକିଏ କହିଦେଲେ ମନର ଶଙ୍କା ଦୂର ହେବ ।

ବିଭୂତିଙ୍କ ପ୍ରଶ୍ନ- ଭାବୁଛ କ'ଣ ? ବାହାଘର ବିଷୟରେ ବଡ଼ପୁଅ ଆଲୋକ ସହିତ ଆର ସପ୍ତାହରେ କଥା ହେବା । ସେ ଆସିଲେ ବାହାଘର ଦିନ ତାରିଖ ପକ୍କା କରିଦେବ । ସେଦିନ ଭଲରେ ରୋଷେଇ କରିବ । ଭଲ ଖାସିମାଂସ ଆଣିବି । ରାନ୍ଧିବ ।

- ସ୍ନେହା ହିଁ ରାନ୍ଧିବ । ଆମେ ନିରାମିଷ ଖାଉଛେ । ସେମାନେ ମାଂସ ଖାଉଛନ୍ତି ତ ରାନ୍ଧିବାବେଳେ ବାଗେଇ ଚୁନେଇ ରାନ୍ଧିବେ ।

- ହଉ ।

- ବେଳେବେଳେ ଇଚ୍ଛାହୁଏ ଆଲୋକକୁ ସତ କଥାଟି କହିଦେବି ବୋଲି ।

- କାହିଁକି କହିବ ? ସେ ତ ଜାଣିନି । ମା' ତାକୁ କହି ଥିବ ବୋଲି ଭାବୁଛ କାହିଁକି ?

- ମା' ପରା ଆମକୁ ମନା କରିଥିଲେ କହିବେ ନାହିଁ ବୋଲି ।

- ତମ ଇଚ୍ଛା । ପଚାରିପାରିବ । ଦିନେ ତ ତାକୁ ସତ କହିବାକୁ ପଡ଼ିବ ମଧ୍ୟ ।

ଏତିକିବେଳେ ମିଠି ଆସି ଚିତ୍ରାକୁ ଟାଣିଲାଣି- ଜେଜେମା' ଆସ । ଛାତ ଉପରକୁ ଯିବା । ମୁଁ ପକ୍ଷୀ ଦେଖିବି ।

ଚିତ୍ରା ତା' ପିଠିକୁ ସ୍ନେହରେ ଆଉଁଷି ଦେଇ ଉଠିଲା ବସିବା ଜାଗାରୁ । ପାହାଚ଼ ଚଢ଼ି ଚିତ୍ରା ଚଢ଼ିଲା ଛାତ ଉପରକୁ । ମିଠି ପାହାଚ଼ ଗଣି ଗଣି ଚଢୁଥିଲା ଆସ୍ତେ ଆସ୍ତେ ।

ରବିବାର ଦିନ ବାରଟାବେଳକୁ ଆଲୋକ ତା' ପରିବାର ସହ ଆସି ପହଁଞ୍ଚିଯାଇଛନ୍ତି । ମିଠି ତ ଖୁସିରେ ନାଚ଼ି ନାଚ଼ି ଡେଉଁଛି - ଭାଇ ମୋ ପାଇଁ ବଡ଼

ଚକୋଲେଟ୍ ପ୍ୟାକେଟ୍ ଆଣି ଦେଇଛି । ମୁଁ ଭାଇ ସାଙ୍ଗରେ ଖେଳିବି । ସେ ମୋର ସାଙ୍ଗ ।

ଖିଆପିଆ ସରିଛି । ଆଲୋକ ଚିତ୍ରା ଓ ବିଭୂତିଙ୍କ ରୁମ୍ ଭିତରକୁ ଆସି ବସିଯାଇଛନ୍ତି ବାର୍ତ୍ତାଳାପ ପାଇଁ । ବିଭୂତି ବାହାଘରର କେତେଗୁଡ଼ିଏ ତିଥି ତାଙ୍କୁ ଦେଖାଇ କହିଛନ୍ତି - ଦେଖେ ତୋର କେଉଁଦିନ ଛୁଟି ମିଳିବ ।

ଆଲୋକ କହିଲେ- ମୁଁ ଛୁଟିନେଇ ଆସିପାରିବି । ଆପଣ ଠିକ୍ କରନ୍ତୁ ବିବାହ ଦିନ । ଯଦି ଲୁଗାପଟା କି ଗହଣା କିଣିବାକୁ ଅଛି କହନ୍ତୁ ମୁଁ କଟକରୁ କିଣି ଆଣିବି ।

ଗହଣା ଆଗରୁ ଗଢ଼ି ରଖିଛି ବୋହୂମାନଙ୍କ ପାଇଁ । ଆମ ଗାଁ ପାଖରୁ ଲୁଗାପଟା କିଣିବୁ । ପଣ୍ଡାଭାଇନାଙ୍କୁ ଭୋଜିର ଦାୟିତ୍ୱ ଦିଆଯିବ । ତେଣୁ ଚିନ୍ତା ନାହିଁ । ପ୍ରତ୍ୟେକ ଘର କାର୍ଯ୍ୟରେ ବଡ଼ପୁଅର ମତ ହିଁ ଦରକାର ।

- ବାପା, ମୋର ମତ କ'ଣ ? ଆପଣ ମତରେ ମୁଁ ଏକମତ । ଏତକ କହି ଆଲୋକ ଟିକିଏ ଅସ୍ଥିର ହୋଇଗଲେ ସେଇକ୍ଷଣି ।

ଚିତ୍ରା ଲକ୍ଷ୍ୟ କଲା ଆଲୋକର ମନଟି କାହିଁକି ଦ୍ୱନ୍ଦ୍ୱରେ ଭରିଗଲା । ଭାବିନେଲା ଆଲୋକ କ'ଣ ଜାଣେ କି ସେ ଆମର ପୁଅ ନୁହେଁ ବୋଲି । ନିଜ ମନକୁ ବିଶ୍ଳେଷଣ କରୁ କରୁ ଆଲୋକ କହିଲେ- ମା' ମୁଁ ଉଠୁଛି । ତୁମର ନିର୍ଣ୍ଣୟ ହିଁ ମୋ ଖୁସି ।

ଚିତ୍ରା ଆଲୋକକୁ କହିଲେ- ଚାଲେ ଆମେ ବାଡ଼ିପଟ ବଗିଚା ବୁଲି ଆସିବା । ମୁଁ ତତେ ଗୋଟିଏ କଥା ଶୁଣାଇବି । ଆଉ କିଏ ପାଖରେ ନ ରହିବା ଦରକାର ।

ବଗିଚାର ପିଜୁଳିଗଛ ପାଖରେ ଠିଆହୋଇ ଚିତ୍ରା କହିଲା- ତୁ ଜନ୍ମବେଳେ ଏ ପିଜୁଳିଗଛ ଲାଗିଥିଲା । ଏବେ କେତେ ଫଳ ଖାଇଲୁଣି ତା'ର ହିସାବ ନାହିଁ । ଦୁଇବର୍ଷ ପରେ ତ ଫଳ ଧରିଲା ।

ତତ୍କ୍ଷଣାତ୍ ଏକ ଗୁଣ୍ଡୁଚି ମୂଷା ଡେଇଁପଡ଼ିଲା ପାଖ ବେଲ ଗଛକୁ । ଆଲୋକ ଦୂରେଇ ଯାଇ କହିଲେ- ପିଲାଦିନେ ଭୋକ ଲାଗିଲେ ମୁଁ ପରା ପିଜୁଳି ଖାଇଦିଏ ।

ଶୁଖିଲା ଦିଶିଲା ଚିତ୍ରାର ମୁହଁ । ନିଜେ ନିଜେ ଅଭିଯୁକ୍ତା ପରି କହିଲା- ତୋର ଦେଖାଚାହାଁ ମୁଁ ଠିକ୍‌ରେ କରିପାରିଲି ନାହିଁ ଅମର ଜନ୍ମ ପରେ ।

ଚୁପ୍ ପଡ଼ିଗଲେ ଆଲୋକ ।

- ଅତୀତ କଥା ଶୁଣିଲେ ମୋତେ କ୍ଷମା କରିଦେବୁ ତୁ ?

- କୁହ ମା' । କି କଥା କହିବ ? ମୁଁ ତମକୁ ଦୋଷ ଦେବିନି ।

- ଶୁଣେ ତୁ ଆମର ଜନ୍ମିତ ପୁତ୍ର ନୁହଁ । ତୋତେ ଜନ୍ମରୁ ପାଳିଛି ମୁଁ । ମୋ ପୁତ୍ରର ମୃତ୍ୟୁଦିନ ତୁ ମୋ କୋଳକୁ ଆସିଥିଲୁ । ଦିନେ ନା ଦିନେ ତତେ ଏହି କଥା କହିବାକୁ ପଡ଼ିବ ବୋଲି କହିଦେଲି । ତୁ ଆମପାଇଁ ଓ ତୋ ଭାଇମାନଙ୍କ ପାଇଁ ଅନେକ ସାହାଯ୍ୟ କରିଛୁ । ତୋ ପାଖରେ ମୁଁ ଋଣୀ ।

ଚିତ୍ରାର ହାତଦୁଇଟି ଧରିପକାଇଲେ ଆଲୋକ । କହିଲେ- ମା' କେବେ ପୁଅପାଖରେ ଋଣୀ ହୋଇପାରେନି । ଯିଏ ଜନ୍ମଦେଲା ତା' ମୁହଁ ମୋର ମନେ ନାହିଁ । ଯିଏ ପାଳି ମାତୃତ୍ୱର ପରମ ମମତା ଦେଇଛି ତା' ପାଖରେ ମୁଁ ତ ଜୀବନସାରା ଋଣୀହେବି । ତୁମେ ଓ ବାପା ମୋ ଜୀବନ ବଞ୍ଚାଇ ପୁଅର ଆଖ୍ୟା ଦେଇ ସମାଜରେ ପ୍ରତିଷ୍ଠିତ କରାଇଛ । ତମମାନେ ହିଁ ମୋ ଈଶ୍ୱର । ମୁଁ ମୋ ପରିତ୍ୟଜ ପିତା କି ମାତାର ପରିଚ଼ୟରେ ତ ବଞ୍ଚିନି । ବଞ୍ଚିଛି ତୁମ ପରିଚ଼ୟରେ । ମୁଁ ମଧ ଜାଣିଛି ଯେ ମୁଁ ତମମାନଙ୍କର ପୁଅ ନୁହେଁ ବୋଲି ।

- କିଏ ତତେ କହିଥିଲେ । ଜେଜେମା' କି ?

- ନା, ସେ କେବେ ଏମିତି କହିନାହାନ୍ତି । କିନ୍ତୁ ଦୁଷ୍ଟ ହେଲେ କହନ୍ତି "ତୁ ମୋର ନାତି ନୁହଁ ।" ମୁଁ ଭାବେ ସେ ଥଟ୍ଟା କରୁଛନ୍ତି । ସେହି ଭାବନା ଥିଲା । କିନ୍ତୁ ଯେଉଁଦିନ ଅରୂପକୁ ମୋ ବିଷୟରେ କହୁଥିଲ ମୁଁ ଶୁଣିଥିଲି । ମୋନିକା ଏକଥା ଶୁଣିନି । ମୁଁ ତୁମମାନଙ୍କର ପୁଅ ଓ ରହିବି ମଧ୍ୟ ସବୁଦିନ ପାଇଁ ।

ଚିତ୍ରା କାନ୍ଦି ଉଠିଲା ଜୋର୍‌ରେ । ଆଲୋକର ମୁହଁକୁ ଆଉଁସି ଦେଇ କହିଲା- ହଁରେ ଧନ । ତୁ ମୋର ପୁଅ । ତୁ ମୋତେ ମା' ଡାକିଲାଦିନଠାରୁ ମୋ ମନରେ ଓ ଦେହରେ ମା' ଡାକର ପୁଲକ ଖେଳିଯାଇଥିଲା । ଅନ୍ୟମାନେ ତୋ ପଛରେ ମୋତେ ମା' ଡାକିଲେ । ତୁ ହିଁ ମୋ ବଡ଼ପୁଅ । ତୁ ଆମ କୁଳର ହେଲୁ । ଭାବୁଥିଲି ତତେ ଏ ବିଷୟରେ କହିନଥାନ୍ତି । କିନ୍ତୁ ଯେହେତୁ ଅରୂପ ଜାଣିସାରିଛି ସତ୍ୟଟି ତେଣୁ ମୁଁ ତତେ କହିବାକୁ ବାଧ୍ୟ ହେଲି ।

- ମା' ତୁମେ ଭଲ କଲ । ମୋ ଜନ୍ମ ତ ଦୁର୍ଭାଗ୍ୟଜନିତ ଥିଲା । ତୁମେ ତାକୁ ସୌଭାଗ୍ୟରେ ପରିଣତ କରି ଜୀବନୀ ଶିକ୍ଷା ଦେଇ ମୋର ଜୀବନକୁ ସଫଳ କରିଛ । ମୋ ଅଭିଶପ୍ତ ଜୀବନ ତୁମମାନଙ୍କ ଦୟାରୁ ସୌଭାଗ୍ୟରେ ପରିଣତ ହେଲା । ମୋ ମନ ହୃଦୟରେ ତୁମେ ହିଁ ମା' । ଆଉ କାହାକୁ ମୁଁ ମା' କହିପାରିବି ନାହିଁ ।

ଚିତ୍ରା ଚାହିଁଲା ଆଲୋକର ମୁହଁକୁ । ନିଜ ଜୀବନର ସାଇତା ଗୁପ୍ତ କଥାଟି କହି ଦେଇଥିବାରୁ ନିଜକୁ ହାଲ୍‌କା ଅନୁଭବ କଲା । ତେଣୁ ଖୁବ୍ ସ୍ନେହଭରା କଣ୍ଠରେ କହିଲା- ତୁ ହିଁ ଆମମାନଙ୍କର ପୁଅ । ତୋତେ ଛାଡ଼ି ଆମେ ରହିପାରିବୁ ନାହିଁ ।

ପହଁଞ୍ଚିଯାଇଥିଲେ ବିଭୂତି । ନୀରବଦ୍ରଷ୍ଟା ହୋଇ ଆଉ ରହି ନପାରି କୋଳେଇ ପକେଇଲେ ଆଲୋକଙ୍କୁ ଖୁବ୍ ସ୍ନେହର ଆବେଗଭରା ହୃଦୟରେ । ଚିତ୍ରା ମଧ୍ୟ ଆଲୋକଙ୍କୁ କୋଳେଇ ପକେଇଲା । କହିଲେ- ତୁ ଆମର ପୁଅ । ତୋ ବିନା ଆମେ ବଞ୍ଚିବୁ କେମିତି ? ଖୁବ୍ ଜୋର୍‌ରେ ଚିତ୍ରା କାନ୍ଦି ପକେଇଲା ।

ମା' କ'ଣ ହେଲା ? ତୁମେମାନେ କାନ୍ଦୁଛ କାହିଁକି ? ଚିତ୍ରା କିଛି ଉତ୍ତର ଦେଇନପାରି ଅମରକୁ ମଧ୍ୟ କୋଳେଇ ପକେଇଲେ ଏକ ଦାୟିତ୍ୱସଂପନ୍ନ ମା' ହୋଇ । ନିରବତା ଭଙ୍ଗ କରି କହିଲା- ତମେମାନେ ମୋ ଆଖିର ତାରା । ତମମାନଙ୍କୁ ନ ଦେଖିଲେ ମୋ ମନର ହରସ ଲଭିଯାଏ । ସମସ୍ତେ ଗାଁ ଛାଡ଼ି ଯିବ । ଦେଖିବି କେମିତି ?

ମିଠି ଘର ଭିତରୁ ଦୌଡ଼ିଆସି ଜେଜେମା'ଙ୍କ ଅଣ୍ଟାକୁ ଭିଡ଼ିଧରି କହିଲା- ଜେଜେମା' ଜେଜେମା', ତୁମକୁ ଛାଡ଼ି ମୁଁ କୁଆଡ଼େ ଯିବିନି । ଏଠି ରହିବି ।

- ତୁ ବଡ଼ ହେଲୁଣି । ପାଠ ପଢ଼ିବୁ । ତୁ କଲେକ୍‌ଟର ହେବୁ । ସେତେବେଳେ ମୁଁ ବହୁତ ଖୁସି ହେବି ।

ଏତକ କହି କାନ୍ଦି ପକେଇଲା ଚିତ୍ରା । ନାତୁଣୀକୁ ଗେଲ କରୁ କରୁ ଆଖିରୁ ଲୁହ ଝରୁଥିଲା କିନ୍ତୁ ଲୁହକୁ ଲୁଚେଇବାପାଇଁ କହିଲା- ଆଖିରେ ପୋକଟିଏ ପଡ଼ିଗଲା । ତୁ ତ ମୋ ପଛରେ ପଛରେ ସବୁବେଳେ ବୁଲୁଥାଉ । ତତେ ଛାଡ଼ି ରହିବା ମୋ ପକ୍ଷରେ ମଧ୍ୟ କଷ୍ଟ । ତଥାପି ତୁ ତୋ ମା' ବାପାଙ୍କ ସ୍ୱପ୍ନ ଚରିତାର୍ଥ କରିବୁ । ସ୍ୱପ୍ନ ତ କେବେ ମନରୁ କେବେ ହଜିଯାଏ ।

ଆଶ୍ଚର୍ଯ୍ୟ ହୋଇ ମିଠି କହିଲା- ସତରେ ସ୍ୱପ୍ନ ହଜିଯାଏ ତ ! କାଲି ରାତିରେ ମୁଁ ସ୍ୱପ୍ନ ଦେଖିଛି ଆମ ପିଜୁଳି ଗଛକୁ । ସେଠି କିଏ କିଏ ଥିଲେ କିଛି ଆଉ ମଧ୍ୟ ମନ ନାହିଁ ।

ହସିଲେ ସମସ୍ତେ । ଘର ଭିତର ଆଡକୁ ପଶିଲେ । ମୋନିକା ଘର ଭିତରକୁ ପଶି ଆସୁ ଆସୁ କହି ପଚାରିଲା- ଚା ତିଆରି କରାଯିବ କି ?

ବିଭୂତି ହସି ଉଠି କହିଲେ- ଚା’ କଥା ଆଉ ପଚାରୁଛୁ ମୋତେ ? ଯା’ ଟିକିଏ ଭଲ ଚା’ କରି ଆଣିବୁ ।

ଚିତ୍ରା ଚେୟାରରୁ ଉଠିପଡ଼ି ବାହାରକୁ ବାହାରିଯିବା ବେଳେ ବିଭୂତି କହିଲେ- ଆଉ କିଛି ଜଳଖିଆ ଘରେ ଅଛି କି ?

- ତୁମର ବ୍ଲଡ୍ ପ୍ରେସର ଅଧିକା । ସେଥିରେ ତେଲ ମସଲା ଖାଇବାକୁ ଇଚ୍ଛା ।

- ମୁଁ ଜମାରୁ ତେଲ ଜଳଖିଆ ଗ୍ରହଣ କରେନି । ଗୁଡ଼ ଚୂଡ଼ା ମୋର ସବୁଠୁ ପ୍ରିୟ ଜଳଖିଆ । ପଚାରୁନ ମୋ ପୁଅମାନଙ୍କୁ । ସେମାନେ ମଧ୍ୟ ମୋ କଥାରେ ଏକମତ ହେବେ । ଶିକ୍ଷକ ଲୋକର ସଂସାରରେ ବ୍ଲାକ୍‌ମନିର ପ୍ରଭାବ ନାହିଁ । ଦରମା ଗଣ୍ଡାକରେ ଚଳି ପିଲାଙ୍କୁ ମଣିଷ କଲି । ମୋର ଦୃଷ୍ଟିଭଙ୍ଗୀରେ କ୍ଷମତା, ମୋହ, ଅର୍ଥ ଲିପ୍ସା ନାହିଁ । ପାପକୁ ଘୃଣା କରେ ଓ ଭୟ କରେ । ମୋ ପୁଅମାନଙ୍କୁ ଏହି ନୀତିରେ ଚଳେଇ ଆସିଛି । ସେମାନଙ୍କ ବୃତ୍ତିରେ ସେମାନେ କେତେ ସଚ୍ଚୋଟତା ରକ୍ଷା କରିବେ ତା’ର ମୁଁ ପ୍ରମାଣ ଦେଇପାରିବିନି । ମୋ ନୀତିନିଷ୍ଠ ସିଦ୍ଧାନ୍ତ ସେମାନେ ଗ୍ରହଣ କରିପାରନ୍ତି । ସେମାନଙ୍କ ଆଧୁନିକ ଚଳଣୀରେ ମୋର ସରଳ ଜୀବନଯାପନରେ ଛବି ତ ମିଳିବନି । ଅର୍ଥ ହିଁ ସବୁ ପ୍ରାଚୁର୍ଯ୍ୟର ମୂଳପିଣ୍ଡ । ମୋର ଅର୍ଥ ନ ଥିଲା ତେଣୁ ମନ ବିଚ଼ଳିତ ନଥିଲା ।

ବାପାଙ୍କର ଏ ଦୃଶ୍ୟ ଦେଖି ଅମର ଟିକିଏ କାବାହୋଇ ପଚାରିଲେ- କଥା କ’ଣ ? ତୁମେମାନେ ଏଠି ଆସି କି ଗପସପ କରୁଛ ?

ଚିତ୍ରା କହିବାକୁ ଆରମ୍ଭ କଲା ବୁଲୁଥିଲୁ ବଗିଚାରେ । ତେଣୁ ଆଲୋକର ପିଲାଦିନ କଥା ମନେପଡ଼ିଯିବାରୁ ବାପା ଭାବପ୍ରବଣ ହୋଇ ଉଠିଲେ । ତୁମେମାନେ ବଡ଼ ହେଲେ ସୁଦ୍ଧା ଆମ ଆଖିରେ ଛୋଟ ସବୁବେଳେ । ତୁମମାନଙ୍କୁ ପାଖରେ ପାଇଲେ ଭାରି ଖୁସି ଲାଗେ ।

- ଭାଇ ପାଖରେ ରହୁନାହାନ୍ତି ତେଣୁ ତୁମମାନଙ୍କ ମନରେ ନିଶ୍ଚୟ କଷ୍ଟ ହେଉଥିବ ।

- ତୁ ଆର ମାସରେ ଚାଲିଯିବୁ । ଘର ଖାଲି ହୋଇଯିବ । ତମମାନଙ୍କୁ ଦେଖିଲେ ତମମାନଙ୍କ ପିଲାଦିନ କଥା ମନେପଡ଼ିବ । ଏବେ ମା’ ଓ ବାପାଙ୍କର ଆବଶ୍ୟକତା ନାହିଁ ପରା ଜୀବନରେ ଆଉ ।

ଆଲୋକ ମା'ଙ୍କୁ କୋଳେଇ ପକେଇ କହିଲେ- ମା' ତୁମମାନଙ୍କ ଆଶୀର୍ବାଦରୁ ଆମ ଜୀବନ ଏଯାଏଁ ବିତିଛି । ତୁମମାନଙ୍କ ହାତ ଆମମାନଙ୍କ ଉପରେ ସବୁବେଳେ ଥାଉ । ଭୁଲକୁ କ୍ଷମା ଦେବ ।

ଚିତ୍ରା ଆଖିରୁ ଲୁହ ପୋଛି ଦେଉ ଦେଉ କହିଲା- ଚାଲ ଜଳଖିଆ ଖାଇବା । ଅମର ଆଲୋକଙ୍କୁ ଚାହିଁ କହିଲେ- ଭାଇ ତୁ ହିଁ ବାପାମା'ଙ୍କର ସୁନାପୁଅ । ଆମେ ତୋ ସରି ହେବୁନି କେବେ ।

- କାହିଁକି ହେବୁନି ତୁ ? ଆଲୋକର ପ୍ରଶ୍ନ ।

- ଭାଇ ତୋ ଗୁଣରେ ତ ଖୁଣିବାକୁ ନାହିଁ ।

ଏପଟ କଥାବାର୍ତ୍ତା ଶୁଣି ନାତି ଚାଲି ଆସି କହିଲା- ଆମ ପାଇଁ ପିଜୁଳି ତୋଳିଦିଅ । ଆମେ ଖାଇବୁ ।

- ତୋର ପେଟ ପୁରିଲା ନାହିଁକି ? ପଚାରିଲା ଚିତ୍ରା ।

- ଜେଜେମା' ମୋତେ ମଟନ ଖାଇବାକୁ ଭଲ ଲାଗେନି । ତେଣୁ ଅଳ୍ପ ଭାତ ଖାଇଛି । କହିଲା ନାତି, ଆଲୋକର ପୁଅ ।

- ତୁ କ'ଣ ଜେଜେବାପାଙ୍କ ପରି କଥା କହୁଛୁ । ଆମେ ବଡ଼ହେଲୁ । ରୋଗ ବଢ଼ିବ ବୋଲି ଆମିଷ ଖାଇଲୁ ନାହିଁ । ତୁ ପରା ପିଲାଟାଏ ।

- ସେଠୁ କ'ଣ ହେଲା ? ମୋର ସାଙ୍ଗ ରବି, ମୟଙ୍କ ମଧ୍ୟ କେବେ ଆମିଷ ଖାଇନଥାନ୍ତି । ପ୍ରଥମରୁ ଆମିଷ ନଖାଇଲେ ଭଲ ।

ନାତି ମୁହଁରେ ଏହି କଥା ଶୁଣି ହସିଲେ ବିଭୂତି । କୋଳେଇ ପକେଇ କହିଲେ- ଠିକ୍ ତ ଜେଜେବାପାଙ୍କ ପରି କହୁଛି ।

ନାତିର କୋମଳ ମନରେ ହସଟିଏ ଖେଳିଗଲା । ମିଠି ପାଟିକଲାଣି ଜେଜେମା' ମୋତେ କାଖାଅ ।

ହସ ମାଡ଼ିଲା ସଭିଙ୍କୁ । ନାତି କାଖ ହେଲା ବିଭୂତିଙ୍କ ପାଖରେ । କାଖ ହେବା ଦେଖି ମିଠି ଉଚ୍ଛନ୍ନ । ତେଣୁ ସେ କାଖ ହେବାକୁ ବିକଳ ହେଲାଣି ଚିତ୍ରାଙ୍କ ପାଖରେ ।

ଅମର କହିଲେ- ଆଚ୍ଛା । ଆ, ମୁଁ କାଖେଇବି ।

- ନାଇଁ ଜେଜେମା କାଖେଇବେ । ସେ ମୋ ଜେଜେମା' ।

- ନାତି ରାଜା କହିଲା- ସେ ମୋ ଜେଜେମା'।

- ନାଇଁ ମୋର ଜେଜେମା'।

ଏମିତି ମୋର ମୋର ହେଉଥିବା ପିଲାଦୁଇଟିଙ୍କୁ କାଖେଇ ରୁମ୍‌କୁ ଆଣିଲେ ବିଭୂତି ଓ ଚିତ୍ରା। ଖଟ ଉପରେ ବସାଇ ଦେଇ କହିଲେ- ତୁମ ଦୁଇଜଣଙ୍କର ଆମେ ଜେଜେମା', ଜେଜେବାପା।

ଏହି ଦୃଶ୍ୟ ଦେଖି ଆଲୋକଙ୍କ ମୁହଁରେ ତୃପ୍ତିର ହସ ଖେଳିଗଲା। ମନେମନେ ଭାବିଲେଣି- କିଏ କହିବ ଏମାନେ ମୋ ବାପା ମା' ନୁହଁନ୍ତି ବୋଲି।

ପଡ଼ୋଶୀ ଜେଜେମା' ଆଲୋକ ଆଲୋକ ଡାକି ଘରକୁ ପଶି ଆସିଲେଣି। ଅଭିମାନ ସ୍ୱରରେ କହିଲେ- ଜେଜେମା'ଙ୍କୁ ଭୁଲିଗଲୁଣି କିରେ ? କାହିଁ ମୋ ଘର ଆଡ଼େ ଆସିନୁ ?

ଜେଜେମା'ଙ୍କ ଗୋଡ଼ ଛୁଇଁ ପ୍ରଣାମ କଲେ ଆଲୋକ। କହିଲେ ଖିଆପିଆ କରି ଏବେ ଗପସପ କରୁଛୁ।

- ଚିତ୍ରା ନାତି, ନାତୁଣୀଙ୍କୁ ନେଇ କୋଳରେ ବସାଇଛି। କଥା କ'ଣ ?

- ପିଲାଙ୍କ କଥା ଜାଣିନ କି ଖୁଡ଼ୀ। ମୋ ଜେଜେମା', ମୋ ଜେଜେମା' କହି ବାଉଳି କରି ଦେଲେଣି। ତେଣୁ ଦୁହିଁଙ୍କୁ ଏକାଠି ବସେଇ ବୁଝେଇବି ପରା।

- ହଉ ତୁ ବୁଝଉଥାଆ। ମୋ ନାତି ଆଲୋକ ସହିତ ମୁଁ କଥା ହେଉଛି।

ଏତିକିବେଳେ ମୋନିକା ଗୋଟିଏ ପଲିଥିନ୍‌ରେ ଶାଢ଼ିଟି ଆଣି ପହଁଞ୍ଚିଲା। ମୁଣ୍ଡିଆ ମାରି କହିଲା- ଜେଜେମା' ତୁମ ପାଇଁ ଆଣିଛୁ।

- ଅୟିସୁଲକ୍ଷଣୀ ହୋଇଥାଆ। ଏ ବୁଢ଼ୀ ପାଇଁ ତମମାନଙ୍କ ମନରେ କେଡ଼େ ଆଗ୍ରହ ଅଛି ସେ କଥା ବୁଝିପାରିବ ନାହିଁ। ତୁମମାନଙ୍କ ଆସିବା ପଥକୁ ହିଁ ଋହିଁଛି ପରା।

- ମିଠା, ମିକ୍ସଚର ଓ ଫଳ ପ୍ୟାକେଟ୍‌ଟି ଇଏ ନେଇ ଆପଣଙ୍କ ଘରେ ଦେଇଦେବେ ପରେ। ଏହି ସୋଫାରେ ବସି ଗପସପ କରନ୍ତୁ।

- ଆ ମୋ ପାଖକୁ ଆଲୋକ କହିଲେ ଜେଜେମା'। ପିଲାଦିନେ ଅନେକ ଗପ ଶୁଣେଇଥିଲି। ବୁଢ଼ୀ ହେଲି ଯେ ଗପ ସବୁ ଭୁଲିଗଲିଣି। ତୋ ପୁଅକୁ ଆଉ କ'ଣ ଶୁଣେଇବି ? ତମେମାନେ ଭଲରେ ରୁହ। ତୋ ଜେଜେମା' ଥିଲାବେଳେ

ଆମେ ଦୁଇଯାଆ ବସି ଗପସପ କରୁଥିଲୁ । ଦିନେ ହେଲେ କଳିଗୋଳ ଲାଗିନଥିଲୁ । ମିଶିକରି ଚଳୁଥିଲୁ । ତୁ ତୋ ଭାଇମାନଙ୍କ ସହ ମନ ନେଇ ଚଳିବୁ । ତୁ ସୁଧାରିଆ ପିଲାଟିଏ । ତେଣୁ ଭାଇମାନଙ୍କୁ ମଣିଷ କରିଦେଲୁ । ତୋ ବୋହୂଟି ମଧ୍ୟ ଭଲ । ଦି'ଦି'ଟା ଦିଅରକୁ ପାଖରେ ରଖି ପାଠ ପଢ଼େଇଲା ।

- ଜେଜେମା', ଆଉ ତମ କଥା କ'ଣ କୁହ ? ଆଲୋକ ପ୍ରଶ୍ନ କଲେ ।

- କି ଭଲ କଥା ଆଉ କହିବି ? ପିଲାମାନେ ତ ପଢୁଛନ୍ତି । ଖାଇବା ପିଇବାରେ ଅସୁବିଧା ନାହିଁ । ହେଲେ ତମଘର ପରି ଚାକିରୀ ବାକିରୀ କରିପାରିଲେ ନାହିଁ । ଯିଏ ଯାହାର ବ୍ୟବସାୟରେ ଖୁସି । ତମପରି ପାଠୁଆ ଘର ଆମ ଗାଁରେ ମିଳିବ ନାହିଁ ।

ଫିକା ହସି ମୋନିକା ଜେଜେମା'ଙ୍କ ହାତକୁ ଚା' କପ୍‌ଟି ବଢ଼େଇ ଦେଇ କହିଲା- ପିଇ ନିଅନ୍ତୁ ।

- ତୁ କେମିତି ଜାଣିଲୁ ଖାଇ ସାରିବାପରେ ମୁଁ ଚା' ପିଏ ବୋଲି ।

- ତମ ବିଷୟରେ ତମ ନାତି ବେଶି କହନ୍ତି । ତମେ ପରା ତାଙ୍କର ଜେଜେମା' !

- ତୋ ହାତ ତିଆରି ଚାହା ପିଇବାକୁ ଭଲ ଲାଗେ । ହଉ ଆଉ କପେ ଚା' ପିଇବି ମୁଁ ଘରକୁ ଫେରିଲାବେଳେ ।

ଚିତ୍ରା କହିଲା- ଖୁଡ଼ୀ, ଅଭୟ ଓ ଅରୂପର ବାହାଘର ଆର ମାସରେ ହେବ ।

- ଆଲୋ ଏକାଦିନ ଦୁଇପୁଅକୁ ବାହାଘର କରିବୁ କାହିଁକି ? ବର୍ଷେ ଛାଡ଼ି କରିବୁ । ଆମେ ଭୋଜି ଖାଇବୁ ଦୁଇଥର ।

ଚିତ୍ରା ତଣ୍ଟିରେ ମାଛ କଣ୍ଟା ଅଟକିଗଲା ପରି ଆଉ କଥା ବାହାରିନଥିଲା । ଟିକିଏ ମନଦୁଃଖ ପରି ଜଣାପଡ଼ିଲା । ଖୁଡ଼ୀ ଶାଶୁ କହିଲେ- ତୋର ମନଟି ସୁଖ ନାହିଁ କାହିଁକି ? କ'ଣ ସେମାନେ ନିଜ ପସନ୍ଦରେ ଝିଅ ଠିକ୍ କରି ଦେଲେ କି ? ସେମାନଙ୍କ ଘର କୁଆଡ଼େ ?

ବାଧ୍ୟ ହୋଇ ଚିତ୍ରା କହିଲା - ଜଣକର ଘର ବାଙ୍ଗାଲୋର୍ ଓ ଆଉ ଜଣଙ୍କ ଘର କଟକ ।

ଚିହିଁକି ଉଠିଲେ ଖୁଡ଼ୀ ଶାଶୁ । ବାଙ୍ଗାଲୋରର । କେଉଁ ଜାତିର ଝିଅକୁ ଆମ

ବ୍ରାହ୍ମଣଘରକୁ ବୋହୂ କରି ଆଣିବ ମ ? ପୁଅର ପସନ୍ଦର କଥା ଏଠି ଉଠୁନି । ଜାତିର କଥା ଉଠିଛି । ତମେମାନେ ବୁଝି ବିଚାରୀ ତା' ପାଇଁ ଗୋଟିଏ ଉପଯୁକ୍ତ ସ୍ତ୍ରୀ ତ ପସନ୍ଦ କରିପାରିଥାଆନ୍ତ । ଆମ ଘରକୁ ଉପଯୁକ୍ତ ବୋହୂଟିଏ ଆସିଥାଆନ୍ତା । ଆମର ପସନ୍ଦକୁ କିଏ କ'ଣ ନାପସନ୍ଦ କରିବକି ? ମୋନିକା ଓ ସ୍ନେହା କେଉଁ ଗୁଣରେ କମ୍ ନୁହଁନ୍ତି । ଆଜିକାଲି ପିଲାମାନଙ୍କୁ ପାଳି ପୋଷି ବଡ଼ କରିବ । ତାଙ୍କ ପାଇଁ ସ୍ୱପ୍ନ ଦେଖିବ ପିଲାଟି ଦିନରୁ, କେମିତି ଭଲରେ ରହିବ ଓ ସୁନ୍ଦରୀ ଝିଅଟିକୁ ଘରକୁ ବୋହୂ କରି ଆଣିବ । ପୁଅ ବାହାଘର ଦାୟିତ୍ୱ ଆମର । ହାତଗଣ୍ଠି ପୁଅ ବୋହୂଙ୍କର ପଡ଼ିବ ଓ ବିଧି ଅନୁଷ୍ଠାନ କୁଣିଆ ମଇତ୍ରଙ୍କ ହାହୋଲ୍ଲାରେ ବାହାଘରଟି ହେବ । ପୁଅକୁ ବାହାଦେଲା ପରେ ଆମ ଦାୟିତ୍ୱ ସରିଯିବନି ତ ଆଉ । ତା' ପିଲାମାନଙ୍କ ପାଇଁ କିଛି ଦାୟିତ୍ୱ ମଧ୍ୟ ଆମର ଅଛି । ଗାଁରେ ଜାତି କୁଟୁମ୍ବ ବନ୍ଧୁବାନ୍ଧବ ଅଛନ୍ତି ବୋହୂକୁ ଆଶୀର୍ବାଦ ଦେବାକୁ । ଭୋଜିଭାତ ହେବ । ସମସ୍ତଙ୍କର ଉପସ୍ଥିତିରେ ବାହାଘର ହେବା ଜରୁରୀ । ତୋର ଗୋଟିଏ ସ୍ୱପ୍ନ ଥିବ ବୋହୂ ପସନ୍ଦ କରିବାରେ । ଏବେ ତତେ ହିଁ ବେଶି ବାଧିବ । ବିଭୂତି ଘରକଥାରେ ମୁଣ୍ଡ ବେଶି ପଶଉନି । ତା'ର କିଛି ଚିନ୍ତା ନାହିଁ ।

ଆଲୋକ ହଠାତ୍ କହି ପକାଇଲେ- ଆଜିକାଲି କିଏ ଆଉ ଜାତି ଖୋଜୁଛି କି ?

ସାନଜେଜେମା' ଚିହିକି ଉଠି କହିଲେ- ତୁ କାହିଁକି ବ୍ରାହ୍ମଣ ଘର ଝିଅକୁ ବାହାହେଲୁ ? ନିଜ ଇଚ୍ଛାରେ ବାହା ହେଲୁନି । ବ୍ରାହ୍ମଣ ପୁଅ ବ୍ରାହ୍ମଣ ଝିଅ ବାହାହେବ ନିଶ୍ଚୟ ।

ଚିତ୍ରା କହିଲା - ସେ ଝିଅଟି ବ୍ରାହ୍ମଣ ।

- ଓଃ ତେବେ ରକ୍ଷା ହେଲା - ଆଶ୍ୱସ୍ତ ସ୍ୱରରେ ଖୁଡ଼ୀ କହିଲେ ଚିତ୍ରାକୁ ଚାହିଁ ।

ସ୍ନେହା ପହଁଞ୍ଚି ହସି ହସି ଥଟ୍ଟା କରି କହିଲା- ଜେଜେମା', ତମ ଯୁଗ ଗଲାଣି । କାହିଁକି ଆମ ପଛରେ ପଡ଼ିବ ତମେ ?

- କ'ଣ କହିଲୁ ତୁ ? ଏ ଗାଁରେ ମୋ ଆଗରେ ଖେଳିବୁଲି ବଡ଼ ହୋଇଛୁ । ପୁଣି ମୋତେ ଥଟ୍ଟା କରିବୁ । ଆସିଲୁ ଟିକିଏ ମୋ ପାଖକୁ । ଦେଖିବୁ ମୋ ହାତ କେତେଟାଣ । ତମେମାନେ ଭୁଲ୍ କଲେ ଏଇ ହାତରେ ମୁଁ ପରା ତମକୁ ଚାପୁଡ଼ା ମାରିଛି । ତୋ ବାପା ବଡ଼ ଏ ସାହିରେ ଥିଲା । ଭାଗବଣ୍ଟା ବେଳେ ଆର ସାହିକୁ ଚାଲିଗଲେ । ତୁ ଏଠିଥିବାବେଳେ ଅରୂପ ଅଭୟଙ୍କ ସହ ଖେଳି ବୁଲୁଥିଲୁ । ମନେ ଅଛି କି ?

- ମୋର ମନେନାହିଁ ବେଶି କିଛି ।

- ହଁ ବଡ଼ ହେଲୁ । ସବୁ ତ ଭୁଲିଯିବୁ । ଆମ ଶାଶୁ ଶ୍ୱଶୁରଙ୍କ ବାପା ଏଠିକୁ ଆସିଥିଲେ ମନ୍ଦିର ପୂଜକ କାର୍ଯ୍ୟ କରିବାକୁ । କେତେଦିନ ପରେ ତୋ ଜେଜେମା'ଙ୍କ ବାପା ଏଠି ଆସି ଅନ୍ୟ ମନ୍ଦିରରେ ପୂଜା କରିଲେ । ଦୁଇ ପରିବାର ଭଲରେ ଚଲୁଥିଲୁ । ତୋ ଜେଜେମା'ଙ୍କର ଭାଇ ନଥିବା ଯୋଗୁ ତୋ ଜେଜେବାପା ଏଠି ଘରଜ୍ୱାଇଁ ହୋଇ ରହିଲେ । ତା'ପରେ ତୋ ବାପାଙ୍କ ଜନ୍ମ ଓ ପିଉସୀର ଜନ୍ମ । ମୋ ଆଗରେ ତମେ ମାନେ ମେଛଡ଼ ପିଲା ଥିଲ । ଯାହାହେଉ ଚିତ୍ରା ଓ ବିଭୂତି ଭଲ ସିଦ୍ଧାନ୍ତ ନେଲେ । ତୋର ବାହାଘର ଅମର ସହ କରିଦେଲେ । ନହେଲେ କେଉଁଠି ଯାଇ ଏଇ ମାଷ୍ଟ୍ରଗିରି କରୁଥାଆନ୍ତୁ । ରୋଷେଇ ଘରେ ହାଣ୍ଡିଚଟୁ ଧରି ଆଖିରୁ ଲୁହ ଢାଳୁଥାଆନ୍ତୁ ।

ସ୍ନେହା ଜୋର୍‌ଦେଇ କହିଲା- ମୁଁ ଜମାରୁ ବାହା ହୋଇନଥାନ୍ତି ।

- ହଁ । ଯେଉଁ କନ୍ୟାକୁ ଚାହିଁ ତା' ବର ତ ସ୍ୱର୍ଗରେ ଖଞ୍ଜାହୋଇ ଜନ୍ମ ହୋଇଛନ୍ତି । କିଏ ଅଲଗା କରିଥାଆନ୍ତା କି ?

- ତେବେ ଅଭୟଙ୍କ କନ୍ୟା ବାଙ୍ଗାଲୋରରେ ଅଛି ସ୍ୱର୍ଗରେ ଖଞ୍ଜା ହୋଇ ।

- ସେୟା ନୁହେଁ ତ ଆଉ କ'ଣ ? ତୁ ତୋ କଥା ଚତୁରୀରେ ମୋଠାରୁ ହଁ ପଦଟି ହାସଲ କରିଦେଲୁ ।

ହସିଉଠିଲେ ସମସ୍ତେ । ଖୁଡ଼ୀ ଚିତ୍ରାକୁ ଚାହିଁ କହିଲେ- ତୋର ଏଇ ବୋହୂଟିକୁ କିଏ କଥାରେ ପାରିପାରିବେନି । ମୁଁ ଯାଉଛି । ସେପଟରେ ବୋହୂ ଖୋଜୁଥିବ ।

- ବସ ଖୁଡ଼ୀ । ଟିକିଏ କଥା ହେବା ।

- ଯାଏ ଘରେ ଟିକିଏ ଗଡ଼ି ପଡ଼ିବି । ଏହି ବୟସରେ ବହୁସମୟ ବସିଲେ ଅଣ୍ଟାପିଠି ଲାଗିଯାଉଛି ପରା ।

- ଆସ ଖଟରେ ଗଡ଼ି ପଡ଼ିବ । ମୁଁ ଟିକିଏ ଗୋଡ଼ ହାତ ଘଷିଦେବି ।

- ତୁ କାହିଁକି ଘଷିବୁ । ତୋ ବୋହୂ ସ୍ନେହା ହିଁ ଘସିଦେବ ମୋତେ । ଦେଖିବି ମୋ ଦେହର ପରାସ ଛାଡ଼ିଯାଉଛି ନା ନାହିଁ । ଆ, ସ୍ନେହା ମୋତେ ଟିକିଏ ଜୋର୍‌ରେ ଘଷିଦେବୁ ।

ସ୍ନେହା କହିଲା ସ୍ମିତହସି - ଜେଜେମା', ଏଇ କଥାକୁ ମୋର ଡର ନାହିଁ। ସବୁଦିନ ତମ ଗୋଡ଼ହାତ ଘଷିଦେବି ମୁଁ। ଆସିବ ତ ! ଚାଲ ଟିକିଏ ଗଡ଼ି ପଡ଼ିବ।

- ମୁଁ ଜାଣେ ତୋ ଥଟ୍ଟା ତାମସାକୁ ଓ ଯୁକ୍ତିକୁ । ନାଇଁ ମୁଁ ଏଠି ଘଷା ଖାଇବି ନାହିଁ। ତୁ ତୋ ଜେଜେଶ୍ୱଶୁରଙ୍କ କଥାକୁ ଶୁଣିବାକୁ ଚାହିଁବୁ।

- ହଁ ଘଷିଲାବେଳେ ସାନଜେଜେବାପାଙ୍କ ହସଖୁସି କଥା ତମ ମୁହଁରୁ ଶୁଣିବି। ତମକୁ ମଧ୍ୟ ତମ ପୁରୁଣା ସ୍ମୃତି ମନେପକେଇ ଦେବି। ଭଲ କାମଟିଏ କଲି ନା ନାହିଁ ?

ଜେଜେମା'ଙ୍କ ଆଖି ଛଳଛଳ ହୋଇଗଲା। ଟିକିଏ ବାଷ୍ପରୁଦ୍ଧ ହୋଇ କହିଲେ- ଆଜକୁ ପନ୍ଦର ବର୍ଷ ହେବ ସେ ଆଉ ପାରିଲେ ରହିଲେଣି। ମୁଁ ଏଠି କେମିତି ଅଛି କ'ଣ ଜାଣୁଛନ୍ତି କି ?

ଚିତ୍ରା ଗାରଡ଼େଇକି ଚାହିଁଲା ସ୍ନେହାକୁ। କହିଲା- ଖୁଡ଼ୀଙ୍କୁ କନ୍ଦେଇ ଦେଲୁ କି ?

ସ୍ନେହା ସାନଜେଜେମା'ଙ୍କୁ ଡାକି ନିଜ ରୁମ୍‌କୁ ନେଇ କହିଲା- ଜେଜେମା, ଯାହାର ଆୟୁଷ ଯେତେ ସେ ସେତେ ଦିନ ପୃଥିବୀରେ ରହିଲେ। ଟିକିଏ ଶୋଇପଡ଼। ମୁଁ ଗୋଡ଼ ଘଷି ଦେବି।

ଏତିକିବେଳକୁ ମିଠି ଦୌଡ଼ିଆସି ଗୋଟିଏ ମିଠା ଅଣଜେଜେମା'ଙ୍କ ପାଟିରେ ପଶେଇ ଦେଇକହିଲା- ଅଣଜେଜେମା' ଖାଆନ୍ତୁ। ପାଟି ମିଠା ଲାଗିବ। ମୋତେ ଭୂତ ଗପ ଶୁଣେଇବ। ଆସ ଏଠିକି।

॥ ସାତ ॥

ଗାଁ ପରିବାରର ସମ୍ପର୍କର ସୁଖରେ ମିଠା ହିଁ ଭରିଥାଏ । ଗହଳି ଚହଳି ଭିତରେ ସ୍ୱାଭାବିକ ଭାବରେ ନିଜର ମନର ଦୁଃଖକଷ୍ଟ କେତେ ପରିମାଣରେ ଭୁଲିହୋଇଯାଏ । ଏଠି ହିଁ ବଡ଼ମାନଙ୍କୁ ସମ୍ମାନ ମିଳେ । କିନ୍ତୁ ଛୋଟ କଥାରେ ମନୋମାଳିନ୍ୟ ହେଲେ ପୁଣି ଆପେ ଆପେ ମନରୁ ଭୁଲି ହୋଇଯାଏ । ବୋହୂମାନଙ୍କ ଢଙ୍ଗ ଢାଙ୍ଗ ଉପରେ ମଧ୍ୟ ଟୀପ୍‌ପଣି ଦିଅନ୍ତି । ବନ୍ଧୁକଲେ ସମାସ୍କନ୍ଧ ଉପରେ ଗୁରୁତ୍ୱ ମଧ୍ୟ ଦିଅନ୍ତ । ଘରର ବୟୋଜ୍ୟେଷ୍ଠଙ୍କ ଅନୁମତି ଓ ଆଶୀର୍ବାଦରେ ବାହାଘର, ବ୍ରତଘର ଆଦି ଅନୁଷ୍ଠାନ ହୋଇଥାଏ ବିଧି ଅନୁସାରେ । ଘରେ ବନ୍ଧୁବାନ୍ଧବଙ୍କ କୋଳାହଳ ସଙ୍ଗେ ସଙ୍ଗେ ଶଙ୍ଖ ହୁଳହୁଳି ବାଜା ରୋଷଣୀରେ ମୁଖରିତ ଶବ୍ଦରେ ବାହାଘର ହୋଇଥାଏ । ଦୁଆରେ କଦଳୀ ଗଛ ପୋତାଯାଏ । ଦୁଇ କଳସରେ ପଇଡ଼ ଆମ୍ବପତ୍ର ପାଣି ରଖି ଦୁଇ ଦୁଆର ମୁହଁରେ ରଖାଯାଏ । କଳସ ତଳେ ଧାନ କି ଚାଉଳ ମଧ୍ୟ ରଖିଥାଆନ୍ତି । ବେଦୀ ଘରେ ତିଆରି ହୁଏ । ମଙ୍ଗନଠାରୁ ବେଦୀ ଉପରେ କାମ ଚାଲେ ଦଶମଙ୍ଗଳା ପର୍ଯ୍ୟନ୍ତ ପରିବାର ଓ କୁଟୁମ୍ବର ନାରୀମାନଙ୍କ ଉପସ୍ଥିତିରେ । ବୋହୂର ମୁହଁ ଦେଖିବାକୁ ତ ସମସ୍ତେ ଚାହିଁ ବସିଥାଆନ୍ତି । କେତେ ସ୍ୱପ୍ନ ଥାଏ ମା'ଟି ମନରେ ଘରକୁ ଲକ୍ଷ୍ମୀପ୍ରତିମା ପରି ବୋହୂଟିଏ ଆଣିବା ପାଇଁ । ବାଜା ରୋଷଣୀରେ ବର ଯାଏ ବାହା ହେବାକୁ । ଭୋଜିଭାତରେ ଘର ତ ଭାସୁଥାଏ । ଏଇ କଥା ଭାବିଲାବେଳକୁ ଚିତ୍ରାର ମନଟି ଉଦାସ ହୋଇ ଉଠୁଛି ଅଭୟ ପାଇଁ । ବୁଝିପାରିଲାନି ମା'ର ମନକୁ । ସେଠି ବାହାହେବ ରେଜିଷ୍ଟ୍ରି ଅଫିସରେ । ଆଉ ରୀତିନୀତି ଅନୁସାରେ ବିବାହର ଆବଶ୍ୟକତାକୁ ଅଭୟ ଓ ମିନା ଚାହୁଁନାହାନ୍ତି । କେବଳ ସେଠି ଗୋଟିଏ ଭୋଜି ନିଜ ତରଫରୁ କରି ନିଜ ସାଙ୍ଗସୁଖ ଓ ବାପାମା'

ଭାଇମାନଙ୍କୁ ଡାକିବେ । ଯିଏ ଗଲା ଯାଉ ନହେଲେ ନାହିଁ । ଏଥିରେ ସେମାନଙ୍କ ମନ ଖରାପ ହେବନି । କହିଥିଲା ବୋହୂକୁ ନେଇ ଘରକୁ ଆସିବୁ । ଅଭୟର ଏପରି କଥା ଶୁଣି ସେଦିନ ଚିତ୍ରା ଭାଙ୍ଗି ପଡ଼ିଥିଲା । ଆଜି ପର୍ଯ୍ୟନ୍ତ ବିଭୂତିଙ୍କୁ ମଧ୍ୟ ଏ କଥା କହିନି । କିଏ ଜାଣେ ସେ ବାହାହୋଇ ଏକାଠି ରହିଲେଣି ନା ନାହିଁ ? ସତରେ କ'ଣ ତିଥିବାରକୁ ଅପେକ୍ଷା କରି ରହିଥିବେ ସେମାନେ । ଏହି କଥା ଖୁଡ଼ୀ ଶୁଣିଲେ କେତେ ନିନ୍ଦା କରିବେ ସେମାନଙ୍କୁ । ତେଣୁ ଖୁଡ଼ୀଙ୍କୁ କିଛି କଥା ଆଉ କହିବା ଉଚିତ୍ ନୁହେଁ । ପିଲାମାନେ ଯେଉଁଠି ଥାଆନ୍ତୁ ସୁଖ ଶାନ୍ତିରେ ରହନ୍ତୁ । ଜୀବନାସାରା ତ ଅଭୟ ମିନାକୁ ନେଇ ଚଳିବ ତେଣୁ ଆଉ ମନ ଖରାପ କରିବାର ନାହିଁ । କିନ୍ତୁ ଗାଁ ଲୋକଙ୍କ ଆଗରେ କି ଉତ୍ତର ରଖିବେ ବିଭୂତି ? ଆଜି ପର୍ଯ୍ୟନ୍ତ ଗାଁ ସାରା ଲୋକ ବିଭୂତିଙ୍କୁ ସମ୍ମାନ ଦେଇ ଆଦର୍ଶ ଶିକ୍ଷକରୂପେ ଗଣନ୍ତି । ଗମ୍ଭୀର ହୋଇଗଲା ଚିତ୍ରା । ବିଭୂତି ପହଁଞ୍ଚିଯାଇ ପଚାରିଲେ - ଖୁଡ଼ୀ କ'ଣ କହିଲେ ?

- କହିବେ କ'ଣ ? ଆଉ ଟିକିଏ ଗାରୁ ଗାରୁ ହେଲେ । ପିଲାଙ୍କୁ ହିଁ ଦୋଷ ଦେଲେ ।

- ପୁରୁଣାକାଳିଆ ଲୋକ ଏସବୁ ନୂଆ ନୂଆ ପରିବର୍ତ୍ତନର ପ୍ରଥାକୁ ସହଜରେ ଆପଣେଇ ପାରିବେ ନାହିଁ । କିନ୍ତୁ ଆମକୁ ତ ଆପଣେଇବାକୁ ପଡ଼ିବ । ସମ୍ପର୍କ ତ ବୋହୂ ଓ ପୁଅଙ୍କୁ ନେଇ ସ୍ଥାପିତ ହେବ । ସେମାନଙ୍କ ଭବିଷ୍ୟତ ଚିନ୍ତା ସେମାନଙ୍କର । ଆମେ ମନଦୁଃଖ କରିବା କଥା ନୁହେଁ ।

- ମୁଁ ମୋ ମନକୁ ଶକ୍ତ କରିଦେଲିଣି । ଆମ ହାତରେ ଆଉ ଅଭୟ ନାହିଁ । ସେ ଚାକିରୀ କରି ରୋଜଗାର କଲା । ତା' ସ୍ତ୍ରୀ ଚୟନ ତା'ର ।

- ଭାବ ଭଲ କରିଛି । ଆମ ହାତରୁ ଗୁରୁଦାୟିତ୍ୱକୁ ଛଡ଼େଇ ନେଇଛି । ତା' ସୁବିଧା କି ଅସୁବିଧା କଥା ଆମର ମୁଣ୍ଡ ଭିତରେ ପଶିବନି ଆଉ ।

- ତମେ ସବୁବେଳେ ସକରାତ୍ମକ ଦୃଷ୍ଟିରେ ସବୁ ଘଟଣା ଦେଖି ମନର ଅସଲ ଦୁଃଖଟି ଭୁଲିଯିବାକୁ ଚେଷ୍ଟା କର । ମୁଁ ପାରୁନି କାହିଁକି ?

- ବୁଝିଲି ସକରାତ୍ମକ ଭାବରେ ଜୀବନକୁ ଜୀଇଁବାକୁ ହେବ ହିଁ ହେବ । ଆଉ ଏହି ବୟସରେ ରୋଗ ବଢ଼ାଅନି । ପିଲାମାନଙ୍କ ବାହାଘର ପରେ ଆମେ ତୀର୍ଥରେ ଯିବା ।

- ସବୁ ପୁଅଙ୍କ ବାହାଘର ସରିଲେ ତୀର୍ଥଯାତ୍ରାରେ ଯିବା । ଅସୀମକୁ ହିଁ ସୀମା

ସହ ବିବାହ କରାଇଦେବି । ସେ ଝିଅକୁ ମୁଁ ପିଲାଦିନୁ ଦେଖିଛି । ଭାରି ଭଲ ଝିଅଟିଏ । ମତେ ମାଉସୀ ଡାକେ । ତା' କଥା ଶୁଣିଲେ ପରା ପେଟ ଅଧା ପୁରିଯିବ ।

ବିଭୂତି ଟିକିଏ ହସି କହିଲେ- ତେବେ ତମେ ବିନା ଆହାରରେ ବଞ୍ଚିପାରିବ ସୀମାର କଥା ଶୁଣି । ଅଧା ପେଟ ପୁରିଗଲା ପରେ ବାକି ପାଣି ପିଇଦେଲେ ପୁରାପେଟ ପୁରିଯିବ ।

- ବୁଝିଲି ତୁମ ଏ ବଗୁଲୀଆ କଥା । ମୁଁ ଟିକିଏ ଏମିତି କହିଦେଲି ବୋଲି କ'ଣ ଚାକ୍ଷୁସ କରୁଛ । ଝିଅଟି ସିନା ପାଠରେ କମ ହେଲେ ରୋଷେଇରେ ପାରଙ୍ଗମ । ଭଲ ଗୁଣର ଝିଅଟିଏ ।

- ଘରକୁ ବୋହୂହୋଇ ଆସିଲେ ଗୁଣ ତ ଆପେ ଆପେ ଜଣାପଡ଼ିଯିବ । ଏବେ ସେ ଚିନ୍ତା ଛାଡ଼ । ଆଜି ପୁରୋହିତ ଆସିଲେ ଅଭୟ ଅରୂପର ବିବାହ ଦିନ ଧାର୍ଯ୍ୟ କରିବା ।

- ଦେଖ ସେ ଯଦି ସିଆଡ଼େ ବିବାହ କରି ନେଇଥିବ ।

- ଚିନ୍ତା ନାହିଁ । ବୋହୂକୁ ଆଣିବା ଘରକୁ । ଭୋଜିଭାତ ଏଠି ଦେବା । ପୁଣି ଆମ ରୀତିନୀତିରେ ବାହାଘର କରିଦେବି । ସମସ୍ତେ ଦେଖିବେ ଏଠି ପୁଣି ଅଭୟର ବାହାଘର ।

- ହଉ ।

ଚିତ୍ରାର ମନର ଦ୍ୱନ୍ଦ୍ୱ ଅନାୟସରେ ଦୂର ହୋଇଯାଉଥିଲା । ସେ କଠିନ ମନ ଭିତରୁ ଉତୁରି ଆସି ସହଜ ଅନୁଭବ କଲା । ଚାଲିଥିବା ଯାଏ ତ ଜୀବନଟି ଏମିତି ଦୁଃଖସୁଖରେ ଜୁଡୁବୁଡୁ । ଏଥର ଆଉ କି ଚିନ୍ତା ? ଆଲୋକ ପାଖରେ କିଛି ଆଉ ଅଛପା ନାହିଁ । ମନଟି ହାଲ୍‌କା ଲାଗୁଥିଲା ଚିତ୍ରାର । ସବୁପୁଅଙ୍କ ବାହାଘର ସରିଗଲା ପରେ ସ୍ୱାମୀ ସ୍ତ୍ରୀ ଦୁଇଜଣ ଖାଲି ନାତିନାତୁଣୀଙ୍କ ମେଳରେ ଦିନ କାଟି ସମୟ ସାରିବେ ।

ସମୟର ଗତି ସହିତ ଆକାଶ, ଅସୀମଙ୍କ ବିବାହପାଇଁ କନ୍ୟା ଠିକ୍ ହୋଇଯାଇଛି ଅଭୟ ଓ ଅରୂପଙ୍କ ବିବାହ ପରେ ପରେ । ଆକାଶ ପାଇଁ ବର୍ଷା ଓ ଅସୀମ ପାଇଁ ସୀମା ଠିକ୍ ହୋଇଯାଇ ବିବାହ କାର୍ଯ୍ୟ ମଧ୍ୟ ସରିଯାଇଛି । ଯିଏ ଯାହାର ଘର ସଂସାରରେ ବ୍ୟସ୍ତ ଓ ଯିଏ ଯେଉଁ ଜାଗାରେ କାର୍ଯ୍ୟକ୍ଷମ ଅଛନ୍ତି । ସେଠି

ରହିଛନ୍ତି । ରୂପ ଓ ଗୁଣରେ କିଏ କାହାଠାରୁ ଟିକିଏ ଅଧିକ ତ କମ୍ ଅଛନ୍ତି । ତଥାପି ଚିତ୍ରା ସମସ୍ତଙ୍କୁ ସମାନ ଭାବରେ ଦେଖେ । ଗାଁରେ ଆନନ୍ଦ ଉଲ୍ଲାସରେ ଦଶହରା ଛୁଟିଟି ସମସ୍ତଙ୍କର କଟେ । କୁମାର ପୂର୍ଣ୍ଣମୀ ପରେ ଯିଏ ଯାହା ଋକିରୀ କ୍ଷେତ୍ରକୁ ଯାଆନ୍ତି । ୟାରି ଭିତରେ ଗାଁରେ ଦୋମହଲା ଘର ପ୍ରତି ପିଲାଙ୍କ ସୁବିଧା ପାଇଁ ତିଆରି ହୋଇସାରିଛି । ସମସ୍ତଙ୍କର ପୁଅ ଝିଅମାନେ ଆସିଲେ ଘରଟି ହୋ ହୋ ହୋଇ ଉଠେ । ପିଲାଙ୍କ ଭିତରେ ଝଗଡ଼ା ତ ଲାଗେ, ପୁଣି ଏକାଠି ହୋଇ ଖେଳନ୍ତି ।

କେମିତି ସମୟଗୁଡ଼ାକ ଅତିବାହିତ ହେଉଥିଲା ଚିତ୍ରାକୁ ଜଣା ପଡୁନଥିଲା । ଘର ସଦସ୍ୟଙ୍କ ଗହଣରେ ନିଜର ସ୍ୱପ୍ନମାନେ ସାକାରା ହୋଇ ଉଠୁଥିଲେ ଯେମିତି । ପାଞ୍ଚ ପୁଅଙ୍କ ବାହାଘର ସମ୍ପୂର୍ଣ୍ଣ ହୋଇସାରିଛି । ପୁଅ ବୋହୂମାନଙ୍କ ହସ ଖୁସିରେ ବିଭୂତି ଓ ସେ ଭାରି ଖୁସି । ଆଉ ଅବଶୋଷ ନାହିଁ ଏ ଜୀବନରେ । ତଥାପି ଆଲୋକ ପାଇଁ ମନଟି ବିଚ୍‌ଳିତ ହୋଇଯାଉଥିଲା ବେଳେବେଳେ । ତା' ଜନ୍ମ କଥା ତାକୁ ଶୁଣେଇ ଦେଇ ନିଜକୁ ହାଲ୍‌କା ମନେକରୁଥିବା ବେଳେ କାହିଁକି କେଜାଣି ତାକୁ ଜନ୍ମ ଦେଇଥିବା ମା'ଟି କଥା ବାରମ୍ବାର ମନ ଭିତରକୁ ପଶି ଆସୁଥିଲା ।

କୁମାରୀ ମା' ! ଏକ ଲଜ୍ୟାକର ପରିସ୍ଥିତିର ସାମନାକୁ ଡରି ନିଜ ପୁତ୍ରକୁ ତ୍ୟାଗ କରିଦେବା କ'ଣ ଏତେ ସହଜ ? ଆମେରିକା ତ କୁମାରୀ ମା'ର ଦେଶ ଏବେ ପାଲଟିଗଲାଣି । ସେଠି ନିଜ ଇଚ୍ଛାରେ ଯିଏ ଯାହାର ସ୍ୱାଧୀନତା ଗୋଟାନ୍ତି । ଇଏ କି ପ୍ରକାର ସ୍ୱାଧୀନତା ଯଦି ବୟୋଜ୍ୟେଷ୍ଠଙ୍କ ଆକଟକୁ ଭୁଲି ନୀଳସ୍ୱପ୍ନରେ ମସ୍‌ଗୁଲ୍ ହେବେ । ଆମେ ତ ଭାରତବାସୀ । ବଡ଼ମାନଙ୍କୁ ସମ୍ମାନ ଦେଇ ଚଳିବାକୁ ପରମ୍ପରାରେ ଜଡ଼ିତ ହୋଇ ଆସିଥିଲୁ । ଏବକୁ ସମ୍ପର୍କର ଡୋର ଛିଣ୍ଡାଇ ଦେବାକୁ ବସିଲେଣି ନୂତନ ଯୁବପିଢ଼ି ମଧ୍ୟ । ନିଜକୁ ଠିକ୍ ସାବ୍ୟସ୍ତ କରିବାକୁ ଆତ୍ମୀୟଙ୍କ ମନ୍ତବ୍ୟକୁ ମଧ୍ୟ ଫିଙ୍ଗି ଦେଉଛନ୍ତି ଏକ ଫାଲତୁ କଥା କହି । ଆଧୁନିକତାର ଧୂଆଁ ସବୁଆଡ଼େ ବ୍ୟାପିଗଲାଣି । ଆଉ କ'ଣ କରାଯାଇପାରେ ? ପାପପୂଣ୍ୟ, ଭଲମନ୍ଦର ବିଋର ଆଉ ଯୁବପିଢ଼ିଙ୍କର ନାହିଁ । ଫଳ ହେଉ ମିଠା କି ପିତା ହେଉ ନିଜଗଛର ଭାବି ପିତାମାତାମାନେ ଚୁପ୍ ହୋଇ ସ୍ୱାଦ ଋଖୁଛନ୍ତି ଆନନ୍ଦରେ ହେଉ କି ଯନ୍ତ୍ରଣାରେ ହେଉ । ଜୀବନ ମଧ୍ୟ କୁହୁଡ଼ିଘେରା ଦିନ ହୋଇପାରେ । ଦିନେ ନା ଦିନେ ପିଲାଏଁ ବୁଝିବେ ମା ବାପାଙ୍କୁ ତ !

ପହଞ୍ଚିଗଲେ ବିଭୂତି । ଖୁବ୍ ଉତ୍ସାହରେ କହିଲେ- ଏବେ ଆମେ ପିଲାଙ୍କ

ଦାୟିତ୍ୱରୁ ମୁକ୍ତ । ଯିଏ ଯାହାର ଘର ସଂସାର କରିବେ । ଆମେ ଏଠି କି କେବେ ସେଠି ଯାଇ ରହିବା ।

- ତଥାପି ଆଲୋକର ଜନ୍ମ କଲା ମା' କଥା ମୋ ମନକୁ ବାରମ୍ବାର ପଶିଆସୁଛି କାହିଁକି ? ଚିତ୍ରା ଶଙ୍କିଯାଇ କହିଲା ।

- ଆମେ ପାଣିରେ ଭାସୁଥିବା ପିଲାଟିକୁ ପାଇଲେ । ସେ କେଉଁଠୁ କିପରି ଆସିଲା କିଏ ଜାଣେ । ଯିଏ ତ୍ୟାଗ କରିଛି ସେ ତ ତାକୁ ମାରିନି । ତା'ର ଜୀବନରକ୍ଷା ପାଇଁ ଜଳଦେବୀଙ୍କ ସାହାରା ନେଇଛି । ନିଶ୍ଚୟ ସେ ମା'ଟିର ନିଭୃତ କୋଣରେ ପୁଅ ପ୍ରତି ଏକ ଲୁକ୍‌କାୟିତ ମମତା ଲୁଚିଥିବ । ସେ କୌଣସି ପରିସ୍ଥିତି ଋପରେ ହିଁ ଏ କାମ କରିଛି ।

- ଯଦି ସେ ମା'ଟି ଆସି ଆମ ଦୁଆରେ ପହଁଞ୍ଚିଯାଏ ଆଲୋକକୁ ନେବାପାଇଁ ।

- ସେ ତ ଜାଣିନି ତା' ପୁଅର ଠିକଣା । ଦେଖିନି ଆଉ ମଧ୍ୟ । ଜାଣିବ କିଏ ତା' ପୁତ୍ର ବୋଲି ?

- ଆମ ପୁଅର ଡାହାଣ ପାଦରେ ଗୋଟିଏ ବଡ଼ କଳାଜାଇ ଜନ୍ମରୁ ତ ଅଛି । ସେଇଟା ଗୋଟିଏ ଟିପା ପରି ।

- ତୁମେ ଅଜଣା ଆଶଙ୍କାରେ ବିଚ଼ଳିତ ହେବା ଦରକାର କ'ଣ ? ଆଲୋକ ତ ଏବେ ଋଳିଶବର୍ଷ ପାର କଲାଣି । ଯଦି ତା' ମା' ତାକୁ ଖୋଜୁଥାଆନ୍ତା କ'ଣ ପାଇନଥାନ୍ତା କି ? ସେ ଝିଅ କେଉଁଠି ବାହାହୋଇ ନିଜ ସଂସାରରେ ବ୍ୟସ୍ତ ଥିବ କି ପୁତ୍ରକୁ ବଞ୍ଚେଇ ନିଜେ ଆତ୍ମହତ୍ୟା କରିଥିବ । କେମିତି ଅଘଟନକ ଏମିତି ସବୁ ଘଟିଗଲା ସେ ଦିନ ସେମାନେ ବୁଝିପାରିନଥିଲେ । ମୃତପୁତ୍ର ବଦଳରେ ଜୀବନ୍ତ ପୁତ୍ର ପାଇ ଖୁସିରେ ଫେରିଥିଲେ । ଯାହାହେଉ ଏବେ ମନର କଳାବାଦଲ ଦୂର ହୋଇଯାଇଛି । ଆଉ ମନରୁ ଶଙ୍କା ଦୂର କରିଦେବା କଥା ।

ଯେତେ ଚେଷ୍ଟା କଲେ ମଧ୍ୟ ମନରୁ ସେଦିନର କଥାକୁ ଭୁଲି ପାରୁନଥିଲା ଚିତ୍ରା ।

ଏତିକିବେଳେ ବୋହୂ ବର୍ଷା ଆସି ପହଁଞ୍ଚିଯାଇ କହିଲା- ମା', ଆପଣଙ୍କୁ ଜଣେ ସ୍ତ୍ରୀ ଲୋକ ଡାକୁଛନ୍ତି ଦେଖିବାକୁ । ସେ ଡ୍ରଇଂରୁମ୍‌ରେ ଅପେକ୍ଷା କରିଛନ୍ତି ।

- ଚିହ୍ନିଛୁ ତୁ ?

- ନା । ସେ ନିଜ ପରିଚୟ ମଧ୍ୟ ଦେଇନାହାନ୍ତି ।

ବିଭୂତି, ଚିତ୍ରା ଦୁହେଁ ଡ୍ରଇଁରୁମ୍‌ରେ ପ୍ରବେଶ କଲେ । ଜଣେ ଚିତ୍ରା ବୟସର ଅଚିହ୍ନା ମହିଳାଙ୍କୁ ନିଜ ସାମ୍‌ନାରେ ଉପସ୍ଥିତ ଦେଖି ଟିକିଏ ଶଙ୍କିଗଲେ ସେମାନେ । ସେ ମହିଳା ନମସ୍କାର କରି କହିଲେ- ଆପଣଙ୍କ ପାଖରୁ ଗୋଟିଏ ଖବର ପାଇବାକୁ ଆସିଛି । ଆଲୋକ ସାର୍‌ଙ୍କ ବାପା ତ ଆପଣ ।

- ହଁ । କଥା କ'ଣ ? କି ଅସୁବିଧା ଅଛି ? ବିଭୂତି ପ୍ରଶ୍ନ କଲେ ।

- ମୁଁ ଏବେ ସ୍ୱାମୀହରା । ନିଃସନ୍ତାନ । କିନ୍ତୁ ଅନେକ ସମ୍ପତ୍ତିର ମାଲିକାଣୀ ।

- ଆପଣଙ୍କ ବିଷୟରେ ନ କହି ପୁରା କଥା ଶୁଣାନ୍ତୁ ।

- ତେବେ ମୂଳ କଥାକୁ ଆସନ୍ତୁ । ଆପଣ ସତ କହିପାରିବେ ମୋତେ ?

- ନିଶ୍ଚୟ ସତ କହିବି ।

- ସେଇ ଆଶା ନେଇ ମୁଁ ଦୌଡ଼ିଆସିଛି । ମୁଁ କଟକରେ ରୁହେ । ଦିନେ ଆଲୋକସାର୍‌ଙ୍କ ଅଫିସ୍‌କୁ ଯାଇଥିଲି କିଛି କାମରେ । ସେଠି ଯେତେବେଳେ ଆଲୋକସାର୍‌ଙ୍କୁ ଦେଖିଲି ମୁଁ ପ୍ରଥମେ ଚମକି ଗଲି । ଭାବି ନେଲି ଅଞ୍ଜନ ଏଠି ବସିଛନ୍ତି କି ? କିନ୍ତୁ ଅଞ୍ଜନଙ୍କୁ ଏବେ ସତୁରୀ ପାଖାପାଖି ହୋଇସାରିଥିବ । ତେବେ ତାଙ୍କ ପୁତ୍ର ନିଶ୍ଚୟ ଆଲୋକ ।

- ଅଞ୍ଜନ କିଏ ?

- ସେ ବହୁତ କଥା ଆଜ୍ଞା । ଜୀବନରେ ଜଣଙ୍କ ସହ ସଂସାର ବାନ୍ଧିଲି ଓ ଅନ୍ୟଜଣଙ୍କୁ ଭଲପାଉଥିଲି । ଘରର ପରିସ୍ଥିତି ଚାପରେ ପଡ଼ି ଗରୀବପୁଅ ଅଞ୍ଜନଙ୍କ ହାତ ଛାଡ଼ିଦେଲି ବାଧ୍ୟହୋଇ । ମୁଁ ବାହାହୋଇଗଲି ଜଣେ ଧନୀମାନୀ ବ୍ୟକ୍ତିଙ୍କୁ ଏଇ କଟକ ସହରରେ । ତା'ପରେ ଭୁଲିବାକୁ ଚେଷ୍ଟା କଲି ଅତୀତର ସ୍ମୃତିକୁ । ଆଜି ପର୍ଯ୍ୟନ୍ତ ମୋ ମନର ନିଭୃତ କୋଣରେ ନିଃଶବ୍ଦରେ ବେଳେବେଳେ ଅଞ୍ଜନଙ୍କ ସ୍ୱର ଶୁଣାଯାଏ । କିନ୍ତୁ ତାଙ୍କ ବିଷୟରେ ମୁଁ ଆଉ କିଛି ଜାଣିନି କି ଜାଣିବାକୁ ଇଚ୍ଛା କରିନଥିଲି । ମାସେ ତଳେ ଯେତେବେଳେ ଆଲୋକସାର୍‌ଙ୍କୁ ଅଫିସ୍‌ରେ ଦେଖିଲି ସେଦିନରୁ ଆଜି ପର୍ଯ୍ୟନ୍ତ କାହିଁକି ମନ ଭିତରେ ଏକ ନିରବବ୍ୟଥା ଉଠୁଛି । ଏବେ ମୋ ଜୀବନର ଫେରିଯିବାର ଶେଷ ବୟସ ହେଲାଣି । ତଥାପି ଶେଷ ଚେଷ୍ଟା କରିବି ନିଶ୍ଚୟ ।

- ଆଲୋକ ସହିତ ଆପଣଙ୍କ ସମ୍ପର୍କ କ'ଣ ?

- ମୁଁ ଜାଣିନି । ସେ କିନ୍ତୁ ଅଞ୍ଜନଙ୍କ ପରି ଦିଶନ୍ତି ।

- ସେଠୁ କ'ଣ ହେଲା ?

- ମୁଁ ଯେତେବେଳେ ତାଙ୍କ ପରିଚୟ, ଗାଁ ଘର, ପିତାଙ୍କ ନାଁ, ସଂଗ୍ରହ କରିଥିଲି ସେତେବେଳେ ଆଚମ୍ବିତ ହୋଇଗଲି । ତେବେ ଏ ଯଦି ଅଞ୍ଜନଙ୍କ ପୁତ୍ର ନୁହଁନ୍ତି ତେବେ ମୋର ଓ ଅଞ୍ଜନଙ୍କ ପୁତ୍ର ନିଶ୍ଚୟ ହୋଇଥିବ । ଦୀର୍ଘ ଚାଳିଶବର୍ଷ ତଳେ ମୁଁ ତାକୁ ନଦୀରେ ଭସାଇ ଦେଇଥିଲି ନିଜର ସୁଖ ସାମ୍ରାଜ୍ୟ ଗଢ଼ିବାକୁ । ମୁଁ ସେହି ଅଭଗା କୁମାରୀ ମା' ଯିଏ ଏପରି କୁକର୍ମ କରି ପୁତ୍ରକୁ ମରଣ ମୁହଁକୁ ଠେଲିଦେଇ ବଧୂବେଶରେ ବେଦୀରେ ବସିଥିଲି ରାଜୀବଙ୍କ ସହ । ଆମ ସଂସାର ମଧ୍ୟ ବେଶ୍ ସୁଖମୟ ଓ ଶାନ୍ତିମୟ ଥିଲା । ମୁଁ ନିଶ୍ଚିନ୍ତରେ ସନ୍ତାନର ମୁଖରୁ ମା' ଡାକ ଶୁଣିବାକୁ ଉତ୍ସୁକ ଥିଲି । କିନ୍ତୁ ଆସ୍ତେ ଆସ୍ତେ ମୋ ମନ ଉଦାସୀ ହୋଇଉଠୁଥିଲା । ମୋ ଘର ଅଗଣାରେ ଏକ ଅଭିଶାପ ଯେମିତି ଘାରିଥିଲା । ମୋ ଶାଶୁଶ୍ୱଶୁର ନାତି, ନାତୁଣୀ ମୁଖ ନଦେଖି ବିଦାୟ ନେଲେ । ମୋ ବାପା ମା' ମଧ୍ୟ ନିଜ ପ୍ରାୟଶ୍ଚିତ କର୍ମପାଇଁ ଅନୁତପ୍ତ ହୋଇ ଦୁନିଆରୁ ଆଖି ବୁଜିଲେ । ମୋ ସ୍ୱାମୀ ରାଜୀବ ଅନେକ ସମୟରେ ପୋଷ୍ୟସନ୍ତାନ ଗ୍ରହଣ କରିବାକୁ ପରାମର୍ଶ ଦେଉଥିଲେ । କିନ୍ତୁ ମୋ ମନରେ ଏକ ଅଜଣା ପ୍ରାପ୍ତିର ମହକ ଥିଲା ଯେ ମୁଁ ଦିନେ ମୋ ଭସେଇଥିବା ପୁତ୍ରକୁ ନିଶ୍ଚୟ ପାଇଯିବି । ଦେଖନ୍ତୁ ତ ଭଗବାନଙ୍କ ଇଚ୍ଛା ମୋ ପୁଅ ଏବେ ମୋ ସାମ୍ନାରେ ଅଛି । ଭୋଭୋ କାନ୍ଦି ଉଠିଲେ ସ୍ମୃତିର ନିବିଡ଼ତାରେ ବେଦନାରେ ସେହି ଅଚିହ୍ନା ମହିଳା ।

ଚିତ୍ରା ଚାହିଁଲା ବିଭୂତିଙ୍କ ଆଖିକୁ । ଭାବିନେଲା ଏ କ'ଣ କୁନ୍ତୀ ? ଏତେବର୍ଷ ପରେ ନିଜ ମାତୃତ୍ୱକୁ ଜାହିର କରିବାକୁ ଉପସ୍ଥିତି ହୋଇଗଲେ । ପାଟିରୁ ଖସିଗଲା ଶବ୍ଦ ଆପଣ ନାଁ କ'ଣ ?

- ମେନକା ।

ବିଭୂତି ପ୍ରଶ୍ନ କଲେ - ଆପଣ ଆଲୋକଙ୍କୁ ଜନ୍ମ କଲାପରେ ତା' ପାଖରେ କେଉଁ ଚିହ୍ନ ଦେଖିଥିଲେ । କହିପାରିବେ କି ?

- ମୁଁ ତାକୁ ଜନ୍ମକରି ଏକା ଭସେଇ ଦେଇନଥିଲି । ମୋ ପିତାମାତା ମଧ୍ୟ ଏହି କାର୍ଯ୍ୟରେ ସାହାଯ୍ୟ କରିଥିଲେ । ମୋ ମାତା ଅଞ୍ଜନଙ୍କୁ ବିବାହ କଥାରେ ଭାବିଥିଲେ

ଟିକିଏ । କିନ୍ତୁ ପିତା ପୁରା ନାରାଜ ଥିଲେ । ମୋତେ ମାତା ଦେଖାଇ ଦେଇ କହିଥିଲେ- ଏହି ପିଲାର ଡାହାଣ ପାଦରେ ଗୋଟିଏ ବଡ଼ କଳାଜାଇ ଅଛି । ଧନୀ ହେବ । ସୁନ୍ଦର ପୁଅଟିଏ ।

ଚିତ୍ରାର ନିଭୃତକୋଣରୁ ଏକ ଆକୁଳିତ ସ୍ୱର ସତେ ଯେମିତି ଗୁମୁରି ଉଠିଲା । ଏତେ ପୁତ୍ର ଜନନୀ ହୋଇ ମଧ୍ୟ ଆଲୋକ ପ୍ରତି ଥିବା ମମତା ଛାତିରେ ଫୁଟି ଉଠିଲା । ଏହି ଛାତିରେ ତାକୁ ଜାବୁଡ଼ିଧରି କ୍ଷୀର ପିଆଇଛି । ମା'ର ସ୍ନେହଦେଇ ଦିନରାତି ତା' ପାଇଁ ସ୍ୱପ୍ନ ଦେଖୁଥିଲା । ଅନ୍ୟମାନଙ୍କ ଜନ୍ମପରେ ସିନା ତା' ମନ କଳୁଷିତ ହୋଇ ଉଠିଲା । ଏବେ କିନ୍ତୁ ନିଜ ମାଆ ଅଧିକାରରେ କଳାହାଣ୍ଡିଆ ମେଘ ଘୋଟି ଆସିଲା । ମେନକାର ଖଡ଼ଗର ସ୍ୱର ବିଚ୍ଛେଦର ଧ୍ୱନୀ ଶୁଣାଉଛି । ଆଉ ଚିତ୍ରା ପାଟିରୁ କଥା ସ୍ଫୁରିଲାନି । କେମିତି କହିବ ସେ ହିଁ ଆଲୋକର ଡାହାଣ ପାଦରେ ହିଁ କଳାଦାଗ ଅଛି ।

ଏତିକିବେଳେ ଟିକିଏ ଗମ୍ଭୀର ହୋଇ ଚିତ୍ରା କହିଲା- ଏତେବର୍ଷ ପରେ ଜଣେ ମହିଳା ଯଦି ଆଲୋକକୁ ଆସି ପୁତ୍ର ବୋଲି ସମାଜରେ ଦେଖାଇବାକୁ ଚହିଁବ ତେବେ ସମାଜ କ'ଣ ପ୍ରଶ୍ନ କରିବନି ନା ଆପଣଙ୍କ ସ୍ୱାମୀ ପ୍ରଶ୍ନ କରିବେନି - ଏ କାହାର ପୁଅ ବୋଲି ?

- ମୋ ସ୍ୱାମୀ ଜୀବିତ ନାହାନ୍ତି । କି କଥା କି ବ୍ୟଥା ଦେଇଥାଆନ୍ତେ ମୁଁ ମଧ୍ୟ ଜାଣିନି । ସମାଜକୁ ସତ କହିବା କି ଦରକାର ?

- କୁମାରୀ କଳଙ୍କକୁ ଯଦି ଗୋପନ ରଖିବାକୁ ଇଚ୍ଛା କଲେ ତେବେ କେଉଁ ମୁହଁରେ ଗୋଟିଏ ବାପ ହୋଇ ସାରିଥିବା ପୁଅକୁ ପୁତ୍ର କହି ଘରକୁ ପାଛୋଟି ନେବେ । ତାହା ମଧ୍ୟ ଗ୍ରହଣୀୟ ହୋଇ ନପାରେ ।

- ମୋ ପୁଅକୁ ମୁଁ ଗ୍ରହଣ କରିବି । କାହା କଥାରୁ କ'ଣ ମିଳିବ ?

- କିନ୍ତୁ ପୁତ୍ରକୁ ତ୍ୟାଗ କଲାବେଳେ ସମାଜକୁ ଭାରି ଡରୁଥିଲେ କାହିଁକି ? ଅଞ୍ଜନକୁ ବିବାହ କରି ପ୍ରେମର ଚିହ୍ନକୁ ଗ୍ରହଣ କଲେନି । ଏତେ ବର୍ଷ ଆମେ ଆମର ସ୍ନେହ ମମତା ଦେଇ ତାକୁ ବଢ଼ାଇ ମଣିଷ କଲୁ । ଏବେ ନିଜ ଦାବୀ ସାବ୍ୟସ୍ତ କରିବାକୁ ଆସିଯାଇଛନ୍ତି ଯେ !

- ମୋ ପାଖରେ ଆଉ ଚରା ନାହିଁ । ଦୁଃଖିନୀ ମାଆର କଥା ଟିକିଏ ଶୁଣନ୍ତୁ । ମୋ ଶେଷ ସମୟରେ ମୋ ଗର୍ଭରୁ ଜନ୍ମ ଦେଇଥିବା ପୁତ୍ରଟିକୁ ମୋତେ ଫେରାଇ

ଦେଇ ମା' ଶବ୍ଦ ଶୁଣିବାର ସୁଯୋଗ ଦିଅନ୍ତୁ । ଭାବନ୍ତୁ ନାହିଁ ମୁଁ ଏତେବର୍ଷ ଚୁପ୍ ହୋଇ ବସିଥିଲି ବୋଲି । ଅନେକ ଜାଗାରେ ତାକୁ ଖୋଜିବାକୁ ଚେଷ୍ଟା କରିଛି । ଭଗବାନଙ୍କ ଦୟା ଯୋଗୁ ମୋ ଶେଷ ସମୟରେ ମୋ ପୁଅ ମୋତେ ଟିକିଏ ସାହାରା ଦେଇପାରିବ । ମୋ ଘରେ ରହିପାରିବ ।

- ଆପଣଙ୍କ ଘରେ କାହିଁକି ?

- କଟକରେ ଆଲୋକର ଚାକିରୀ । ମୋ ଘର ଏବେ ଖାଲି । ତା'ର ରହିବାର ଅସୁବିଧା କେଉଁଠି ? ଏବେ ମୋର କେମୋଥେରାପି ଚାଲିଛି । କ୍ୟାନସର୍‌ରେ ଆକ୍ରାନ୍ତ । ଏତିକି ତ ଦୟା କରିପାରିବେ । ଆପଣଙ୍କର ପାଞ୍ଚପୁତ୍ର ତ ଅଛନ୍ତି । ଆଲୋକ ନୁହେଁ ଆପଣଙ୍କ ପୁଅ । ମୋ ମୃତ୍ୟୁପରେ ସେ ହିଁ ମୋ ଧନ ସମ୍ପତ୍ତିର ମାଲିକ ହେବ ।

ବିଭୂତି ହଠାତ୍ ରାଗିଯାଇ କହିଲେ- ଧନ ସମ୍ପତ୍ତି ଦେଇ ପୁତ୍ରକୁ କିଣିବାକୁ ଆସିଛନ୍ତି କି ? ଯୌତୁକ ଦେଇ ଜ୍ୱାଇଁ କିଣିପାରିବ, କିନ୍ତୁ ଆଲୋକ ପରି ପୁତ୍ର ମନକୁ କିଣିବା କଷ୍ଟ । ସେ ଆପଣଙ୍କୁ ମା' କହିନପାରେ !

- ଶୁଣନ୍ତୁ ମୋ ଅନୁରୋଧ । ଏ ବିଷୟରେ କାହାକୁ ନଜଣାଇ କେବଳ ଆଲୋକ ସହିତ କଥାବାର୍ତ୍ତା ହେବାର ସୁଯୋଗ ମତେ ଟିକିଏ ଦିଅନ୍ତୁ । ଆପଣ ମୋ ଶେଷ ସମୟରେ ଏତିକି ଟିକିଏ ସାହାଯ୍ୟ କରନ୍ତୁ । ଅଳ୍ପବୟସରେ ମୋ ଗୋଡ଼ ଖସିଯାଇଥିଲା ବୋଲି ତା' ପ୍ରାୟଶ୍ଚିତ ସ୍ୱରୂପ ସନ୍ତାନହୀନା ହୋଇ ଦଣ୍ଡ ଭୋଗିଲି ମୁଁ । ମୁଁ ଏବେ ଦୁଃଖରେ ଅସ୍ଥିର ହୋଇ ଉଠୁଛି ବେଳେବେଳେ ।

- ଆପଣ ନିଜ ଦିଅର କି ଭାଇପୁତ୍ରଙ୍କୁ ପାଖରେ ରଖି ପୋଷ୍ୟ ପୁତ୍ର ଦାବୀ ସାବ୍ୟସ୍ତ କରନ୍ତୁ । ଜାଣିଶୁଣି ଆଲୋକକୁ ସମ୍ପତ୍ତି ଲୋଭରେ ପୁଣି ଗଣ୍ଡଗୋଳର କନ୍ଦଳ ଭିତରକୁ ପଶେଇ ପାରିବିନି ମୁଁ । ମୁଁ ମୋ ପୁଅ ଆଲୋକକୁ ସବୁ ପୁଅଙ୍କଠାରୁ ବେଶି ଭଲପାଏ । ମୋ ମନର କଥା ଆପଣ ମଧ୍ୟ ବୁଝନ୍ତୁ । ବ୍ୟଥିତ ସ୍ୱରରେ ବିଭୂତି ଶୁଣାଇ ଦେଇ ଘର ଭିତରକୁ ଚାଲିଗଲେ ।

ଭିଜାଭିଜା ଆଖିରେ ମେନକା ଚିତ୍ରାର ହାତ ଦୁଇଟିକୁ ଭିଡ଼ିଧରି କହିଲା- ଆପଣ ଜଣେ ମା' । ମା'ର ହୃଦୟକୁ ଚିହ୍ନନ୍ତି । ପୁତ୍ରଟିଏ ଜନ୍ମକରି ଭସେଇଦେବା ମୋ ମନକୁ କେବେ ଆସିନଥିଲା । କିନ୍ତୁ ପରିସ୍ଥିତି ହିଁ ମୋତେ ବାଧ୍ୟ କରିଥିଲା । ଟିକିଏ ସ୍ନେହରେ ଆଉଁଶି ଦେଇଥିଲି ସେଦିନ । ପୁଅକୁ କୋଳ କରି ଲୁହଭରା ଆଖିରେ

ବିଦାୟ ଦେଇଥିଲି ମୁଁ । ଫେରିଯାଆନ୍ତୁ ତ ଅର୍ଦ୍ଧଶତାବ୍ଦୀ ତଳକୁ । ଜଣେ ମା' ଆଉ କ'ଣ କରିପାରିଥାଆନ୍ତା ଲୋକଲଜ୍ୟାରୁ ରକ୍ଷା ପାଇବାପାଇଁ ?

ଚିତ୍ରା ଟିକିଏ ଗମ୍ଭୀର ହୋଇ କହିଲା- ଆଉ କେଇ ଦିନ ଅପେକ୍ଷା କରନ୍ତୁ । ବିଭୂତିଙ୍କୁ ମୁଁ ଆପଣଙ୍କ କଥା କହିବି । ଭାବିବୁ ଦୁହେଁ କ'ଣ କରିବୁ । ଆଲୋକ ସହିତ ମଧ୍ୟ ଏ ବିଷୟରେ କଥା ହେବୁ ।

- ଯାହାକିଛି କରିବେ ଶୀଘ୍ର କରନ୍ତୁ । ମୋ ପାଖରେ ଦିନ ତ ବେଶି ନାହିଁ । କେଉଁ ମୁହୂର୍ତ୍ତରେ ଜୀବନ ଚାଲିଯାଇପାରେ ।

- ଆପଣ ଟିକିଏ ବସନ୍ତୁ । ମୁଁ ଜଳଖିଆ ଆଣିବି ।

- ମୋର କାର୍ ଗାଁ ମୁଣ୍ଡରେ ରଖି ଆସିଛି । ଘରେ ଖାଇ ଆସିଛି । ମୋ କଥା ଟିକିଏ ଚିନ୍ତା କରନ୍ତୁ । ମୁଁ ପୁଅକୁ ପାଇବାକୁ ଧାଇଁ ଆସିଛି ଏଠିକି ।

- ହଉ, ଅପେକ୍ଷା କରନ୍ତୁ ଟିକିଏ କହି ଚିତ୍ରା ଡ୍ରଇଂରୁମ୍‌ରୁ ଉଠି ଭିତରକୁ ଗଲା । ବର୍ଷା ପଚାରିଲା ମା' - ସେହି ଅଚିହ୍ନା ନାରୀଟି କିଏ ? ବାପା ସେଠୁ ଫେରିଲାପରେ ଚୁପ୍‌ହୋଇ ରୁମ୍‌ରେ ବସିଛନ୍ତି । ଆଲୋକଭାଇଙ୍କର ବିଷୟରେ କ'ଣ କହୁଛନ୍ତି କି ?

- କିଛି ଅସୁବିଧା କାହିଁକି ଆଲୋକର ହେବ ?

ମୋତେ ତ ଆଲୋକଭାଇଙ୍କ ନାଁ ବାରମ୍ବାର ଶୁଣାଯାଉଥିଲା ।

ଟିକିଏ ରାଗିଗଲା ଚିତ୍ରା । କହିଲା- ଏଠି କ'ଣ କାନେଇ ଶୁଣୁଥିଲୁ କି ?

- ନାଇଁ ମା' । ମୋର ଏପରି ଅଭ୍ୟାସ ନାହିଁ । ଥରେ ଦୁଇଥର ଆଲୋକଭାଇଙ୍କ ନାଁ ହିଁ ଜୋର୍‌ରେ ବାପାଙ୍କ ମୁହଁରୁ ଶୁଣିଛି ।

- ହଉ ଟିକିଏ ଜଳଖିଆ ସଜାଡ଼ି ଦିଏ । ମୁଁ ପାଣି ଗ୍ଲାସ ଧରିଯାଉଛି । ତୁ ଜଳଖିଆ ଧରି ଆସିବୁ କହି ଚିତ୍ରା ଡ୍ରଇଂରୁମ୍‌ରେ ପଶିଲାବେଳେ ମେନକା ନାମ୍ନୀ ନାରୀଟି ସେଠୁ ଚାଲିଯାଇଥିଲେ । ଚିତ୍ରା ଦୁଆରକୁ ଯାଇ ଚତୁର୍ଦ୍ଦିଗକୁ ଆଖି ପକେଇଲା । କାର୍ ଦିଶିଲାନି । କାହାକୁ ପଚାରିବ ଭାବି ପଡ଼ିଶାଘର ବସିଥିବା ବଡ଼ମା'ଙ୍କୁ ପଚାରିଲା- ଦେଖିଛନ୍ତି ସେ ସ୍ତ୍ରୀ ଲୋକଟିକୁ ।

- ସେ ଚାଲିଗଲାଣି ଏଠୁ ।

ଚିତ୍ରା କି ବିଭୂତି ଜାଣିନାହାନ୍ତି ମେନକାଙ୍କ ଠିକଣା । ସେ ସତ କି ମିଛ କହିଲେ ମଧ୍ୟ ଜାଣିହେଉନି । ଏତେବର୍ଷ ପରେ ପୁଅକୁ ଖୋଜା ପଡ଼ିଲା ଦରକାର

ବେଳେ । ରାଜୀବଙ୍କ ପୁଅ ଥିଲେ କ'ଣ ଆଲୋକଙ୍କ ପାଇଁ ଖୋଜଖବର ରଖିଥାଆନ୍ତେ କି ? ଆମର ପାଞ୍ଚ ପୁଅ ଥାଇ ମଧ୍ୟ ଆଲୋକକୁ ପୁତ୍ର ଅଧିକାରରୁ ବଞ୍ଚିତ କରିନୁ । ଯଦି ଶାଶୁ ବଞ୍ଚିଥାଆନ୍ତେ କହିଥାଆନ୍ତେ - ସେ ମୋର ବଡ଼ନାତି ।

ତଥାପି କାହିଁକି କେଜାଣି ଚିତ୍ରା ମନରେ ମାତୃତ୍ୱର ଆନ୍ଦୋଳିତ ସ୍ୱର ଚହଲେଇ ଦେଇ ଶୁଣାଯାଉଥିଲା - ମା'ର କାଣିଚାଏ ମମତାକୁ ମଧ୍ୟ ଅଣଦେଖା କରିହେବନି । ମେନକାଙ୍କର ଶେଷ ଇଚ୍ଛା ରକ୍ଷା କରିବା କଥା । ଗୋଟିଏ ପାଳିତା ମାଆ ଅନ୍ୟ ଜନ୍ମିତ ମାତାର ମନକୁ କଣ୍ଟାରେ ଫୋଡ଼ିବ କାହିଁକି ? ବରଂ ଆଲୋକକୁ ସବୁ ସତକଥା କହିବାକୁ ହେବ । ତେଣୁ କାଲି ସେ ଓ ବିଭୂତି ଆଲୋକ ବସାରେ ପହଁଞ୍ଚିଯିବେ । ଆଲୋକ ଭଲଗୁଣର ପିଲାଟିଏ । ସେ କ'ଣ ସିଦ୍ଧାନ୍ତ ନେଉଛି ବୁଝିବାକୁ ପଡ଼ିବ । ଆଲୋକକୁ ମଧ୍ୟ ନିଜ ମା'ର ପରିଚୟ ମିଳୁ । କୃଷ୍ଣଙ୍କର ଯଶୋଦା ଓ ଦେବକୀ ମା' ତ ଥିଲେ । ଯେତେବେଳେ ନନ୍ଦପୁର ଛାଡ଼ି ଜନ୍ମ ଦେଇଥିବା ଦେବକୀମାଆଙ୍କ ପାଖକୁ ମଥୁରା ଫେରିଗଲେ ସେତେବେଳେ ଯଶୋଦାଙ୍କ ବିଚ୍ଛେଦ ଅବସ୍ଥାର ଦୁଃଖ ତ ବଳିଯାଇଥିଲା । ଏକ ମମତାର ସମ୍ମୋହନ ଭାବନାରେ ବୁଡ଼ିଯାଇ ଆଲୋକ ପାଖକୁ ଫୋନ୍ କରିବାକୁ ଇଚ୍ଛା କଲେ । ହଠାତ୍ ବିଭୂତିବାବୁ ତା' ହାତକୁ ଅଟକାଇ ଦେଇ କହିଲେ- ଫୋନରେ କିଛି କଥା କହିହେବନି । ସେଠାକୁ ଯାଇ ବିସ୍ତାର କରି କହିବା ।

ସେଦିନ ରାତିରେ ଚିତ୍ରା ଆଖିରୁ ନିଦ ହଜିଯାଇଥିଲା । ଏବେ ସେ ଯେଉଁ ଅନାବିଳ ସ୍ନେହ ଆଲୋକ ପାଖରେ ଢାଳିଦେଇଛି ସେଥିରୁ କିଛି କମିଯିବ କି ? ଏବେ ମୋନିକା କେମିତି ଗ୍ରହଣ କରିବ ଏପରି କଥା ଶୁଣି ? ମା'ର ସମ୍ପର୍କ ତ ଜନ୍ମ କରି ତ୍ୟାଗ କରିଦେଲେ ଯୋଡ଼ି ହୋଇଯିବନି । ଯେତେବେଳେ ମେନକା ଆଲୋକକୁ ତ୍ୟାଗ କରିଥିଲା ସେ କ'ଣ ତା' ବଞ୍ଚିବା ପ୍ରତି ସଚେ଼ତନ ଥିଲା କି ? ସଚେତନ ହୋଇଥିଲେ କୌଣସି ଅନାଥଶ୍ରମରେ ନେଇ ଛାଡ଼ି ଦେଇ ଆସି ଥାଆନ୍ତା । ମରଣମୁହଁକୁ ଠେଲି ଦେଇ ଏତେବର୍ଷ ପରେ ପୁଣି ମାତୃତ୍ୱ ଜାହିର କରିବାକୁ ଆସିଯାଇଛି କେଉଁ ହିସାବରେ ?

॥ ଆଠ ॥

ବିଭୂତି ଉଠିଲେ । ଜଗ୍‌ରୁ ପାଣି ଗ୍ଲାସରେ ଢାଳି ଟିକିଏ ପିଇଦେଇ ଟୟଲେଟ୍ ଗଲେ । ଚିତ୍ରା କଡ଼ ଲେଉଟେଇଲା । ତା' ଆଖିରେ ଲୁହ ଭର୍ତ୍ତି । ଆଲୋକ ପାଇଁ ହିଁ ସେ ନିଜ ମନକୁ ଭାରି କରି ଛାଟିପିଟି ହେଉଥିଲା । ଆଲୋକଠାରୁ କେବେ ମଧ୍ୟ ଦୂରେଇ ରହିବା ତା' ପାଇଁ ଅସହ୍ୟବୋଧ ହେଲା । ଏହି ଅନୁଭୂତି ତ ମା'ର । ବଟଗଛରେ ଯେତେ ଓହଳ ତା'ର ହିଁ । ଆଲୋକ ଯଦିଓ ତା' ରକ୍ତର ନମୂନା ନୁହେଁ ତଥାପି କାହିଁକି କେଜାଣି କଅଁଳା ଶିଶୁଟିକୁ ଥୁଣ୍ଟା କୋଳରେ ଧରିଲାବେଳେ ଆନନ୍ଦର ମହମହ ବାସ୍ନା ତା' ମନରେ ଖେଳିଯାଇଥିଲା । ସେ ନିଶ୍ଚିତ ଥିଲା ଏହି ପୁଅ ଘରର ଦୀପଶିଖା । ଯଦିଓ ଅମର ଜନ୍ମପରେ ସେ ଲକ୍ଷ୍ୟଭ୍ରଷ୍ଟ ହୋଇଥିଲା ମମତାର ପରଶରେ ଆଲୋକ ମୁଣ୍ଡରେ ହାତ ବୁଲାଇ ଆଣିବାପାଇଁ । ତଥାପି ବିଭୂତି ଆଲୋକକୁ ସବୁଠୁ ଅଧିକ ସ୍ନେହ ଢାଳୁଥିଲେ । ବାପାଙ୍କ ସ୍ନେହରୁ କେବେ ବଞ୍ଚିତ କରିନଥିଲେ । ଏବେ ସନ୍ତାନମାନଙ୍କ ଭିତରେ ଖୁସିର ଦିନ ଗତିକଲାବେଳେ ଚକିତ କରି ମେନକା କୁଆଡୁ ଆସି ପହଁଞ୍ଚିଗଲେ ଘରେ, ମନରେ ଦୁଃଖର ବାଦଲ ଖେଳେଇଦେବାକୁ ?

ତା'ପରଦିନ ବିଭୂତି ଓ ଚିତ୍ରା କାର୍ ଯୋଗେ ପହଁଞ୍ଚିଯାଇଥିଲେ ଆଲୋକ ବସାରେ । ସେତେବେଳକୁ ଆଲୋକ ଅଫିସରେ ଥିଲେ । ପୂର୍ବଦିନ ରାତିରେ ପୁଅ ଆଲୋକକୁ ଶୁଣାଇ ଦେଇଥିଲେ ଯିବାକଥା । ଅପ୍ରତ୍ୟାଶିତ ମା', ବାପାଙ୍କ ଆଗମନ କଥା ଶୁଣି ଆଲୋକ ଭାବିଥିଲେ - ନିଶ୍ଚୟ କିଛି ଗୁରୁତ୍ୱପୂର୍ଣ୍ଣ କଥା ଥିବ । ଘରେ ବର୍ଷା ଠିକ୍‌ରେ ଚଳିପାରୁନି କି ? ବାପା ତ କେବେହେଲେ ନିୟମର ଲକ୍ଷ୍ୟଭ୍ରଷ୍ଟ ନୁହଁନ୍ତି । ବାପା ମା' ଆସିଲେ ଭଲଲାଗିବ ମନଟି । ତେଣୁ ମୋନିକାକୁ ଟିକିଏ ଭଲ ରୋଷେଇ କରିବାକୁ କହିଥିଲେ । ପୁଣି ସୋମବାର ଆଜି ।

ବିଭୂତି ଚିତ୍ରାସହ ବସାରେ ପହଁଞ୍ଚିଥିଲା ପରେ ମୋନିକା ତତ୍‌ପର ହୋଇ ଫ୍ରୁଟ୍ ଜୁସ୍‌ର ଗ୍ଲାସ ଦୁଇଟି ଟେବୁଲ୍ ଉପରେ ରଖିଦେଇ ଶାଶୁଶ୍ୱଶୁରଙ୍କୁ ପ୍ରଣିପାତ ହେଲା । ବିଭୂତି ଶୁଣାଇ ଦେଲେ - ସୌଭାଗ୍ୟବତୀ ହୁଅ । ଚିତ୍ରା ଆଶୀର୍ବାଦ ଦେଲା - 'ଅୟିସୁଲେକ୍ଷଣୀ ହୋଇଥାଆ' ।

ଗୋଡ଼ ହାତ ଧୋଇ ଦୁହେଁ ସୋଫାରେ ବସିଯାଇ ଫ୍ରୁଟ୍ ଜୁସ୍ ପିଇ ଦେଲେ । କଟକ ଆସିବା କଥା ମଧ୍ୟ ଅରୂପକୁ ଶୁଣାଇନଥିଲେ । ସେ ମଧ୍ୟ ବଡ଼ ଡ଼ାକ୍ତରଖାନାରେ କ୍ୱାଟର୍ସରେ ରହୁଛି ତା' ସ୍ତ୍ରୀ ସହ । ଏଠି ଦୁଇଦିନ ରହି ତା' ବସାକୁ ଯିବେ । ସେ ତ କହିବ 'ତୁମେ ଏଠି ରହିଯାଅ । ତୁମ ଦେହପା'ର ଯତ୍ନ ମୁଁ ନେବି ।'

ଚିତ୍ରାର ମନରେ ଅପୁରନ୍ତ ଆନନ୍ଦ ପ୍ରତିଫଳନ ହେଲା ଯେମିତି । ଏଠି ଅରୂପ ନାହିଁ । ତଥାପି ସେ ବେଶି ଯତ୍ନବାନ ମା' ବାପା ପ୍ରତି । ବିବାହ ପରେ ଏବେ ସେ ମେଡ଼ିକାଲ୍ କ୍ୱାଟର୍ସରେ ରହୁଛି । ଇଚ୍ଛାହେଲେ ଦୁଇଭାଇଙ୍କ ଦେଖା ସାକ୍ଷାତ ଚାଲିଛି ।

- ମା', ରୋଷେଇ ସରିଛି । ଖାଇଦେବେ କି ? ବାଢ଼ିବି ।

- ହଁ ବାରଟା ବାଜିବ । ବାପାଙ୍କ ପାଇଁ ବାଢ଼ି ଦିଏ । ମୁଁ ଆଲୋକ ଆସିଲେ ଖାଇବି । ବାପା ତ ସମୟ ଅନୁସାରେ ଖାଆନ୍ତି । ଗୋଟିଏ ମିନିଟ୍ ଏପଟ ସେପଟ ହେଲେ ଚଳିବନି ।

ବିଭୂତି ଖାଇସାରି ହାତ ଧୋଇ ବିଶ୍ରାମ ନେବାକୁ ରୁମ୍ ଭିତରେ ପଶିଲେ । ଚିତ୍ରା ମୋନିକା ସହିତ ବାର୍ତ୍ତାଳାପ ବେଳେ ତା' ବାପା ମା'ଙ୍କ ଭଲମନ୍ଦ ବୁଝିନେଲା ଓ ବର୍ଷା ଓ ଅନ୍ୟମାନଙ୍କ କଥା ଶୁଣେଇଲା । ଏତିକିବେଳେ ଆଲୋକର ଫୋନ୍ ଆସିଲା ମୋନିକା ମୋବାଇଲ୍‌ରେ - 'ମୁଁ ଏବେ ଖାଇବାକୁ ଯାଇପାରିବିନି । ମନ୍ତ୍ରୀଙ୍କ ସହ ମିଟିଙ୍ଗ୍ ଅଛି । ମୁଁ ଯାଉଛି ।'

ଚିତ୍ରା ପଚାରିଲା ମୋନିକାକୁ - କ'ଣ ଖାଇ ଯାଇଥିଲା ?

- ରୁଟି ଓ ତରକାରୀ । ପରଟା ତ ଖାଉ ନାହାନ୍ତି । ଚୂଡ଼ା କଦଳୀ ମଧ୍ୟ ଖାଇ ଦେଇଯାଆନ୍ତି । ସୁଜି ଉପମାକୁ ପୁରା ନାରାଜ । ଗ୍ୟାସ୍ ହେବ ବୋଲି କହନ୍ତି ।

- ତା' ଖାଇବାରେ ତୋତେ ଅସୁବିଧା ହେବାକୁ ପଡୁନଥିବ । ସେ ବୁଝିଲା ପିଲାଟିଏ । ଯାହା ତା'ର ରୁଚି ଖାଉ । ଏଥର ମୋତେ ଖାଇବାକୁ ବାଢ଼ିଦେଇ ତୁ ଖାଇଦିଏ । ତୋ ପୁଅ ସ୍କୁଲରୁ ଫେରୁ ଫେରୁ ଦିନ ତିନିଟା ବାଜିବ । ମୁଁ ମଧ୍ୟ ଟିକିଏ

ଗଡ଼ିପଡ଼େ । ଆଣ୍ଠୁଗଣ୍ଠି ରୋଗ ଧରିଛି । ବେଶି ସମୟ ବସି ରହିଲେ ମଧ୍ୟ ଆଉ ଦେହକୁ ଠିକ୍ ଲାଗୁନି ।

ଚିତ୍ରା ବିଚ଼ଳିତ ଥିଲା ରାତି ପର୍ଯ୍ୟନ୍ତ । ଆଲୋକ ଘରକୁ ଫେରିବା ପରେ ରାତ୍ରୀଭୋଜନ ସମାପ୍ତ କରିଥିଲେ ବାପା ବିଭୂତିଙ୍କ ସହ । ସେତେବେଳେ ବିଭୂତି ଗମ୍ଭୀର ହୋଇ କହିଥିଲେ - ତୋ ସହିତ ଗୋଟିଏ ଗୁରୁତ୍ୱପୂର୍ଣ୍ଣ କଥା ଅଛି । ଖାଇସାରିବାପରେ ମୋ ବିଶ୍ରାମରୁମ୍‌କୁ ଆସିବୁ । ତୋ ମାଆ ମଧ୍ୟ ସେଠି ଉପସ୍ଥିତ ରହିବା କଥା ।

ମୋନିକା ଚାହିଁଲା ଶ୍ୱଶୁରଙ୍କ ମୁହଁକୁ । ଚିତ୍ରା ମଧ୍ୟ ଭାବୁଥିଲା ମୋନିକା ଜାଣୁ ସବୁ କଥା । ନଚ଼େତ୍ ଆଲୋକକୁ ପଛରେ ଖରାପ ଭାବିବ । ସ୍ୱାମୀସ୍ତ୍ରୀଙ୍କ ବିଶ୍ୱାସ ଦୃଢ଼ ରହୁ । କୌଣସି ପରିସ୍ଥିତିରେ ଭାଙ୍ଗିବାକୁ ଦିଆଯିବନି । ବୟସର ଶେଷ ସମୟରେ ଦୁହେଁ ଦୁହିଁଙ୍କ ପାଇଁ ତ ପାଲଟିଯାଆନ୍ତି ସାହାରା ।

ବିଭୂତି ହାତ ଧୋଇବାପରେ ଆଲୋକ ଉଠି ହାତ ଧୋଇ ବାପାଙ୍କ ସହିତ ରୁମ୍‌ରେ ପଶିଲେ । ଚିତ୍ରା କହିଲା - ମୋ ପାଇଁ ଦୁଇପଟ ରୁଟି ବାଢ଼ିଦିଏ । ମୁଁ ଚଟାପଟ ଖାଇଦେଇ ଯିବି ରୁମ୍‌କୁ । ତୁ ମଧ୍ୟ ଖାଇଦିଏ । ନାତି ଶୋଇପଡ଼ିଲାଣି ତ ?

- ହଁ ସକାଳୁ ଉଠିପଡ଼େ ବୋଲି ଶୀଘ୍ର ଶୋଇବାକୁ କୁହାଯାଏ । ନହେଲେ ସକାଳୁ ଉଠିଲାବେଳକୁ ତାକୁ କଷ୍ଟ ଲାଗେ ।

- ପିଲାମାନେ ଆଠ କି ନଅ ଘଣ୍ଟା ଶୋଇବା ଦରକାର । ଆଗବେଳେ ଦଶଟାବେଳକୁ ସ୍କୁଲ ଆରମ୍ଭ ହେଉଥିଲା । ଏବେ ସକାଳୁ ସକାଳୁ ସ୍କୁଲଯିବାକୁ ପଡୁଥିବାରୁ ପିଲାମାନେ ଠିକ୍‌ରେ ଖାଇପିଇ ପାରୁନାହାନ୍ତି । ସକାଳୁ ଉଠିଲା ପରେ ଜଳଖିଆ ଖାଇ ପଢ଼ାରେ ବସୁଥିଲେ । ସ୍କୁଲ ଗଲାବେଳେ ଭାତ ଖାଇ ଯାଉଥିଲେ । ତୋ ପୁଅ ଏବେ ଦିନ ତିନିଟା ପରେ ଭାତ ଖାଉଛି ।

- ଆଜିକାଲି ଭାତ ରୁଚୁନି ପିଲାଙ୍କୁ । ମ୍ୟାଗି, ଚାଉମିନ ଖାଇବାକୁ ପସନ୍ଦ କରୁଛନ୍ତି ।

- ମ୍ୟାଗିପରା ଦେହ ପାଇଁ ଭଲ ନୁହେଁ ବୋଲି ତୋ ଶ୍ୱଶୁର କହୁଥିଲେ ।

- ଏମାନେ ତେଲମସଲା ଜିନିଷ ଓ ମ୍ୟାଗି ଚାଉମିନ ଖାଇବାକୁ ପସନ୍ଦ କରୁଛନ୍ତି ।

– ହଁ । ଆଉ ଚକୁଳି କି ମଣ୍ଡାକୁ କିଏ କାହିଁକି ପଚାରିବ ? ତୁମେ ମା'ମାନେ ହିଁ ତମ ରୁଚି ଅନୁସାରେ ଖାଦ୍ୟ ଦେଉଛ । ପିଲାଟିକୁ ପ୍ରଥମରୁ ମ୍ୟାଗି ଚାଉମିନ୍ ନ ଦେଇଥିଲେ କୁଆଡୁ ଖୋଜିବେ ସେ ଜିନିଷ ଖାଇବାକୁ ?

– ଏବେ ସ୍କୁଲକୁ ପିଲାମାନେ ବିଭିନ୍ନ ପ୍ରକାର ଖାଦ୍ୟ ନେଇ ଆସୁଛନ୍ତି । ଆଧୁନିକ ଖାଦ୍ୟ ବେଶି ପସନ୍ଦ । ଆଉ ମଣ୍ଡା, କାକରା, ଚକୁଳି ସ୍କୁଲ ନେଲେ ପିଲାଙ୍କ ପାଖରେ ଲୋକହସା ହିଁ ହେବ ।

– ହଉ ପିଲାଙ୍କ ଇଚ୍ଛାରେ ଚାଲିବାକୁ ପଡ଼ିବ । ସେତେବେଳେ ଆମେ ପରଶୁଥିବା ଖାଦ୍ୟ ଆମ ଅନୁସାରେ ଖାଉଥିଲେ । ଏତେ ଅଝଟିଆ ନଥିଲେ । ତୋ ଶ୍ୱଶୁର ଭାରି ରାଗୀ । ଟିକିଏ ଏପଟ ସେପଟ ହୋଇଗଲେ ମାଡ଼ ମଧ ଦେଉଥିଲେ । ଆଜିକାଲି ସ୍କୁଲରୁ ମାଡ଼ ଉଠିଗଲା । ଦଣ୍ଡମୁକ୍ତ ହେଲା ସ୍କୁଲଗୁଡ଼ିକ । ବିଦ୍ୟାର୍ଥୀଙ୍କ ଶିକ୍ଷକଙ୍କ ଉପରୁ ଭୟ ଦୂର ହୋଇଗଲା । ସେମାନେ ଏବେ ମନଖୁସିରେ ପଢ଼ିବେ । ଗାଁରେ ସ୍କୁଲରେ ମଧ୍ୟାହ୍ନ ଭୋଜନ ଦିଆ ଯାଉଛି । ତଥାପି ଛାତ୍ରଛାତ୍ରୀଙ୍କ ଉପସ୍ଥିତି ହାର ବଢୁନି ବରଂ କମୁଛି ।

– ସ୍କୁଲରେ ମିସ୍ ରାଗନ୍ତି । ଭଲ ପାଠପଢ଼ା ହୁଏ । ହୋମଟ୍ୟାସ୍କ ମଧ ଠିକ୍‌ରେ କରି ନଗଲେ ଗାଳି ଶୁଣିବ ।

– ହଉ ମୁଁ ଏଠୁ ଯାଏ କହି ଚିତ୍ରା ରୁମ୍‌ରେ ପଶିଲା । ଖଟ ଉପରେ ବସିଗଲା । ବିଭୂତି ଆରମ୍ଭ କଲେ – ଆଲୋକ ଆଜି ଗୋଟିଏ ସମ୍ବେଦନଶୀଳ କଥା କହିବି । ତୁ ଧୈର୍ଯ୍ୟର ସହକାରେ ଶୁଣିବୁ ।

– କୁହନ୍ତୁ ବାପା ।

– ଦୁଇଦିନ ତଳେ ତୋ ଜନ୍ମକଲା ମା' ମେନକା ଯିଏ କଟକରେ ରୁହନ୍ତି ଆସିଥିଲେ ଆମ ଗାଁ ଘରକୁ । ସେ ଜୋର୍ ଦେଇ କହିଲେ – ଆଲୋକ ହିଁ ମୋ ପୁଅ । ବିବାହ ପୂର୍ବରୁ ମୁଁ ତାକୁ ପାଣିରେ ଭସେଇ ଦେଇଥିଲି ।

– ଏତେ ବର୍ଷ ପରେ କେଉଁ ମା'ର ଦାବୀ ନେଇ ସେ ଆସିଥିଲେ ? ତାଙ୍କର ଅସୁବିଧା କ'ଣ ?

ବିଭୂତି ମେନକାଙ୍କଠାରୁ ଶୁଣିଥିବା କଥାଗୁଡ଼ିକ ବିସ୍ତାର ଭାବରେ ଗୁପ୍ତ ନ ରଖି କହିଲେ । ଏସବୁ ଶୁଣିଲାପରେ ଆଲୋକ କହିଲେ – ଅଦୃଷ୍ଟ ଅତୀତ ବିଷୟରେ ମୁଁ ତ

କେବେ ଭାବିନଥିଲି । ମା' ହିଁ ମୋତେ କହିଥିଲା ଏବେ କିନ୍ତୁ ମୁଁ ଆଉ କୌଣସି ନାରୀକୁ ମା' ରୂପରେ ଗ୍ରହଣ କରିପାରିବିନି । କାରଣ ଯେଉଁ ଅସହାୟ ଶିଶୁ ବିକଳରେ କ୍ରନ୍ଦନରତ ଥିଲା ତାକୁ ନିର୍ଜନ ରାତିରେ ଭସାଇଦେଇ ମୃତ୍ୟୁମୁଖକୁ ହିଁ ଠେଲି ଦେଇଥିଲେ ସେ । କାନ୍ଦଣା ଚିତ୍‌କାର୍ ଶୁଣି ଯିଏ ମୋତେ କୋଳେଇ ଧରିଲା ସେ ତ ମା'ଟିଏ । ସେହି ମୋ ମା' । ବାପା ହିଁ ଆପଣ । ଅନ୍ୟ ଜୀବନର ଅଙ୍କାବଙ୍କା ଇତିହାସରୁ ମୋତେ କ'ଣ ମିଳିବ ? ମା'ଟି ସ୍ୱାର୍ଥପର ଓ ଅସମର୍ଥ ଥିଲାବେଳେ କାହିଁକି ଜନ୍ମ ଦେଇ ପୃଥିବୀ ପୃଷ୍ଠକୁ ଆଣିଥିଲେ । ଏବେ ମୋ ଅସ୍ତିତ୍ୱକୁ ତାଙ୍କ ସହ ଯୋଡ଼ିବାକୁ ଦେବିନି । ଯଦି ମୁଁ ଅନାଥ ହୋଇଥାଆନ୍ତି ତେବେ ମୋ ବିଷୟରେ ଜାଣିଥାଆନ୍ତେ କେମିତି ? ଯେତେ ନେହୁରା ହେଲେ ମଧ୍ୟ ମୁଁ ତାଙ୍କୁ ଭେଟିବି ନାହିଁ ।

ଏହି କଥାପଦକ ଶୁଣି ଚିତ୍ରା ମନେମନେ ଆଶ୍ୱସ୍ତ ହେଲା । ତା' ଆଖି ସାମନାରେ ତା' ପୁଅ ଆଲୋକର ଆତ୍ମୀୟତାର ଝଲକ ଦେଖିପାରିଲା । ତଥାପି କହିଲା- ସେ ତ ଜୀବନର ଶେଷ ମୁହୂର୍ତ୍ତରେ । ଯଦି ତୁ ଆମ ସହ ଯାଇ ତାଙ୍କୁ ଟିକିଏ ଦେଖା କରନ୍ତୁ... ।

- ଏତେ ବର୍ଷପରେ ମା'ର ମୁହଁ ମୁଁ ଦେଖିବାକୁ ଯାଉନି । ଆଉ ଅପ୍ରୀତିକର ପରିସ୍ଥିତିର ସାମନା କରିପାରିବିନି - ଆଲୋକ ଦମ୍ଭରେ କହିଲେ ।

ଚୁପ୍ ହୋଇଗଲେ ଚିତ୍ରା ଓ ବିଭୂତି । ଟିକିଏ ମୌନତା ଭାଙ୍ଗି ଚିତ୍ରା କହିଲା- ବୋହୂକୁ ଟିକିଏ ପଚାରିଦେବୁ । ତା' ମତ କ'ଣ ?

- କ'ଣ ଧନସମ୍ପତ୍ତି ମୋହରେ ମୁଁ ଅନାଥ ବନିଯିବିକି ? ନା ସେ ବନ୍ଧ୍ୟାନାରୀରୁ ପୁତ୍ରବତୀ ହୋଇଯିବେ ? ତାଙ୍କର ପରିବାର ତ ଅଛନ୍ତି । ଯିଏ ନିଜ କଳଙ୍କ ଲୁଚାଇବାକୁ ପ୍ରାୟ ସାରା ଜୀବନକୁ ସାରିବାକୁ ବସିଥିଲେ କ'ଣ ଏବେ ସଂସାର ପ୍ରତି ମୋହ ତୁଟିଯିବାରୁ ପୁତ୍ର ଜନ୍ମକଥା ପ୍ରକଟ କରିବେ କି ?

ଏତକ କହି ଆଲୋକ ଚାଲିଗଲେ ନିଜ ରୁମ୍‌କୁ । ମୋନିକା ମଧ୍ୟ ପଚାରିଲା ନାହିଁ "କେଉଁ ବିଷୟ ବାପାଙ୍କ ସହିତ କଥା ହେଉଥିଲ ବୋଲି" । ଆଖିବୁଜି ଶୋଇବାକୁ ଚେଷ୍ଟା କଲେ ଆଲୋକ । କିନ୍ତୁ ଆଖିରେ ନିଦ ନାହିଁ । ମନରେ ବାରମ୍ବାର କେନ୍ଦ୍ରୀଭୂତ ହୋଇଯାଉଛି ସେହି ଜନ୍ମ ରହସ୍ୟର କାହାଣୀ । ମନକୁ ଯେତେ ମେନକାଙ୍କ ସହ ଯୋଡ଼ିବାକୁ ଚେଷ୍ଟା କଲେ ମଧ୍ୟ ସ୍ୱାର୍ଥପରତାର ଚରିତ୍ର ଦୃଶ୍ୟମାନ ହେଉଛି । ଭୁଲ କାହାର? କିନ୍ତୁ ଦଣ୍ଡ କାହିଁକି ପାଇବ ନବଜାତ ଶିଶୁଟି ? କୁଆଡେ ଥିଲା ମମତାର

ଧାରଟି ? ସନ୍ତାନହୀନା ହେବାରୁ ହିଁ ଏବେ ଅତୀତର ମୁହୂର୍ତ୍ତକୁ ପ୍ରଘଟ କରି କି ଲାଭ ପାଇବେ ? ବରଂ ମୃତ୍ୟୁ ପୂର୍ବରୁ ସେମିତି ଲୁକ୍‌କାୟିତ ହୋଇରହୁ ତାଙ୍କର ମା' ଶବ୍ଦ ଶୁଣିବାର ମୋହ । ପ୍ରଶଂସାରେ ମରଣ ପାଆନ୍ତୁ କିନ୍ତୁ ନିନ୍ଦାରେ କାହିଁକି ମରିବେ ? ଏହି ବିଷୟରେ ତାଙ୍କ ସହିତ କଥା ହୋଇଯିବା ଭଲ । କିଛି ଭାବବିହ୍ୱଳିତ ହୋଇ ଯଦି କିଛି ପଦକ୍ଷେପ ନିଅନ୍ତି ତେବେ ପରିଣତ ବୟସରେ ମା'ଟି ମଧ୍ୟ କଳଙ୍କିତ ହେବ ।

ଶୀତଳ ପଡ଼ିଗଲା ଅସହଜ ମନ । ଆଖିକୁ ନିଦ ଆସିଗଲା ଆଲୋକଙ୍କର । ସକାଳୁ ନିତ୍ୟକର୍ମ ସାରିବାପରେ ବାପା ବିଭୂତିଙ୍କୁ କହିଲେ - ମୁଁ ରାଜି ସେ ମ୍ୟାଡ଼ାମ୍‌ଙ୍କୁ ଦେଖା କରିବାକୁ । ଏଇ ସକାଳୁ ସକାଳୁ ଯାଇ ଦେଖାକରି ଆସିବା ?

ବିଭୂତି ପଚାରିଲେ ନାହିଁ ସିଦ୍ଧାନ୍ତ କ'ଣ ? କହିଲେ- ତୁ ଯଦି ରାଜି ଅଛୁ ଆମେ ମଧ୍ୟ ଯିବୁ । ତାଙ୍କ ଫୋନ ନମ୍ବର ମୋ ପାଖରେ ଅଛି । ଫୋନ କରି ପଚାରି ଦେବି । ମୋନିକା ଯିବକି ।

- ନା । ସେ ଏ ବିଷୟରେ ଅବଗତ ନୁହେଁ । ମୋ ସିଦ୍ଧାନ୍ତ ହିଁ ତା' ସିଦ୍ଧାନ୍ତ ।

- ଅବୁଝା ଆଖିରେ ଚିତ୍ରା ଧରିପକେଇଲା ଆଲୋକକୁ ।

- ମା' ଚିନ୍ତା କରନି । ତୁମକୁ ମୁଁ ମା' ଶବ୍ଦରୁ ବିଚ୍ୟୁତ କରୁନି । ତୁମେ ହିଁ ମୋ ମା' ।

ଚିତ୍ରାର ଆଖିରୁ ଝରିଗଲା ଲୁହ । ଭାଗ୍ୟରେ ଥିଲେ ଏପରି ଗୁଣର ପୁତ୍ର ମିଳେ ଯିଏ ତା' ପାଞ୍ଚ ପୁତ୍ରଙ୍କଠାରୁ ମଧ୍ୟ ରୂପରେ କି ଗୁଣରେ କମ୍ ନୁହେଁ ।

ବିଭୂତିଙ୍କ ସ୍ୱର ଶୁଣାଗଲା - ଆଉ ଡେରି କରନି । ବାହାରି ପଡ଼ । ଆଲୋକ ସେଠୁ ଫେରିଲାପରେ ଅଫିସ ଯିବ ।

ବିଭୂତି ଫୋନ୍ ଲଗାଇଲେ ମେନକା ମ୍ୟାଡ଼ାମ୍‌ଙ୍କୁ । ପଚାରିଲେ ସମୟ ଦେଲେ ଏବେ ଆଲୋକ ସହ ଆମେ ଯିବୁ ।

ଅତି ଖୁସିରେ ମେନକା ମ୍ୟାଡ଼ାମ୍ କହିଲେ - ଆସନ୍ତୁ । ମୁଁ ଏହି ଖୁସି ଦିନକୁ ଅପେକ୍ଷା କରିଥିଲି । ମୋ ଆୟୁଷ ତ ସରି ସରି ଆସିଲାଣି । ମନର ଅଭୀପ୍‌ସା ମୋର ପୂରଣ ହେବ । ଆସନ୍ତୁ ।

ଘର ଗେଟ୍ ପାଖରେ ବିଭୂତି, ଚିତ୍ରା ଓ ଆଲୋକ ସହ ପହଞ୍ଚିଲାବେଳକୁ ମେନକା ଦେବୀ ସେଠି ଅପେକ୍ଷା କରିଥିଲେ ଅତି ଉତ୍ସାହରେ । ତିନିଜଣ ନମସ୍କାର

କରିଲେ । ଏତିକିବେଳେ ଆଲୋକର ଅତି ନିକଟକୁ ଆସି ମେନକାଦେବୀ କୋଳେଇ ପକେଇବାକୁ ଉଦ୍ୟତ ହେଲାବେଳେ ଆଲୋକ କହିଲେ- ଟିକିଏ ଦୂରେଇ ରୁହନ୍ତୁ । ମୁଁ ଅଚିହ୍ନା । ଚାଲନ୍ତୁ ଭିତରେ କଥାବାର୍ତ୍ତା ହେବା । ପରିପକ୍ୱ ସ୍ୱର ଆଲୋକଙ୍କର ଶୁଣାଗଲା ।

ନିଜ ଶରୀରକୁ ପଛକୁ ଘୁଞ୍ଚାଇ ନେଲେ ମେନକାଦେବୀ । ଚାଲିଲେ ରୁମ୍ ଭିତରକୁ । ସୋଫାରେ ସମସ୍ତେ ବସିଲା ପରେ ମେନକାଦେବୀ କହିଲେ - କିଛି ପାଣି ଦେବିକି ।

- ଆପଣ ଆପଣଙ୍କ ଇଚ୍ଛା ପ୍ରକଟ କରନ୍ତୁ ।

ଏପରି କଠୋର ସ୍ୱର ଶୁଣି ମେନକାଦେବୀ ପ୍ରଥମେ କହିଲେ - ତୁମେ ମୋର ଜନ୍ମିତ ପୁତ୍ର ।

- ମାନେ, ଜନ୍ମିତ ପୁତ୍ର ମୃତ ତ ନଥିଲା । ତେବେ ତାକୁ ତ୍ୟାଗ କରି ଆସିଥିଲେ କାହିଁକି ? ଏବେ ପୁତ୍ରର ଆଖ୍ୟାଦେବା ସମିଚୀନ ନୁହେଁ ଆପଣଙ୍କ ପକ୍ଷରେ । କେବେ ତ ଭାବିନଥିବେ ମୁଁ ମୃତ କି ଜୀବିତ । ଭାବି ନିଅନ୍ତୁ ଆପଣଙ୍କ ପୁତ୍ର ଆଉ ନାହିଁ ତାକୁ ଭସେଇଦେବା ପରେ ।

ଚିତ୍ରା ତା' ଦୁଇହାତକୁ ଆଲୋକ ମୁହଁରେ ଦେଇ କହିଲା - ତୁ ବାପ ଏପରି କହନାରେ । ତୁ ତ ମୋ ପୁଅ । ତୁ ହିଁ ମୋର ମୁଖାଗ୍ନି ଦେବୁ ।

- ମା' ତୁମର ହିଁ ମୁଁ ପୁଅ ଆଉ କାହାର ନୁହେଁ ।

ମେନକା ଦେବୀ ଚିନ୍ତିତ ସ୍ୱରରେ କହିଲେ - ଏ ସବୁ ଧନ ସମ୍ପତ୍ତିକୁ ତୁମ ନାଁରେ କରିଦେଇ ମୁଁ ମୃତ୍ୟୁବରଣ କରିପାରେ ।

- ମୋ ନାଁରେ କାହିଁକି ଦେବେ ? ମୁଁ ଆପଣଙ୍କର ପୁଅ ନୁହେଁ । ମୋର ସମ୍ପତ୍ତି ନେବା ମଧ୍ୟ ଅବାଞ୍ଛିତ । ମୁଁ ଏବେ ଲୋକହସା ହେବାକୁ ଚାହୁଁନି । ମୁଁ ଅନାଥ ନଥିଲି ଜନ୍ମରୁ । ଆପଣ ଅନାଥ କରି ଛାଡ଼ିଥିଲେ କିନ୍ତୁ ଭଗବାନ ଠିକ୍ ସମୟରେ ବାପା ମା' ମୋତେ ଦେଇଥିଲେ । ମୁଁ କ'ଣ ବାସ୍ତବିକତାକୁ ଭୁଲି କାଞ୍ଚନିକ କଥାରେ ଏଠିକୁ ଆସିଯିବିକି ? ମୋର ଧନର ଆବଶ୍ୟକ କ'ଣ ? ମୋ ବାପା ଓ ମା'ଙ୍କ ଆଶୀର୍ବାଦରୁ ମୋର ସବୁ ତ ଠିକ୍‌ରେ ଚାଲିଛି । ସେମାନଙ୍କ ଆଶୀର୍ବାଦଠାରୁ ଆପଣଙ୍କ ଧନ ତ ତରାଜୁରେ କିଛି ନୁହେଁ ।

ଲୁହ ଟଳମଳ ଆଖିରେ ମେନକାଦେବୀ କହିଲେ- ମୋର ଶେଷ ଇଚ୍ଛା ଟିକିଏ ପୂରଣ କରିବ ତ ?

- କେବେହେଲେ ପୁତ୍ର ହୋଇପାରିବି ନାହିଁ । ଆପଣ ଆପଣଙ୍କ ପୁତୁରାମାନଙ୍କୁ ଆପଣଙ୍କ ସମସ୍ତ ଦାୟିତ୍ୱର ଭାର ଦେଇ ପାରନ୍ତି । ମୃତ୍ୟୁ ପୂର୍ବରୁ କାହିଁକି କଳଙ୍କିତ ଆଖ୍ୟା ନେଇ ଯିବେ । ବରଂ ସତୀସ୍ୱାଧୀ ନାରୀର ଆଖ୍ୟା ନେଇ ମୃତ୍ୟୁବରଣ କରିପାରନ୍ତି । ମୁଁ ପ୍ରତିବାଦ କରୁଛି ଆପଣଙ୍କ ସମ୍ପତ୍ତିର ଉତ୍ତରାଧିକାରୀ ହେବାକୁ । ପୁଣି ମୋତେ ଝାମେଲା ଭିତରକୁ ଟାଣିବାକୁ କାହିଁକି ଚେଷ୍ଟା କରୁଛନ୍ତି ? ଯଦି ଭାବୁଛନ୍ତି ଜରାଶ୍ରମ କି ବାଳାଶ୍ରମ ଗଠନ କରି ନିଜ ପାପର ପ୍ରାୟଶ୍ଚିତ କରନ୍ତୁ । ଧନର ମାନ ମଧ୍ୟ ରଖିପାରିବେ । ମୋ ପରି ଅନାଥ ପିଲାଙ୍କ ପାଇଁ ମନରେ କଷ୍ଟ ନପାଇ ଶହଶହ ଅନାଥପିଲାଙ୍କୁ ତ ଆପଣେଇ ପାରିବେ । ମୋ ପ୍ରସ୍ତାବକୁ ଗ୍ରହଣ କରନ୍ତୁ କି ନାହିଁ ମୁଁ କହିପାରିବି ନାହିଁ । ଏପରି ପୁତ୍ର ଲାଭ ଅପଚେ଼ଷ୍ଟାରୁ ନିବୃତ୍ତ ରହନ୍ତୁ । ମୁଁ କିନ୍ତୁ ଅନାଥାଶ୍ରମ ପ୍ରତିଷ୍ଠାରେ ଆପଣଙ୍କୁ ସହଯୋଗ କରିପାରିବି । ମୃତ୍ୟୁପୂର୍ବରୁ ଏପରି ଶୁଭକାମ କରି ନିଜ ମନକୁ ଶାନ୍ତି ଦିଅନ୍ତୁ ।

।। ନଅ ।।

ମେନକାଦେବୀ ଚାହିଁଲେ ଆଲୋକ ମୁହଁକୁ । ବାକ୍ ସ୍ଫୁରିଲାନି ଆଉ । ଇଏ ତ ଠିକ୍ ଅଞ୍ଜନଙ୍କ ପରି । ମୁଣ୍ଡରେ ସେଇ କଳା ମଚ୍‌ମଚ୍ ଚୁଟି । ସେଇ ଗୋରା ଚେହେରା । ସେହି ମୁହଁ, ସେଇ ଦେହ ଓ ସେଇ ଠାଣି । ଅଞ୍ଜନଙ୍କୁ ଯେଉଁଦିନ ନିଜ ବିବାହ କଥା ଶୁଣାଇଥିଲେ ସେ ମଧ୍ୟ ନିଜ ମୁହଁ ଫେରାଇ ଚାଲିଗଲେ ଯେପରି ଦିନେ ହେଲେ ଭଲମନ୍ଦ ପଚାରିନାହାନ୍ତି ! ସତରେ କି ଆଉ ନିର୍ଯ୍ୟାସ ବାହାର କରିବେ ଅତୀତ ପ୍ରେମରୁ ସେ ? ଏହି ଅନାବଶ୍ୟକ ଚେଷ୍ଟାରୁ ବିରତି ନେଲେ ଭଲ । ଅନ୍ତଃସ୍ୱର ଶୁଭୁଥିଲା- ଏବେ କାହିଁକି ମାତୃ ହୃଦୟ ବିଳପି ଉଠୁଛି ? ଆଉ କେଇଦିନ ବଞ୍ଚିଗଲେ ତ ଗଲା । ସତରେ ଏମାନଙ୍କୁ କାହିଁକି ଲୋକଲୋଚନକୁ ଆଣି ଅନ୍ୟ ଆଗରେ ନିଜର କାଳିମାକୁ ଲେପିଦେବେ । ଜାଣିଲେ ତ ପୁଅ ଏବେ ଜୀବିତ । ସେ ଯେଉଁଠି ଥାଉ ଖୁସିରେ ଥାଉ । ଏହାପରେ ନୈରାଶର ସ୍ୱର ଶୁଣାଗଲା – ତୁମ କଥା ମଧ୍ୟ ଠିକ୍ । ମୁଁ ଈଶ୍ୱରଙ୍କ ପାଖରେ ନିଃଶେଷ ହେଲା ପର୍ଯ୍ୟନ୍ତ ତମକୁ ଟିକିଏ ମଝିରେ ମଝିରେ ଦେଖିବାକୁ ଚାହେଁ । ଏ ଜନ୍ମରେ ତ ମା' ହୋଇପାରିଲି ନାହିଁ ଆର ଜନ୍ମରେ ତୁମେ ମୋ ପୁଅ ହୋଇ ମୋ ପାଖରେ ହିଁ ଥିବ । ଏତିକି ମାଗୁଣି ମୁଁ ଈଶ୍ୱରଙ୍କ ପାଖରେ ମାଗିବି ବଞ୍ଚିଥିବା ପର୍ଯ୍ୟନ୍ତ । ତମକୁ ଦେଖି ମୋ ମନ ପୁରି ଉଠୁଛି । ଆଉ ମୋ ଚିନ୍ତା କ'ଣ ? ଏଥର ଖୁସିରେ ମରି ପାରିବି ।

ସେଦିନ ବିଭୂତିବାବୁ ଆଉ କିଛି କହିନଥିଲେ ଆଲୋକର ବ୍ୟାପରରେ । ଲୁହ ଭିଜା ଆଖିରେ ମେନକାଦେବୀ ବିଦାୟ ଦେଇଥିଲେ ସମସ୍ତଙ୍କୁ । ଦୂର ଆକାଶକୁ ଚାହିଁ କଇଁ କଇଁ ହୋଇ କାନ୍ଦି ଉଠିଲେ । ରାଜୀବଙ୍କୁ ବାହାହୋଇ ସେ ସନ୍ତାନବତୀ ହୋଇପାରିଲେ ନାହିଁ । ମାତୃତ୍ୱ ଲାଭରୁ ବଞ୍ଚିତ ହୋଇ ବନ୍ଧ୍ୟାନାରୀରୂପେ

ଗଣାହେଲେ । ଅଥଚ ସେ ଦୋଷୀ ନୁହଁନ୍ତି ପ୍ରସବ ନ କରିବାରେ । ସେ ମାତୃତ୍ୱହୀନା କେବଳ ରାଜୀବଙ୍କ ପାଇଁ ।

ଅଞ୍ଜନ ଏବେ କେଉଁଠି, କିପରି ଥିବେ ? ଆଜି ଖୁବ୍ ମନେପଡ଼େ ଅଞ୍ଜନଙ୍କୁ କାହିଁକି ? ଥରେ ବୁଡ଼ିପଡ଼ି ଅତୀତର ଧ୍ୱନି ଶୁଣିଲେ ଭାବି ବସିବ - ଆଲୋକର ସ୍ୱର ହିଁ ଅଞ୍ଜନଙ୍କର । ସେ ଅଞ୍ଜନଙ୍କୁ ହୃଦୟ ଓ ମନ ଦେଇ ଭଲପାଇଥିଲେ କିନ୍ତୁ ଜୀବନସାଥି ହେବାର ବାଜିରେ ହାରିଗଲେ ଯେମିତି ! କେବେ ତ ଖୋଜିନଥିଲେ ଧନସମ୍ପତ୍ତିରେ ମଣ୍ଡିହୋଇ ବସିବାକୁ କିନ୍ତୁ ସମାଜର ଅପବାଦର ଭୟରେ ସେ ଜୀବନର ପ୍ରିୟ ବସ୍ତୁକୁ ଛାଡ଼ି ଅସହାୟ ହୋଇଗଲେ । ପ୍ରେମ ତ ନିବିଡ଼ତାରେ ଭରପୁର ଥିଲା ତଥାପି ଦୂରତା ପଥ ଓଗାଳିଲା ପରେ ସ୍ୱପ୍ନ ସବୁ ଚୁରମାର୍ ହୋଇଗଲା । ତେବେ ଏ ପର୍ଯ୍ୟନ୍ତ ଅଞ୍ଜନ କ'ଣ ତାଙ୍କ ପାଇଁ ହୃଦୟ କୋଣରେ ଏକ ଫାଙ୍କା ଜାଗା ରଖିଥିବେ କି ନା ନିଜ ପରିବାର ସାଙ୍ଗରେ ରହି ଦୂରେଇ ଯାଇଥିବେ ତାଙ୍କଠାରୁ ?

ନିଜ ଡ୍ରଇଂରୁମ୍‌କୁ ପ୍ରବେଶ କଲାପରେ ପାଖରେ ରଖିଥିବା କାମବାଲୀଟି ପାଣିଗ୍ଲାସ୍‌ଟିଏ ଆଣି ଧରେଇଦେଇ କହିଲା- କ'ଣ ଦେହ ଭଲ ଲାଗୁନି କି ?

- ଦେହ ଭଲ ନାହିଁ । ତୁ ଓ ତୋ ବର ଏଠି ରହିଥିବା ଯୋଗୁ ମୋର ସୁବିଧା ହୋଇଯାଉଛି । ତୋର ବର ଡ୍ରାଇଭର ଥିବାରୁ ରାତି ଅଧରେ ମୋତେ ହିଁ ଅସୁବିଧାବେଳେ ଡାକ୍ତରଖାନାକୁ ନେଇ ଆଣିପାରୁଛି ।

- ତେବେ ତମ ପୁତୁରାମାନଙ୍କୁ ଡାକି ଦେଉନ ।

- କାହାକୁ ଡାକିବି ମୁଁ ? ଜଣେ ତ ଅଷ୍ଟ୍ରେଲିଆରେ ଓ ଆଉ ଜଣେ ଆମେରିକାରେ ନିଜ ପରିବାର ସହ ରହୁଛନ୍ତି । ମୋ ଦିଅର ଯାଆ ଏବେ ମଧ୍ୟ ଏଠି ଏକୁଟିଆ । ମୋ ଭାଇର ପୁଅ ତ ଲଣ୍ଡନରେ ଚାକିରୀ କରିଛି । କାହାପାଖରେ ସମୟ ଅଛି ଆମର ଦେଖାଚାହାଁ କରିବାକୁ, ଯିଏ ଯାହାଘରେ ରହିଛୁ । ଆଉ ମୋ ଦୁଃଖ ଜଣାଇ କାହିଁକି ଅନ୍ୟମାନଙ୍କୁ ଚିନ୍ତିତ କରିବି କହିଲୁ ?

- ମା' ତମ ଦିଅର ଓ ଭାଇଙ୍କ ପିଲାମାନେ ବେଶି ଶିକ୍ଷିତ ବୋଲି ଭଲ ଟଙ୍କା ପାଇ ବିଦେଶରେ ଅଛନ୍ତି ।

- ସେୟା ତ, ହେଲେ ଏଠି ଇଞ୍ଜିନିୟରିଂ ପାସ୍ କରିବାପରେ ଅଧିକା ଟଙ୍କା ଲୋଭରେ ତ ବିଦେଶ ଯିବାକୁ ପସନ୍ଦ କରୁଛନ୍ତି । ଆଖିର ଲୁହ ଆଖିରେ ପିଇ ମା' ବାପାଙ୍କୁ ଏଠି ରହିବାକୁ ପଡୁଛି ।

- ମା', ସେମାନେ କିଏ ଆସିଥିଲେ କି ?

- ଚିହ୍ନାଜଣା ହେବେ । ମୁଁ ଗୋଟିଏ ଅନାଥାଶ୍ରମ ଓ ଜରାଶ୍ରମ କରିବି । ହେମା ତୁ ଓ ତୋ ବର କରୁଣା ପରେ ସେଠି ରହି ବୁଝାବୁଝି କରିବ । ତମମାନଙ୍କର କିଛି ଅସୁବିଧା ହେବନି ଭବିଷ୍ୟତରେ । ମୁଁ ସବୁ ବ୍ୟବସ୍ଥା କରି ଯାଇଥିବି ତମ ଦୁଇଜଣଙ୍କ ପାଇଁ ।

ଦଶ ବର୍ଷ ହେଲା ବାବୁ ଥିବାବେଳେ ଏଠିକୁ ଆସି ରହିଲୁଣି । ବାବୁ ଓ ତମକୁ ଚିହ୍ନିଛୁ । ମୋର ଦୁଇପୁଅ ଏବେ ସ୍କୁଲରେ ପଢ଼ିଲେଣି । ସବୁ ତ ଯୋଗାଡ଼ କରିଦେଇଛ ଆମର ସୁବିଧା ଚଳଣି ପାଇଁ । ପିଲାଙ୍କ ବହିପତ୍ରଠାରୁ ସବୁ ତାଙ୍କର ଖର୍ଚ୍ଚ ସାଙ୍ଗକୁ ଆମ ଖର୍ଚ୍ଚ ମଧ୍ୟ ତମ ଟଙ୍କାରେ ହେଉଛି । ଆଉ କେଉଁଠି ଥିଲେ ଏପରି ସୁବିଧା ମିଳି ନଥାନ୍ତା । ଆମ ଦୁଇଜଣଙ୍କ ବିବାହ ବାବୁ ଓ ତମେ କରିଲ । ତମେ ତ ଆମର ମା' । ମୁଁ ଆନ୍ଧ୍ରରୁ ଆସିଛି । ଆଉ କରୁଣା ଏଠାର । ତାଙ୍କ ଘରେ ନା ଆମ ଘରେ ଏହି ବିବାହ ପାଇଁ ରାଜିଥିଲେ କି ? ଆନ୍ଧ୍ର ହେଉ କି ଓଡ଼ିଶା ଆମେ ତ ମଣିଷ । ବାହାହେଲୁ ବୋଲି କେତେ ଅସୁବିଧା ସହୁଛୁ । ଯେମିତି ଆମ ଘରଲୋକ ଆମର ନୁହଁନ୍ତି ଏବେ । ତମେମାନେ ହିଁ ଆମର ବାପା ମା'ହୋଇଥିଲ ।

- ଆଉ କ'ଣ କରିଥାଆନ୍ତୁ ? କରୁଣା ଆମ ଡ୍ରାଇଭର ଥିଲା ଦୁଇବର୍ଷ ହେଲା ବାହାଘର ପୂର୍ବରୁ । ଘର ପୁଅ ପରି ଚଳୁଥିଲା । ଭାରି ବିଶ୍ୱସ୍ତ ଥିଲା । ଏବେ ତମେ ଦୁହେଁ ଖୁସିରେ ଅଛ ।

- ହଁ ମା', ତମେ ଆମ ଖୁସି ଦେଖୁଛ । ଆମେ ତମକଥା ମାନିବୁ ତୁମେ ବଞ୍ଚିଥିବା ପର୍ଯ୍ୟନ୍ତ ।

ମେନକାଦେବୀ କହିପାରିଲେନି ଯେ ଆଉ କେଇ ମାସର ଜୀବନ ପରେ ସେ ଏହି ଧରା ଛାଡ଼ିଯିବେ । କିନ୍ତୁ ତା' ପୂର୍ବରୁ ଏଇ ଦୁଇଜଣଙ୍କ ନାଁରେ ଅନ୍ୟ ସାହିରେ ଥିବା ଛୋଟଘର ଦୁଇବଖରା ସହିତ କିଛି ଟଙ୍କା ମଧ୍ୟ ଉଇଲ୍ କରିଦେବେ । ଯାହାଫଳରେ ଏମାନେ ସୁବିଧାରେ ରହିବେ । ଓକିଲ ପରାମର୍ଶ କରି ଏ କାମଟା ସାରିଦେଲେ ହେବ । ଯେତେ ଶୀଘ୍ର ସମୟ ଯାଉଛି ମରଣଦିନ ସେତେ ପାଖେଇ ଆସୁଛି । ଘର ପାଖକୁ ଲାଗିଥିବା ଅନ୍ୟ କୋଠା ଦୁଇଟିରେ ଅନାଥାଶ୍ରମ ଓ ଜରାଶ୍ରମ ଆରମ୍ଭ କରି ଦେବାପାଇଁ ସରକାରଙ୍କ ପାଖରେ ଫର୍ମ ମଧ୍ୟ ପୁରଣ କରି କାମ ଆରମ୍ଭ କରିଦେବେ । ଆଲୋକ ଏ ଦିଗରେ ସାହାଯ୍ୟ

କରିବାର ପ୍ରତିଶ୍ରୁତି ଦେଇଛି । କିନ୍ତୁ ପୁତ୍ର ହୋଇ ନୁହେଁ । ଏକ ଅଫିସର ଭାବରେ । ଇଚ୍ଛାପତ୍ରରେ ତା' ନାଁ ଲେଖିହେବନି । ଭାବିଥିଲେ ଆଲୋକ ନାଁରେ ସବୁ ସମ୍ପତ୍ତି ଦେଇଯିବେ କିନ୍ତୁ ସେ ତାଙ୍କୁ ନିଜ ପୁଅର ପରିଚୟ ଦେଇ ହେବନି ଆଉ । ସେ ମଧ୍ୟ ବିଭୂତିଙ୍କ ଜନ୍ମିତ ବଡ଼ ପୁଅ ଆଖ୍ୟାପାଇ ନିଜକୁ ଗର୍ବିତ ମନେ କରୁଛି । ସେ ମଧ୍ୟ ଅବାଞ୍ଛିତ ସମ୍ପତ୍ତି ପ୍ରତି ଅନାଗ୍ରହ । ତା' ଇଚ୍ଛା । ତାଙ୍କ ପରଶ ପାଇନି କେବେ । କାହିଁକି ମା' ବୋଲି ଡାକିବ ତାଙ୍କୁ ? ହଉ ଖୁସିରେ ଥାଉ । ଭଗବାନ ତା'ର ମଙ୍ଗଳ କରନ୍ତୁ । ଚିତ୍ରାଙ୍କ ମମତାରେ ନିବିଡ଼ ସମ୍ପର୍କକୁ କ'ଣ ଚାଳିଶବର୍ଷ ପରେ ଏଡ଼ାଇ ହେବକି ଆଉ ?

ଆଲୋକ ବାପା ଓ ମା'ଙ୍କ ସହ ଫେରିଆସିବାବେଳେ ସର୍ତ୍ତରଖି କହିଲେ- ଆପଣମାନେ ଏହି ଗୁପ୍ତକଥା ଅନ୍ୟଭାଇମାନଙ୍କ ଆଗରେ ପ୍ରକାଶକରି ମୋତେ ଅନାଥପିଲା ଆଖ୍ୟା ନ ଦେବାପାଇଁ ଅନୁରୋଧ ।

- ଆରେ ବାପ, ଏତେବର୍ଷ ତୋ ଜନ୍ମକୁ ତ ଆମେ ଅଛପା ରଖିଲୁ । କାଳେ ଭବିଷ୍ୟତରେ ତୁ ଏହିକଥା ଯଦି ଜାଣି ପାରିବୁ ଆମକୁ ଦୋଷୀମାନିବୁ ବୋଲି ଚିନ୍ତା କରି ତୋ ଆଗରେ ଜନ୍ମ ବୃତାନ୍ତ ପ୍ରଘଟ କରିଦେବାକୁ ଉଚିତ ମଣିଥିଲୁ । ଏବେ ଯଦି ଏହି କଥା ଶୁଣିଥାଆନ୍ତୁ ତେବେ ଆମ ଉପରେ ତୁ କ'ଣ ଭାବିଥାଆନ୍ତୁ ତ କହିପାରିବି ନାହିଁ । ତତେ ପାଣିରୁ ଟେକି ଆଣିଲାପରଠାରୁ ଆମ ପୁଅ ହିଁ ଭାବିଛି । ଏହି କଥା ଅନ୍ୟ ଆଗରେ ପ୍ରକାଶ କରିହେବନି ଆଉ ।

- ମୁଁ ମଧ୍ୟ ମୋନିକାକୁ କହିବି ନାହିଁ ।

- କହିଦେଲେ ଭଲ । ନଚେତ୍ ଖରାପ ଭାବିପାରେ ।

- ସମୟ ଆସିଲେ କହିବି । କିନ୍ତୁ ଏବେ ନୁହେଁ । ମା' ମଧ୍ୟ ଏକଥା କେବେ ମୋନିକା ପାଖରେ ପ୍ରକାଶ ନକରିବାକୁ ଅନୁରୋଧ ।

ବିଭୂତି ଜୋର୍ ଦେଇ କହିଲେ - ତୋ କଥାରେ ଆମେ ଦୁଇଜଣ ରାଜି । କିନ୍ତୁ ଅରୂପ ବ୍ଲଡ୍ ଟେଷ୍ଟରୁ ଜାଣି ପାରିଛି ଯେ ତୋ ରକ୍ତ ଆମ ସହ କେବେହେଲେ ସଂପୃକ୍ତ ନୁହେଁ ବୋଲି । କଳ୍ପନା ଜାଣିଥାଇପାରେ ।

- ଆଶ୍ଚର୍ଯ୍ୟ !

- ସେ ଆଗ ତୋ ମା'କୁ ପଚାରିଥିଲା ଏ ବିଷୟରେ । ବାଧ ହୋଇ ମା' ତାକୁ କହିଛି । ସେ ମଧ୍ୟ ନିଜ ଭିତର ଗୁପ୍ତ ରଖିବାକୁ ପ୍ରତିଜ୍ଞାବଦ୍ଧ ।

- ତେବେ ଚାଲ ତା' କ୍ୱାଟର୍ସକୁ । ଟିକିଏ ବୁଲିଯିବା । ଦୁଇଜଣଙ୍କ ଦେଖାକରି ଆସିବା ।

- ଆଉ ସେଠିକି ଯିବାନି । ତୋ ଘରକୁ ଫେରିଯିବା । ମୋନିକା ଅପେକ୍ଷା କରିଥିବ । ଆମେ ନାତି ସହ ଦୁଇଦିନ ରହି ଅରୂପ ଘରକୁ ଯିବୁ । ତା'ପରେ ସେଠି ଦେହପା' ଦେଖେଇ ଗାଁକୁ ଫେରିଯିବୁ । ତୋର ଆଗକୁ ଜନ୍ମଦିନ ଅଛି । ଗାଁକୁ ଆସିବୁ । ତୋର ଜନ୍ମଦିନରେ କୁଟୁମ୍ବଲୋକଙ୍କୁ ଖାଇବାକୁ ଦିଏ । ଆଉ ପାଖରେ ଗୋଟିଏ ଅନାଥାଶ୍ରମ ଅଛି । ମୁଁ ତୋତେ ପାଇବା ଦିନ ତୋ ଜନ୍ମଦିନ ପାଳି ଆସୁଛି । ତୋ ଜନ୍ମଦିନ ସେଠିକୁ ଯାଇ ପ୍ରତିବର୍ଷ ମିଠା ଦେଇ ଆସେ ।

- ବାପା ମୋ ପାଇଁ ଗୋଟିଏ ଅନାଥାଶ୍ରମ ସହିତ ଜଡ଼ିତ ବୋଲି ଆଜି ଜାଣିଲି । କିନ୍ତୁ ଗାଁରେ ଖାଇବା ହୁଏ । ଅନ୍ୟଭାଇମାନଙ୍କ ପାଇଁ ଏସବୁ କେବେ କରିନାହାନ୍ତି ।

- ତୁ ଆମର ପ୍ରଥମ ପୁଅ ଥିଲୁ । ସେଥିପାଇଁ ତ ଖୁସି ପାଳିଲି । ଆଉ ମୁଁ ଆର୍ଥିକ ସକ୍ଷମ ନଥିଲି ଯେ ସବୁପୁଅଙ୍କ ପାଇଁ ଜନ୍ମଦିନ ଟଙ୍କା ଖର୍ଚ୍ଚ କରୁଥାଆନ୍ତି ।

- ବାପା, ତୁମପରି ବାପା କାହାର ନଥିବେ ଯିଏ ପାଳିତ ପୁତ୍ରକୁ ବେଶି ପ୍ରାଧାନ୍ୟ ଦିଏ ନିଜ ପୁତ୍ରମାନଙ୍କଠାରୁ !

- ତୁ ହିଁ ମୋତେ ମୁଖାଗ୍ନି ଦେବୁ । ଆଖି ଛଳଛଳ ହୋଇ ବିଭୂତି କହିଲେ ।

- ବାପା ତୁମେ ବହୁତ ବର୍ଷ ଆମ ସହିତ ରୁହ । ମୁଁ ତୁମ ପାଖରେ ଅଛି, ଚିନ୍ତା କ'ଣ ?

ପହଁଞ୍ଚିଗଲେ ଗେଟ୍ ପାଖରେ ଆଲୋକ ଗାଡ଼ି ନିଜେ ଚଳାଇ । ଏଥର ତିନିଜଣ ପାଟି ବନ୍ଦକରି ଚୁପ୍ କରି ଓହ୍ଲାଇଲେ । ମୋନିକା ଦୁଆରେ ଅପେକ୍ଷା କରି ରହିଥିଲା । କହିଲା- ଡେରି ହେଲାଣି ଅଫିସ୍ । ଆସ ଶୀଘ୍ର ଖାଇଦେଇ ବାହାରିଯିବ ।

- ହଁ ମୁହଁ ହାତ ଧୋଇ ଆସୁଛି । ମା' ବାପାଙ୍କ ପାଇଁ ବାଢ଼ିଦିଅ ମଧ୍ୟ ।

ଶୁଣାଗଲା ଚିତ୍ରାର ସ୍ୱର - ଆମ ପାଇଁ ବ୍ୟସ୍ତ ହୁଅନାହିଁ । ଏହି ପାଖ ପଡ଼ିଆରେ କେତେ ବଡ଼ ବରକୋଳି ଗଛ ହୋଇଛି ଦେଖୁଛି । ତୁ ଅଫିସ୍ ଗଲାପରେ ଆମେ ଖାଇବୁ । ଏଠି ଟିକିଏ ଠିଆ ହେଇଛୁ ।

ସହର ଜାଗା । ଚାରିଆଡ଼େ ବଡ଼ବଡ଼ କୋଠାମାନ ଭର୍ତ୍ତି । ପାଖଲୋକ କିଏ

ହେଲେ ଏଠୁ ବରକୋଳି ତୋଳିବା ସେ ଦେଖିନି । ଗାଁରେ ଗଛଟି ଥିଲେ ଗୋଟିଏ ଆଉ ବରକୋଳି ଗଛରେ ଝୁଲୁନଥାନ୍ତା । କେତେଗୁଡ଼ିଏ ବରକୋଳି ପାଚିଗଲାଣି । ଏତିକିବେଳେ ଜଣେ ଜରିଗୋଟାଳି ଆସି ତା' ମୂଳରେ ଠିଆହେଲା । ବରକୋଳି ତୋଳି ଖାଇବାକୁ ଲାଗିଲା । ପୁଣି ଏକ କାଗଜ କିଣୁଥିବା ଟ୍ରଲିବାଲା ଅଟକି ବରକୋଳି ତୋଳିଲେ । ପ୍ରାୟ ମେଞ୍ଚାଏ ବରକୋଳି ତୋଳି ଖାଇଲେ ଓ ନେଇଗଲେ ସାଙ୍ଗରେ ।

ଚିତ୍ରା ଭାବିଲା - ଏ ବରକୋଳି ଗଛଟି ନିଜେ ଉଠି ମଧ୍ୟ ତା' ଫଳଦାନରୁ ଏପରି ମଣିଷଙ୍କୁ ଖାଦ୍ୟ ଯୋଗାଉଛି । ସିଏ ତା' ଫଳଦାନ ପାଇଁ ପ୍ରସ୍ତୁତ ହୋଇଛି ଯେମିତି । ତା' ପାଖରେ ଛୋଟ ବଡ଼ର ପାତରଅନ୍ତର ନାହିଁ । ଏତିକିବେଳେ ଜଣେ ବୟସ୍କ ବ୍ୟକ୍ତି କିଛି ବରକୋଳିପତ୍ର ତୋଳି ହାତରେ ନେଲେ । କିନ୍ତୁ ଗୋଟିଏ ହେଲେ ବରକୋଳି ତୋଳିଲେ ନାହିଁ ବୋଧେ ନିଜ ସମ୍ମାନକୁ ଜଗି । ସହରରେ ସମସ୍ତେ ସମ୍ମାନପ୍ରିୟ ଓ ତାକୁ ଜଗି ଚଳନ୍ତି । ଗାଁ ପରି ସହରର ସଂପର୍କ କଦାଚିତ୍ ସମାନ ହୋଇପାରିବ ନାହିଁ । ଏଠି ଘର ଭିତରେ ରହି ରହି ଗୋଡ଼ ହାତ ତ ବାନ୍ଧି ହୋଇଯିବ । ମନ ମଧ୍ୟ ଚୁପ୍ ହୋଇଯିବ । ଗାଁରେ ଜମି ବାଡ଼ି ଘର ଘରିଆଡ଼େ ବୁଲି ଆସିଲେ ମନ ହାଲ୍‌କା ଲାଗେ । ଦଶଜଣଙ୍କ ସହ କଥାବାର୍ତ୍ତା କଲେ ମନର ଦୁଃଖ ତ ରହେନି । ଏଠି ବସି ଯେତେ ଭଲ ଖାଇବ ସେତେ ରୋଗ ବଢ଼ିବ । ଗାଁର ସରଳ ଖାଦ୍ୟ ଚୂଡ଼ା ମୁଢ଼ି, ଭାତ ଡାଲି ସନ୍ତୁଳା ହିଁ ଦେହପାଇଁ ଭଲ । ତଥାପି ସମସ୍ତେ ଚାହାଁନ୍ତି ସହରରେ ରହିବାକୁ । ଡାକ୍ତରଖାନା, ଭଲ ସ୍କୁଲ ଓ କଲେଜ ସୁବିଧା ପାଇବାକୁ ।

- ମା' ଏଠି କ'ଣ ଦେଖୁଛୁ ?

- ସେଇ ବରକୋଳି ଗଛରେ କେତେ ଫଳ ଫଳିଛି ।

- ବଜାରରୁ କିଣି ଆଣି ଦେବିକି ? ଖାଇବୁ ।

- ନାଇଁ । କଫ ହେବ ।

- ଆଣିଦେବି ମୁଁ । ତୁ ବରକୋଳି ଆଚାର କରିଦେବୁ ମୋ ପାଇଁ । ବାପା କାହାନ୍ତି ?

- ବୋଧେ ନିଜରୁମ୍‌କୁ ଯିବେଣି ।

- ମୁଁ ଯାଉଛି । ତୁ ଯାଆ ଜଳଖିଆ ଖାଇବୁ । ମୋନିକା ଅପେକ୍ଷା କରିଛି ପରା ।

- ହଁ ଯାଉଛି କହି ଚିତ୍ରା ଘର ଭିତରକୁ ପଶିଲା । ପଡ଼ୋଶୀଘରଟି ରଙ୍ଗ ଦିଆଚାଲିଛି । ଆଗକୁ ଝିଅ ବାହାଘର ବୋଧେ ଅଛି ।

- ମା', ଆସନ୍ତୁ । ଶୁଣାଗଲା ମୋନିକାର ସ୍ୱର ।

ଚିତ୍ରା ଡ୍ରଇଂରୁମ୍‌ରେ ପଶି ହାତଗୋଡ଼ ଧୋଇ ଜଳଖିଆ ଖାଇସାରି ବସିଗଲା ମୋନିକା ପାଖରେ ।

- ମା' ଆପଣଙ୍କ କେଉଁଠି କାମ ଥିଲା ? ହୋଇଗଲା ତ ?

- ହଁ ।

- ଦ୍ୱିପହରବେଳେ ପନିର ବିରିୟାନୀ କରିବି । ଖାଇବେ ତ ବାପା ।

- ଘିଅତେଲ ଜିନିଷ ଅପେକ୍ଷା ସାଧା ଭାତ ଡାଲି ତରକାରୀ ଭଲ ଲାଗେ ବାପାଙ୍କୁ । ଇଆଡୁ ସିଆଡୁ ଖାଇଲେ ପେଟ ଖରାପ ହେଲେ କିଏ ବୁଝିବ ତାଙ୍କ କଥା । ଏହି ବୟସରେ ଖିଆପିଆ ବିଗିଡ଼ିଗଲେ ଝାଡ଼ା ହେବ । ଆମେ ସରଳ ଜୀବନଯାପନ କରି ଆସିଛୁ ।

- ଦିନେ ଖାଇଦେବେ ।

- ତଥାପି ଟିକିଏ ଭାତ ରାନ୍ଧିଥିବୁ ।

- ହଉ ।

- ମୁଁ ତୋ ସାଙ୍ଗରେ ଟିକିଏ ମିଶିକି ଯାଇ ରାନ୍ଧିବି କି ?

- ଆପଣ ତ ଏତେବର୍ଷ ରୋଷେଇ କରିଲେଣି । ଆମେ ବୋହୂମାନେ ନ କରି ଆପଣ ରୋଷେଇ କରି ଆମକୁ ଖୁଆଇବେକି ? ଏଥର ଆମେ ଆପଣଙ୍କୁ ରାନ୍ଧିବାଢ଼ି ଖାଇବାକୁ ଦେବୁ ।

ଚିତ୍ରାର ମନେ ପଡ଼ିଯାଉଥିଲା ତା' ବୋଉ କଥା - ବୋହୂ ଆସିଲେ, ତୋ ହାତରୁ ରନ୍ଧା ଛାଡ଼ିବ । ହେଲେ ଆଜିକାଲି ବୋହୂ ହୋଟେଲ୍‌ରୁ ମଗେଇ ନିଜ ପେଟକୁ ଆଗ ଚିହ୍ନିବା ଲୋକ । କେତେ ଶାଶୁଶ୍ୱଶୁର ସେବାକରୁଛନ୍ତି ତୁ ଜାଣିବୁ । ମୁଁ ଆଉ ବଞ୍ଚି ନଥିବି ଦେଖିବାକୁ ମୋ ଝିଅର ଦୁଃଖ କି ସୁଖ ? ତୁ ବୋହୂମାନଙ୍କୁ ଚଳେଇନେବୁ ବୋଲି ମୁଁ ଜାଣିଛି କିନ୍ତୁ ବୋହୂ କେମିତି ଚଳୁଛି ତା' ମର୍ଜିରେ କିଏ ଜାଣେ ?

- ମା' ଟିକିଏ ରେଷ୍ଟ ନିଅନ୍ତୁ । ଶୁଣାଗଲା ମୋନିକାର ନରମ ସ୍ୱର ।

ଚାରିଦିନ ଆଲୋକଘରେ ରହଣିପରେ ଅରୂପ ଘରକୁ ବିଭୂତିବାବୁ ଚିତ୍ରା ସହ ଯିବାକୁ ପ୍ରସ୍ତୁତ ହେଲେ । ମୋନିକା ଆଉ କେଇଦିନ ଏଠି ରହିଯିବାପାଇଁ କହୁଥିଲା । ଅଥଚ୍ ଶ୍ୱଶୁର ଶୁଣାଇଲେ – ଆମେ ଗାଁକୁ ଫେରିଲାପରେ ଆକାଶ ବର୍ଷା ଫେରିଯିବେ ପଞ୍ଜାବ । ଆକାଶର ଛୁଟି ମଧ୍ୟ ଏହି ଆଠଦିନ ପରେ ସରିଯିବ । ସେମାନେ ଘରେ ଥିବାରୁ ଆସିଲୁ । ଅମର ଓ ସ୍ନେହାର ଖରାଦିନ ଛୁଟିହେଲେ ଘରଛାଡ଼ି ଆସି ପାରିବୁ । ଅଧିକା ଦିନ ରହିଯିବୁ । ଏବେ ଗାଁ ଜମିରେ ଧାନକଟା ସରିଲାପରେ କଳେଇକୁ ଖଳାରେ ଗଦା ମାରିସାରିବା ପରେ ଆସିଛୁ । ପୁଣି ଘରକୁ ଗଲେ ବେଙ୍ଗଳା ପଡ଼ିବ । ଅରୂପ ପାଖରେ ଦୁଇଦିନ ରହି ଚାଲିଯିବୁ ।

ଚିତ୍ରା ଲୁହଭିଜା ଆଖିରେ ଆଲୋକ, ମୋନିକା ଓ ନାତି ପାଖରୁ ବିଦାୟନେଇ ଅରୂପ ଘରକୁ ଆସିଥିଲେ । ତା'ପରଦିନ ଅରୂପ ବାପା ମା'ଙ୍କର ବିଭିନ୍ନ ଟେଷ୍ଟ କରି ସବୁ ଠିକ୍ ଅଛି ଶୁଣାଇଦେଲେ । ତଥାପି ବିଭୂତିଙ୍କୁ ପରାମର୍ଶ ଦେଲେ – ଲୁଣ କମ୍ ଖାଇବ । ହାଇ ବ୍ଲଡ୍‌ପ୍ରେସର ଅଛି । ମା'ର ଆଣ୍ଠୁଗଣ୍ଠି ପାଇଁ ଔଷଧ ଦେଇଛି । ଗ୍ୟାସ୍ ଔଷଧ ଦରକାର ବେଳେ ଖାଇବ ମା' । ଦେହକୁ ଜଗି ଚଳିବ । ମୁଁ ତୁମମାନଙ୍କୁ ଛାଡ଼ିବାକୁ ଗାଁକୁ ଯିବି । ସେଠି ଆକାଶ ଓ ବର୍ଷାଙ୍କୁ ଦେଖାସାକ୍ଷାତ କରି ତା' ପରଦିନ ଫେରିବି । ମୋର ତ ଅନେକ ସିରିୟସ ରୋଗୀ ଚିକିତ୍ସିତ ହେଉଛନ୍ତି । କେତେବେଳେ କାହାର ମୃତ୍ୟୁ ହୁଏ ଆଗୁଆ କହି ହେବନି ।

– ତୁ କ୍ୟାନସର ବିଭାଗର ରୋଗୀ ଦେଖୁଛୁ ! ମୃତ୍ୟୁକୁ ପାଖରେ ତ ଦେଖୁଛୁ ।

– ହଁ ଦୁଃଖ ଲାଗେ । ଭଲ ଥିବା ଲୋକଟିର ମୃତ୍ୟୁ ଦେଖିଲେ ମନ ବିଚଳିତ ହୁଏ । କଳ୍ପନାର ସକାଳୁ ଯେ ରାତି ନଅଟା ପର୍ଯ୍ୟନ୍ତ କାମ ।

– ହଁ, ସ୍ତ୍ରୀରୋଗ ବିଶେଷଜ୍ଞଙ୍କର ସମୟ ତ ନଥିବ । ତୁମେ ଦୁହେଁ ମିଳିମିଶି ଚଳିବ । ତମଘରେ ରଖିଥିବା ଝିଅଟି ତ ସବୁକାମ ମନଜାଣି କରିଦେଉଛି ।

– ହଁ । ଭାବିଛୁ ଝିଅଟିକୁ ତା' ଗାଁରେ ଛାଡ଼ିଦେଇ ଗୋଟିଏ ବୟସ୍କ ମହିଳା ରଖିବୁ ଘରେ । ଝିଅ ପିଲା କୁଆଡ଼େ ଚାଲିଗଲେ ଚିନ୍ତା ଆମର । ଗୋଟିଏ ରୋଗୀ ହିଁ ଏହି ଝିଅଟିକୁ ତା'ଗାଁରୁ ଆଣି ଦେଇଛି ।

– ତୁମେ ସହରରେ ରହୁଛ । ଦେଖିଚାହିଁ ଚଳିବ । ଝିଅଟିଏ କାମ କରିବା ପାଇଁ ରଖିଲେ ତା' ଦାୟିତ୍ୱ ସହ ତା' ଚିନ୍ତା ମଧ୍ୟ ବେଶି ତୁମର ହେବ ।

– ଆମ ଗାଁଲୋକ ଏଠି ଆସି ରହିବାକୁ ରାଜି ନୁହଁନ୍ତି । ତତେ ଗୋଟିଏ କଥା

ଶୁଣେଇଦେବି । ତୁ ତ ଜାଣିଛୁ ଆଲୋକର ଜନ୍ମ ବିଷୟରେ, ଏଥର ଗାଁରୁ ଖାସ୍ ଆସିଥିଲୁ ତା' କଥା ବୁଝିବାକୁ ।

- କଥା କ'ଣ ?

- ତା' ଜନ୍ମକଲା ମା' ଏହି କଟକରେ ରହୁଛନ୍ତି । ସେ ଆଲୋକକୁ ନିଜର ଦାବୀ ନେଇ ଗାଁରେ ପହଁଞ୍ଚି ଡି.ଏନ୍.ଏ. ଟେଷ୍ଟ କରିବାକୁ ମଧ୍ୟ କହିଥିଲେ । ତାଙ୍କର କଥା ସମାଧାନ କରିବାକୁ ତାଙ୍କ ଘରକୁ ଆମେ ଯାଇ ସାକ୍ଷାତ କରିଥିଲୁ । କିନ୍ତୁ ଆଲୋକ ତ ତାଙ୍କୁ ମା' ରୂପେ ମାନିଲା କି ନାହିଁ ଜାଣିନୁ । କିନ୍ତୁ ନିଜକୁ ତାଙ୍କ ପୁତ୍ର ପରିଚ୍ୟ ନ ଦେବାକୁ ପ୍ରବର୍ତ୍ତାଇ ଫେରିଛି । ଦେଖ ଭବିଷ୍ୟତରେ କ'ଣ ଘଟୁଛି ।

- ତାଙ୍କର ନାଁ ?

- ମେନକା ଦାସ୍ । ସେ ଏଠି ଟ୍ରିଟ୍‌ମେଣ୍ଟରେ ଅଛନ୍ତି । ନିଜଘର ଏଠି । ସେ କ୍ୟାନସର ରୋଗୀ ।

- ତେବେ ମୋ ଟ୍ରିଟ୍‌ମେଣ୍ଟରେ ଅଛନ୍ତି ।

- ତୁ ଜାଣୁ ତ ଏକଥା । ଭଲ ଟ୍ରିଟ୍‌ମେଣ୍ଟ କରିବୁ । ତାଙ୍କର ଏବେ ପାଖରେ କିଏ ନାହାନ୍ତି । ଏକେଲା ନାରୀ ଓ ନିଃସନ୍ତାନ ମଧ୍ୟ । ଏବେ ସେ ଜରାଶ୍ରମ ଓ ଅନାଥାଶ୍ରମ ଦୁଇଟା କରିବେ ନିଜ ସ୍ୱାମୀଙ୍କ ଅର୍ଜିତ ଟଙ୍କାରେ । ବହୁତ ସମ୍ପତ୍ତିର ଅଧିକାରିଣୀ ।

- ଆଲୋକ ଭାଇଙ୍କ ଅନ୍ୟ ଧନ ପ୍ରତି ତ ଲାଳସା ନାହିଁ ପିଲାଦିନରୁ । ନିଜର ଭଲ ଖାଇବା ଜିନିଷ ଆମ ଭିତରେ ବାଣ୍ଟି ଆତ୍ମତୃପ୍ତି ପାଆନ୍ତି । ତାଙ୍କୁ ସହଜରେ ଲୋଭ ଦେଖାଇ ହେବନି । ତାଙ୍କ ବାପା ନିଶ୍ଚୟ ଜଣେ ଭଲ ମଣିଷ ଥିବେ ।

- ହୋଇପାରେ । ସେ ତ ବାପା ଚେହେରାର ଅଧିକାରୀ । ସେ ମଧ୍ୟ ମେନକା ଦେବୀଙ୍କୁ ଏହି ହିତକର କାମରେ ଅଫିସିଆଲି ସାହାଯ୍ୟ କରିବ । ତୁ ଏ ବିଷୟରେ ଆଲୋକ ସହ କଥା ହେବୁନି । ସେ କିନ୍ତୁ ଜାଣିଛି ତୁ ଏ ବିଷୟରେ ଅବଗତ ବୋଲି ।

- କଳ୍ପନା ମଧ୍ୟ ଜାଣିଛି ଏଇ ଗୁପ୍ତ କଥା । କିନ୍ତୁ ଏ ବିଷୟରେ ଆମେ କେବେ ଆଉ ଆମ ଭିତରେ କଥାବାର୍ତ୍ତା ହୋଇନାହୁଁ । ଆଲୋକଭାଇ ହିଁ ଆମ ନିଜଭାଇଠାରୁ କୌଣସି ଗୁଣରେ କମ୍ ନୁହଁନ୍ତି । ସେ ହିଁ ଆମଭାଇ ।

ପ୍ରାୟ ଛଅମାସ ଅତିକ୍ରାନ୍ତ ହୋଇସାରିଛି । ମେନକା ଦେବୀଙ୍କ ସହିତ ବିଭୂତିଙ୍କ ଆଉ ବାର୍ତ୍ତାଳାପ ନାହିଁ । କେବଳ ଆଲୋକଠାରୁ ଶୁଣିଛନ୍ତି "ଏବେ ତାଙ୍କର

ଜରାନିବାସ ଓ ଅନାଥାଶ୍ରମ ଉଦ୍‌ଘାଟନ ହେବ । ପ୍ରାୟ ଦଶଜଣ ବୃଦ୍ଧବୃଦ୍ଧା ଓ କୋଡ଼ିଏ ଜଣ ଅନାଥ ପୁଅଝିଅ ସେଠି ରହିବାର ବ୍ୟବସ୍ଥା ହୋଇଛି । ମେନକାଦେବୀ ଆପଣମାନଙ୍କୁ ଡାକିପାରନ୍ତି ।"

- ଆମେ ଯିବୁନି । ତୁ ଅଫିସର ଭାବରେ ଠିଆହୁଅ । ତାଙ୍କ ନିଜଲୋକ ଆସନ୍ତୁ ଏଥିରେ ଯୋଗ ଦେବାକୁ ।

- ଧନ ତ ମଣିଷକୁ କନ୍ଦଳ ଭିତରକୁ ଟାଣିଆଣେ । ଏହାପାଇଁ ସେ ତ ପ୍ରାୟ ପଚିଶଲକ୍ଷ ଟଙ୍କା ଫିକ୍ସ ଡ଼ିପୋଜିଟ୍ କରି ରଖିଲେଣି । ପୁଣି ଘରର ଆବାସପତ୍ର ପାଇଁ କେତେଲକ୍ଷ ଖର୍ଚ୍ଚ କଲେଣି । ଏଥିପାଇଁ ତାଙ୍କ ଦିଅର ଟିକିଏ ଅସନ୍ତୁଷ୍ଟ ଅଛନ୍ତି ।

- ତୁ ଆଉ ନିଜକୁ ଚିହ୍ନା ଦେଇନୁ ତ ।

- ମୋର ଧନ କିଏ ନେଲା ଯାଏ ଆସେ ନାହିଁ । ସେ ମନଇଚ୍ଛାରେ କାହାକୁ କେତେ ଧନ ବାଣ୍ଟିଲେ ସେ କଥା ଓକିଲ ଜାଣେ । ମୁଁ ମଧ୍ୟ ଚାହୁଁନି ଜାଣିବାକୁ ଧନର ପରିମାଣ କି ବଣ୍ଟନ ବିଷୟରେ । ରହୁଛି ନମସ୍କାର ।

ଆଲୋକ ସହ କଥା ହେବାର ପରଦିନ ମେନକା ଦେବୀଙ୍କ ଫୋନ ଆସିଲା– ଆପଣମାନେ ଉଦ୍‌ଘାଟନ ସମାରୋହକୁ ଆସିବେ ନିଶ୍ଚିତ । ସବୁ ସହଯୋଗ ଆଲୋକ ଠାରୁ ମିଳିଛି । ସେ ହିଁ ଏତେ ଶୀଘ୍ର ଏହି ସଂସ୍ଥା ଦୁଇଟିକୁ ଚଳେଇବା ପାଇଁ ସରକାରଙ୍କଠାରୁ ମଧ୍ୟ ଅନୁମତି ନେଇସାରିଛି । ତା' ବଳରେ ଆଜି ମୁଁ ଏସବୁ କରିପାରିଛି । ନଚେତ୍ ଜଣେ ମରଣମୁଖୀ ରୋଗୀର ଏତେ ବଳ ଆସିବ କୁଆଡୁ ? ଆଲୋକ ହିଁ ମୋ ମନୋବଳ ।

- ନାଁ କ'ଣ ରଖିଛନ୍ତି ?

- ଭାବିଛି ଆଲୋକାଶ୍ରମ ରଖିବି ।

- ଆଲୋକକୁ ପଚାରି ବୁଝିବେ ।

- ସେ କହିଲେ ମେନକାଶ୍ରମ ରଖନ୍ତୁ । ମୋ ନାଁର ଚିହ୍ନବର୍ଣ୍ଣ ଏଠି ନ ରହୁ । ମୋ ବାପାଙ୍କ ଦତ୍ତ ନାଁରେ ମୁଁ ଆଲୋକ । ଆପଣ ସେଇଟାକୁ ଉଧାରସୂତ୍ରରେ ନ ନେଇ ମୋତେ ଋଣୀ କରନ୍ତୁନି । ଆପଣଙ୍କ ଧନ ଆପଣଙ୍କର । ଆପଣଙ୍କ ଧନରେ ମୁଁ କାହିଁକି ନାମିତ ହେବି । ଭାରି ସ୍ୱାଭିମାନୀ ତ ଆଲୋକ !

- ଆପଣ ବ୍ୟଥିତ ନହୋଇ ନିଜ ନାମରେ ନାମିତ କରନ୍ତୁ କି ଆପଣଙ୍କ

ସ୍ୱାମୀଙ୍କ ନାମରେ ନାମିତ କରନ୍ତୁ ଚିନ୍ତାନାହିଁ । ନଚେତ୍ ଦୁଇଜଣଙ୍କ ନାଁ ଦୁଇଟିର ରଖିଦେଇ ପାରିବେ । ଆପଣଙ୍କ ଶରୀର କେମିତି ଅଛି ?

ଆଲୋକର ମୋ ଜୀବନରେ ପ୍ରବେଶ ପରେ ଖୁବ୍ ତାଜା ଅନୁଭବ କରୁଛି । ବହୁତ ବର୍ଷ ବଞ୍ଚିଯାଇ ପାରିବି । ଆପଣଙ୍କୁ ଅପେକ୍ଷା ରହିଲା ।

ଜରାଶ୍ରମ ଓ ଅନାଥାଶ୍ରମ ସ୍ଥାପନା ହେବାର ମାସେ ପୂର୍ତ୍ତି ହେଲା । ବଡ଼ ଧୁମ୍‌ଧାମ୍‌ରେ ପୁଣି ପାଳିଲେ ଅନାଥାଶ୍ରମର ପ୍ରତିଷ୍ଠା ଦିନର ମାସ ପୂର୍ତ୍ତିକୁ । ପ୍ରଥମ ଦିନ ତ ହଜାରେ ଲୋକଙ୍କ ପାଇଁ ଖାଦ୍ୟପେୟ ଆୟୋଜନ କରିଥିଲେ । ଦଶଜଣ କର୍ମଚାରୀ ନିୟୋଜିତ ଥିଲେ ଏଠାର ରକ୍ଷଣବେକ୍ଷଣ ଓ ଖାଇବା ପିଇବା ଓ ଯାବତୀୟ କଥା ବୁଝିବାକୁ । ଘରର ଡ୍ରାଇଭର ମଧ୍ୟ ଏଥିରେ ସହଯୋଗୀ କଲା । ନିଜ ମୃତ୍ୟୁପରେ ଏହି କାର୍ ଓ ଅନ୍ୟାନ୍ୟ ଆସବାବପତ୍ରକୁ ମଧ୍ୟ ଅନାଥାଶ୍ରମରେ ବିନିଯୋଗ ହେବ ବୋଲି ଓକିଲ ପାଖରେ ଲେଖାପଢ଼ା କରିଦେଲେ । କାହାକୁ କେତେ ଦାନସୂତ୍ରରେ ଦେବେ ତାହାର ମଧ୍ୟ ଚିଠା ପ୍ରସ୍ତୁତ କଲେ । ଅନେକ ଥର ଭାବିଛନ୍ତି ଆଲୋକ ନାଁରେ ନ ହେଲା ନାହିଁ କିନ୍ତୁ ତା' ପୁଅ ନାଁରେ କିଛି ଧନସମ୍ପତ୍ତି କରିଦେବେ । କେବେ ସେ ପୁଅ ଓ ମୋନିକାକୁ ଦେଖିନଥିଲେ । ଉଦ୍‌ଘାଟନ ଦିନ ଆଲୋକ ସହ ମୋନିକା ଓ ପୁତ୍ରକୁ ଦେଖି ନିଜ ଅତୀତ ସ୍ୱପ୍ନର ଉଷ୍ଣତା ଅନୁଭବ କଲେ ସତେ ଯେମିତି । ଡାକ୍ତର ଅରୂପ ପୁଣି ବିଭୂତିଙ୍କ ପୁତ୍ର ଶୁଣି ଖୁସିରେ ଗଦ୍‌ଗଦ୍ ହୋଇ କହିଥିଲେ - ଆର ଜନ୍ମରେ ମୁଁ ତ ଆପଣଙ୍କ ଘରେ ହିଁ ଜନ୍ମନେବି । ଏପରି ଖୁସିର ପରିବାରଟିଏ ଆଉ କେଉଁଠି ମିଳିବ କି ? ଚିତ୍ରପ୍ରତିମା ପରି ବୋହୂଟିଏ ତ ଆଲୋକ ପାଇଁ କରିଛନ୍ତି । ମୋନିକାର ସ୍ପର୍ଶରେ ମୁଁ ଅନୁଭବ କଲି ପ୍ରୀତିର ମାଧୁର୍ଯ୍ୟଭରା ମନଟି । ସତରେ ଆପଣଙ୍କ ପରି ପିତା ମା' ହିଁ ସର୍ବୋତ୍ତମ । ମୋ ସମୟ ତ ଅତିକ୍ରାନ୍ତ ହେବାକୁ ବସିଛି, ଆପଣଙ୍କ ପରିବାର ସଦସ୍ୟଙ୍କୁ ଚିହ୍ନିବି କେତେବେଳେ । ସବୁ ମୋ ଦୁର୍ଭାଗ୍ୟ !

- ଛାଡ଼ନ୍ତୁ ଆଜିର ଦିନରେ ମନର ବ୍ୟଥା । ଭଲ କାମଟି କରି ନାଁ ରଖିଦେଇ ଯିବେ ।

- ବୁଝିଲେ ବିଭୂତିବାବୁ, ସବୁ ଆପଣଙ୍କର ସହଯୋଗର ଫଳ । ଅଭିଶପ୍ତ ନାରୀଟିକୁ ଆପଣମାନେ ହିଁ ଉଦ୍ଧାର କରିଦେଲେ । ମୋ ପୁତ୍ରର ଜୀବନଦାତା ଆପଣ । ମୁଁ ମରିଗଲେ ସୁଦ୍ଧା ଭୁଲିପାରିବିନି । ମୁଁ ପାଷାଣୀ ମା' ମରଣ ମୁହଁକୁ ଠେଲିଥିଲି କିନ୍ତୁ

ଆପଣ ତ ଦେବତାତୁଲ୍ୟ ତାକୁ ଆପଣେଇ ନିଜ ବିଭୂତି ପ୍ରଦାନ କରି ବଞ୍ଚାଇଦେଲେ । ଆପଣ ହିଁ ଭାଗ୍ୟଶାଳୀ । କଇଁ କଇଁ ହୋଇ କାନ୍ଦି ଉଠିଲେ ମେନକା ଦେବୀ ସେମାନଙ୍କୁ ପାଛୋଟି ନେଲାବେଳେ ଏତିକି କହି । କୃତ୍ୟକୃତ୍ୟ ହୋଇ ଚିତ୍ରାର ହାତକୁ ଧରିପକାଇ କହିଲେ- ତୁମେ ହିଁ ମାତୃ କ୍ଷୀରଦାନରେ ମୋଠାରୁ ବଳିଗଲା । ମୋ ସମ୍ପତ୍ତି ତା' ଆଗରେ ତୁଚ୍ଛ ଆଲୋକପାଇଁ ।

– ଚାଲନ୍ତୁ ଭିତରକୁ । ବିଭୂତିବାବୁଙ୍କ ସ୍ୱର ଶୁଣାଗଲା ।

ମେନକା ଦେବୀ ପାଛୋଟି ନେଲେ ଅତି ପ୍ରିୟଜନ ହିସାବରେ ବିଭୂତି ଓ ଚିତ୍ରାକୁ । କଞ୍ଚନା ଓ ଅରୂପ ମଧ୍ୟ ଆସିଥିଲେ । କିନ୍ତୁ ସେଠି କିଏ ମୁହଁ ଖୋଲିନଥିଲେ ଅତୀତର ଗୁପ୍ତ କଥାରେ ।

ୟା'ରି ଭିତରେ ମାସେ ପାଞ୍ଚଦିନ ହେଲାଣି ଜରାଶ୍ରମ ଓ ଅନାଥାଶ୍ରମ ହେବାରେ । ଅରୂପ ଓ କଞ୍ଚନା ଏବେ ଶ୍ରୀନଗର ଟୁର୍‌ରେ ଯାଇଛନ୍ତି ବିବାହ ବାର୍ଷିକୀ ପାଳନ ପାଇଁ । ଆଲୋକ ମଧ୍ୟ ଆଉ ମେନକା ଦେବୀଙ୍କ ବିଷୟରେ ବେଶି ଅବଗତ ନୁହଁନ୍ତି । ଠିକ୍ ଚାଲିଛି ତ । କିନ୍ତୁ ଏପରି ସମୟରେ ଅରୂପଙ୍କ ଅଚାନକ ଫୋନ୍ ଆସିଲା- ଭାଇ ମେନକା ଦେବୀ କାଲିଠାରୁ ମୃତ୍ୟୁବରଣ କଲେଣି । ମୋର ଅନୁପସ୍ଥିତି ବେଳେ ମୋର ସହଯୋଗୀ ଡାକ୍ତର ଏକଥା ମୋତେ ଶୁଣାଇଲେ । ଅନେକଥର ଚେଷ୍ଟା କଲି ତୁମ ଫୋନ୍‌କୁ । ଭାଉଜଙ୍କର ଫୋନ୍ ମଧ୍ୟ ସୁଇଚ୍ ଅଫ୍ । ବାଧହୋଇ ମେସେଜ୍ ଦେଲି । ଏବେ ଫୋନ୍ ଅନ୍ ଦେଖି ଫୋନ୍ କରୁଛି ।

ହଁ ରାତିରେ ଚାର୍ଜରେ ବସାଇ ମୁଁ ଶୋଇପଡ଼ିଥିଲି । ଭାଉଜ ତ ତା' ଫୋନ୍ ବନ୍ଦ କରିଦିଏ । ଏବେ ରାତି ଚାରିଟା ହେଲାଣି । ଆଉ କ'ଣ କରିପାରିବି ମୁଁ ?

ବୋଧେ ରାତିରୁ ବଡ଼ି ଡିସ୍‌ଚାର୍ଜ୍ୟ ହୋଇ ସାରିଛି । ଯଦି ତାଙ୍କର ପୁତୁରାମାନେ ଉପସ୍ଥିତ ଥିବେ ତେବେ ସଂସ୍କାର ମଧ୍ୟ ସରିବଣି । କାରଣ ଦୁଇଦିନ ପୂର୍ବରୁ ତାଙ୍କର ପୁତୁରାମାନଙ୍କ ସହ ମୁଁ କଥାବାର୍ତ୍ତା ହୋଇଥିଲି । ଧନସମ୍ପତ୍ତି ଭାଗବଣ୍ଟା ସରିଲା ପର୍ଯ୍ୟନ୍ତ ସେମାନେ ଏଠି ରହିବେ ବୋଲି କହୁଥିଲେ । ମୁଁ ତ ଶୁଣେଇଦେଇଥିଲି ଆଉ ବେଶିଦିନର ଆୟୁଷ ନାହିଁ । ଅପେକ୍ଷା କରନ୍ତୁ ଏଠି ଶେଷ ଦର୍ଶନ କରିବାକୁ । କିନ୍ତୁ ହଠାତ୍ କାଲି ଚାଲିଯିବେ ବୋଲି ଭାବିନଥିଲି ମୁଁ ଡାକ୍ତର ହୋଇ ମଧ୍ୟ । ଡାକ୍ତରଙ୍କ ହାତରେ ତ ଜୀବନର ଅବଧି ବଢ଼ିଯିବ କିନ୍ତୁ ମୃତ୍ୟୁକୁ ତ ଅଟକେଇ ହେବନି ।

– ତେବେ ମୁଁ ଯାଏ ସେଠିକୁ । ଶେଷ ଦର୍ଶନ ତ କରିପାରିବି ।

- ଶୀଘ୍ର ଯାଆନ୍ତୁ ଭାଇ ।

ଆଲୋକ ପହଁଞ୍ଚିଲେ ମେନକା ଦେବୀଙ୍କ ଘରେ । ସେଠାରେ ଲୋକଶୂନ୍ୟ ଦେଖି ଚାଲିଯାଇଥିଲେ ଶ୍ମଶାନ ଘାଟକୁ । ସେଠି ମଧ୍ୟ ଜନଶୂନ୍ୟ । ପଚାରିଲେ ଶବଦାହକକୁ -ରାତିରେ ଜଣେ ମହିଳାଙ୍କ ମୃତ୍ୟୁ ହେଲା । ଏଠି ଶବଦାହ ହେଲା କି ?

- ହଁ ସେହି ଅନାଥାଶ୍ରମର ମାଲିକାଣୀ ତ ରାତି ବାରଟା ପୂର୍ବରୁ ଏଠି ଜଳିପୋଡ଼ି ପାଉଁଶ ହୋଇଗଲେ । ଏଇ ସକାଳୁ କାହାକୁ ଦେଖିବାକୁ ଆସିଛ ବାବୁ ? ଏଇ ଚିତା ପାଉଁଶ ତାଙ୍କର ।

ଆଲୋକ ବିଚଳିତ ହୋଇ ଉଠିଲେ ଅଚାନକ କେମିତି ବୁଝିପାରିଲେନି । ତାଙ୍କୁ ଲାଗିଲା ମେନକା ଦେବୀଙ୍କ ହାତ ତାଙ୍କ ଆଡ଼କୁ ଲମ୍ବି ଆସୁଛି ଟିକିଏ ପୁତ୍ର ସ୍ନେହରେ କୋଳେଇ ପକେଇବାକୁ । ସେ କିନ୍ତୁ ଦୂରେଇ ଦେଉଛନ୍ତି ତାଙ୍କୁ ବଞ୍ଚିତ କରି ।

ଏକା ଏକା ସେଠି ବସିଗଲେ ଆଲୋକ କିଛିକ୍ଷଣ ପାଇଁ । ବିଚ୍ଛେଦ ହିଁ ଦୁଃଖଦାୟକ । ମଣିଷ ବୁଝିପାରେନି ଜୀବନ୍ତ ମଣିଷର କଥା । ତା'ର ବିଚ୍ଛେଦ ପରେ ଭାବୁଛନ୍ତି - ସେ ଭୁଲ୍ କରିଦେଲେ କି ?

- ଆପଣ କିଏସେ ବାବୁ ? ପଚାରିଲା ଶବଦାହକଟି ।

ନିଶ୍ଚଳ ହୋଇ ଚୁପ୍ ପଡ଼ିଗଲେ ଆଲୋକ । ପୁଣି ଶୁଣାଗଲା ମେନକା ଦେବୀଙ୍କ ସ୍ୱର ଯେମିତି - ମୁଁ ତୋର ଜନ୍ମ କଲା ମା' । ମୁଁ ହିଁ କୁନ୍ତୀ, ଭସେଇ ଦେଇଥିଲି ତୋ ଜୀବନ ରକ୍ଷାପାଇଁ । ତୁ ମୋର ପୁତ୍ର କର୍ଣ୍ଣ, ଯିଏ ମାତୃତ୍ୱର ମମତାଠାରୁ ଅପରିଚିତ ହୋଇ ରହିଯାଏ ବଞ୍ଚିବା ଭିତରେ ।

- ବାବୁ, କାନ୍ଦୁଛନ୍ତି କାହିଁକି ?

ଆଲୋକ ଧରିଲେ ହାତମୁଠାରେ କିଛି ପାଉଁଶ । ମହାନଦୀରେ ପଶି ଗଭୀର ଜଳରେ ଭସାଇଦେଇ ଶିଶୁଟିଏ ପରି କାନ୍ଦିପକାଇ ଜଳରେ ମୁଣ୍ଡ ବୁଡ଼ାଇ ଦେଇ ଗୁଣୁଗୁଣୁ ହେଲେ- ଆଜି ମୋର ତୋ ପାଇଁ ତର୍ପଣ । ନିନ୍ଦାପାଇଁ ତୁ ଯେମିତି ପୁତ୍ର ସନ୍ତାନହୀନ ପରିଚୟ ନେଇ ମୃତଗତି ପ୍ରାପ୍ତିହେଲୁ ମୁଁ ତ ସେ ଭୁଲକୁ ଦୋହରାଇନଥାନ୍ତି ଆଉ ? ମୁଁ କାହିଁକି ଅନାଥ ହୋଇ ନିନ୍ଦା ସହିଥାନ୍ତି ? ବରଂ

ସମୟ ସହିତ ଆମେ ଦୁହେଁ କାତମାରି ଆହୁଲା ମାରିଛେ ଜୀବନରୂପୀ ଡଙ୍ଗାକୁ ଆଗକୁ ବାହିବାକୁ । ସମ୍ମାନରେ ବଞ୍ଚିବା ଏଠି ଜୀବନ ସତେ ଯେମିତି ପାଲଟିଯାଇଛି ପରିଚୟ ଶୂନ୍ୟ ।

- ବାବୁ, ଆପଣଙ୍କର ମେନକା ଦେବୀ କିଏ ? ପ୍ରଶ୍ନବାଣ ଶୁଣାଗଲା ପୁଣି ଉପସ୍ଥିତ ଶବବାହକଟିର ।

ଆପେ ଆପେ ଭଲପାଇବାର ସ୍ନିଗ୍ଧତା ବୁକୁଚିରି ବାହାରି ଆସିଲା ସତେ ଯେମିତି - ମୁଁ କର୍ଣ୍ଣ, ହଁ, ମୁଁ ବି କର୍ଣ୍ଣ ।

ଏହି ଲେଖିକାଙ୍କ ପ୍ରକାଶିତ ପୁସ୍ତକ:

ଉପନ୍ୟାସ

୧. ମାୟା, ପାଦଟୀକା, କଟକ, ୨୦୦୨ (ଏଡ଼୍ସ ଉପରେ ପ୍ରଥମ ଉପନ୍ୟାସ)
୨. ମରୁଭୂମିର ଶୋଷ, ଶୌର୍ଯ୍ୟ ପ୍ରକାଶନ, କଟକ, ୨୦୦୬
୩. ଧୂମାୟିତ ଧରିତ୍ରୀ, କିତାବ ଭବନ, ଭୁବନେଶ୍ୱର, ୨୦୧୪
୪. ବାଘର ପଞ୍ଝା, କିତାବ ଭବନ, ଭୁବନେଶ୍ୱର, ୨୦୧୫
(କଳିଙ୍ଗ ପୁସ୍ତକମେଳା ପୁରସ୍କାର, ୨୦୧୬)
୫. ନିର୍ବାସନ, ଆରୋହୀ, କଟକ, ୨୦୧୬
୬. ବିଷଣ୍ଣ ବୈଶାଖ, ଲଳିତ ପ୍ରକାଶନୀ, ଭୁବନେଶ୍ୱର, ୨୦୧୬
୭. ଅସପୂର୍ଣ୍ଣା, କିତାବ ଭବନ, ଭୁବନେଶ୍ୱର, ୨୦୧୭
୮. ପଦ୍ମାଳୟା ପ୍ୟାଲେସ୍, ଶକ୍ତି ପବ୍ଲିଶର୍ସ, କଟକ, ୨୦୧୭
୯. ମୀରା ମାଇଁ, କିତାବ ଭବନ, ଭୁବନେଶ୍ୱର, ୨୦୧୮
(ଉପନ୍ୟାସ ସମଗ୍ର ପାଇଁ 'ସୁଧନ୍ୟା ଉପନ୍ୟାସ ସମ୍ମାନ', ୨୦୧୮)
୧୦. ନୀଳ ଜହ୍ନ, ଜ୍ଞାନଯୁଗ ପବ୍ଲିକେଶନ, ଭୁବନେଶ୍ୱର, ୨୦୧୯
୧୧. ଚକ୍ରବ୍ୟୂହ, ଜ୍ଞାନଯୁଗ ପବ୍ଲିକେଶନ, ଭୁବନେଶ୍ୱର, ୨୦୨୧
୧୨. ତଥାପି ଶୂନ୍ୟତା, ବ୍ଲାକ୍ ଈଗଲ ବୁକ୍ସ, ଓହିଓ, ଆମେରିକା, ୨୦୨୨
୧୩. ରକ୍ତ ତର୍ପଣ, କିତାବ ଭବନ, ଭୁବନେଶ୍ୱର, ୨୦୨୨
୧୪. ଅମୁହାଁ ସୁଡ଼ଙ୍ଗ, ସୁଧନ୍ୟା ପ୍ରକାଶନୀ, ଭୁବନେଶ୍ୱର, ୨୦୨୨

ଉପନ୍ୟାସିକା ସଂକଳନ

୧୫. ଆରୋହଣ, କାହାଣୀ, କଟକ, ୨୦୧୧
୧୬. ପଞ୍ଚପର୍ଣ୍ଣା, ପାଦଟୀକା, କଟକ, ୨୦୧୭

ଗଳ୍ପ ସଂକଳନ

୧୭. ଅବ୍ୟକ୍ତ ସ୍ୱର, ପାଦଟୀକା, କଟକ, ୨୦୦୨
୧୮. ଯେ ମନ ଉଡ଼େ ଯେତେ ଦୂର, କାହାଣୀ, କଟକ, ୨୦୦୬
୧୯. ଜୟନ୍ତ, ତୋ ମା' ଜିତିଯାଇଛି, ଅନ୍ୱେଷଣ ପ୍ରକାଶନୀ, ଭୁବନେଶ୍ୱର, ୨୦୦୭
୨୦. ଅଜଣା ଠିକଣା, ସୁଧନ୍ୟା ପ୍ରକାଶନୀ, ଭୁବନେଶ୍ୱର, ୨୦୦୮
୨୧. ତର୍ପଣ, କାହାଣୀ, କଟକ, ୨୦୧୧
୨୨. ଧୂମକେତୁର ଶୋଷ, ଜ୍ଞାନଯୁଗ ପବ୍ଲିକେସନ୍ସ, ଭୁବନେଶ୍ୱର, ୨୦୧୪

୨୩. ଅଜ୍ଞାତବାସ, ସୁଧନ୍ୟା ପ୍ରକାଶନୀ, ଭୁବନେଶ୍ୱର, ୨୦୧୪
୨୪. ଛଞ୍ଚାଣର ଆଖି, ଜ୍ଞାନଯୁଗ ପବ୍ଲିକେସନ୍ସ, ଭୁବନେଶ୍ୱର, ୨୦୧୪
୨୫. ଲଜ୍ଜା, ଜ୍ଞାନଯୁଗ ପବ୍ଲିକେସନ୍ସ, ଭୁବନେଶ୍ୱର, ୨୦୧୫
୨୬. ରୁଦ୍ଧଦ୍ୱାରର ଶବ୍ଦ, ଜ୍ଞାନଯୁଗ ପବ୍ଲିକେସନ୍ସ, ଭୁବନେଶ୍ୱର, ୨୦୧୬
୨୭. ଶୂନ୍ୟ ଭାବନା, ଅନ୍ୱେଷଣ ପ୍ରକାଶନୀ, ଭୁବନେଶ୍ୱର, ୨୦୧୭
୨୮. ସନ୍ୟାସିନୀ, ଜ୍ଞାନଯୁଗ ପବ୍ଲିକେସନ୍ସ, ଭୁବନେଶ୍ୱର, ୨୦୧୮
(ଗଳ୍ପ ସମଗ୍ର ପାଇଁ ଶ୍ୱେତସଂକେତ ଗଳ୍ପ ସମ୍ମାନ, ୨୦୧୮)
୨୯. ଜୀବନ ବଗିଚାରେ, କିତାବ ଭବନ, ଭୁବନେଶ୍ୱର, ୨୦୧୯
୩୦. ସୁମିତ୍ରାର କାନ୍ଦ, କିତାବ ଭବନ, ଭୁବନେଶ୍ୱର, ୨୦୨୦
୩୧. ଅଦୃଶ୍ୟ ଆଖି, କିତାବ ଭବନ, ଭୁବନେଶ୍ୱର, ୨୦୨୦
୩୨. ମୁଠାଏ ପ୍ରତିଶ୍ରୁତି, ବ୍ଲାକ ଇଗଲ ବୁକ୍ସ, ଓହିଓ, ଆମେରିକା, ୨୦୨୧
୩୩. ଛାୟାବଳୟ, ଜ୍ଞାନଯୁଗ ପବ୍ଲିକେଶନ, ଭୁବନେଶ୍ୱର, ୨୦୨୨

କବିତା ସଂକଳନ

୩୪. ଉଦ୍‌ବେଳିତ ତରଙ୍ଗ, ସୁଧନ୍ୟା ପ୍ରକାଶନୀ, ଭୁବନେଶ୍ୱର, ୨୦୦୮
୩୫. ବିଷ କନ୍ୟା, ଅନ୍ୱେଷଣ ପ୍ରକାଶନୀ, ଭୁବନେଶ୍ୱର, ୨୦୧୬

BLACK EAGLE BOOKS

www.blackeaglebooks.org
info@blackeaglebooks.org

Black Eagle Books, an independent publisher, was founded as a nonprofit organization in April, 2019. It is our mission to connect and engage the Indian diaspora and the world at large with the best of works of world literature published on a collaborative platform, with special emphasis on foregrounding Contemporary Classics and New Writing.